Michèle Sandrin

**… lernt Hans nimmermehr**

Michèle Sandrin

# … lernt Hans nimmermehr

*Kriminalroman*

edition litera

Die Handlung dieser Erzählung sowie die darin vorkommenden Personen sind frei erfunden; eventuelle Ähnlichkeiten mit realen Begebenheiten und tatsächlich lebenden oder bereits verstorbenen Personen wären rein zufällig.

**Bibliografische Information Der Deutschen Bibliothek**
Die Deutsche Bibliothek verzeichnet diese Publikation in der Deutschen Nationalbibliografie; detaillierte bibliografische Daten sind im Internet über http://dnb.ddb.de abrufbar


Orber Str. 30, D-60386 Frankfurt/Main

Schriftart: Times 11°
Herstellung: Satz*Atelier* Cavlar / NL
Printed in Germany
ISBN 978-3-8301-1027-9

Wenn der Finger auf den Mond zeigt,

schaut der Dummkopf auf den Finger.

*Chinesisches Sprichwort*

*Was wäre ich ohne euch?*
*Eine Frechheit ohne Mut*
*Eine Maus ohne Tastatur*
*Ein Satz ohne Punkt und Komma*
*Danke*

*Kapitel 1*

# Was Hänschen nie wissen durfte, …

Die Explosion der Knospen wird er nicht mehr miterleben, dachte Matteo Santoro. Er wandte den Kopf nach links und erblickte die noch kahlen Magnolienbäume auf dem so nüchternen Platz vor der Pauluskirche. Nur noch ein paar Tage und, von einem Augenblick auf den andern, werden die unscheinbaren graubraunen Hülsen dem Druck nicht mehr standhalten können. Die unanständig üppigen Blüten werden sich entfalten und den ganzen Platz in ein Feenreich verwandeln. Der Kommissar wandte seinen Blick widerwillig von der bevorstehenden Pracht ab, um ihn wieder auf die Ursache seines frühen Aufstehens zu lenken. Diese Szenerie am oberen Ende der Arnold-Böcklin-Strasse hatte, im Gegensatz zu den verheissungsvollen nackten Bäumen, nichts Malerisches an sich. Höchstens ein verdrehter Kerl wie Magritte hätte so etwas auf eine Leinwand bannen können, mit dem oben stehenden Vermerk: Dies ist keine Mordszene.

Das Loch zwischen den Augen zog auch beim zweiten Hinsehen seine Aufmerksamkeit auf sich. Ein kleines schwarzes Nichts, das so viel Bedeutung in sich barg: die Todesursache. Es kostete Santoro einige Überwindung, seine Augen weiter schweifen zu lassen. Er versuchte, das irreal anmutende Bild nüchtern und präzise in sich aufzunehmen. Ein kariertes Hemd, ein dunkelblauer Anorak, nicht mehr ganz sauber. Die braunen Hosen – ausgebeult – waren aus Manchesterstoff. Die Augen hinter den dicken Gläsern waren weit offen, schauten in den Himmel, als ob sie etwas nicht verstünden und deshalb, irgendwo da oben, nach einer Antwort suchten. Blöd, irgendwie, der kommt nicht draus, der versteht nicht, was ihm da passiert ist, sinnierte der Kommissar. Fett war er nicht wirklich, nur schlaff und ohne Kanten. Alt sah er auch nicht wirklich aus, trotz seiner grauen Haare, eher müde.

Matteo Santoro, seit 22 Jahren bei der städtischen Polizei, gab sich Mühe, unvoreingenommen und neutral zu beobachten, obwohl er Schwierigkeiten hatte, seiner Wahrnehmung zu trauen. Da lag doch tatsächlich ein Mann, zwischen fünfzig und sechzig Jahren, mit grauem Schnauz, einem dunkelblauen Anorak auf dem Boden, auf dem Trottoir genauer gesagt, mit einem Loch in der Stirn, in einem roten Teich. Und das in einer ruhigen und sehr vornehmen Strasse seiner doch so ruhigen Provinzstadt. Das hatte er noch nie erlebt. In Basel wurden die Leute nicht einfach so sauber niedergeschossen – im Paulusquartier, dieser Wohngegend für etabliertes und angesehenes Geld, schon gar nicht. Und doch, dieser unscheinbare, nichts sagende Mann war erschossen worden, mit einem sauberen Schuss, der ihm ein drittes Auge verliehen hatte.

Was mochte er wohl gewesen sein? Schwielen an den Händen hatte er nicht. Keine harte Arbeit also, kein Handwerker. Ein Bürojob vielleicht? Aber Angestellte waren doch besser gekleidet, oder? Wobei, er war in der Nacht erschossen worden, vielleicht war das seine Freizeitkleidung. Oder war das ein Penner? Nein, dafür war er nicht schmutzig und auch nicht heruntergekommen genug. Vielleicht ein Anfängerpenner?

›Nein, Quatsch, lass dich nicht so einfach ablenken, lass deine Gedanken nicht einfach herumschweifen‹, ermahnte sich Matteo. Mit einer Zigarette im Mund, dem Rauch in der Lunge und mit verengten Blutgefässen wäre es ihm jetzt ein Einfaches gewesen, sich ganz nüchtern auf das Wesentliche zu konzentrieren. Aber eben, er hatte aufgehört, obwohl ihm im Augenblick beim besten Willen nicht einfallen wollte, wie er auf diese wirre Idee gekommen war. Dafür war es einfach noch zu früh, und er war zu allem hin auch noch koffeinfrei. Er richtete seine Aufmerksamkeit wieder auf den Toten. Wer konnte sich heutzutage noch erlauben, so schlecht angezogen herumzulaufen? Er konnte diesen Kerl einfach nicht einordnen.

Gereizt richtete er sich auf und erweiterte sein Gesichtsfeld. Über das Absperrband kletterte gerade seine Assistentin, Zina

Goldberg. Die schwarze Zina, wie er sie für sich nannte. Immer ganz in Schwarz, enge schwarze Jeans, enger schwarzer Rollkragenpullover, kurze Lederjacke, auch schwarz, kurze Haare – rabenschwarz – grosse dunkle Augen, die auf Matteo wirkten, als habe sie jemand erschreckt. Eine feine Nase und darunter ein ganz kleiner Mund. Und eine ganz grosse Klappe, dachte Matteo ganz leise für sich. Erst vor einem knappen Monat war sie ihm zugeteilt worden, seine Assistentin, und jedes Mal, wenn er sie so kommen sah, überkam ihn der unwiderstehliche Wunsch, ihr eine Orange zuzuwerfen. Die Vorstellung, wie er ihr etwas Rundes, Buntes zuwarf, liess in ihm jedes Mal eine kitzelige Wärme aufsteigen. Er stellte sich vor, wie sie reagieren würde. Er entwickelte verschiedene Szenarien, die ihn alle auf ihre Art ganz einfach beglückten.

»Entschuldigung, dass ich so spät komme. Ich hatte mein Natel abgestellt. Habe es erst vor einer Viertelstunde abgehört«, haspelte Zina, als sie leicht ausser Atem vor ihm stand.

»Ich glaube nicht, dass ihm das Warten wirklich etwas ausgemacht hat. Er ist jetzt geduldig, unser Klient.«

»Wer war denn das?«

»Keine Ahnung.«

»Wie wäre es mit Fragen? Die Gestreiften dort, die werden das doch schon eruiert haben, oder?«

»Sie meinen wohl unsere werten Kollegen von der Streife mit der polizeilich korrekten Ausdrucksweise, die Ihnen so gefällt? Wissen Sie was? Das ist aber eine gute Idee, darauf wäre ich von alleine nie gekommen.«

Beide machten sich auf den Weg, um die ersten Informationen zu diesem Fall ergattern zu können. Santoros Aufmerksamkeit galt dem Arzt und der Spurensicherung, während seine Assistentin sich den Kollegen widmete.

Es stellte sich heraus, dass der Tote Kurt Würscht hiess, 52 Jahre alt und zu Lebzeiten Rektor einer Schule gewesen war. Nach Angaben des Gerichtsmediziners war er in den späten Abendstunden gestorben und das augenblicklich. Dies sollte jedoch als eine vorsichtige, vorläufige und ganz und gar nicht offizielle Schätzung betrachtet werden. Erst die Müllmänner hatten ihn um sechs Uhr morgens entdeckt. Als sie die Müllsäcke mitnehmen wollten, hatten sie ihn auf dem Trottoir liegen sehen und gleich die Polizei benachrichtigt. Matteo fragte sich, wie es möglich war, dass ihn so lange niemand gesehen hatte und schaute sich um. Von der Strasse konnte ihn tatsächlich niemand erblickt haben, denn die Sicht wurde von einem dieser riesigen Autos versperrt. Ein Jeep oder so was ähnliches. Wenn also niemand zu Fuss auf diesem Trottoir in der Nacht vorbeigekommen war, konnte das sehr wohl erklären, dass ihn erst die Müllmänner entdeckt hatten. Er gesellte sich wieder zu seiner Assistentin und holte ihre Meinung zu dieser heiklen Frage ein. Darauf wusste sie so wenig eine sichere Antwort wie er. Da sie aber nicht mundfaul erscheinen wollte, meinte sie zu den meldefreudigen Müllmännern:

»Und die konnten ihn ja nicht einfach mitnehmen – ohne Abfallvignette, da kennen die kein Pardon.«

»Ja, was nicht ordentlich vignettiert ist, wird liegengelassen und wir müssen uns darum kümmern.«

›Wie red ich da‹, dachte Matteo, leicht erschrocken und doch, musste er sich eingestehen, leise belebt. Es war Zeit, diesen morbiden Ort zu verlassen. Ohne Nikotin schlugen ihm solche Schauplätze auf die Ethik. Zeit für seinen Lieblingsersatz. Er wandte sich an seine Assistentin:

»Wissen Sie was? Wir werden hier nicht mehr gebraucht und ich brauche ganz dringend einen Cappuccino.«

»Und ich meinen ersten Espresso.«

»Schwarz?«

»Was?« Zina schaute ihren Chef fragend an.

»Den Espresso, schwarz, würde ich wetten.«

»Genau. Konzentrieren wir lieber unsere Kräfte darauf um diese Zeit, in diesem anständig-protzigen Quartier eine Bar zu finden, die schon offen ist.«

»Hier gibt es Tea-Rooms oder Cafés oder Konditoreien, aber

sicher keine Bars. Kommen Sie, wir gehen zu Fuss bis zum Wohnsitz der Frau Gemahlin, unterwegs werden wir sicher was finden.«

Sie schlenderten durch die Strassen des Paulusquartiers, die sich in ihrer Weite und ihrer Ruhe alle glichen. Von wenigen behäbigen Wohnblocks unterbrochen, reihte sich ein Herrenhaus an das andere. Wer mochte sich ein solches Haus heute noch leisten können, das »e baar Kischte«[1] kostet, fragte sich Santoro. Noch viel zu viele, beantwortete er selbst seine Frage. Papa lässt grüssen, dachte er und schmunzelte in sich hinein. Zumindest einige hatten dem Druck doch nicht standhalten können, denn an manchen Fassaden waren Schilder zu lesen, die Interessierte darauf hinwiesen, dass hier eine Anwaltskanzlei, dort eine Bank und drüben eine Computerfirma ihr Nest gebaut hatten. Er blickte auf seine Assistentin und dachte, dass diese Frau mit ihrer überschlanken Figur und ihren langen Beinen leicht als elfenhaft hätte bezeichnet werden können. Das wäre jedoch ganz schön daneben gewesen, denn dazu strahlte sie einfach zu viel Energie, zu viel Spannkraft aus. Und für seine Verhältnisse war sie für eine Elfe ein bisschen zu gross. Nur mit viel gutem Willen konnte er auf sie hinunter sehen. Und als letztes, beschloss er, machte die Frau einfach viel zu grosse Schritte. Sie mussten nämlich das ganze Quartier in immer schnellerem Trab durchqueren, – er und seine Assistentin verspürten eindeutig den gleichen Stalldrang – bis sie, endlich am Neuweilerplatz angekommen, ihre lang ersehnte Raststätte erblickten. Als sie in einer Ecke sassen und das jeweilige Objekt ihrer Begierde vor sich hatten, lancierte Matteo die erste Runde.

»Wer ermordet einen Rektor? Und wofür? Aus welchem Grund?«

Er stellte diese Frage eher sich selbst als seiner Kollegin, die ganz im Verschlingen eines Schoggiweggli[2] versunken war.

1 E baar Kischte: einige Millionen Schweizerfranken

2 Schoggiweggli: Harmlos wirkendes Gebäck, in dessen Innern jedoch Schokolade gelagert worden ist.

Bevor sie antwortete, leckte sie sich gewissenhaft die Lefzen, was den Kommissar an eine zufriedene Katze erinnerte.

»Fragen wir uns doch, mit wem es Rektoren zu tun haben. Zudem ist er ja vielleicht gar nicht als Rektor ermordet worden, sondern als Vertreter einer der anderen Funktionen, die er im Leben innehatte«, sprach die Katze.

»Gut, ergründen wir mal unsere Fischbestände. Auf jeden Fall haben wir ja erfahren, dass er eine Frau hat, und er trug einen Ehering.«

»Was nicht viel zu bedeuten hat, denn er hatte auch noch eine Geliebte. Der Ehemann mit dem Ehering ist nämlich schon vor drei Monaten ausgezogen. Unsere Kollegen haben heute Morgen die Frau informiert, die sie wiederum weitervermittelt hat – an die Geliebte.«

»Guter Anfang: eine Frau, eine Geliebte. Glauben Sie, es könnte sich um einen Mord aus Eifersucht handeln? Für mich sah der Kerl eher nicht nach einem Exemplar aus, der in Frauen grosse Leidenschaften auslöst.«

Zina zuckte die Achseln und meinte wissend:

»Mit Frauen kann man nie wissen. Ich kenne intelligente, kompetente, humorvolle Frauen, die sich in schlaffe, unehrliche, aufgeblasene, unattraktive Deppen verlieben und ganz erstaunt sind, wenn sie zum Dank für ihre Wahrnehmungsstörung hintergangen werden, und dann – krönender Abschluss – auch noch leiden wie die Schweine.«

›Da gibt es wohl doch keine grossen geschlechtsspezifischen Unterschiede‹, dachte Matteo, innerlich seufzend. Um schnell von diesem bedauerlichen Thema wegzukommen, fragte er:

»Leiden Schweine in besonderem Masse?«

»Ja, denn Schweine sind sehr intelligente Tiere. Und dann gibt es natürlich auch noch dumme Frauen«, ergänzte Zina nicht ganz folgerichtig.

»Die dann weniger leiden müssten, nach Ihrer Theorie.«

»Ich will mich gar nicht mit Ihnen streiten, Chef.«

Zina, die sich nicht gerne verwickelt sah, schon gar nicht in ihre eigenen Widersprüche, war ohne weiteres bereit, im Notfall einen taktischen Rückzug in Erwägung zu ziehen. Also wechselte sie zu einem anderen Punkt.

»Lassen wir doch meine Theorie als Hypothese stehen, bis wir den Fall gelöst haben. Wen haben wir noch in unserem Fischteich?«

»Der hatte doch sicher auch eine Sekretärin?«

»Minus eins. Einen Sekretär. Und da er sicher nicht schwul ist, hat er sich auch bestimmt nicht unsterblich in seinen Chef verliebt und ihn folgerichtig auch mit Gewissheit nicht aus verzehrender Verzweiflung umgebracht. Suchen wir lieber weiter. Was haben Sie noch zu bieten, Chef?«

Der Chef fühlte sich in diesem Augenblick gar nicht als solchen, eher empfand er sich als Knecht seiner Sucht. Was hätte er gegeben für einen seiner geliebten Glimmstengel! ›Denk einfach nicht daran, lenke dich ab, sag einfach was‹, ermahnte er sich.

»Lehrer.«

»Und Lehrerinnen.«, vervollständigte Zina.

Zweifelnd sah Santoro seine Assistentin an:

»Glauben Sie wirklich, dass Lehrer oder gar Lehrerinnen ihren Rektor ermorden?«

»Ehrlich gesagt, scheint mir das wenig wahrscheinlich. Lehrer belehren dauernd, korrigieren immer, nörgeln herum, bestrafen, wo sich die Gelegenheit bietet, Lehrer haben immer Recht, wenn sie es nicht gar besser wissen, aber morden?«

»Und die Lehrerinnen?«

»Santoro, jetzt denken Sie wohl, Sie hätten mich auf dem falschen Fuss erwischt, hä? Dem ist aber nicht so. Ich werde Ihnen jetzt erklären was Lehrerinnen tun: Sie säuseln, sie haben Verständnis, sie gehen auf alle und alles ein, sie besänftigen, sie harmonisieren, sie erklären noch einmal, sie suchen den Fehler bei sich, sie stellen sich in Frage … Aber morden, das tun die auch nicht, wenn Sie mich fragen.«

»Wissen Sie, was ich so an Ihnen schätze, Goldberg? Ihre ausgewogenen, dezenten, objektiven und vorsichtigen Analysen.

Woher haben Sie eigentlich Ihre profunde Kenntnis des Lehrerdaseins?«

»Mein Bruder: selbstherrlich, besserwisserisch, arrogant.«

»Und das mit den unterrichtenden Damen?«

»Meine Schwägerin, Frau des Ersten, in Selbstzweifeln versinkendes, sich selbst opferndes, armes kleines Huscheli.[3]«

»Versuchen Sie ja nie in den Orden der Barmherzigen Schwesterchen einzutreten, gute Frau. Die würden Sie glatt im Weihwasserbecken ertränken.«

»Die Gefahr ist gering, ich eigne mich sowieso nicht als grenouille de bénitier, also als Weihwasserkröte. Aber wissen Sie was? In diesem Fall haben Sie sogar so etwas wie Recht. Als ich unseren Toten sah, empfand ich kein Mitleid, kein Erbarmen, kein Bedauern. Wenn ich das richtig bedenke, fühlte ich ein Garnichts.«

Matteo Santoro, dem die Unterhaltung plötzlich nicht mehr so viel Vergnügen bereitete, liess seinen Blick durch das Café schweifen. Nur wenige Tische waren um diese Zeit besetzt. Eine ältere Dame las die lokale Zeitung und trank, ohne die Augen von ihrer Lektüre zu heben, ihren Grüntee. Seit einigen Jahren tendierten die Menschen ab einem bestimmten Alter zu diesem Getränk. Dieses Alter hatte er zumindest noch nicht erreicht. Eine junge Mutter, mit dem parkierten Kinderwagen neben sich, starrte erschöpft vor sich hin und ein junges Pärchen hielt in einer Ecke Händchen unter dem Tisch, als ob die Welt nichts davon erfahren dürfe. Die ertrinken noch in den Augen des andern, dachte er. Wann habe ich selbst so was zum letzten Mal erlebt, fragte sich Mateo, gegen seinen Willen. Und wie ein Luftbläschen, das sich einsam aber stetig im Mineralwasser zur Oberfläche hocharbeitet und sich dort, endlich – unspektakulär – auflöst, prickelte die Erkenntnis am Rande seines unvorbereiteten Bewusstseins: Nie.

›Wie habe ich das nur geschafft, es nie zu schaffen? Du hast die Richtige nie gefunden‹, bemerkte er vermeintlich selbstkri-

3 Huscheli: hilfloses, unscheinbares Wesen

tisch. ›Du hast dir ganz konsequent die Falschen ausgesucht, damit dir das nie passiert‹, antwortete ein kleines, leises Stimmchen, so bestimmt wie nur möglich. ›Was für ein schräger Morgen heute‹, schimpfte er in sich hinein.

Und da sah er sich wieder, wie er auf diesen Mann auf dem Trottoir blickte, und fühlte die für ihn ungewohnte Distanz zu dem, was er vor sich gesehen hatte, vor diesem Menschen.

»Unwirklich, würde ich sagen, oder unfassbar, einfach nicht möglich.«

»Was halten Sie von der Hypothese, dass er einfach so quasi aus Versehen erschossen worden ist?«

»Und wie sollte das vor sich gegangen sein? «, wollte Santoro wissen.

»Ich meine, ich nehme mir die Geschichte ja selbst nicht ab. Aber zumindest würde es zum Gefühl der Absurdität passen, das Sie ergriffen hat und Sie veranlasst wie ein Frosch auf nicht vorhandene Libellen zu starren.«

»Wie haben *Sie* es nur geschafft, je befördert zu werden? Mit Ihrem umwerfenden Charme?«

»Sie sind Kommissar, ich bin Inspektorin. Reicht Ihnen das als Zwischenbilanz?«

»Also, wie steht es mit Ihrer Absurditätstheorie?«

»Hypothese, Chef, Hypothese«, meinte Zina Goldberg, jede Silbe einzeln betonend. »Stellen Sie sich vor, unser Mann spaziert die Strasse entlang und sieht was, was er nie hätte sehen dürfen. Ich meine, um diese Uhrzeit sind diese Strassen doch sonst menschenleer. Und dieses Etwas hat mit illegalen Machenschaften zu tun. Und paff, kriegt er 'ne Kugel zwischen die Augen. Ich meine, das sieht doch irgendwie wie eine Hinrichtung aus, das riecht doch nach organisiertem Verbrechen, nach russischer Mafia und Anverwandten. Finden Sie nicht?«

»Vorläufig finde ich leider noch gar nichts,« seufzte Santoro.

»Vielleicht, nur vielleicht, versteckt sich hinter der biederen Fassade einer dieser Villen ein Umschlagplatz, eine Zentrale,« ereiferte sich Zina weiter. »Immerhin habe ich festgestellt, dass einige von diesen Häusern nicht von Privaten bewohnt sind. Nein, sie sind Sitz von Informatikfirmen, Anwaltskanzleien, Banken und sonstigen undurchsichtigen Geschäftsstellen.«

»Ob sie undurchsichtig sind oder nicht, diese Frage wollen wir vorläufig für später aufbewahren, vor allem die Antwort darauf. Aber von mir aus. Nehmen Sie heute noch Kontakt auf mit unserer Abteilung für organisiertes Verbrechen, die werden sich eine Freude machen und ein paar Nachforschungen tätigen. In unserer Stadt sind sie die einzigen, die überdotiert sind und an denen nie gespart wird. Glauben tu ich nicht daran, fragen Sie mich nicht warum. Sagen Sie mir lieber, mit wem es Rektoren sonst noch zu tun haben.«

»Mit Behörden, würde ich sagen. Kollegen, Stabsstellen, Schulinspektorinnen und -toren, so genau weiss ich das auch nicht. Aber sie sollten das doch wissen, Sie sind doch derjenige, der Kinder hat, Chef.«

»Ja, sicher, aber ich wohne, wie Sie sehr wohl wissen, im Landkanton, und wie es nun mal in unserem Land so ist: von Kanton zu Kanton verschieden – auch und ganz besonders die Schulsysteme.«

»Sie als Vater zweier Kinder haben doch sicher mitbekommen, dass einige Veränderungen im Schulsystem geplant sind in den nächsten Jahren?«

»Sehr vage. Mir scheint, dass seit mehr als zehn Jahren dauernd von neuen Schulen, von neuen Projekten, von neuen Konzepten die Rede ist. Ich kann mir nicht vorstellen, dass da noch irgendjemand den Überblick behalten kann, geschweige denn, das Interesse daran aufrechterhalten konnte.«

»Wenn Sie nichts dagegen haben, werde ich versuchen meine weitläufigen Verbindungen zur geplagten Lehrerschaft zu strapazieren. Schliesslich wird unser Toter in letzter Zeit auch in die Veränderungen einbezogen worden sein, somit also öfter Kontakt zum ganzen Staatsapparat gehabt haben. Wer weiss, vielleicht gibt es interessante Interessenskonflikte zu entdecken.«

»Meine Liebe, träumen Sie nicht! In diesem Land hat es nie

politische Morde gegeben, wird es nie politische Morde geben und schon gar nicht schulpolitische Morde. So spannend wird es bei uns nie!«, dekretierte der Kommissar voller Überzeugung.

»Was doch eigentlich ganz erstaunlich ist, wenn ich an die vielen Klagen denke, die in allen Medien immer lauter werden: Die Eltern können die Hausaufgaben ihrer Kinder nicht mehr machen, die Lehrer verzweifeln an den immer schlechteren Arbeitsbedingungen, die Wirtschaft an den unbrauchbaren Schulabgängern, die Politiker je nach Ausrichtung an der Integration oder an der mangelnden Integration – und neuerdings verzweifelt unser Vorsteher des Erziehungsdepartementes auch noch an den Wirtschaftsverbänden, die keine Lehrstellen für unsere schwächsten Schulabgänger anbieten wollen, weil die ja wiederum der Meinung sind, diese seien zum Verzweifeln.«

»Wissen Sie was, Goldberg? Ich bete darum, dass dieser Mord nichts, aber auch gar nichts mit unserem Schulsystem zu tun hat. Ich sehe mich nicht in der Lage, mich da reinzuarbeiten und schon gar nicht jemals durchzublicken. Und wissen Sie noch was? Bis ich so weit wäre, wäre unser Schulsystem schon wieder längst reformiert worden.«

»Falls wir an einer Kirche vorbeikommen, werden wir eine Kerze anzünden, oder vielleicht lieber gleich zwei«, schlug Zina hilfsbereit vor.

»Dann brauchen wir eine katholische Kirche. Für solche Bitten ist die Jungfrau Maria die Expertin.«

»Na klar, fürs Erbarmen sind natürlich die Frauen zuständig.«

»Nein, Goldberg, nein, diesen Handschuh werde ich jetzt nicht auflesen, sonst verquasseln wir noch unsere ganze Untersuchung. Langsam sollten wir mit unseren Befragungen anfangen. Ich schlage vor, wir beginnen mit der Witwe, in sie setze ich grosse Hoffnungen.«

»Die Witwe in Scheidung. Kann eine Witwe in Scheidung sein? Oder ist sie vielleicht eine Nicht-mehr-ganz-Witwe? Oder eine Knapp-noch-Witwe? Oder eine Witwe in Trennung?«

»Aufstehen Goldberg, die Arbeit ruft.«

»Nein, Chef, hören Sie, die Frage ist doch, kriegt sie noch die Witwenpension, oder eben nicht? Könnte doch ein interessantes Motiv sein.«

»Wir werden sie ganz einfach fragen. Gehen wir zu Fuss, sie wohnt ja quasi um die Ecke.«

Beim Hinausgehen wandte Matteo seinen Blick in Richtung Liebespärchen. Tatsächlich, sie waren immer noch in der gleichen Pose und ertranken weiter. Ich hab einfach nicht das nötige Sitzleder dafür, das ist es, befand er, glücklich, die Lösung wenigstens dieses Problems gefunden zu haben.

In der Zwischenzeit hatten sich die Strassen belebt. Hausfrauen strömten mit ihren Einkaufswägelchen Richtung Einkaufszentren, auf der Traminsel mitten auf dem Neuweilerplatz standen wartend Jugendliche, die in ihre Schule, neben Rentnern, die zu ihren Kursen im Stadtzentrum fahren mussten. Alle schienen putzmunter und – dem zögerlichen Frühlingsanfang zwar nicht ganz vertrauend – doch guter Laune zu sein. Seit Wochen war dies der erste Tag ohne Regen. Ja, sogar einige – noch scheue – Sonnenstrahlen wagten sich durch die massigen Wolken, das allbekannte düstere, graue und triste Zwielicht war endlich goldenem, echtem Licht gewichen. Selbst die eingefleischtesten Pessimisten begannen daran zu glauben, dass auch dieses Jahr Frühling werden könnte.

Die beiden, Kommissar und Assistentin, schlenderten über den Platz, am Kiosk vorbei, bis der weibliche Part wie angewurzelt stehen blieb.

»Was ich da lese, das steht aber nicht wirklich da geschrieben, oder?«

»Was hat denn Ihr holdes Auge diesmal brüskiert?«

»Erstens habe ich zwei und zweitens, schauen Sie da, die Schlagzeile«, hechelte Zina Goldberg mit ihrem ausgestreckten Zeigefinger auf den Aushang der nationalen Boulevard-Zeitung weisend.

»Sie meinen wohl die ungeheuer bedeutende Aussage eines unserer Bundesräte am Frauentag der Mustermesse?«

»Der hat doch nicht wirklich gesagt und ins Gästebuch geschrieben, – und das auch noch am Frauentag – er wünsche allen Frauen einen so guten Ehemann wie ihn? Das gibt es doch nicht einmal bei uns, oder?«

»Doch, doch. Sie haben es gestern im Fernsehen auch gebracht«, meinte Matteo seufzend. »Und zudem haben sie noch präzisiert, dass unser Bundesrat eigentlich seine Frau dazu bewegen wollte es hinzuschreiben. Die meinte dann, er solle es doch selber tun. Ich hab dann auch überlegt, ob wir vielleicht den ersten April haben. Hatten wir aber nicht.«

»Immer wieder sage ich mir, dass mich nichts mehr erschüttern kann und dann – paff – kommt was, das mich dann doch umhaut.«

»Und Sie haben nicht mal das selbstgefällige Grinsen gesehen, als er voller Stolz der Kamera seine Geschichte erzählte. Wenigstens *ein* Mann ohne Selbstzweifel«, schloss Matteo mit einem kleinen, schrägen Grinsen.

»Hören Sie auf, ich habe keine Taschentücher dabei. Wissen Sie eigentlich wo es lang geht?«

»Ja, ich führe Sie – diskret natürlich – seit wir uns heute Morgen getroffen haben. Wir sind keine hundert Meter von unserem Ziel entfernt. Wir sind schon in der Gotthardstrasse.«

In dieser für das Neubadquartier so typischen Strasse am äussersten Rande des Stadtkantons reihten sich auf der einen Seite kleine Einfamilienhäuser aneinander, die alle nach gleichem Schnittmuster konzipiert worden waren und sich wie ein Ei dem andern glichen: kleiner, sehr kleiner Vorgarten, zwei Etagen und Dachstock mit Variante ausgebaut oder eben noch nicht ausgebaut. Die Wohnfläche betrug flächendeckend um die 115 Quadratmeter. Das waren die typischen Häuschen, die sich vorsorgende, sparsame Angestellte und Beamte kaufen konnten, oder der Wahrheit näher – anzahlen konnten. Mit viel Aufwand hatten die Besitzer versucht, den Häuschen ihre eigene Note aufzudrängen. Manche hatten eine peppige Farbe für die Fassade gewählt, – giftgrün, rosa, zitronengelb –, andere hatten Gärtchen angelegt, die das Label »ich bestehe nur aus einheimischen Pflanzen vom biologisch-dynamischen Markt« trugen und versuchten, einen Hauch von eingeengter Wildheit zu verströmen. Auf der anderen Seite standen auch einige Häuser, wie sie in den ersten Jahrzehnten des zwanzigsten Jahrhunderts in den besseren Quartieren der Stadt gebaut worden waren. Diese waren grosszügig angelegt, alle drei Stockwerke waren von Anfang an ausgebaut, sowohl das Wohnzimmer wie auch die Schlafzimmer und die Gärten vermittelten das Gefühl von Weite und Einzigartigkeit. Hier hatten sich Mitglieder des Bildungs- und des Bürgertums ohne jegliche Vorsilben angesiedelt.

»Da sind wir«, meinte Matteo und zeigte auf eines der gleichgeschalteten Häuschen.

»Also, ich hätte ihn eher auf der anderen Seite angesiedelt, Sie nicht, Chef?«

»Diese Seite passt besser, zumindest besser zu seinem Outfit. Haben Sie eine Ahnung, wie viel so ein Rektor verdient?«, fragte Santoro.

»Das Doppelte von einem Lehrer, also das Dreifache von mir und das habe ich von meinen wohlbekannten, zuverlässigen Quellen.«

»Also eigentlich gar nicht so schlecht. Was macht der denn auf der mickrigen Seite des Lebens?«

»Unerklärlich, denn schon Kautsky hat – bevor er zum Renegat wurde – ganz klar definiert, dass Rektoren dem Bürgertum angehören und die Aufgabe haben, das kapitalistische System aufrechtzuerhalten und seine Reproduktion zu garantieren.«

»Mein Gott, Goldberg, wo haben Sie jetzt diesen Krautsi ausgegraben?«

»Kautsky, neunzehntes Jahrhundert, aus dem verstaubten Hut der alten Sozialdemokraten, als sie noch tatsächlich Sozialisten waren. Wissen Sie, Marx, Engels und ihre Kumpels, sicher schon von ihnen gehört? Und, bevor Sie das auch noch fragen müssen, ein Renegat ist einer, der die Sache verrät. Unser Kautsky hat die Revolution verraten und ist ein gemeiner Reformist geworden. Dafür hat er eine tolle politische Karriere gemacht. Man kann eben nicht alles haben. Frau schon gar nicht.«

»Ich danke Ihnen, meine Liebe, für den geschichtlichen Exkurs und den Gratiskurs in politischer Bildung. Aber um auf unseren Herrn Würscht zurückzukommen, er scheint sich eher auf der kleinbürgerlichen, wenn nicht gar kleinkarierten Seite des Lebens, angesiedelt zu haben.«

»Ich sag jetzt nicht: Er war eher ›e Würschtli‹[4]. Das wäre nämlich pietätlos und das will schliesslich niemand sein, nicht mal ich, aber verlockend war es eben trotzdem.«

»Als meine Assistentin gehört es zu Ihrem Aufgabenbereich, auf den Klingelknopf zu drücken.«

»Steht das in einer der letzten Direktiven, die Sie in den letzten Wochen so zahlreich erhalten haben? Sie werden sicher verstehen, dass ich nicht mehr ganz folgen kann, dazu bräuchte ich eine Entlastung. Habe mich schon gefragt, ob ich eine beantragen soll. Was glauben Sie, wie käme das an?«

»Drücken, Goldy.«

Nach dem Klingeln mussten sie nicht lange warten, bis eine grosse, stämmige Frau die Türe öffnete und ihnen, mehr mürrisch denn traurig, entgegenstarrte. Santoro stellte sie beide vor und übermittelte ihr mit ruhiger und sanfter Stimme ihrer beider Beileid. Die Frau nickte kurz und meinte:

»Kommen Sie rein. Ich nehme an, dass sie Fragen haben. Und bitte entschuldigen Sie die Unordnung, ich wollte heute Morgen eigentlich ein wenig Ordnung machen und putzen, aber ich bin zu nichts gekommen.«

4 E Würschtli: Ein Würstchen

Sie ging voraus und führte sie durch einen schmalen Gang ins Wohnzimmer, durch dessen Fenster der kleine, gepflegte Garten zu sehen war. Von Unordnung oder gar Schmutz konnte keine Rede sein. Keine Zeitschrift, kein Buch lag herum, kein Glas war stehengelassen worden. Auf dem Teppich war kein Fusselchen zu erkennen, kein Stäubchen hatte es gewagt, irgendeine Fläche zu trüben. Sie wurden an den Esstisch gebeten, der erst kürzlich poliert worden war, was sowohl der noch intensive Geruch wie auch die spiegelglatte Fläche verrieten.

Zina Goldberg liess ihren Blick herumschweifen, während Santoro mit Takt und unverfänglichen Fragen die Befragung einfädelte. Über der Anrichte ihr gegenüber hingen Grünpflanzen, die in Geflechten aus so genanntem Makramee aufgehängt waren. Die aus Schnur und verschieden farbigen Perlen geknüpften Netze verströmten eine derart penetrante Aura anständiger, ja biederer Trostlosigkeit, dass Zina sich dabei ertappte, Sympathie für die trotzig wuchernden plastikartigen Topfpflanzen zu entwickeln. Sie drehte leicht den Kopf und ihr Blick fiel auf die Vitrine, die in der Ecke stand. Sie war voller kleiner Figuren, die offensichtlich eine Sammlung darstellten. Zina konnte nicht erkennen worum es sich da genau handelte. In verschiedenen Posen, aus verschiedenen Materialen – Holz, Plastik, Metall, Keramik – reihten sich die Figürchen aneinander. Manche hatten eine Zipfelmütze, die meisten einen Bart, sie waren alle untersetzt – und da erkannte sie, worum es sich handelte: Es waren alles Zwerge. ›Die Frau hat eine Zwergensammlung‹, dachte Zina und konnte eine leichte Übelkeit nicht unterdrücken. Sie suchte Halt an einer anderen Wand. Ihre Augen hefteten sich an einen Wandbehang, auf dem mit kunstvoller Schrift geschrieben stand: »Gott, segne die Frauen, denn sie hegen und pflegen, sorgen und …«. Zina schaute schnell weg. ›Wo bin ich hier nur gelandet? Mach ich hier eine Zeitreise in ein vergangenes Jahrhundert?‹ Und doch wanderte ihr Kopf wie magisch angezogen zurück zu der Schrift an der Wand. Diesmal fokussierte sie auf die Schrift an sich: Sie war nicht gemalt oder gedruckt, nein, die Buchstaben waren mit klitzekleinen Kreuzstichen gestickt worden. Sie stellte sich vor, was mit ihr passieren müsste, damit sie ihre Zeit mit gottgefällig-frauenverblödenden Mückenschissstichen totschlagen würde. ›Vielleicht, wenn ich auf einer einsamen Insel mit nur Faden und Nadel landen würde? Oder im Gefängnis sitzen müsste, wo ich zur Strafe nicht arbeiten und nicht lesen dürfte und dann auch noch in Einzelhaft schmoren müsste?‹. Aber diese widrigen Bedingungen überzeugten sie nicht. Sie würde bestimmt, ganz bestimmt, *irgendetwas* Sinnvolleres finden. Langsam war sie doch gruselig neugierig auf diese Frau und wandte ihre Aufmerksamkeit der Befragung zu.

Frau Würscht sass auf der vordersten Kante eines gar nicht bequemen Stuhls und knetete ihre Hände im Schoss, während sie mit strengem Blick und fester Stimme auf Santoro einredete.

»Sie wissen ja, wie die Männer sind. Sie können sich nicht steuern, sind eben triebhafter als wir Frauen und wenn dann noch ein blond gelocktes Weibchen ohne Skrupel es auf sie abgesehen hat, dann sind sie verloren. Was will man da machen?«

»Frau Würscht, wann hat Ihr Mann Sie verlassen?«

»Das verstehen Sie ganz falsch. Mein Mann hat mich nicht wirklich verlassen, er war im Moment einfach nur durcheinander, hat sich den Kopf verdrehen lassen. Er wäre schon wieder zurückgekommen und hätte schon bald gemerkt, wo er eigentlich hingehört.«

»Wann, Frau Würscht?«, hakte Matteo mit seiner sanftesten Stimme nach.

»Also, vor drei Monaten ist er für eine Weile ausgezogen, zu dieser Person, aber er hätte schon bald gemerkt, was er verpasst. Schliesslich habe ich für ihn gleich nach unserer Hochzeit vor 31 Jahren aufgehört zu arbeiten, damit ich mich ganz um ihn kümmern konnte.«

›Denn sie hegen und pflegen‹, betete Zina still vor sich hin, ohne die Frau aus den Augen zu lassen. Diese heftete weiter ihren Blick auf ihren Chef und blickte ihn herausfordernd – und mit einem Zitronenlächeln – unverwandt an. Dass noch eine dritte

Person im Raum anwesend war, hatte Frau Würscht anscheinend vollkommen ausgeblendet. Sie redete eindringlich weiter, als gelte es, einem leicht behinderten, uneinsichtigen schlechten Schüler ein ganz einfaches Problem zu erläutern. Zina beschlich eine Ahnung.

»Welchen Beruf haben Sie ausgeübt, bevor Sie geheiratet haben?«, fragte sie aufmunternd lächelnd.

»Ich war Handarbeitslehrerin, aber nur ganz kurz«, antwortete sie und schaute Zina völlig perplex an, als ob plötzlich eines ihrer Plastikgeschwüre in ihren Makrameegefängnissen das Wort an sie gerichtet hätte.

»Haben Sie es nie bereut, Ihre Arbeit aufgegeben zu haben?«

»Ich musste ja nicht, ich wollte es so, das müssen Sie richtig verstehen. Mein sehnlichster Wunsch war es, meinem Mann ein behagliches Heim einzurichten, damit er sich ganz seiner Karriere widmen konnte. Dank mir ist er ja auch ganz schön weit gekommen. Das schaffen nur ganz wenige Lehrer, wissen Sie. Und zudem möchte ich heute weiss Gott nicht mehr unterrichten müssen. Sie können sich gar nicht vorstellen, wie nervenaufreibend das heute geworden ist. Mein Mann hat mir oft geklagt, dass sich die heutigen Schüler überhaupt nicht darum kümmern, was der Lehrer sagt. Keinen Sinn mehr für Autorität, sage ich Ihnen. Er war heilfroh, als er Rektor werden konnte. Er konnte sich ja auch ganz auf seine Aufgabe konzentrieren« – ein weiteres »Dank mir« hing im Raum –, »da er sich sonst um gar nichts kümmern musste. Jeden Morgen bin ich vor ihm aufgestanden, habe ihm ein gesundes und ausgewogenes Morgenessen gerichtet, mittags und abends habe ich immer etwas Warmes gekocht. Da hat er sich immer darauf gefreut, wissen Sie. Ich habe ja genau gewusst, was er gerne hat. Am Wochenende habe ich ein kulturelles Programm organisiert, denn, das wissen Sie ja bestimmt, wenn man aufsteigen will, muss man ein bisschen Bescheid wissen. Manchmal habe ich auch Bekannte eingeladen, solche, die ihn weiterbringen konnten, natürlich. Beziehungen sind sehr wichtig, wenn man vorwärts kommen will. Er musste sich um gar nichts kümmern, gar nichts. Die Ferien habe ich auch organisiert, denn er hatte natürlich keine Zeit für so was. Ich habe immer darauf geachtet, dass es nicht zu anstrengend wurde, es sollte einfach erholsam sein, damit er dann wieder voller Elan an die Arbeit konnte.«

Leicht ausser Atem hielt sie inne und starrte Matteo Verständnis heischend an. Dieser schien leicht aus der Fassung gefallen zu sein und wandte sich Hilfe suchend, die Augenbrauen hochgezogen, an Zina. Diese, die den Faden ebenfalls verloren hatte und ihn verzweifelt suchte, fand doch noch eine nächste Frage.

»Wann haben Sie Ihren Mann zuletzt gesehen?«

»Gestern Abend, er war hier, um mit mir über eine Scheidung zu reden. Ich hab ihm klar gemacht, dass das nicht so einfach geht. Klipp und klar habe ich ihm erklärt, dass er nach 31 Jahren nicht einfach verschwinden kann.«

›Und genau das hat er jetzt eben doch geschafft‹, dachte Zina, fragte jedoch unerschütterlich weiter:

»Sie haben sich also gestritten?«

»Sie verstehen das ganz falsch.«

Frau Würscht schaute Zina mitleidig an und schüttelte den Kopf. Dann drehte sie sich ostentativ dem Mann im Raum zu.

»Dann erklären Sie es uns.«

Matteo hatte beschlossen zu intervenieren, denn er ahnte, dass Zinas Geduld schon am Abgrund stand. Seine Assistentin starrte nur noch beflissen ins Leere.

»Natürlich war das überhaupt kein Streit. Mein Mann war einfach völlig durcheinander. Er hatte sich da in etwas reinziehen lassen, Männer sind ja so was von naiv. Bald, sehr bald, hätte er jedoch gemerkt, was er wirklich brauchte. Ohne mich wäre er doch hilflos wie ein kleines Kind gewesen. Er konnte ja nicht mal seine schmutzigen Socken in den Wäschekorb legen, geschweige denn waschen, von bügeln gar keine Rede. Er wollte ja nicht wirklich – ich meine auf Dauer – auf ein so warmes Nest verzichten. Er hätte nicht lange durchgehalten, ohne seine warmen Mahlzeiten. Ich kenne doch meinen Kurt, er hatte doch so einen heiklen Magen. Und das musste ich ihm einfach klarmachen.«

»Und was hat er darauf geantwortet?«

Diesmal hakte Zina nach, die ihren Ohren nicht mehr wirklich trauen wollte.

»Nichts. Also, ich meine nichts Wesentliches. Er hat was von Leben und Lieben und endlich gefunden gestottert und dass es ihm sehr Leid tue, dass er mir auch nicht wehtun wolle, dass ich ihm nicht gleichgültig sei, was Männer eben so sagen, wenn sie meinen, dass sie sich davonschleichen müssten.«

Na, da hat sie ja für einmal nicht ganz Unrecht, dachte Zina Goldberg. Und doch wurde ihr immer übler bei diesem selbstgerechten Vortrag. Sie konnte sich nicht von der Vorstellung trennen, dass da einer zu einem hilflosen, abhängigen und willfährigen Volltrottel herangezüchtet worden war, der den Ehrgeiz einer andern zu erfüllen hatte. Seinen Wunsch, aus diesem wohl organisierten kleinkarierten Käfig zu entfliehen, konnte sie – trotz aller Frauensolidarität – nur allzu gut nachvollziehen. Schliesslich bekam ja jeder Häftling zwei warme Mahlzeiten pro Tag und manche durften sogar bei der Zubereitung mithelfen.

Frau Würscht hatte eine kurze Schnaufpause eingelegt, sie schaute leicht verunsichert und verloren um sich, fasste sich aber schnell wieder und meinte trotzig:

»Er wäre schon bald wieder zur Vernunft gekommen, verlassen Sie sich auf mich, ich wusste schon, wie ich meinen Kurt zu nehmen hatte. Er hatte ja schon ein ganz schlechtes Gewissen.«

»Wie sind Sie denn verblieben?«, wollte Matteo weiter wissen.

»Er hat versprochen, sich alles noch mal gut zu überlegen. Ich hab ihm geraten eine Tabelle zu erstellen. Wissen Sie, auf der einen Seite, was spricht dafür, auf der andern, was spricht dagegen. Ich finde man sollte die Dinge immer ganz praktisch angehen. Und da brauchen Männer eben ein bisschen Nachhilfe, besonders in einem so schwierigen Alter.«

Den Kopf leicht zur Seite geneigt und mit einem schon fast verschmitzten Lächeln schaute sie zum ersten Mal in Zinas Richtung. Deren Mitgefühl für verlassene Frauen war, einer Plastikente an der Sonne gleich, schlicht verschrumpelt. Ohne auf das »Wir-Frauen-wissen-doch-Bescheid-Lächeln« einzugehen, fragte sie kalt:

»Um wie viel Uhr hat er Sie verlassen?«

»Das kann ich Ihnen genau sagen. Es war genau zehn Uhr dreissig, denn anschliessend habe ich sofort den Fernseher angeschaltet. Ich wollte nämlich meine Lieblingssendung nicht verpassen.«

»Und die wäre?«

»Desperate Housewives.«

Zina blickte zu ihrem Chef, der mit leerem Blick ins Nichts starrte. Mein lieber Schwan, dachte sie, der schaut ja in die Welt wie ein paralysierter Karpfen. Wenn ich den in einen Weiher werfe, bildet er Bläschen. Aufgrund ihrer Diagnose, entschied sie sich, die Übung abzubrechen.

»Frau Würscht, das wäre im Moment alles. Falls wir noch weitere Informationen benötigen, werden wir uns wieder bei Ihnen melden. Wir möchten Sie in dieser schweren Stunde nicht unnötig belästigen.«

»Ja, Sie haben ganz Recht. Ich muss mich wieder fangen, es war wirklich ein Schock für mich. Und zudem muss ich natürlich noch die Beerdigung organisieren, Familie und Bekannte benachrichtigen, die Todesanzeige darf ich auch nicht vergessen. Zum Glück mache ich das nicht zum ersten Mal. Erst vor einem Jahr ist mein Vater gestorben. So bin ich nicht ganz aus der Übung.«

Die beiden Ermittler verabschiedeten sich so gebührlich wie möglich – der Kommissar machte immer noch einen benommenen Eindruck – und fanden sich auf dem Trottoir wieder. Sie trotteten eine Weile schweigend Seite an Seite weiter, jeder in seine eigenen Gedanken versunken.

Mittlerweile war der Morgen schon fortgeschritten und die Frühjahrssonne versuchte tapfer einzuheizen. Nur wenige kleine Wolken bewegten sich am Himmel und spielten wohlgenährte

Schäfchen, die auf einer blauen Wiese Fangen spielen. Das Tempo war nicht rekordverdächtig, denn das Lüftchen, das blies, war nur zaghaft.

Zina streckte ihre Nase gegen den Himmel und genoss das Kitzeln der ersten Sonnenstrahlen, die sie seit langem ersehnt hatte. Die Luft war erstaunlich klar, das Licht heller und intensiver – es roch eindeutig nach Frühling. Nach der beengenden Atmosphäre im kleinen Haus, freute sie sich über das Gefühl von Freiheit und Leichtigkeit, das sich in ihr breit machte. Aus diesem sicheren Befinden heraus empfand sie zum ersten Mal Mitgefühl für den Toten. Sie sah ihn als traurigen grauen Papagei, der auf seiner Stange sitzt, mit Leckereien von seiner Besitzerin voll gestopft wird, ab und zu Besuch erhalten darf, damit er bei Laune bleibt. Von Zeit zu Zeit lässt ihn die Herrin auch ein bisschen herumfliegen, aber nur an der langen Leine. Und nun hatte er versucht endgültig davonzufliegen, seine Ketten zu zerhacken, um eine Gefährtin zu finden. Und irgendjemand hatte ihn im Flug abgeschossen. Beide, in Gedanken versunken, stapften sie in einhelligem Schweigen weiter, bis sie an einem kleinen Park vorüber kamen, der im Schatten seiner Bäume mit einladenden Bänken für sich warb. Mittlerweile waren sie schon wieder in der Benkenstrasse, bis zu ihrem nächsten Interview-Termin würden sie es nicht mehr weit haben. Die Geliebte wohnte im Bachlettenquartier.

»Kommen Sie, Goldberg, setzen wir uns einen Augenblick hin. Ich möchte meine Gedanken ordnen und ehrlich gesagt, muss ich auch das Gehörte irgendwie verdauen.«

Sie setzten sich beide auf eine Bank, die im Schatten einer Pinie stand und während Zina sich zurücklehnte, in den Himmel schaute und ihre Beine ausstreckte, sass Matteo vornüber gebeugt da, die Ellbogen auf die Knie gestützt und schien konzentriert seine polierten Schuhe zu studieren.

Schliesslich unterbrach Zina das Schweigen:

»Spucken Sie es aus. Sie sehen aus, als ob Sie ein riesiges Ei ausbrüteten, aus dem nicht viel Gutes schlüpfen könnte.«

Matteo seufzte und schaute sie schräg von unten an. Sein Mund blieb ernst, doch in seinen Augen zeigte sich ein widerwillig amüsiertes Lächeln.

»Ich habe mir eine neue Möglichkeit überlegt – Sie würden das eine These nennen – wie der Tote zu seinem Zustand gekommen sein könnte. Wollen Sie es hören?«

»Los, Chef, ich hänge gebannt an Ihren Lippen.«

»Dann machen Sie sich bitte ganz leicht, sonst kann ich schlecht artikulieren.«

»Soll ich jetzt für Sie das Mantra singen: Ich bin ein Hauch, ich bin ein Hauch, ich bin …«

»Wie soll ich nur mit Ihnen seriös arbeiten können?«

»Ach, wissen Sie, Chef, Effizienz hat rein gar nichts mit Griesgrämigkeit zu tun. Sie werden schon noch draufkommen. Jetzt legen Sie endlich mal los, ich brenne darauf, Ihre Sicht der Dinge zu erfahren.«

»Also, nach dem, was uns die holde Gattin erzählt hat, kann ich mir vorstellen, dass der arme Kerl ganz verzweifelt war, als er dort endlich raus kam. Er muss das Gefühl gehabt haben, sich nie von ihr wirklich trennen zu können, dass sie nie in eine Scheidung einwilligen würde. Zudem müssen ihn schreckliche Gewissensbisse geplagt haben. Immerhin hatte seine Frau jegliche Ziele für ihn geopfert, ihr Leben ganz seinem Wohlergehen, seiner Karriere untergeordnet. Jetzt stellen Sie sich vor, wie er sich völlig verzweifelt, keinen Ausweg sehend, durch die dunklen, verlassenen Strassen schleppt. Und da übermannt ihn die grauenerregende Einsicht, dass er für immer an sie gekettet ist, dass er seinen goldenen Käfig nie wird verlassen können. Er sieht sein bisheriges ödes Leben hinter sich, er sieht die Jahre, die auf ihn warten mit seiner alles bestimmenden, alles organisierenden Frau, die an ihm herumnörgelt, ihn in ihre Vorstellungen reinpresst und da merkt er, dass er einfach nicht mehr kann, nicht mehr will. Er bleibt stehen, nimmt die Waffe aus seinem Anorak, hält sie an die Stirn und … Peng.«

»Mensch Meier, Sie haben wirklich eine dramatische Ader.

Aber wissen Sie, das Ganze riecht einfach nicht nach einem Ehedrama. Ich meine, heutzutage hätte er sich einfach scheiden lassen können, auch wenn sie nicht einwilligen wollte, die hätte doch toben können, wie sie wollte, er hätte einfach nur fest bleiben müssen.«

»Genau das war vielleicht sein Problem: fest bleiben. Nach dem was die Frau erzählt hat, stelle ich ihn mir eher als ziemlich willenlos und schwach vor. Und zu Ihrem ›einfach gehen‹, Sie vergessen, dass Männer in Gefühls- und Beziehungsdingen ziemlich feige sein können«, schloss Matteo deprimiert.

›Du redest da wohl von einem ganz bestimmten Mann, mein Lieber, den du wohl schon lange kennst, nicht wahr‹, dachte Zina und wahr ganz stolz, ihre Aussage für sich behalten zu können. Sollte ihr doch noch einer kommen und ihr sagen, sie trage ihre Gedanken zuvorderst auf der Zunge und plaudere sie immer gleich aus. Nein, nein, sie war überlegt, zurückhaltend, diskret. Sie konnte ihre Ansichten und Meinungen sehr wohl in ihrem kleinen, stillen Herzchen behalten. Nur war ihr Problem jetzt, dass sie gar nicht mehr wusste, was sie darauf antworten sollte. Sie stotterte drauflos:

»Also, wissen Sie, äh, also, wenn Sie mich fragen, das stimmt vielleicht schon, dass sie können, ich meine sie können feige sein, aber müssen sie es auch?«

»Ich will mit Ihnen jetzt sicher keine philosophischen Debatte führen, ob das freier Wille ist oder Bestimmung oder Sachzwang oder am Schluss auch noch die Gene ...«

»Nein, also genmanipulierte Männer, die brauchen wir weiss Gott nicht, schon der genmanipulierte Mais ist mir entschieden zu viel.«

»Ob genmanipuliert oder nicht, machen Sie jetzt einfach keinen Mais, Goldberg.«

Santoro versuchte seine Assistentin mit gestrengem Blick zum Schweigen zu bringen, aber er konnte das Lachen, das sich in seinem Bauch gebildet hatte und sich nun mit Schwung durch seine Nase zu befreien versuchte, nicht mehr zurückhalten – er prustete los. Zina Goldberg schaute ihn zufrieden und gerührt an. Es war das erste Mal, seit sie zusammen arbeiteten, dass sie ihn lachen sah. Das Lachen veränderte ihn von Grund auf, er erschien ihr sehr viel jünger, frecher und – Zina vermerkte es mit Schrecken – auch sehr viel attraktiver. Die grünen Augen, die fast hinter den herunterhängenden Augenlidern verschwanden, die ein bisschen zu lange und leicht krumme Nase, der schräge Mund; durch das Lachen wurden sie wunderbarerweise in ein stimmiges und leuchtendes Ganzes verwandelt.

›Du bringst ihn nie mehr, aber wirklich gar nie mehr zum Lachen‹, schalt sie eine strenge Stimme. ›Na, hör mal, also nur, weil ein Mann ein bisschen attraktiver wirkt als sonst, heisst das noch lange nicht, dass ich mich auf ihn stürzen muss‹, versuchte sie zu beschwichtigen. ›Nein, von müssen ist hier keine Rede, aber von können und von ich-kenne-dich‹, gab die Aufsichtsstimme prompt zurück. ›Ja, ja und dann gibt es ja auch noch mein Wollen und überhaupt gehst du jetzt zurück in dein Häuschen, du alte Hexe und lässt mich arbeiten, im Gegensatz zu dir muss ich nämlich meinen Lebensunterhalt selbst verdienen. *Ich* lasse mich nicht von einer armen, geplagten Seele unterhalten.‹

Schweigen. Zina kannte eben die schlagenden Argumente.

Matteo, der von ihrem inneren Diskurs nichts mitbekommen hatte, erholte sich von seinem Lachanfall und seufzte zufrieden.

»Was ich eigentlich schon lange sagen wollte, und glauben Sie mir, ich kenne mich mit Männern sehr viel besser aus als Sie« – Matteo holte hier ganz schnell Luft, um nicht unterbrochen zu werden – »Und ich sage Ihnen, dem Kerl ist bewusst geworden, dass er an diese Frau gefesselt war und auch bleiben würde und zwar für sein restliches Leben.«

»Gefesselt? Und wodurch denn?«

»Durch sein bisheriges Leben, durch die Gewohnheit, durch seine Verpflichtungen einer Frau gegenüber, die ihr ganzes Erwachsenenleben seinen Interessen geopfert hat. Also kurz und bündig ausgedrückt: Durch seine Schuldgefühle.«

»Na, ich weiss nicht«, erwiderte Zina trocken. »Ich meine, das ist Muttis Version, das, was er glauben sollte. Kann ein Mann wirklich so naiv sein und nicht erkennen, dass er schlicht und ergreifend von seiner Frau manipuliert wurde – wenn auch nicht gen- –, dass sie ihn vorgeschickt hat nach draussen, all das zu erreichen, was sie sich selbst nicht zutraute, dass er wie ein Rennpferd gehätschelt wurde, um Rennen zu gewinnen, für die sie nicht antreten wollte, dass er wie ein Ackergaul vor den Pflug gebunden wurde, für den sie sich zu schade fand – sie wollte doch sicher nie ein Feld beackern, oh nein, dafür schickte sie lieber ihren Dumpfbacke-Gemahl an die Front.«

»Also wirklich, Goldberg, von einer Frau hätte ich in diesem Fall mehr Verständnis erwartet. Ich meine, die arme Frau opfert sich auf und dann kurz vor der Pensionierung wird sie für eine Jüngere sitzengelassen und findet sich ganz alleine wieder, ohne Arbeit, ohne Alles.«

»Ausser mit fetten Alimenten. Und wer bitte geht ihr auf den Leim wie die Fliege in den Himbeersirup? Wer hat denn von ihr verlangt, ihr eigenes Leben aufzugeben, um durch das Leben eines andern, ihre Ziele zu erreichen? Und dann bitte was für Ziele? Öffentliche Anerkennung, guter Lohn, sich wichtig fühlen können? Hohler Mist.«

Zinas Gesicht war mittlerweile ziemlich rote-Tomate-ähnlich, ihren Atem hatte sie allzu lange angehalten und ihr Blick warf scharfe Dolche in die Umwelt. Matteo hingegen wurde immer mitfühlender, gedämpfter, ruhiger, besonnener, ja gar deprimierter. Die Dynamik, die sie in Gang gesetzt hatten, drehte sich unaufhaltsam weiter, sie hatte sich selbständig gemacht.

»Aber verstehen Sie doch, das ist doch einfach so, das ist Tradition. Diese arme Frau hat doch nur gemacht, was die Gesellschaft von ihr erwartet hat zu dieser Zeit.«

»Und Sie haben ihr nicht richtig zugehört. Ihr Beruf war ihr zu anstrengend, es war für sie einfach viel bequemer ihre Hausfrauenrolle zu übernehmen, jeden Tag drei Mahlzeiten auf den Tisch zu bringen und daneben, noch ein paar Abscheulichkeiten zu basteln, um sich vorzumachen, kreativ zu sein.«

»Ja, vielleicht. Und trotzdem hat er ihr Glück zerstört.«

»Wie können Sie nur darauf kommen, dass er für ihr Glück verantwortlich sein sollte? Sie ist doch eine erwachsene Person, die für sich selbst dastehen sollte. Stattdessen hat sie sich abhängig gemacht und lebt nur durch ihren Mann, durch einen andern. Und überhaupt sage ich Ihnen jetzt etwas Grundsätzliches, das Sie sich bitte hinter die Ohren schreiben: Diejenigen, die sich so wie diese zwei das Leben aufteilen – der eine wirkt nach aussen und holt so viele Lorbeeren wie möglich, und die andere errichtet das Nest, das zur Reproduktion der Arbeitskraft dienen soll, die dienen zwar treu dem Kapital, aber ansonsten, ansonsten erreichen sie nur, dass sie voneinander abhängig sind, dass beide in einem Lebensbereich schlicht unmündig sind, dass sie sich nicht entwickeln können, dass sie manipulierbar werden, dass sie schlicht und ergreifend ihre Autonomie, ihre Eigenständigkeit fortwerfen – wie Perlen vor die Säue – und das allerschlimmste kommt noch. Sie können sich nicht lieben, denn dafür braucht es zwei unabhängige Menschen und nicht ein Konglomerat gegenseitiger Abhängigkeiten und Manipulationen.«

Die Tomate hatte sich mittlerweile unaufhaltsam Richtung Aubergine entwickelt. Zina japste nach Luft, nickte noch mehrmals kräftig vor sich hin, zupfte kräftig ein paar Mal an ihren überlangen Fransen und schaute ihren Chef eindringlich an, nach dem Motto: Na, findest du jetzt noch Worte?

Matteo seinerseits hatte wunderbarerweise eine Wandlung durchgemacht und schien aus seiner mitfühlenden Depression erwacht zu sein und meinte nun sehr viel wacher:

»Mittlerweile ist mir tatsächlich mein Mitleid mit diesem Kerl spurlos abhanden gekommen. Nichtsdestotrotz kann es sein, dass *er* sich selbst ganz schaurig Leid getan hat und zu einer Verzweiflungstat hingerissen wurde. Und – bevor Sie mich unterbrechen – darüber brauchen wir überhaupt nicht mehr zu diskutieren. Nein, wir warten ganz einfach auf Resultate der Spurensicherung, um die Linie weiter zu verfolgen: Hat er Schmauchspuren an einer Hand, heisst das, er war es selbst, keine Spuren, es war ein anderer. Unterdessen machen wir echte Polizeiarbeit und führen richtige Befragungen durch. Ich brauche jetzt ein bisschen handfeste Realität.«

Bei seinen letzten Worten hatte sich Matteo erhoben, machte seiner Kollegin ein Zeichen mitzukommen und schritt zügig weiter. Er freute sich, dass alle Orte, die er heute Morgen aufsuchen musste, auf so kleinem Raum verteilt waren. Dies erlaubte ihm zu Fuss zu gehen, die Bewegung, die frische Luft – die heute erstaunlicherweise tatsächlich frisch und sauber roch – zu geniessen. Auto fahren war ihm ein Gräuel, insbesondere in der Stadt, wo zu Stosszeiten kaum ein Durchkommen war. Die öffentlichen Verkehrsmittel waren zwar sehr gut ausgebaut und zuverlässig, die Warterei auf das nächste Tram oder den nächsten Bus machte ihn jedoch nervös und zappelig. Die unfreundlichen oder zumindest unzugänglichen Gesichter seiner Mitfahrer konnten nicht dazu beitragen, seine Stimmungen zu heben. Sicher sass auch er, wenn er mal nicht auf diese Bewegungsart verzichten konnte, mürrisch und unzufrieden da. Am liebsten ging er eben zu Fuss, für längere Strecken oder wenn er es eilig hatte, nahm er sein Velo, das er seit Jahren liebevoll pflegte.

Das Quartier, das sie wieder in die andere Richtung durchqueren mussten, gefiel ihm eigentlich doch ganz gut. Sie waren am oberen Ende des Paulusquartiers angelangt und bald würden sie ins Bachlettenquartier überwechseln. Es war ruhig, die Häuser hatten alle Gärten oder Gartenanlagen. Viele Strassen waren von grossen Bäumen flankiert. Grüne Anlagen mit riesigen alten Bäumen, Sträuchern, Sitzgelegenheiten und manchmal Spielplätzen, wie sie sie gerade verlassen hatten, gab es einige in der Gegend. Natürlich war es ein Quartier für Privilegierte, aber immerhin konnten sich auch Familien aus dem Mittelstand solche Wohnungen leisten und weiter Richtung Stadtmitte standen mehr Wohnblöcke mit sehr schönen alten Wohnungen, die noch preisgünstiger waren. Matteo wusste nicht, ob er sich in einem solchen

Quartier wohl fühlen könnte, denn hier lebten fast ausnahmslos Einheimische. Die Einwanderer waren auf nur wenige Quartiere verteilt und dieses gehörte eindeutig nicht dazu. Obwohl er in dieser Stadt geboren war, fühlte er sich doch nie ganz dazu gehörig. Sein Vater war als einer der ersten Fremdarbeiter aus Italien eingewandert, als diese Arbeitskräfte noch freudig empfangen wurden, Mitte der Fünfzigerjahre. Sie waren nur wenige und das Land brauchte sie bitternötig. Er selbst kannte keine andere Heimat. Er war schon als Kind eingebürgert worden, als es noch viel einfacher war als heute.

Und trotzdem. In diesem Quartier hätte er sich immer noch als Fremdkörper gefühlt, hier gehörte er einfach nicht hin. Er war eben ein typischer Secondo, wie die Kinder der Einwanderer genannt wurden und sich selbst auch wahrnahmen: Als die zweite Generation von Einwanderern, also von Leuten, die von anderswo kamen.

›Ich werde nie wirklich irgendwo hingehören‹, dachte er ohne Bitterkeit, denn in diesem Gefühl, nirgends zu Hause zu sein, nirgends wirklich Wurzeln schlagen zu können, genau in dieser Empfindung war sein Daheim. Im Gegensatz dazu wurde ihm klar, was ihn an diesem Fall so irritierte: Eigentlich war es doch erstaunlich, dass alle bisherigen Protagonisten in diesem Quartier lebten und der Mord selbst auch hier geschehen war. Alles auf kleinem Raum. Konnte er dieser Tatsache irgendeine Bedeutung zumessen? Enge? Gleichförmigkeit? Gleichschaltung? Eintönigkeit? Er verschob all diese Gedanken auf später – es war noch zu früh.

Santoro schaute zur Seite zu seiner Kollegin, die tatsächlich schon seit einigen Minuten schwieg, was ihn schon fast beunruhigte. Diese nahm seinen Blick als Aufforderung wahr und sagte:

»Sie meinen, wir werden uns also keine Gedanken darüber machen, wie er sich trotz mangelnder Schmauchspuren eben doch hätte selbst erschiessen können?«

»Gar nicht nötig, Goldberg«

»Wir werden uns also nicht mit der Möglichkeit auseinandersetzen, dass er vielleicht Handschuhe getragen hat?«

»Trug er sowieso nicht.«, sagte Matteo bestimmt.

»Wir müssen uns also auch nicht fragen, ob er vielleicht am Abend noch welche trug und wie diese verschwunden sein könnten?«, liess Zine nicht locker.

»Völlig irrelevant.«

»Die Theorie, dass einer die Leiche entdeckt haben könnte und sowohl die Handschuhe wie die Waffe hätte verschwinden lassen können, interessiert uns also gar nicht weiter?«

»Genau, gar nicht weiter.«

»Die Vorstellung, dass das einer nur getan haben könnte, um die Arbeit der Polizei zu erschweren, die soll uns wohl gänzlich fremd bleiben, nicht?«

»Sie sehen das ganz richtig, Goldberg.«

»Also wollen Sie auch gar nicht die Geschichte hören vom frustrierten Achtundsechsziger, der als letzter noch lange Haare trägt?«

»Interessiert kein Schwein.«

»Der frustrierte Achtundsechsziger, der keine seiner Vorstellungen und Träume je verwirklicht sah und dadurch seine tiefe Abneigung gegen alle Institutionen, sich in Abgründe tiefster Verachtung hat wandeln sehen. Kein Ohr für ihn?«

»Davon wollen wir gar nichts hören, werte Assistentin. Zudem ist der letzte Satz für uns viel zu kompliziert und mit grosser Wahrscheinlichkeit auch noch ziemlich falsch.«

»Es geht uns also auch am Arsch vorbei zu erfahren, dass dieser arme desillusionierte Mann nun spät abends per Zufall über eine Leiche stolpert und erkennt, dass sich der arme Kerl auf offener Strasse die Kugel gegeben hat und eine Gelegenheit sieht, den Polypen ein Schnippchen zu schlagen, indem er Handschuhe und Waffe verschwinden lässt, damit das Ganze wie ein Mord aussieht.«

»Am Arsch.«, urteilte Santoro streng.

»Sie sehen diesen doch irgendwie sympathischen Zeitgenossen jetzt auch nicht vor Ihrem inneren Auge, wie er sich ins Fäustchen lacht über uns, die jetzt völlig unnötig sich die Hirnwindungen auswringen, um dieses Rätsel zu lösen, das eigentlich nie eines war?«, wollte Zina wissen.

»Mein inneres Auge schläft gerade und wartet entspannt auf Fakten. Zudem sind heutzutage leider selbst die Altachtundsechziger angepasst und schon ziemlich in die Jahre gekommen, da vergeht einem einfach der Mumm für solchen Mummenschanz.«

»Trotzdem. Ich finde, es ist eine schöne, schon fast rührende Geschichte.«

»Was mir hingegen immer in meinem Hinterkopf herumsummt – Sie stecken mich an, Goldberg, Sie mit Ihren Spinnereien – ist die Vorstellung von Frau Würscht, die ›Desperate Housewives‹ guckt und dabei zur unaufhaltbaren Erkenntnis kommt, dass sie ihn definitiv verloren hat. Sie hat niemanden mehr, über den sie herrschen kann, ihr Leben ist leer. Und da springt sie auf ihr Velo, holt ihn ein und – Peng.«

»Die Vorstellung gefällt mir ausserordentlich, muss ich sagen. Die grosse Marionettenspielerin verliert ihr Lieblingsspielzeug. Es hatte einfach die Frechheit, seine Fäden durchzuschneiden und davonzuspazieren. Schliesslich haben wir nur die Aussage Frau Würschts, dass er unentschlossen war und schon bald ins Körbchen zurückgeschlichen wäre.«

»Ich muss zugeben, dass ich zunehmend neugierig bin auf seine neue Dulcinea. Sie wird uns sicher auch eine ganz interessante Version vorlegen wollen. Hoffentlich entpuppt sie sich nicht als Windmühle.«

*Kapitel 2*

# Was sich Frauen wünschen, …

Sibylle Räber, die für den Ermordeten die Funktion der Geliebten ausfüllte, lebte im obersten Stock eines alten und sehr gepflegten Hauses aus der Jahrhundertwende. So gefasst und mürrisch die beiden Ermittler an der vorhergehenden Adresse empfangen worden waren, so verweint, zittrig und fassungslos wurden sie diesmal aufgenommen. Frau Räber war ein zierliches und doch pummeliges Persönchen, mit grossen blauen Augen, die sicher sehr wirkungsvoll waren, wenn sie nicht gerade vom vielen Weinen rotgerändert erschienen. Ihre Haare waren halblang geschnitten und fielen ihr in feinen und luftigen Locken auf die Schultern. Sie war sicher schon um die fünfzig und trotzdem ging noch eine Aura von Frische und Jugend von ihr aus. Sie nahm die Beileidsbekundung der beiden Ermittler schluchzend entgegen und bat sie dann schniefend in einen grossen Raum, wo sie sich alle drei auf ein Ecksofa setzten.

Zina liess einmal mehr ihren Chef den Anfang alleine finden und schnüffelte die Atmosphäre des Raumes in sich hinein. Sie fühlte sich hier wohl, entspannt, gelöst. Es wurde ihr schnell klar, woran es lag: Der Raum war grosszügig und, dank eines breiten Fensters und der verglasten Doppeltür, die auf eine Dachterrasse hinausführte, die in Zinas Augen schlicht ein Traum war, auch lichtdurchflutet. Entlang dem gusseisernen Geländer waren winzige bis riesige Blumentöpfe aufgereiht, in denen farbenfrohe Blumen, Bäumchen, Sträucher und Ranken sich einen Wettbewerb der Üppigkeit und Farbenpracht zu liefern schienen. Da wuchsen Tulpen in den unterschiedlichsten Formen und Farben, Osterglocken, Vergissmeinnicht, ein Forsythienstrauch, eine Clematis und Kletterrosen, die das Blühen noch vor sich hatten und eine Vielzahl anderer Blumen, deren Namen Zina nicht kannte. Sie hatte nie die Zeit gefunden, sich um Pflanzen zu kümmern, was ihr zum ersten Mal schmerzlich Leid tat. Die Einrichtung gefiel ihr nicht minder. Mit seinen wenigen schlichten und modernen Möbeln in hellen Farbtönen vermittelte der Raum ein Gefühl der Weite und der Leichtigkeit. Der Kontrast zu der Enge und der Überfülle im kleinen Einfamilienhaus des Ehepaares Würscht konnte nicht krasser wirken. Zina wandte sich nun, sehr neugierig geworden, der Bewohnerin dieser Oase zu, die wie ein Häufchen Elend auf dem Sofa sass und mit ihren kleinen Händen verzweifelt ein Taschentuch traktierte. Sie erklärte gerade Santoro, der sie voller Anteilnahme anschaute und ihr immer wieder aufmunternd zunickte, dass sie die ganze Nacht nicht geschlafen habe. Ihren Geliebten hatte sie erst spät abends erwartet, denn sie hatte ja gewusst, dass er ein heikles Gespräch mit seiner Frau zu führen hatte. Kurz nach elf hatte sie dann begonnen ihn, auf seinem Natel anzurufen, aber nur die Mailbox erreicht. Je mehr die Zeit verging, desto mehr Sorgen hatte sie sich gemacht und umso mehr Phantasien hatten sich wie von selbst entwickelt. Sie war am Ende dieser langen und Kräfte zehrenden Nacht schon fast zur Überzeugung gelangt, dass ihr Kurt gleich bei seiner Frau geblieben war, und war bereit zu glauben, dass sie, die Exfrau, es geschafft hatte, ihn durch ihre moralischen Erpressungen weich zu klopfen.

»In welcher Verfassung war er, als er Sie früh abends verliess?«

»Er hat es nicht so gezeigt, aber ich habe schon gemerkt, dass er bedrückt und niedergeschlagen war. Ich denke, er wusste, dass es nicht einfach werden würde mit seiner Frau.«

»Aber geäussert hat er sich nicht dazu?«, fragte Santoro sanft weiter.

»Nein, nicht wirklich. Er war schweigsam und wie in sich zurückgezogen. Ich habe ihn gelassen, ich wollte ja nicht auch noch Druck auf ihn ausüben. Ich hoffte einfach, dass er genügend Mut aufbringen würde, um es ihr zu sagen. Ich habe ihn zum Abschied geküsst und habe ihm gesagt, dass ich ihn liebe.«

»Was sollte er ihr sagen?«

»Ja, dass er die Scheidung wolle, natürlich. Seit drei Monaten ist er nun ausgezogen und wohnt seitdem bei mir.«

»Und Sie gingen davon aus, dass es Schwierigkeiten geben könnte.«

Sibylle Räber seufzte:

»Leider. Schon vor einem Monat hatte er ihr gegenüber angedeutet, dass er nicht mehr zurückkommen würde. Ich weiss nicht genau, wie sie reagiert hat, jedenfalls war er komplett fertig, als er nach Hause kam. Er hat nur angedeutet, dass es sehr belastend war für ihn, besonders, weil sie Andeutungen gemacht hatte, dass sie ohne ihn einfach nicht mehr weiter leben könne. Es hat dann einen ganzen Monat gedauert, bis ich ihn wieder soweit gestärkt und aufgebaut hatte, damit er es noch mal wagte. Das war eben gestern.«

»Können Sie sich vorstellen, wer Interesse haben konnte, Ihren Geliebten zu töten?«

Zina hatte eine kurze Atempause der Geliebten ausgenutzt, um der Befragung eine neue Richtung zu geben. Das Gerangel zwischen den beiden Frauen um dieses mittelalterliche, nicht besonders ansehnliche Exemplar der Gattung Mann ging ihr langsam aber sicher auf die Nerven. Konnten diese beiden Frauen denn keine sinnvollere Beschäftigung finden, ihrem Leben keinen tieferen Sinn einflössen? Und im Gegensatz zur Ehefrau war die Geliebte eigentlich ganz sympathisch. Sie schien warmherzig und einfühlsam zu sein. Und zudem sprach die Wohnung für sie, nicht zu reden von der märchenhaften Terrasse.

Frau Räber schien immer noch ganz in Gedanken versunken zu sein und ernsthaft nach einer hilfreichen Antwort zu suchen. Schliesslich schüttelte sie mehrmals langsam den Kopf und meinte nach einem tiefen Seufzer.

»Ich sehe gar niemanden. Ich könnte nicht mal sagen, dass ich seine Frau verdächtige, obwohl ich das sehr gerne tun möchte. Es würde mir verdammt gut tun.«

»Können Sie uns das näher erklären?«

»Wissen Sie, diese Frau war so von ihrem Einfluss auf Kurt überzeugt. Sie überging einfach, was er sagte, was er sich wünschte und blieb felsenfest dabei, dass er zurückkommen müsse und dass er, über kurz oder lang, nachgeben würde. So war es auf jeden Fall bis gestern. Was dann passiert ist, weiss ich einfach nicht. Aber, das muss ich zugeben, kann ich mir nicht vorstellen – obwohl ich auch das sehr gerne tun würde – dass Kurt sehr bestimmt aufgetreten ist, er wollte ihr ja nicht wehtun … natürlich, wenn er doch klar und bestimmt aufgetreten ist, dann …«

Sie schwieg und schien einem inneren Film zu folgen, der ihr nicht zu behagen schien. Sie runzelte die Stirn, zog die Mundwinkel nach unten, blickte finster ins Leere und nach einem resoluten Nicken beendete sie ihren unterbrochenen Gedankengang:

»… ja, dann kann ich mir schon vorstellen, dass sie wie irrsinnig vor Kränkung und Wut reagiert hätte. Dafür hätte sie aber realisieren müssen, dass sie ihn nie mehr zurückbekommen würde.«

»So wie ich es verstanden habe, schienen bestimmtes Auftreten und klare Aussagen nicht wirklich typisch zu sein für Herrn Würscht.«

Santoro schaute sie, den Kopf schräg gestellt und mit einem zögerlichen Lächeln, wie um Entschuldigung bittend, von der Seite an. Sie schaute ihm zum ersten mal während des Gesprächs direkt in die Augen und ein trauriges Lächeln bahnte sich unsicher und zitternd einen Weg über ihre Lippen und schlich sich wie ein Hauch von Nebel über ihr Gesicht und erreichte ihre Augen. Sie schien dadurch unschuldig, offen und verletzlich. Der Augenblick war vorbei, noch bevor die beiden Zuschauer ihn ganz bewusst hätten aufnehmen können. Frau Räbers Gesicht verzog sich schmerzlich, sie senkte den Kopf und fing bitterlich an zu weinen.

»Ich wünschte es mir so sehr, ich hoffte so fest, dass er zu mir stehen würde, … dass er endlich klare Verhältnisse schaffen würde … und jetzt werde ich nie erfahren, ob er es gewagt hat.«

Die beiden Ermittler legten eine Pause ein, um ihr zu gestatten, sich wieder einigermassen zu fassen. Sie schauten sich von der Seite an und ohne ein Wort sagen zu müssen, waren sie sich einig: Sehr wahrscheinlich war es nicht, dass Kurt Würscht sich am letzten Abend seines Lebens zu einem Helden entwickelt hatte. Die Einschätzungen zweier sehr unterschiedlicher und noch dazu sich konkurrenzierender Frauen sprachen ganz eindeutig gegen diese Möglichkeit. Sie würden später darauf zurückkommen müssen, aber jetzt galt es – trotz der offensichtlichen Trauer ihres Gegenübers –, noch einige Dinge zu erfahren.

»Frau Räber, es tut mir Leid, wenn ich Sie in einem so schmerzlichen Augenblick weiter belästigen muss, aber können Sie noch versuchen uns zu helfen?«

Zina Goldberg war bestrebt, so einfühlend wie nur möglich zu wirken. In Wirklichkeit war sie ungeduldig, die Befragung zu beenden. Ihr Verständnis für den emotionalen – und für sie absolut sinnlosen – Einsatz dieser Frau war nicht gewachsen. Frau Räber, die von all diesen bösen Gedanken nichts ahnte, nickte ihr tapfer zu, wie zum Zeichen, dass sie ruhig fortfahren könne.

»Wie steht es mit andern Personen, die ihm vielleicht feindlich gesinnt waren?«

»Ach du liebes bisschen, er hatte eigentlich kaum einen Bekanntenkreis. Seine Arbeit verlangte ihm sehr viel ab.«

»Bleiben wir gerade mal bei seiner Aufgabe als Rektor. Ich kann mir vorstellen, dass er sich nicht nur Freunde geschaffen hat. Er musste doch sicher Entscheidungen treffen, die nicht für alle angenehm waren.«

»Natürlich gab es Schwierigkeiten, aber er hat immer versucht die Dinge zu regeln, ohne viel Wellen zu schlagen, er war eher einer, der versuchte die Wogen zu glätten. Er liess auch mal die Zeit ihren Anteil zur Lösung eines Problems beitragen. Zudem war er ja oft nicht direkt involviert. Wissen Sie, jedes Schulhaus hat eine eigene Schulhausleitung, die viel vor Ort regelt.«

»Können Sie sich erinnern, ob er in letzter Zeit über besondere Konflikte oder Schwierigkeiten geklagt hat.«, fragte Zina weiter.

»Ja, da waren schon einige Angelegenheiten, die ihm Kopfzerbrechen bereiteten, aber es tut mir Leid, ich kann jetzt einfach nicht so klar denken und so genau kenne ich diese Dossiers auch wieder nicht. Kurt war froh, nicht mehr über die Schule reden zu müssen, wenn er endlich mal zu Hause war. Aber wenn Sie sich beim Sekretariat melden, werden Sie dort sicher jemanden finden, der Ihnen weiterhilft. Und jetzt entschuldigen Sie mich bitte, ich kann einfach nicht mehr.«

»Möchten Sie, dass wir jemanden benachrichtigen?«

»Bemühen Sie sich nicht, meine Schwester wird in einer knappen Stunde hier sein, es wird schon gehen.«

Schweigend stapften Santoro und Goldberg die vier Stockwerke runter, beide in ihre eigenen Gedanken versunken. Gerade als sie das Trottoir erreicht hatten, liess sie ein tiefes Brüllen anhalten. Sie schauten sich erst verdutzt an, bis sich ein Grinsen auf Santoros Gesicht breit machte:

»Das war das Männchen.«

»Das Männchen?«, wunderte sich Zina.

»Ja, der Löwe. Sehen Sie diese Mauer auf der anderen Seite der Strasse? Und dahinter, ja was meinen Sie, was dahinter ist?«

»Der Zoo. Natürlich. Jetzt wird mir auch klar wonach es hier riecht: nach Zebras, Elefanten, Giraffen und eben auch nach Löwen. Von ihrer Terrasse aus muss sie eine wunderbare Sicht auf die Anlage haben, auf die riesigen Bäume, auf das ganze Grün, auf die vielen Weiher …, und stellen Sie sich vor, wenn sie sich abends gemütlich in ihrer Hängematte räkelt, kreisen Störche über ihren Kopf und sie hört die Elefanten trompeten und den Löwen brüllen … Wissen Sie was? Wir gehen auf die Terrasse des Zoorestaurants und essen dort eine Kleinigkeit, dann bekommen wir auch ein bisschen was ab von der Sicht, den Gerüchen und von dem wunderbaren Gefühl, ganz weit weg zu sein. Zudem habe ich einen der Lage angemessenen … Bärenhunger.«

Matteo verzog zuerst das Gesicht, doch dann liess er sich überzeugen. Er war nicht bereit, seiner Assistentin zu erklären, warum er eigentlich fürs Mittagessen nach Hause gehen sollte. Im Restaurant schlich er zuerst Richtung Klo, wo er so unauffällig wie möglich einige Sätze in sein Natel stotterte. Sein aufkeimendes schlechtes Gewissen unterdrückte er im Keim mit dem Argument, dass er sich schliesslich mitten in einem dringenden Mordfall befand. Wenn er schon etwas leicht Verrücktes machte, wollte er es auch geniessen. Während dem Essen tauschten sie Erinnerungen aus, die alle in irgend einer Weise mit dem Zoo zu tun hatten: Wie er mal verloren gegangen war und sich vorgestellt hatte, wie die Tiere in der Nacht aus ihren Käfigen gelassen würden, wie sie die Geburt eines Bisons hautnah miterlebt hatte und vor allem, was sie immer wieder beeindruckt hatte als Kind: Die Runden auf dem Elefantenrücken, das Schaukeln, die raue, runzlige Haut, die Schwindel erregende Höhe. Erst beim Kaffee begannen sie, als ob sie es so abgemacht hätten, wieder über den Fall zu sprechen.

»Wie bekommt man eine solche Wohnung, Santoro, sagen Sie es mir.«

»Na, da sind Sie bei mir an der falschen Adresse. Ich wüsste nicht, wie ich das bewerkstelligen sollte. Beziehungen, nehme ich mal an. Das bringt mich auf eine Idee: Wir sollten prüfen, inwieweit die Geliebte von der Position ihres hochgestellten Schätzchen profitieren konnte. Ich kann mir gut vorstellen, dass er sehr wohl über die nötigen Vernetzungen verfügte, um an eine solche Wohnung zu kommen.«

Zina sah ihn fragend an:

»Und wohin würde uns das führen?«

»Da muss ich vorläufig noch passen. Zumindest könnten wir uns ein klareres Bild über diese Beziehung machen. Ich weiss ja nicht, wie es Ihnen geht, aber ich bin aus der Reaktion dieser Frau nicht ganz schlau geworden. Sie hat natürlich angemessene Trauer gezeigt, geweint, geschnieft, geschluchzt. Sie hat mir wirklich Leid getan und ich hab gedacht, na, wenigstens trauert eine Person um unseren Toten. Und trotzdem. Irgendetwas hat mich irritiert, aber ich komme einfach nicht darauf, was es ist.«

»Sie haben auf das gehört, was sie gesagt hat, Sie haben auf das geschaut, was zu sehen war.«

Santoro lehnte sich entspannt zurück und grinste in sich hinein. So wie es aussah, setzte seine Assistentin, in dozierendem Ton, zu einer kleinen psychologisch-philosophischen Vorlesung an – eine ihrer kleinen Lieblingsbeschäftigungen. Er war gespannt, womit sie ihn diesmal belehren würde.

»Ich habe auf das gehört, was sie nicht gesagt hat und habe nach dem gesucht, was fehlte. Und was habe ich gefunden? Ein Nichts, das wie eine grosse, leere Luftblase in der Luft hing. Worte, die nicht ausgesprochen wurden, Gefühle, die nicht zu fassen waren. Sie hat nicht von Dingen geredet, die sie verbanden, die sie teilten, die sie ohne ihn vermissen würde. Sie drückte Hoffnungen aus, die eher nach Illusionen rochen. Ich hatte keinen Moment das Gefühl, dass sie ihn als wertvollen Menschen achtete und schätzte, dass er ihr einfach teuer war. Sie hat viel gegeben. Die Frage ist: Was hat sie bekommen? Durch alle ihre Aussagen hindurch schlich sich unaufhaltsam Enttäuschung ein.«

»Und können Sie sich vorstellen, dass sie diese Enttäuschung soweit führte, ihm entgegen zu kommen, um ihn zu ermorden?«

Um einer weiteren Vorlesung entkommen zu können, denn Zina runzelte schon die Stirn und verengte ihre Augen, die sie nach weit oben richtete, schnellte er nach vorne und liess seine Hände auf den Tisch knallen. Dezidiert fuhr er gleich selbst fort:

»Ich werde ihre Anrufe von gestern Abend überprüfen lassen. Vielleicht hat er sie doch von unterwegs angerufen, um ihr mitzuteilen, dass er dem Druck nicht mehr länger standhalten könne und deshalb zurück ins Körbchen kriechen wollte.«

»Sicher keine schlechte Idee, das ist doch wenigstens ein Anhaltspunkt, den wir überprüfen können.« Zina nickte zustimmend.

»Ja, und ich werde mich heute Nachmittag mal mit unseren weiteren kleinen Anhaltspunkten befassen: Pathologie, Spurensicherung, nicht zu vergessen die Investigationen unserer Kollegen für das organisierte Verbrechen und die Befragungen in der Strasse. Ich möchte auch, dass die Nachbarn der beiden Damen befragt werden, vielleicht ist ja tatsächlich eine aus ihrer Wohnung geschlichen. Und die Telephonanschlüsse und Natels: Ich will wissen, wer, wen, wann angerufen hat.«

»Und womit darf ich mich beschäftigen?«

»Sie schicke ich mal ins Rektorat. Ich kann mir zwar beim besten Willen nicht vorstellen, dass dieser Mord – irgendein Mord – etwas mit seiner Tätigkeit als Rektor zu tun haben könnte. Aber auch das Ausschliessen von Möglichkeiten ist eine unentbehrliche Aufgabe. Und heute Abend um fünf treffen wir uns in meinem Büro zum Austausch unserer kleinen Expeditionen und zur Besprechung der allgemeinen Lage der Nation.«

»Warum habe ich das Gefühl, den Scheissjob gefasst zu haben?«

»Weil Sie sich nicht in meine Lage versetzt haben. Wenn Sie das nämlich getan hätten, wären Sie unweigerlich zu folgender Erkenntnis vorgedrungen: Santoros Job ist noch schlimmer – Berichte, Telephonate, Berichte. Sie hätten sich weiter sagen können: Ich komme ja wenigstens noch unter die Leute. Sehen Sie, ein bisschen Mitgefühl bringt Sie gar nicht unbedingt ins Verderben. Wissen Sie, sich in jemanden hineinversetzen heisst noch lange nicht, dass man hineinverschluckt wird. Und ich kann Ihnen eines versichern: Ich hätte Sie mit Garantie wieder ausgespuckt, unverdaut gefallen Sie mir nämlich viel besser.«

Und mit dem wunderbaren Gefühl, für einmal das letzte Wort behalten zu haben, klopfte er ihr sanft auf die Schulter und winkte ihr zum Abschied.

Es war drei Uhr und Zina Goldberg hatte sich vom Sekretär die elektronische Agenda seines Chefs zeigen und erklären lassen, soweit er dies überhaupt konnte. Die Einträge waren meist in Buchstabenkombinationen geschrieben, die auf eine Geheimschrift schliessen liessen. Buchstabenansammlungen wie Egam3eDR oder Mgbpanst.schw. wollte sich Zina nicht zu lange zu Gemüte führen, sie verursachten ihr nichts anderes als Kopfschmerzen. Für den Sekretär schienen manche entschlüsselbar, wie eg für Elterngespräch oder 3e für eine Klasse 3e, andere blieben auch für ihn verschlüsselte Codes. Angesichts dieser Schwierigkeiten und der Kopfschmerzen, die schon an ihrer Schläfe um Einlass pochten, beschloss sie – ganz mit sich mitfühlend – sich von der

Agenda ab- und sich dem Erklärer zuzuwenden. Sie wollte von ihm wissen, mit welchen Themen, mit welchen Leuten ihr Toter sich in letzter Zeit beschäftigt hatte und ganz besonders wollte sie erfahren, welche Schwierigkeiten, ungewohnte Ereignisse und Konflikte ihm in letzter Zeit über den Weg gekraxelt waren. Ihr Gegenüber, Herr Lustig, ein älterer, behäbiger und bärtiger Mann, der etwas von einem Teddybär in Grossformat hatte, schaute sie gleichzeitig amüsiert und mitleidig an.

»Sie haben es hier mit einer Schule zu tun, mit Schulen um ganz präzise zu sein. Und Schulen bestehen aus ein paar Gebäuden und ansonsten aus Menschen, kleinen und grossen. Und wissen Sie, was das bedeutet? Es bedeutet Schwierigkeiten, Konflikte, Unerwartetes als Alltagsbrot, Ungereimtes im Dutzend billiger, ungewöhnliche Ereignisse als Dauergäste. Herr Würscht war für über tausend Schülerinnen und Schüler, für mehrere Hundert Lehrerinnen und Lehrer an verschiedenen Standorten zuständig, zudem musste er sich mit mehreren so genannten Stabstellen auseinandersetzen, die, arbeitswütig wie die Ameisen, immer neue Schulstrukturen erdenken und diese auch noch verwirklicht sehen wollen.«

»Womit hat er sich denn in letzter Zeit im Speziellen auseinandergesetzt, wo hatte er es mit ganz besonderen Schwierigkeiten zu tun? Da müssen Sie doch Bescheid wissen?«

»Also, eine riesige Baustelle – wie er es selbst nannte – war natürlich die grundlegende Umstrukturierung der gesamten Schulangebote in unserem Kanton. Es ist Ihnen sicher nicht entgangen, dass die Schulreform, die erst vor zehn Jahren vom Souverän angenommen wurde, von bestimmter Seite hart kritisiert wurde. Zudem hat unser Land bei der Pisastudie eindeutig schlecht abgeschlossen. Und die Tatsache, dass unsere deutschen Nachbarn noch miserabler waren, ist nicht *wirklich* ein Trost. Deshalb hat das Erziehungsdepartement eine grundlegende Reform angekündigt, die vom Vorkindergarten bis zur Matur alles wieder auf den Kopf stellen soll. Das führte in letzter Zeit natürlich zu unzähligen Sitzungen, Brainstormings, Tagungen, Veranstaltungen, Kolloquien, Stellungnahmen, Berichten, Konzepten und trallala. Wenn Sie genaueres wissen wollen, müssen Sie sich aber an eine höhere Stelle wenden. Vielleicht finden Sie noch irgendwo in den höheren Sphären jemanden, der den Überblick noch nicht gänzlich verloren hat und eine Ahnung hat, wohin wir geführt werden sollen.«

»Wie stand Ihr Chef all diesen Veränderungen gegenüber?«

»Na, wie soll ich sagen? Er war sicher kein leider Kerl, aber Umwälzungen, grosse Würfe und Visionen waren sicher nicht sein Ding. Wissen Sie, in den Jahren, in denen er Rektor war, gab es nur und immer Reformen, Projekte, Versuche mit viel schriftlichem Blabla im Schlepptau. Er hat mir ehrlich gesagt mehrmals geklagt, dass diese Schule einfach nicht zu führen sei, denn zu allem hin sollten bei all diesen Veränderungen auch jedes Mal die Lehrerinnen und Lehrer aktiv in den Prozess einbezogen werden – oder es sollte zumindest das Gefühl vermittelt werden, sie seien es – damit sie die Entwicklungen auch tatkräftig unterstützten. Und dass dieses Unterfangen nicht ganz leicht war, das können Sie sich sicher vorstellen.«

»Gab es denn in diesem Prozess schwerwiegende Auseinandersetzungen?«

»Nach aussen schien er eher gelassen, wissen Sie, so ironisch, distanziert, gelassen. Aber ich denke, das Ganze hat ihm schon zu beissen gegeben, denn durch die grundlegenden Umwälzungen sollen in ein paar Jahren auch einige Rektorenposten eingespart werden.«

»Und Sie denken, er wäre einer geworden, der über die Klinge hätte springen müssen?«

»Also, ich möchte ja nichts Böses über einen Toten sagen, so ganz unter uns kann ich mir nicht vorstellen, dass im Departement auch nur ansatzweise die Überzeugung herrschen könnte, gerade *mein* Chef sei absolut unentbehrlich.«

»Gab es sonst noch besondere Ereignisse?«

»Lassen Sie mich mal nachdenken. Da war natürlich noch der Vater eines Knaben, der ein bisschen den wilden Mann gespielt hat, das war vor ein paar Tagen. Sonst hat Herr Würscht solche Angelegenheiten eigentlich immer mit Gleichmut behandelt, nach aussen zumindest. Aber diese Szene muss ihn doch ziemlich beeindruckt haben, denn er hat das gesamte Sekretariat angewiesen, diesen Mann nicht zu ihm durchzulassen, falls er nochmals aufkreuzen sollte. Es ging darum – bevor Sie nachfragen müssen –, dass der Sohn sich zum wiederholten Male gewalttätig gezeigt hatte, trotz verschiedenster Schritte, die eingeleitet worden waren. Ein Schulausschluss wurde dem Vater angedroht, eine Massnahme, die in unserem Kanton nur höchst selten ausgesprochen wird und die mein Chef nur unter dem vereinten Druck der Lehrpersonen und der gesamten Schulhausleitung angedroht hat. Er versuchte sonst eigentlich lieber zu beschwichtigen. Der Draufgängertyp war er mit Bestimmtheit nicht, der Chef.«

»Ich wäre froh, wenn Sie mir den Namen geben könnten, nicht, dass ich mir grosse Hoffnungen machen würde, aber ich bin bereit mich an jedes Strohhälmchen festzukrallen. – Fällt Ihnen sonst noch etwas ein, was aus dem Rahmen fiel?«

»Da wäre schon noch eine Geschichte, die ziemlich viel Staub aufgewirbelt hat, bei der aber alles schön unter dem Deckel gehalten wurde.«

»Sie meinen, es unterstand einer Geheimhaltungsklausel?«

»So direkt würde ich es nicht ausdrücken und so wurde es auch nie kommuniziert. Offen darüber geredet wurde auf jeden Fall nicht.«

»Ja, dann lassen Sie mal die Katze aus dem Sack, sonst erstickt die Arme noch und ich sterbe vor Neugierde.«

Das waren anscheinend die richtigen Worte gewesen, denn die Schleusen öffneten sich. Der Sekretär schenkte ihr einen Blick, den sie als eindeutig verschmitzt taxierte, und tief einatmend begann er sein Wissen preis zu geben.

»Als Erstes muss ich Ihnen mitteilen, dass mir wesentliche Teile der Geschichte fehlen. Was ich mitbekommen habe, ist folgendes: In einem Schulhaus gab es Zoff. Auf der einen Seite waren Mitglieder des Kollegiums – kein Mensch weiss, wie viele das waren –, die mit der Führungsart der zwei Mitglieder der Schulhausleitung nicht einverstanden waren. Auf der andern waren die eben erwähnten zwei. Und das Ganze ist eskaliert, fragen Sie mich nicht wie, und unser Rektor wurde einbezogen – ich würde eher sagen – rein gezogen. Er wusste bald nicht mehr weiter mit seinen zerstrittenen Untergebenen und hat den Rektor der Schule für Sonderangebote zu Hilfe gerufen, also einen rektoralen Kollegen. Ja, dann ist es erst richtig hektisch und sogar dramatisch geworden. Sitzungen lösten Briefe ab, Telefonate folgten auf Einzelgespräche, rote Köpfe gaben knirschenden Zähnen die Klinke in die Hand. Resultat war, – nach monatelanger Zerreissprobe, dass die beiden zurücktraten, oder zurückgetreten wurden. Das wirklich Aussergewöhnliche an der ganzen Sache waren die unglaublich heftigen Gefühle, die bei allen Involvierten im Spiel waren. Ich sage Ihnen, das hat gegärt, gebrodelt, gekracht.«

»Und Ihr Chef war da sehr betroffen von dieser Sache?«

»Das können Sie wohl sagen, er stand sozusagen im Kreuzfeuer. Verstehen Sie, von ihm wurde von allen Seiten eine Lösung gefordert und die Vorstellungen darüber waren diametral entgegengesetzt. Er hatte also keine Chance es allen recht machen zu können – und das hat ihn einfach fertig gemacht.«

»Können Sie mir einige Namen der Beteiligten mitgeben?«

»Offiziell natürlich nicht, denn offiziell wurde mir gar nichts, aber wirklich rein gar nichts mitgeteilt. Inoffiziell kann ich Ihnen ein paar Namen geben, aber sagen Sie ja nicht, Sie hätten sie von mir. Ich habe nämlich gar keine Lust gestochen zu werden, wenn Sie in dieses Wespennest treten.«

Der freimütige Sekretär erhielt seine Zusicherung und Zina Goldberg verliess das Gebäude mit einigen Namen, Telefonnummern und Adressen, begleitet vom guten Gefühl, wenigstens einen kleinen Einblick in die Arbeitswelt des Toten bekommen zu haben. Zudem hatte sie jetzt doch einige Fäden in der Hand, die sie aufrollen konnte. Das gab ihr wenigstens das Gefühl, etwas unternehmen zu können und rettete sie aus dem Sumpf der Machtlosigkeit, in den sie, gemeinsam mit ihrem Chef, einzusinken drohte. Sie beschloss, nicht direkt in den Bau zu eilen. Die Sonne schien zum ersten Mal in diesem Jahr so richtig hemmungs- und wolkenlos, das musste sie doch feiern. Dies war natürlich die inoffizielle Version. Die offizielle würde sich sehr viel schaffiger anhören: Sie wollte ihre Gedanken und ihre Notizen – die sie gar nicht gemacht hatte (das zweite) – ordnen und auf Vordermann bringen. Sie stellte sich vor, wie sie den armen Vordermann mit all ihren Gedanken und ihrem Geschreibsel beladen würde. Sie fühlte sich durch dieses absurde Bild wunderbarerweise ganz leicht und beschloss, den Vordermann für ihr Repertoire der heimlichen Helfer zu rekrutieren. Sie suchte und fand eine offene Terrasse, wo sie sich in die Sonne setzte und sich entspannt zurücklehnte. Der Andreasplatz, eigentlich ein alter Innenhof, gehörte zu ihren Lieblingsplätzen in der Innenstadt. Den Rahmen bildeten altehrwürdigen Gebäude, die aus ihrem Erdgeschoss Boutiquen, einen Spielwarenladen, eine Buchhandlung oder ein Restaurant gebaren. Bewohner hatten riesige Töpfe mit verschiedensten Pflanzen vor der Fassade ihrer verhätschelten Häuser aufgestellt. Natürlich waren alle Autos und sonstige Lärm- und Gestankverbreiter von dieser Oase verbannt und nur das Tram war alle zwei bis drei Minuten zu hören, nur von weitem, zum Glück. Obwohl Zina keine fünfhundert Meter von ihrem Arbeitsplatz entfernt war, konnte sie hier immer wieder ein bisschen Feriengefühl geniessen. Um den Schein – auch ihr selbst gegenüber – zu wahren, führte sie ein paar Telefonate und nahm anschliessend ein kleines Notizheft und e Kuli[1] aus ihrem Rucksack. Sie liess ihren Gedanken freien Lauf, gestattete unzensierten Wortkombinationen sich zu entwickeln, und die farbigen Bilder, die entstanden, wollte sie auch nicht stoppen. So erlaubte sie ihrem Gehirn, das so tapfer unzählige Eindrücke hatte aufnehmen müssen, ein bisschen frei herumzuturnen. Nach einer geraumen Weile beschloss Zina,

1 E Kuli: Ein Kugelschreiber

ihre Gedanken wieder zurückzupfeifen, denn schliesslich hatte sie ja noch einen Termin einzuhalten. Sie schaute hinunter auf ihr Notizheft und schüttelte den Kopf. Na, als seriöse Notizen einer Polizistin auf Draht würde dieses Gekritzel nie und nimmer durchgehen. Neben kleinen und eindeutig unterentwickelten Zeichnungen von Tieren und merkwürdigen Männchen mit zu kurzen Beinen und viel zu grossen Köpfen, standen da noch Wörter und Sätze, die jeglichen Zusammenhang entbehren liessen. Die clevere Detektivin erträumt Lösung, witzelte Zina und las das Gekritzel, das untereinander – mit jeweils einem fetten Punkt davor – aufgereiht worden war.

- Courage, lui dit sa mère, ouvre tes petites ailes et prends ton envol![2]
- Lätschigi Männer[3]
- sinnlos/spurlos/randlos/gnadenlos/kopflos/floss/Kloss => im Hals
- hohl, Höhle, Holdria, Einblick ins Nichtsdestotrotz, Loch
- Mangel, Fehlen, Leere, Käfig. Käfige?

Das gab nun mit dem besten Willen nicht viel her. Trotzdem, auch die dümmsten Hühner finden mal eine grosse Kartoffel. Oder brachte sie da was durcheinander? Der erste Punkt, das war ein Kinderreim, – eben aus ihrer Kindheit – den ihre Mutter immer wieder aufzählte, um ihr Mut zu machen. Das hiess wohl nichts anderes, als dass ihre Mutter ihr fehlte. Also nichts Neues. Der Tote, ging ihr durch den Kopf, hatte sicher nie eine Person in seiner Nähe gehabt, die ihm Kraft zu geben vermochte. Tatkraft und Mut schienen nicht sein Markenzeichen gewesen zu sein. Er hatte nie seine Flügel geöffnet, war nie davongeflogen.

2 Mut, sagt die Mutter. Breite deine kleinen Flügel aus und fliege fort.

3 Lätschigi Männer: Nicht mehr ganz frische Männer. Das Adjektiv lätschig wird normalerweise eher im Zusammenhang mit Salatblättern und sonstigem Gemüse verwendet.

Punkt zwei: Nicht darauf eingehen, über lätschige Männer würde sie sich sicher nicht ausbreiten, dem hatte sie seit langem abgeschworen. Die folgenden drei Punkte drückten immer nur dasselbe aus: Es ist etwas nicht da. Sollte das ihre eigene Situation widerspiegeln? Es fehlte ihnen an Spuren und Hinweisen. Und auf ihren Toten bezogen? Fehlte ihm etwas? Sehe ich nichts, wo ich etwas erkennen müsste? Fühlte er sich leer? Wirkte er hohl? Hatte er nichts zu geben? Diesen Fragen würde sie später nachgehen. Aber immerhin, sie hätte eher sagen können, was der Tote nicht war und nicht tat. Wie er war und was ihn auszeichnete? Unklar. Sie schaute auf die Uhr und stellte fest, dass ihre Auszeit abgelaufen war.

Courage, lui dit sa mère !

Matteo hatte die Füsse auf sein Pult gelegt und schien schon fast vom Stuhl runterrutschen zu wollen, als seine Assistentin eintrat.

»Na, Sie wirken ja noch ganz frisch, Goldberg!«

»Oh, und Sie scheinen von einem überfressenen Drachen ausgespuckt worden zu sein, Sie Armer.«

So viel zu der Illusion, gegen diese Frau das letzte Wort behalten zu können, sagte sich Santoro resigniert. Und laut setzte er hinzu:

»Ich wusste, dass ihre Rache mich zerstückeln würde. Na, zeigen Sie mir ihre Beute, furchtlose Jägerin.«

Die furchtlose Jägerin setzte sich ihrem Chef gegenüber auf einen Bürosessel und auf ein Zeichen seinerseits legte auch sie die Füsse auf den Tisch. Bevor sie anfing, stellte sie sich den nächsten Fragebogen zur Qualitätssicherung vor:

Wie sitzen Sie auf ihrem Stuhl? Aufrecht, zurückgelehnt, schlapp?

Stellen Sie die Füsse auf den Tisch? Nie, manchmal, oft, meistens, immer.

Kreuzen Sie bitte nur eine Aussage an.

Eigentlich erstaunlich, dass sie noch nicht mit solchen Fragen beschert worden waren. Vielleicht sollte sie ihre Idee der Projektgruppe für Selfcontrol and Selfmotivation am Arbeitsplatz weiterleiten. Na, vielleicht doch nicht so eine gute Idee. Sie wüssten ihre Initiative doch nicht gebührend zu schätzen. Irgendwie hatte sich die Gruppe Wir-sind-die-ganz-ohne-Humor für diesen Job gemeldet. Nachdem sie sich zur Ordnung gerufen hatte, fing sie an, die Informationen des Nachmittags, so präzise wie möglich, weiterzugeben. Santoro hörte konzentriert zu und stellte einige Fragen, die der Klärung dienten. Als sie geendet hatte, fragte er sie nach ihrer Einschätzung und Wertung des Informanten und seiner Informationen.

»Auffallend war für mich die Bereitwilligkeit des Informanten, Auskunft zu geben. Seine unverschnörkelte, direkte Art über seinen ehemaligen Chef zu reden, fand ich so kurz nach dessen Tod doch ziemlich salopp. So im Nachhinein frage ich mich, ob er sich nicht gefreut hat, seine kleinen Enthüllungen endlich präsentieren zu dürfen. Es kam mir so vor, als ob er schon lange auf diese Gelegenheit gewartet hätte.«

Darauf verfiel ihr Chef in Schweigen und schaute verträumt aus dem Fenster, was Zina die Gelegenheit bot, ihn sich genauer anzusehen. Im Gegensatz zu den meisten Männern in dieser Stadt war er einfach gut angezogen. Das war schon mal bemerkenswert. Sein Stil verströmte zwar eine Nachlässigkeit, etwas Saloppes, das jedoch ein geübtes Auge nicht täuschen konnte. Die Farbkombinationen waren ausgeklügelt und interessant. Das T-Shirt unter dem Hemd passte nicht nur perfekt dazu, sondern es liess auch seine Augen heller leuchten. Die Qualität der Materialien wies nicht auf Billigware hin und der Schnitt hatte etwas Elegantes, schien doch bequem. Sein Sakko war zwar etwas verknittert, aber genau das musste so ein Teil aus Leinen sein, um richtig zu wirken. Als ihr Chef sie aus ihren modischen Gedankengängen riss, fuhr sie leicht erschrocken hoch und hatte Mühe, den Faden der Unterhaltung wieder zu finden.

»Oder er war so geschickt, freimütig so viel preiszugeben,

damit Sie gar nicht darauf kommen, unangenehmen Fragen zu stellen«, überlegte Santoro laut. »Wie werten Sie die drei Fährten, die Ihr Treiber preisgegeben hat?«

»Alles nicht sehr verlockend, führen höchstens zu Kleinvieh. Ich meine, das mit den vielen sich konkurrenzierenden Rektoren, die um wenige Stellen buhlen, erinnert mich zwar an einen französischen Film, in dem ein Kader seine Stelle verliert und dann alle seine Mitbewerber für den nächsten lukrativen Job abknallt. Auf der Leinwand kommt das ganz gut rüber, aber in der Realität? Der Kerl wird einem übrigens mit der Zeit richtig sympathisch. Schaffen auch nur die Franzosen.«

»Wir werden ihnen vielleicht später einen Besuch abstatten, aber ich denke, die stehen ganz unten auf der Liste der Bewerber für die Rolle des Finsterlings.«

»Das mit dem aggressiven Vater, also das käme mir echt billig vor, wenn er es tatsächlich gewesen wäre. So nach dem Motto, der Schwächste muss über die Klinge springen und fällt dann drauf.«

»Wir werden ihn trotzdem nicht auslassen dürfen. Was mir ganz schleierhaft scheint, das ist diese Geschichte in diesem Theresien-Schulhaus.«

»Mich macht sie ehrlich gesagt ziemlich neugierig, vielleicht, weil da etwas passiert ist, was bei uns höchst selten vorkommt.«

»Und das wäre?«, wollte Santoro wissen.

»Vorgesetzte sind auf Grund der Klagen ihrer Untergebenen nicht mehr auf ihrem Posten.«

»Da haben Sie Recht. Möchten Sie diesem exotischen Phänomen auf die Schliche kommen?«

»Ehrlich gesagt, habe ich eine meiner Kontaktpersonen angerufen und das Resultat ist, dass heute Abend gleich mehrere Damen zu meiner Verfügung stehen. Zufälligerweise haben sie um sieben ihren Schnur- und Schnurpfkurs.[4]«

»Na, da lass ich Sie gerne alleine hingehen. Ich bin sowieso

4 Schnure: Reden, tratschen, quatschen / Schnurpfe: Nähen, sticken, stricken, häkeln

besetzt. Ich habe die Ehre, von Herrn Vögeli, Ressortleiter Bildung, eingeladen zu sein, unser Chef hat den Boten gespielt.«

»Mussten Sie antanzen?«

»Das war eine meiner vielen zermürbender Aktivitäten des heutigen Nachmittags. Um Sie nicht in den Schlaf zu wiegen, erzähle ich Ihnen die Resultate im Telegrafenstil:
Punkt 1: Kriminaltechnische Abteilung

- Keine Spuren auf den Händen, also den alten 68er zurück in die Mottenkiste
- Schuss aus etwa einem Meter Distanz, leicht von unten nach oben, sagt uns aber gar nichts, da durch Haltung Kopf/Opfer und Haltung Waffe/Täter x Möglichkeiten offen.
- Waffe: 39-er SIG, 9 mm, alte Dienstpistole der Offiziere und Sanitätssoldaten, die 1939 in die Armee eingeführt wurde, deshalb der Name, 39-er. Sehr präzise. Überall im Umlauf. Abklären, welche Beteiligten eine besitzen? Denke, noch zu früh.
- Art der Tötung sagt nichts über Art Verbrechen aus, kann alles sein und alles sehr unwahrscheinlich. Seltene Art für alle Typen, meine ich.
- Opfer sofort tot, zwischen 23.00 und 1 Uhr. Frage stellt sich, wo war Opfer zwischen 22.30 Uhr, zwischen Beginn D.H. und Todeszeitpunkt? Hat wohl einfach getrödelt.

Punkt 2: Befragung in der Strasse

- Geschlafen oder Schuss für Auspuff gehalten, nix gesehen.
- Keine nützlichen Zeitangaben. Alte Dame Gefühl, von lauten Stimmen geweckt worden zu sein, träumte vom schimpfenden Vater, zudem *sehr* alt.
- Aufruf nach Leuten, die durch Strasse gegangen. Gute Idee?

Punkt 3: Ihre These organisiertes Verbrechen

- Mit Leiter Abteilung gesprochen. Glücklich, Synergien nutzen zu können (Wichser). Wird auch Finanzabteilung einschalten. Glaube einfach nicht daran. Sorry.

Punkt 4: Unser Chef

- Unter Druck von oben, soll deshalb Vögeli nicht aufscheuchen.
- Anrufe von: Zunft zum Krug, Offiziersgesellschaft und Partei in der Mitte: überall Mitglied, nirgends mehr aktiv – bitten um Diskretion.

Punkt 5: Ende, Schluss, finito, basta, fertig luschtig.«

Eine ganze Weile herrschte Stille, beide starrten ins Leere, bis Zina sich aus diesem tranceähnlichen Zustand schüttelte und sich aufrecht hinsetzte.

»Na, also ehrlich, wer geizt denn da so mit Anhaltspunkten? Also irgendein Fitzelchen, irgendein ›Ich hab gehört‹, oder ein ›Ich hab gesehen‹ hätten sie doch für uns finden können.«, begann sie.

»Haben sie aber nicht. Und deshalb werden wir unseren kleinen Geschichten nachgehen. Gibt allen das Gefühl, dass etwas passiert, auch wenn wir nur ein paar verkrüppelten Windmühlen nachschleichen.«

»Gibt denn nicht wenigstens die Waffe was her? Das war doch eine Armeewaffe, sind doch alle registriert.«

»Eben nicht. In der Schweiz wird zwar jede Kuh und jeder Hund registriert, Pistolen und Gewehre jedoch nicht. Und stellen Sie sich die Situation mal vor. Tausende von Offizieren, Unteroffizieren und je nach Truppengattung sogar Soldaten, haben diese Pistole über Jahrzehnte hinweg bekommen. Wenn sie ausgemustert werden, nehmen die das Ding mit nach Hause. Es gehört dann ihnen ganz alleine. Und ab dann kann einfach alles passieren und niemand kontrolliert mehr irgendwas. Die Männer sterben, die Frauen denken nicht daran, die Superwaffen – sie sind sehr präzise und werden noch heute als Wettkampfwaffen benutzt – kommen problemlos in falsche Hände. Sie glauben nicht, wie viele ehemalige Waffen der Armee jedes Jahr aus Kellern und Estrichen gestohlen werden. Und niemand merkt es.« Santoro zuckte resigniert mit den Schultern.

»Sie meinen, dass es nicht schwierig ist eine solche Waffe zu ergattern?«

»Ich kann Ihnen versichern, dass jedes Kind sie auf dem Schwarzmarkt kaufen kann. Kleingauner, Unsicherheitsparanoiker, Waffennostalgiker, kleine dumme wie auch grosse gefährliche Rechtsextreme, ängstliche Ladenbesitzer, Schützenvereinheinis – wer auch immer, jeder, der es will, kann Besitzer einer solchen Waffe werden. Wir werden trotzdem abklären lassen, wer legal über eine 39-er verfügte. Unser Toter sollte noch eine besitzen, er hat das richtige Alter und muss Offizier gewesen sein, wenn er im Verein war.«

»Apropos Verein. Wie war das genau mit dieser Zunft? Gehören die nicht eher ins Mittelalter mit den Rittern und Burgen und Klöstern?«, fragte Zina.

»Ist mir ein Vergnügen, Ihnen die heutige Bedeutung dieser Vereinigungen zu erklären. Sie haben doch sicher ihren jährlichen Umzug durch die Stadt schon mal erlebt?«

»Sie meinen die paar Hundert grauen, krawattierten Herren, die mit allzu geschwellter Brust, gerecktem Kinn und erhobener roter Nase, mit ihren Fahnen, Pfeifen und Trommeln hinterher staksen?«

Santoro nickte zufrieden:

»Genau. Es sind Herren und jede Zunft ist ein Männerbund – keine Frauen also. Nur echte Stadtbürger haben Einlass und die Mitgliedschaft wird vom Vater auf den Sohn weitervererbt. Und jetzt wollen Sie sicher unbedingt wissen, was die tun?«

Santoro hielt inne und schaute Zina erwartungsvoll an. Diese war nicht in der Stimmung ihn zu enttäuschen.

»OK, ich will es unbedingt wissen.«

»Das ist eben gar nicht von Bedeutung. Wichtig sind die Verbindungen, die zwischen den Herren entstehen können. Sehr nützlich für Geschäftsbeziehungen, Aufträge, Ämter, … Pösteli eben. Die Zunft bietet einfach den Rahmen, verstehen Sie?«

»Mal sehen, ob ich das richtig verstanden habe. Also, wenn ich jetzt zum Beispiel sagen wir mal … Rektor werden wollte, und ich wäre selbstverständlich ein Mann – wer ist auch so blöd keiner zu sein –, da wäre es für mich sehr von Vorteil, Mitglied einer Zunft zu sein.«

»Oder einer Offiziersgesellschaft, oder einer politischen Partei.«

»Und wie weit gehen diese gegenseitigen Abhängigkeiten? Könnte unser Herr Würscht in unangenehme Schwulitäten gestolpert sein?«

»Da fragen Sie mich zu viel. Diese Institutionen kenne auch ich alle nur von aussen. Sie haben sicher verstanden, dass Mannsein kein ausreichendes Kriterium für die Aufnahme in solch erlauchte Kreise darstellt. Aber unser Chef, der könnte eventuell Männer kennen, die Männer kennen, die …«

»Schon gut, verstanden, Roger. Unser Chef als Maulwurf gefällt mir. … Ich weiss ja nicht, wie es Ihnen geht, aber ich habe das tiefe Bedürfnis, nach Hause zu gehen, um mich ein bisschen frisch zu machen. Ehrlich gesagt weckt die Vorstellung, einem halben Dutzend Lehrerinnen konfrontiert zu werden, meinen Wunsch, meine Schuhe auf Hochglanz zu polieren, den Dreck unter meinen Nägeln zu entfernen und hinter meinen Ohren nachzusehen.«

»Nehmen Sie es doch von der positiven Seite, Sie werden heute Abend sicher mit neuen Strick- und Schnittmustern nach Hause kommen.«

»Und Sie werden in unserem Schulsystem den Durchblick haben.«

»Werden Sie nicht sarkastisch, Goldberg.«

*Kapitel 3*

# Was Gretchen früh schon lernt, …

Zina Goldberg hatte keine Mühe, den Werkraum im Untergeschoss des Schulhauses St. Theresien zu finden – Lehrerinnen konnten eben gut erklären. Bevor sie sich ihrem Zielort zuwandte, drehte sie sich noch einmal um. Sie stand im Innenhof des Schulhauses, das aus mehreren Gebäuden bestand. Nach den Informationen, die Zina von ihrer Kontaktperson erhalten hatte, war diese weitläufige Anlage nicht von Anfang an als Schule konzipiert worden. Vor ein paar Jahrhunderten war hier ein Nonnenkloster gebaut worden, das aber bald nicht mehr genug Insassinnen gefunden hatte. Das Bistum Basel hatte das Ganze an die Stadt verscherbelt, die daraus eine Kaserne gemacht hatte. Ein weiteres Jahrhundert später war es aber schon nicht mehr up-to-date und viel zu teuer geworden, eine Soldatenbrutstätte mitten in der Stadt zu unterhalten. Also hatten die Stadtväter beschlossen, dass sich die Gebäude sehr wohl für eine Schule eigneten.

Zina konnte sich zweier Gedanken nicht erwehren. Erstens hatte sie das Gefühl, dass da immer wieder Planer am Werk gewesen waren, die um ein paar Jahrhunderte hinter ihrer Zeit herhinkten. Und zweitens fragte sie sich, ob Kinder hier wirklich gut gedeihen konnten. Diese Gebäude strahlten institutionalisierte Grobheit und Trutzigkeit aus.

Sie drehte sich nun zu den erhellten Fenstern und schaute von oben in den Raum im Untergeschoss hinein, wo fünf Frauen des Schnur- und Schnurpfkurses am Werk waren. Alleine in einem Sessel im hinteren Teil des Raumes sass eine ältere Frau mit roten Haaren und kräftigen Schultern, die ganz eindeutig das Signet eines Fitness-Studios trugen. Sie strickte an einem bunten, voluminösen Etwas. An einem grossen Tisch in der Mitte waren zwei weitere Frauen, die einerseits mit einem Schnittmuster beschäftigt waren und andererseits in eine intensive Diskussion vertieft schienen. Zwei weitere Frauen, die sich an ihren jeweiligen Nähmaschinen gegenüber sassen, nahmen ebenfalls regen Anteil an der Diskussion.

Die zwei mit dem Schnittmuster bildeten einen erstaunlichen Kontrast. War die eine gross, schlank und blond, zudem sportlich elegant gekleidet, schien die andere aus einem Zigeunerwagen gestiegen zu sein. Mit ihrem schwarzen, lockigen Haar und ihrem farbenfrohen Kleid, konnte Zina sie sich gut mit einer Kristallkugel vorstellen. Auch das Paar an den Nähmaschinen schien nicht sehr gut assortiert. Die eine war noch jung, trug ihr Haar wie Igel ihre Stacheln und schien die Maske der Rebellin zu tragen, während die andere grau und mollig war und Gemütlichkeit ausstrahlte.

›Ein kunterbuntes Grüppchen‹, dachte Zina, die gleichzeitig sehr bedauerte, nur einen Stummfilm sehen zu können. Sie hätte viel dafür gegeben, der angeregten Diskussion folgen zu können. In diesem Moment schaute Igelchen nach draussen und lotste sie mit ausdrucksvollen Handzeichen herein. Zwei Minuten später wurde sie von allen fünf an der Tür in Empfang genommen. Die blonde Schönheit übernahm die Vorstellung der Kolleginnen. Sie selbst entpuppte sich als ihre Kontaktperson, Leonora von Thüring, Lehrerin für Mathematik, Geographie und Geschichte. Die figurbetonte Strickerin war Sport- und Französischlehrerin – Hanna Marks. Laura Biaggi ihrerseits war für Musik und Deutsch verantwortlich – und nicht für Wahrsagerei. Stachelfigur, Anouk Schaffner, war Lehrerin für Englisch, Musik und Manuelles Gestalten (sag ja nie Schnurpftante, ermahnte sich Zina) und die gemütliche kleine Dame erteilte Werk- und Zeichenunterricht. Zina wurde an den zentralen grossen Tisch gelotst, wo sich die Kolleginnen niederliessen und sie erwartungsvoll und neugierig beäugten. Sie atmete tief ein und legte los.

»Vielen Dank, dass Sie mich heute so zwanglos empfangen. Wie Sie wissen, untersuchen wir den Tod Ihres Rektors, Herrn Würscht. Im Augenblick versuchen wir noch, uns einen Eindruck der Person und seiner Lebensumstände zu machen. In diesem

Zusammenhang haben wir von den Schwierigkeiten gehört, die dieses Schulhaus betreffen.«

»Wie kommen Sie dazu, eine Verbindung herzustellen?«, wollte die Sportlehrerin wissen.

»Wie kommen Sie zu meinem Namen?« Das wollte die hübsche Blonde wissen.

»Wer hat Ihnen Informationen zukommen lassen?« – Igelchen.

Zina erhob die Hände und versuchte so, die Flut der Fragen aufzuhalten.

»Wer uns informiert, kann ich leider nicht weitergeben. Ich denke, das spielt jetzt auch gar keine Rolle. Ob irgendwelche Verbindungen bestehen? Es ist noch viel zu früh für eine Antwort. Ich bitte Sie einfach um Hintergrundinformationen. Verstehen Sie bitte unsere Lage. Wir versuchen in dieser Phase der Ermittlungen herauszufinden, womit sich Herr Würscht beschäftigte, mit wem er es zu tun hatte. Und da war doch ein Problem in Ihrem Schulhaus, nicht?«

»Bitte, entschuldigen Sie die heftigen Reaktionen. Das kommt Ihnen sicher ziemlich übertrieben vor, nicht?« Die Zigeunerin seufzte und fuhr fort: »Sie haben die letzten zwei Jahre in diesem Schulhaus nicht miterlebt, das war einfach zum Verrücktwerden.«

»Wären Sie bereit mir zu erzählen, wie es war? Wie hat es denn angefangen?« Zina versuchte sanft, diese Befragung zu strukturieren.

Ihr Wunsch wurde allzu schnell und von allen Seiten erfüllt. Durcheinander sprudelten die Frauen um die Wette los:

»Als sie so übertrieben auf unsere drei Sätzchen reagiert haben.«

»Nein, früher. Als sie verrückt gespielt haben, nach dem Brief.«

»Als sie angefangen haben, von schwarzen Gestalten zu reden, die ihnen Böses wollen. Das war für mich der Punkt.«

»Dass zwei Frauen gehen mussten, das war für mich der Auftakt zum Absurden.«

»Nein, viel früher, vor zwei Jahren, als zwei Kollegen öffentlich angeklagt wurden, ein konspiratives Treffen organisiert zu haben. Das war der Startschuss für mich.«

Zina überkam das unangenehme Gefühl, im falschen Film gelandet zu sein. Was waren das für Geschichten? Schwarze Gestalten? Frauen, die vertrieben werden? Wurde ihr da ein riesengrosser Bär aufgebunden? Hatten sich diese Frauen verschworen, um sich auf ihre Kosten einen bunten Abend zu organisieren?

Hanna Marks, die älteste unter ihnen, hatte ihre Verwirrung anscheinend wahrgenommen, denn sie erhob die Hand und brachte alle zum Schweigen.

»So wird sie nicht drauskommen. Es ist schon schwierig genug, wenn wir es der Reihe nach versuchen. Auch dann tönt das Ganze immer noch nach einem schlechten Märchen. Also, hört mal! Wir machen das so. Wir beginnen mit dem Anfang, das ist immer gut. Wer hat das mit dem konspirativen Treffen gesagt?«

»Das war ich.«

Martha Zumsteg, die kleine, rundliche Werklehrerin, hatte die Hand erhoben und schaute in die Runde. Die andern Frauen nickten oder gaben ihr ein kleines Zeichen mit der Hand. Sie nickte ebenfalls und legte los:

»Also, ihr ergänzt oder korrigiert mich. Immerhin ist es schon über zwei Jahre her, Freitag, den 13. Dezember nämlich. Nein, nein, das ist kein Witz, ich sehe schon, dass Sie mich skeptisch anschauen, Frau Goldberg, aber so war es wirklich.«

»Erzähl einfach in deinen Worten und lass dich nicht durcheinander bringen.«

Die Ermutigung kam von der blonden Leonora, die ihr jetzt lächelnd zunickte.

»Bei einer Schulhauskonferenz war es, ein paar Tage vorher hatten wir eine obligatorische Tagung absolviert. Da stellt sich Elisabeth Hofmann, Mitglied der Schulhausleitung vorne hin und verkündet mit unheilschwangerer Stimme, dass ein Mitglied des Kollegiums sich an sie gewandt habe, um ihr mitzuteilen, dass vor der Tagung ein konspiratives Treffen stattgefunden habe, mit dem Ziel, eben diese zu sabotieren. Zudem sei ein Kollege gleichentags schon in das Büro zitiert worden, da er zur Mitwirkung an der Sabotage angefragt worden sei. Diese Sabotage sei im Laufe der Tagung offensichtlich geworden. Die Schulhausleitung sei kritisiert worden, es sei versucht worden, diese von einer Diskussionsgruppe auszuschliessen, und zudem sei ihr zu Ohren gekommen, dass in einer Arbeitsgruppe schlecht über ein Mitglied der Schulhausleitung gesprochen worden sei. Sie rufe nun die Initianten dieser Verschwörung auf, sich zu melden, ihr seien sowieso zwei Namen bekannt. Das tönt jetzt ziemlich lächerlich, aber ich kann Ihnen versichern, dass die Stimmung, die verbreitet wurde, einer Hexenjagd sehr nahe kam. Da sich niemand meldete – alle sassen wie versteinert auf ihren Stühlen – verkündete sie zum Schluss und mit viel dramatischer Wirkung, zwei Namen. Ich will jetzt nicht das Ganze im Detail erzählen, wichtig ist, dass dort die Vorstellung einer heimlichen Gruppierung, die einzelnen Mitgliedern der Schulhausleitung Böses will, ihren Anfang nahm und viele Kolleginnen und Kollegen dieser Hetzstimmung soweit unterlagen, dass sie sich ruhig verhielten, keine Stellung bezogen, keine Fragen stellten und zum Teil so weit gingen, Mitgliedern der Schulhausleitung in den Arsch zu kriechen, um ja nicht Ziel ihres Unmutes zu werden. Es half eigentlich überhaupt nichts, dass die zwei angeklagten Kollegen sich an den Ombudsmann der Stadt wandten, dieser die Sache zu klären versuchte und Frau Hofmann mit aller Deutlichkeit darauf hinwies, dass sie paranoide Vorstellungen entwickelt habe. Es half auch nicht, dass sie an einer späteren Schulhauskonferenz zugeben musste, einen Kollegen massiv unter Druck gesetzt zu haben, damit dieser über die vermeintliche Verschwörung aussagte. Die Angst hatte sich schon in viele Herzen gefressen. Das gegenseitige Misstrauen war Teil des Alltags geworden.«

»Welche Rolle hat Ihr Rektor, Herr Würscht, in dieser Auseinandersetzung eingenommen?«, wollte Zina wissen.

Leonora von Thüring schaute zuerst in die Runde und nickte dann Zina zu.

»Ja, das ist eine ganz interessante Frage, wissen Sie, und die

Antwort ist es noch weit mehr. Ich sage Ihnen jetzt, was er gemacht hat: Nichts, gar nichts hat er gemacht, unser Chef.«

Sie hatte sehr gefasst gesprochen und trotzdem war ihre Enttäuschung und ihre Empörung über diesen nicht handelnden Chef deutlich zu spüren.

»Das war auch der Grund, dass alles weiterging und vor einigen Monaten, wieder um Weihnachten, die nächste Krise sich anbahnte.«

Das war die Zigeunerin, Laura Biaggi, die merklich bewegt interveniert hatte. Nun schaute sie ihre Kollegin Hanna Marks an und forderte sie auf weiter zu erzählen, was diese an Zina gerichtet gleich tat.

»Damit Sie die weitere Geschichte richtig erfassen können, muss ich Ihnen die wichtigsten Personen des nächsten Kapitels vorstellen. In der Schulhausleitung war zu dieser Zeit, neben Elisabeth Hofmann, ein Mann, Beat Sturzbach, der seit mehreren Jahren eine intime Beziehung zu einer Kollegin unterhielt – Clara Schwarz. Nun kam es zur Trennung gleich vor Weihnachten, nicht im Guten. Erschwerend war noch die Tatsache, dass die beiden zusammen eine Klasse führten. Auf jeden Fall fühlte sich nun die Clara von ihrem Ex dermassen schikaniert, dass sie sich entschloss, auf Ende Schuljahr das Schulhaus zu wechseln. Sturzi seinerseits fühlte sich von ihr verleumdet und verfolgt. Er war der festen Überzeugung, dass sie ihn im ganzen Kollegium schlecht mache. Zu dieser Zeit hat er angefangen mit den ganz schwarzen Gestalten, die ihm nur Böses wollen.«

»Das kann ich bestätigen«, meinte Anouk. »Ich habe zu dieser Zeit mehrmals mit ihm geredet, um ihn von diesen Wahnvorstellungen herunterzuholen, aber das war alles verlorene Liebesmüh.«

»Wer gehörte denn zu diesen schwarzen Gestalten?«

Zina, die diese Frage gestellt hatte, war hin und her gerissen zwischen Ungläubigkeit, Gelächter und einem leichten Grauen, das sie sich noch gar nicht erklären konnte. War das nun eine Farce oder ein schlecht gespieltes Drama, das ihr vorgeführt wurde? Nachdem sich die Frauen – ohne Worte – verständigt hatten, übernahm Leonora das Wort:

»Das hat er nie preisgegeben, auch nicht den Inhalt der Verleumdungen. Er hat nur wiederholt und wiederholt, es sei so schlimm, dass er es gar nicht aussprechen könne. Aus seinen Aussagen wurde zumindest eines klar: Elisabeth Hofmann, zweites Mitglied der Schulhausleitung, unterstützte, ja, nährte sogar seine Ängste und seinen Wahn, indem sie ihm echte oder erfundene Gerüchte zutrug. Wir konnten nur erahnen, wer nun dazu gehörte und wer nicht. Je nachdem wie du angeschaut, ob du gegrüsst wurdest, ob die Mitglieder der Schulhausleitung Zeit hatten für dich oder nicht, inwieweit du kontrolliert wurdest, daran konntest du einigermassen einschätzen, ob du noch im grünen Bereich warst – oder eben in die Ecke der schwarzen Gestalten verbannt warst.«

»Wartet mal, ich muss noch die Geschichte erzählen, die parallel dazu ablief, sonst kann Frau Goldberg nicht erfassen, was sich da abgespielt hat.«

Hanna Marks, als erfahrene Lehrerin, die sie war, wartete bis sie sicher sein konnte, dass ihr die Aufmerksamkeit aller sicher war und fuhr bestimmt und ruhig fort.

»Herr Sturzbachs bester Freund, Arnold Diekman, arbeitet ebenfalls in diesem Schulhaus, jedoch in einer Klasse mit Sonderangebot. Wie Sie sicher schon gehört haben, unterstehen diese Kolleginnen und Kollegen einem anderen Rektorat – übrigens auch einer anderen Lohnklasse, nur so nebenbei gesagt. Eine seiner Kolleginnen, Paloma Sanchez, hatte nun die ganz schlechte Idee, ihm vor Weihnachten einen bösen Brief zu schreiben. Sie konnte das Gefühl nicht loswerden, ausgenutzt worden zu sein. Zudem spielte er mit ihren Gefühlen. Ich glaube, die Wahrheit ist, dass sie sich ein bisschen in ihn verguckt hatte und er diese Tatsache ausnutzte, um sie für ihn, arbeiten zu lassen. Auf jeden Fall – der Brief war so ein typischer Brief, wie ihn enttäuschte Frauen nun mal um zwei Uhr morgens schreiben: Das hätte ich von dir nie gedacht, du bist so gemein, und weiter in diesem Stil.

Und jetzt, Frau Goldberg, raten Sie mal was unser Arni mit dem Brief gemacht hat?«

»Sie errät es nie, bis jetzt ist noch niemand draufgekommen.«

Das war Igelfrisur, Anouk Schaffner, die Zina herausfordernd anschaute. Zina staunte über die Lebendigkeit, die aus diesen Augen sprach. Allem Anschein nach hatten es diese Frauen geschafft, sich durch diese absurde Geschichte nicht unterbuddeln zu lassen. Da sie keine Lust hatte lange nachzudenken, meinte sie:

»Ehrlich gesagt, habe ich keine Ahnung.«

»Na, kommen Sie schon. Was wäre für Sie der absolute Albtraum in einem solchen Fall?«

»Er erzählt es herum, er ignoriert den Brief und mich mit – so was in dieser Preislage würde ich mal sagen.«

Doch Hanna Marks war nicht bereit sich die Zügel so einfach aus der Hand nehmen zu lassen. Freundlich aber sehr bestimmt richtete sie sich an die Unterbrecherin.

»Lass mich jetzt weiter erzählen, Anouk, das ist mein Teil, du kommst dann später dran. Das hat er nicht getan. Was der Herr getan hat, ist Folgendes: Er ist damit auf die Schulhausleitung gegangen, hat den Brief dort zum Lesen abgegeben und behauptet, er werde belästigt, wenn nicht gar bedroht, und er könne nicht mehr mit Paloma zusammen arbeiten.«

»Und da haben sie ihn hoffentlich ausgelacht und zum Teufel geschickt?«, wollte Zina wissen, die nun langsam aber sicher in die Geschichte eintauchte.

»Ganz im Gegenteil, Paloma wurde von Elisabeth Hofmann ins Büro der Schulhausleitung zitiert und regelrecht zur Schnecke gemacht. Um dieser offiziellen Demütigung zu entkommen, erklärte Paloma, sie habe sowieso vor, Ende Schuljahr das Schulhaus zu wechseln. Und damit waren es schon zwei Frauen, die gehen mussten.«

»Wichtig ist in diesem Zusammenhang, dass das Kollegium nie informiert wurde. Die beiden Frauen redeten mit wenigen Vertrauenspersonen, die wiederum die Informationen weiterleiteten. Als die zwei miteinander Kontakt aufnahmen, wurde ihnen von der Schulhausleitung – Elisabeth übernahm diese Aufgabe – verboten, im Schulhaus miteinander über ihr Problem zu reden.«

»Wie haben denn ihre Kollegen und Kolleginnen reagiert?«

Zina spürte, wie ihr langsam die Galle hochkam, und sie begann, sich mit diesen zwei Frauen verbunden zu fühlen. Wie auch immer diese beiden waren, was auch immer sie getan hatten, beide hatten erlebt, dass ihre Intimsphäre auf das Widerlichste verletzt worden war. Sie, als Aussenstehende, war schon empört und voller Wut. Wie mochte es wohl in den beiden direkt betroffenen Frauen aussehen? Hatten sie ihre Verzweiflung und ihre Wut gegen den Rektor gerichtet? Sie musste wissen, welche Rolle er in dieser Posse gespielt hatte.

Zur gleichen Zeit sass Matteo dem Stabchef Schulen, Herrn Vögeli, gegenüber – einem kleinen, feingliedrigen Mann, mit einer runden Brille und einer glänzenden Glatze. Dieser hatte ihn sehr zuvorkommend empfangen und ihm ein Getränk nach seiner Wahl angeboten, das eine Sekretärin diskret und schnell herbeigezaubert hatte. Matteo hatte sich nach einem kurzen Zögern gegen Kaffee – schon zu viele heute – und für einen Orangensaft – viele Vitamine – entschieden. Nun hörte er sich so konzentriert wie möglich den Monolog seines Gegenübers an, was nicht sehr einfach war, denn Matteo versuchte immer wieder, verzweifelt einen konkreten Inhalt zu erfassen. Vor seinem inneren Auge sah er sich in einer grossen bunten Seifenblase, nach kleinen Strohhalmen greifend, die wie er haltlos herumschwebten. Er spürte ein Kitzeln in der Nase. Mit einer Tendenz zum Heuschnupfen sollte man eben auf seine Phantasien achten. Reiss dich zusammen, ermahnte er sich.

»Ja, Herr Santoro, Sie sehen also, dass unsere Lage sehr delikat ist. Herr Würscht war ein Träger unseres Systems, er repräsentierte die Dynamik, in der unsere Schule sich befindet, hatte mitgewirkt in der Erarbeitung der Eckpfeiler, der neuen in Frage kommenden Projekte. Er war auch Exponent eines Schulsystems, das von verschiedener Seite der Kritik ausgesetzt wurde. Er war Garant einer sich entwickelten Kultur der Qualitätskontrolle, der sich alle Lehrpersonen unseres Kantons unterziehen müssen. Er war derjenige, der die Sicherung der Kontrolle der Qualität wiederum gewährleisten musste. Sie verstehen sicher, Herr Kommissar, dass wir mit ihm einen konstituierenden, eminenten Repräsentanten einer zukunftsorientierten, modernen Schule verloren haben.«

Santoro war seinerseits eher konsterniert. Wie sollte er es schaffen, klare und sinnvolle Aussagen aus diesem Drescher hohler Phrasen zu zaubern? Und das auch noch mit Fingerspitzengefühl, diplomatischem Geschick, ...was hatte der Chef gesagt? Rohe Eier, Santoro, rohe Eier. Stellen Sie sich vor, Sie jonglieren mit rohen Eiern, und machen Sie mir kein Omelett.

»Wie hat Herr Würscht, auf diese Art der Leitung seitens der beiden Mitglieder der Schulhausleitung denn reagiert?«, setzte Zina ihre Befragung fort. »Ich kann mir nicht vorstellen, dass er so was durchgehen liess, oder?«

»Eigentlich hat er genau das gemacht, er hat es passieren lassen.«

»Anouk, so genau wissen wir das nicht. Wir sind auch nicht zu ihm gegangen, keine von uns hat sich bei ihm beschwert. Die zwei Frauen ja auch nicht.«

»Doch, Leonora, doch. Wir wissen es. Clara musste später an ein Gespräch auf dem Rektorat und da war ganz klar, wo Würscht stand. Er hat ihr angeboten, gleich das Schulhaus zu wechseln oder sich krankschreiben zu lassen.«

Das war Hanna Marks, die heftig eingeschritten war. Sie funkelte alle an und richtete sich dann an Laura Biaggi, die Zigeunerin.

»Los, Laura, spuck es aus. Was hat dir Sturzi über Würscht erzählt?«

»Also, noch vor einem Jahr zählte ich für Beat Sturzbach noch nicht zu den schwarzen Gestalten und habe ihn mal gefragt, wie er denn mit Würscht arbeiten könne. Er war schon hinlänglich dafür bekannt, sich kein Bein auszureissen, unser Rektor. Und wissen Sie, was Sturzi geantwortet hat? Nein? Er hat gesagt, kein Problem, ich erklär dir wie es geht: Wenn ich etwas von Würscht will, sag ich ihm auch gleich, was zu tun ist, erkläre mich bereit, die Arbeit zu übernehmen und lasse durchblicken, wie viele Probleme und Schwierigkeiten er sich einheimst, falls er nicht tut, was ich will. Es funktioniert tadellos. Ich habe dann gesagt: Du manipulierst ihn ja und zudem übernimmst du seine Arbeit. Genau, hat er geantwortet, Leute, die Probleme und Schwierigkeiten scheuen, könne man eben mit wenig Aufwand dorthin führen, wo man sie haben wolle.«

Zina Goldberg versuchte, den Faden nicht zu verlieren. So weit sie mitgekommen war, hatten also zwei Frauen das Schulhaus verlassen müssen, weil sie Knatsch mit Männern und darauf folgend, mit der Schulhausleitung gehabt hatten. Der Chef, Herr Würscht, hatte nichts unternommen, um die Konflikte zu lösen. Im Gegenteil. Er schien zumindest von einem Mitglied der Schulhausleitung manipuliert worden zu sein. Es hatte viel böses Blut gegeben und er hatte weggeschaut. Dies nach Ansicht der fünf Frauen. Das war aber nicht das Ende der Fahnenstange. Sie wollte erfahren, wie die Geschichte sich weiterentwickelt hatte.

»Hat denn niemand darauf reagiert, dass zwei Frauen das Schulhaus verlassen wollten oder sollten?«

»Eben doch.«

Das war die schöne Leonora, die einen tiefen Seufzer ausstiess, um dann – die Augen Richtung Decke richtend – mit ihrem Teil der Saga zu beginnen.

»In unserem Team – das sind die Lehrpersonen, die in einer Klasse zusammen unterrichten – waren wir uns einig, dass sich da etwas ganz Negatives anbahnte. Offiziell war niemand informiert, aber die Gerüchte verbreiteten sich umso schneller. Um Klarheit zu schaffen, schrieben wir einen offenen Brief an die Schulhausleitung, in dem wir unsere Hoffnung ausdrückten, dass auch für die beiden Frauen sich eine Lösung innerhalb des Schulhauses finden würde. Der Brief war sehr fair und kollegial geschrieben – Sie können gerne eine Kopie von mir haben. Damit die Gerüchteküche nicht noch mehr angeheizt werden konnte, entschieden wir uns, den Brief an der Infowand des Lehrerzimmers für alle sichtbar aufzuhängen.«

Sie legte, scheinbar erschöpft, den Kopf in ihre Hände und schloss die Augen.

»Kann jemand anders weitererzählen?«

Hanna Marks übernahm wieder die Leitung, nicht ohne sich bei ihren Kolleginnen, versichert zu haben, dass keine ihr das Wort streitig machen wollte. Die Frauen teilten anscheinend eine gemeinsame Erfahrung, sie konnten sich problemlos ohne Worte verständigen.

»Die Reaktion war episch. In der Zehn-Uhr-Pause, als die beiden, Beat und Elisabeth, den Brief entdeckten, ging das Geschrei los. Was uns einfalle, wir sollten diesen Brief sofort wegnehmen, sie würden an den Pranger gestellt, das seien Diffamierungen, wir müssten mit juristischen Schritten rechnen. Das Geschrei ging in den Gängen weiter, unter den erschrockenen Blicken einzelner Kinder, die noch nicht auf dem Pausenhof waren. Niemand der Aussenstehenden traute sich nachzufragen, dazwischenzutreten, sie aufzuhalten. Alle waren wie unter Schock.«

»Ein paar Tage später wurden wir – die Schreiber und Schreiberinnen – in die Schulhausleitung zitiert und angeklagt gegen sie zu intrigieren, ihnen schaden zu wollen. Beide fingen an zu weinen und beklagten sich, schon seit längerem gemobbt zu werden.«

Leonora von Thüring hatte wieder die Rolle der Erzählerin übernommen. Sie schaute Zina mit einem kleinen schrägen Lächeln an und meinte:

»Sie können sich gar nicht vorstellen, wie blöd wir damals waren. Wir haben ihnen doch tatsächlich angeboten, sie zu entlasten. Aber nicht mal das hat etwas geändert. Wir gehörten von diesem Tag an zu den dunklen Gestalten, zu den rabenschwarzen

Menschen, die im Dunkeln gegen sie agieren. Manche noch mehr als andere.«

»Ja, Andrej hat das besonders zu spüren bekommen. Fragen Sie ihn mal, was ihm passiert ist, wie das war mit seinem Verweis.«

Dieser Tipp war von Anouk Igelchen gekommen, die schon lange nichts mehr gesagt hatte.

»Und ich habe für heute einfach genug.«

Wer so gesprochen hatte, war Hanna Marks. Sie löste damit eine Diskussion über das weitere Prozedere aus, die darin mündete, dass drei von ihnen – Hanna selbst, wie auch Anouk und Martha – nach Hause gehen würden, während Laura, die Zigeunerin und Leonora, die Blonde, die Inspektorin ins Volkshaus – ein Restaurant – begleiten würden.

Mittlerweile hatte Matteo das Gefühl, mit einem Schwamm Walzer tanzen zu müssen. Wie er es auch anstellte, sein Partner gestattete ihm nicht, ihn zu fassen und ihn zu bewegen. Herr Vögeli war ein Meister der schönen Worte und der eleganten Ausflüchte. Gerade hatte ihn Matteo auf die Tatsache angesprochen, dass die Restrukturierung der verschiedenen Schulen zum Verlust einiger Rektorenstellen führen werde.

»Die Redimensionierung der Ressourcen, Herr Santoro, ist ein Anliegen, das dem gesamten Regierungsrat am Herzen liegt. Der Prozess, in dem wir uns befinden und dessen teilhabende Wirkende wir gleichzeitig sind, ist ein unaufhaltsamer und auch als synergetisch zu betrachtendes Kontinuum, in einer sich wandelnden Komplexität der Bedürfnisse zu gestalten. Verstehen Sie mich richtig. Natürlich ist uns die subjektive Betroffenheit einzelner im Zusammenspiel objektiv zu beurteilender Wechselwirkungen ein Anliegen, das wir mit Interesse und Bestimmtheit in eine partizipativ zu verstehenden Projektierung einbeziehen werden.«

»Wie stellte sich Herr Würscht der Tatsache, dass er – mit

grösster Wahrscheinlichkeit – seinen Job verlieren würde und zudem seine Wegrationalisierung mitorganisieren musste?«

»Äh, also Herr Santoro, wie ich Ihnen schon zu verstehen gab, … verstehen Sie mich nicht falsch, um es in einfachen Worten auszudrücken, also, unser sehr geschätzter Herr Würscht war sich seiner Rolle als Mitgestalter einer kompetitiven Schule, die den diversen Herausforderungen der modernen Gesellschaft standzuhalten hatte, zutiefst bewusst. Seiner Professionalität konnten wir sicher sein.«

Matteo stellte seinen Schalter auf lautlos und überlegte, wo er die notwendigen Informationen über die ungemütliche und doch unausweichliche Konkurrenzsituation zwischen den verschiedenen Rektoren herbekommen könnte. Er wartete nur noch auf eine klitzekleine Bresche im Redeschwall des Herrn Vögeli, um sich bedanken und verabschieden zu können.

In der Zwischenzeit war Zina mit ihren beiden Begleiterinnen unterwegs Richtung Volkshaus, das vor allem in früheren Jahren Treffpunkt der Linken und Gewerkschaftler gewesen war. Es verfügte über einen grossen Saal, in dem früher die 1.-Mai-Feiern oder Versammlungen zur Unterstützung antiimperialistischer Kämpfe stattgefunden hatten. Schliesslich waren sie hier im Herzen der alten Arbeiterquartiere, im Kleinbasel, wie der Stadtteil am rechten Flussufer genannt wurde. Heute wohnten hier immer noch viele Arbeiter, ein Grossteil davon war jedoch importiert worden. Sie waren deutlich billiger und rechtloser. Das Land war für seine Berührungsängste gegenüber Europa bekannt. Es war nicht Mitglied der EU und würde es noch lange nicht werden. Jede Volksabstimmung zu einem bilateralen Abkommen gebärdete sich als Zangengeburt. Europa hingegen hatte das kleine Land nicht umschifft – das Kleinbasel war dafür Beweis genug.

Von weit her kamen die Menschen hierher, in der Hoffnung in Basel Arbeit, eine Wohnung, eine Schule für die Kinder zu finden. In den Sechzigern waren es die Italiener und die Spanier gewesen, später waren die Türken und die Tamilen dazu gekommen, seit den Neunzigern hatten die Kriege in Bosnien und im Kosovo Menschen weggeschwemmt, ins Exil, manche bis hierher. Hier waren die Mieten noch nicht ganz so hoch wie in den vornehmeren Quartieren, hier waren die Fremden zu Hause, fast unter sich. Studenten, einige Halbintellektuelle, Halblinke und Halbkünstler sowie Arbeiterfamilien, die seit Generationen hier lebten, teilten sich mit ihnen diesen Stadtteil. In Frieden – meist.

Manche der ersten Immigranten wollten unbedingt in ein besseres Quartier auf dem anderen Ufer des Rheins umziehen, denn es war ihnen jetzt nicht mehr gut genug – zu viele Ausländer.

Zina mochte dieses Quartier; hier, wo alle in der Fremde lebten, konnte sie sich dazugehörig fühlen.

Während sie durch die dunklen Strassen marschierte, betrachtete Zina unauffällig ihre Begleiterinnen. Laura Biaggi, mit ihrem peppigen Ethnolook und ihrer frechen Art, mochte noch knapp in dieses kunterbunte und doch sehr ärmliche Quartier hineinpassen. Aber was mochte die sehr edel wirkende Leonora von Thüringl hierher verschlagen haben? Ihre Kleider waren nicht nur elegant, sie waren exquisit, originell. Solche Klamotten findet frau nur in ganz, ganz teuren Boutiquen, dachte Zina.

Im Volkshaus angekommen, fanden die drei Frauen schnell einen Tisch in einer ruhigen Ecke, wo sie ungestört miteinander reden konnten.

»Wissen Sie, dass Sie hier in unserem konspirativen Treffpunkt sitzen?«

»Hör auf mit deinem Blödsinn, Laura, irgendwann nimmt dich noch jemand ernst.«

»Leonora, reg dich mal nicht so auf, ja. Unsere Polizistin hat sehr wohl kapiert, was da passiert ist. Eines war wirklich ganz schwierig, nämlich die Tatsache, dass wir, das Kollegium, meine ich, keine offizielle, keine rechtmässige Möglichkeit hatten uns zu treffen, – ohne Schulhausleitung natürlich – um miteinander besprechen zu können, was zu tun war.«

»Und ich sage dir, dass das nicht stimmt. Es ist absolut rechtmässig, sich irgendwo, mit irgendwem zusammenzusetzen und zu reden, worüber auch immer. Übernimm nicht das Denken der beiden Spinner, sei so gut.«

»Sehen Sie, Frau Goldberg, genau das ist passiert. Da behaupten zwei kranke Menschen – denn genau das sind sie –, dass es verwerflich sei, sich zu treffen, um über Angelegenheiten der Schule zu sprechen, und es geht nicht lange und diese Überzeugung breitet sich in den Köpfen aus – die reinste Pest.«

»Sie wollten mir noch erzählen, wie es weitergegangen ist.«

»Ja, natürlich. Entschuldigen Sie uns bitte, wir ereifern uns immer noch über diese leidigen Themen. Also. Nach dem ominösen Brief, wurde immer deutlicher, dass diejenigen unter uns, die sich noch trauten zu kritisieren, nein, schon nur nachzufragen, in irgend einer Form Probleme mit der Leitung bekamen. Ein Beispiel ist eben Andrej. Mit ihm müssen Sie unbedingt reden. Es gab aber noch andere. Eine davon, Natascha, wurde nur aus einem einzigen Grund geplagt: Sie war mit Clara befreundet. Das führte dazu, dass mehrere von uns unter diesen Umständen nicht mehr in diesem Schulhaus arbeiten wollten. Und Sie können darauf wetten, dass Würscht uns einfach versetzt hätte, ohne zu fragen, ohne etwas zu unternehmen. Erzähl weiter, Leonora, ich muss mal trinken.«

»Wir haben also beschlossen – mittlerweile war es schon kurz vor den Sommerferien – einen Brief an die Leitung zu schreiben, in dem wir um eine Aussprache baten. Das waren drei völlig harmlose Sätzchen. Wir fühlen uns nicht wohl. Wir vermissen die Unterstützung unserer Leitung. Wir wünschen eine Aussprache. Harmloser können Sie das nicht mehr formulieren. Beschämend eigentlich. Über 25 Kolleginnen und Kollegen haben unterschrieben. Den Brief selbst wollten wir erst nach den Sommerferien abgeben. Aber, meine Güte, war das ein Affentheater nach den Ferien. An der Begrüssungssitzung – die ersten drei Tage finden ohne Kinder statt – sitzen beide Rektoren da – Würscht und der Rektor der Schule für Sonderangebote, Rolf Affentranger. Mensch, diese Katastrophengebietsmienen. Bin mir vorgekommen, als ob ich wirklich ein ganz verwerflicher Mensch wäre.«

»Leonora, wir müssen noch ergänzen, dass eine Kollegin dem Sturzi einen Brief geschrieben hat in den Ferien, um ihm alles zu verpfeifen. Der hat dann die Rektoren alarmiert und schon mal, nach gewohnter Manier, ein Vorgehen festgelegt, das Würscht als seines vorgestellt hat. Dann ist es erst so richtig losgegangen.«

»Können Sie mir den Namen dieses Raben geben, Frau Biaggi?«

»Lieselotte Kunz. Sie ist Religionslehrerin und daneben gibt sie noch ein paar Stunden und macht vor allem Stellvertretungen. Als ich sie gefragt habe, ob sie nicht auch unterschreiben wolle, hat sie gezittert wie Espenlaub und zugegeben, zu viel Angst vor den Konsequenzen zu haben. Später hat sie öffentlich behauptet, ich hätte sie unter Druck gesetzt wegen der Unterschrift.«

Die Geschichte war noch nicht zu Ende und die Drei sassen noch über eine Stunde beisammen. Zina war neugierig auf die zwei Frauen, die das Schulhaus hatten verlassen müssen, auf die Lehrerinnen und Lehrer, die in besonderem Masse unter den Verfolgungsphantasien der zwei Leitungsmitglieder gelitten hatten. Sie liess sich noch das letzte halbe Jahr mit seinen tragikomischen Episoden erzählen. Das Gefühl, in eine geschlossene und schlicht absurde Welt Einblick bekommen zu haben, hatte sich im Laufe des Abends immer weiter verstärkt.

Wie es dazu gekommen war, dass ein Grossteil der involvierten Menschen sich an den Wahn zweier Personen angepasst hatte, das war ihr noch immer ein Rätsel. Sie wollte es unbedingt knacken. Nach aussen mochten die Ereignisse lächerlich anmuten, die Gefühle, die sie ausgelöst hatten, waren es mit Sicherheit nicht. Die waren echt, heftig, sie mochten für einen Einzelnen auch übermächtig geworden sein. Mobbing am Arbeitsplatz war eine emotionale Zeitbombe, mehr als ein Amokläufer hatte sich dies in den letzten Jahren dem aufgeschreckten Land gezeigt.

Eine Nebensache wollte sie jedoch gleich klären.

»Wie kommt es, dass ihr fünf Frauen euch in einem Schnur- und Schnurpfkurs trefft. Irgendwie passt das nicht. Eine politische Frauengruppe, Diskussionsgruppe, Aktionsgruppe … so was in der Art, das wäre doch sicher passender?«

Nach einem Blick zu ihrer Nachbarin übernahm Laura das Wort:

»Da haben Sie nicht ganz Unrecht. Eigentlich wollten wir letzten Herbst eine Frauenkonferenz organisieren, weil keine Frau bereit war, in die Schulhausleitung zu gehen. Verboten.«

»Wie meinen Sie das?«

»Die zwei aus der Schulhausleitung haben es uns verboten. Das Problem der mangelnden Frauen in der Leitung sei kein geschlechtsspezifisches Problem. Wir müssten eben lernen, anständig mit unsern Vorgesetzten umzugehen, dann würden sich auch mehr Kolleginnen für den Posten melden.«

»Aber, das können sie doch gar nicht verbieten, oder?«

»Wir wollten die Frauenkonferenz im Rahmen der alljährlich wechselnden Themen zur Qualitätskontrolle organisieren und abhalten. Und für die Annahme oder Ablehnung dieser Gruppenthemen waren nun mal Sturzi und die Hofmann zuständig.«

»Und was war denn ihr Thema zur Qualität dieses Jahr?«

»Gender.«

»Aha.«

Es war schon 23 Uhr und Matteo Santoro stand auf dem Sitzplatz der Maisonette-Wohnung, die er mit seiner Familie teilte. Heute Abend war zwar von der Familie nicht viel übrig geblieben. Seine Kinder waren beide mit Freunden unterwegs, schliesslich war Freitagabend und wer blieb am Freitagabend schon zu Hause bei den Eltern? Sicher nicht 17- und 19-Jährige. Genau so alt waren sie nämlich. Matteo musste es sich immer wieder sagen. Sie waren eigentlich schon erwachsen und bald würden sie wegziehen. Seine Tochter stand kurz vor der Matur, die sie anscheinend so mühelos schaffen würde wie alles, was sie anpackte. Wobei anpacken das falsche Wort war, vielleicht war durchschlängeln, antänzeln, durchlächeln eher passend. Sie schien, zumindest bis jetzt, leichtfüssig wie eine Elfe, jedes Hindernis überhüpfen zu können. Im Herbst wollte sie sich auf eine Weltreise begeben –

mit ihrer Freundin. Sie kannten sich schon seit dem Kindergarten und hielten zusammen wie Pech und Schwefel. Er würde sie mindesten ein Jahr lang nicht mehr sehen. Es schmerzte ihn nicht. Sie gehörte niemandem, war immer – schon als ganz kleines Mädchen – unverschämt eigenständig, unwiderstehlich selbständig und unerträglich eigensinnig gewesen. Er liebte sie über alles. Sein Sohn besuchte eine Handelsschule, war seriös und anständig, sah auch seriös und anständig aus. Er kannte ihn kaum, erkannte sich vor allem in keiner Weise in ihm. Sein Sohn wollte in einer Bank arbeiten, er wollte dort Karriere machen und er würde es auch schaffen. Was für ein Lebensplan für einen Siebzehnjährigen? In letzter Zeit stand er spät abends ab und zu hier und dachte über seine Kinder, über die letzten zwanzig Jahre nach. Und immer wieder, wie eine Woge der Übelkeit, stiegen Gedanken, Erkenntnisse an die Oberfläche, die er schnellstens zurück in die Gruft des Nichtfühlens, des Nichtwissens zurückdrängte. Er würde die Taten, die den Erkenntnissen folgen mussten, zwangsläufig folgen mussten, doch nicht vollbringen. In dieser Hinsicht war er schon immer ein Feigling gewesen. Und mit den Jahren war er auch zum Meister der Verdrängung und des Arrangements geworden. Doch an diesem Abend schien es doch besonders schwer, den Deckel auf den Kochtopf zu fixieren, es köchelte nicht wie sonst üblich, es dampfte. In dieser Verfassung hätte er seine Grossmutter an den Teufel verkauft – für eine Zigarette. Sie würde ihm jetzt helfen – Zigarette –, diese Gefühle in die Versenkung zurückzudrängen. Er ermahnte sich: Der Teufel wird sie sowieso nicht wollen, seine Grossmutter, er wird vor ihr davonrennen. Sie stinkt nach Weihwasser, hat sie immer schon getan. Also, keine Zigarette.

Dieser Fall ist an allem Schuld. In seinem Kopf tanzte, schon seit dem Morgen, der gleiche sinnlose Satz:

Das Loch gehört zu diesem Menschen.

Es war elf Uhr dreissig im »Gare du Nord«, einem Lokal, in dem eine Milonga stattfand. Zina Goldberg sass schon seit einer halben Stunde alleine da und versuchte krampfhaft, gelassen zu wirken, indem sie – vermeintlich – interessiert den Paaren zuschaute, die auf der Tanzflächen ihre Runden drehten.

Immerhin war heute ihr Exdepp mit seiner neuen blonden Schmachtnudel nicht auf der Tanzfläche erschienen, das hätte sie jetzt beim besten Willen nicht ertragen können. Abgesehen davon hatte sie den schon gar nicht. Warum waren es eigentlich immer Blondinen, die einem den Mann wegnahmen? Hatte sie nicht letzthin eine Studie gelesen, die unterstrich, dass Männer vor blonden Frauen am wenigsten Angst haben. Oder hatte sie dieses Forschungsergebnis schlicht und ergreifend erfunden – zum Trost sozusagen? Ganz schlimm fand sie an der Sache, dass es so einfach gegangen war. Ihr langjähriger Lebensgefährte hatte keiner langen Bezirzung bedurft, um sich für die Neue zu entscheiden. Noch schlimmer war, dass die Schmachtnudel taktisch sehr geschickt und unvorstellbar hinterlistig vorgegangen war. Sie hatte sich nämlich zuerst nicht an ihn, sondern an sie herangemacht und die enge Vertraute gespielt. Der absolute Gipfel war aber gewesen, als diese gelbe Schlange ihr versichert hatte, dass sie gar nichts Böses im Sinn gehabt habe und es ihr sehr, *sehr* leid tue, sie so verletzen zu müssen – aber gegen wahre Liebe sei nun mal kein Kraut gewachsen. Unkraut!

Die Zeit verging und noch kein Schwein hatte sich ihr genähert, geschweige denn ein Mann sie zum Tanz aufgefordert. »Oh Gott, lehre mich Demut«, betete sie und nach einem tiefen – nach aussen hoffentlich nicht sichtbaren – Seufzer: » Oh Göttin, schick mir einen Tänzer!«

Die Göttin war allem Anschein nach anderweitig beschäftigt oder leicht zerstreut, denn wer erschien, war kein Tänzer. Vielmehr erschien – den Kurs direkt auf Zina gerichtet – Violetta Bloch auf der Tanzfläche. Zina war natürlich glücklich, ihre langjährige Freundin und Vertraute im Ansturm zu sehen (Violetta war immer im Ansturm), hegte der Göttin gegenüber nichts desto trotz einen leichten Groll: Verlange ja selten genug was!

Violetta, nichts ahnend von den lästerlichen Gedanken ihrer Freundin, setzte sich mit Schwung (Violetta setzte sich immer mit Schwung) auf den nächstbesten Stuhl und legte los:

»Diese Tangoszene ist das allerletzte. Ich kann dir sagen, ich war schon in Paris, ich war schon in Amsterdam, sogar in Buenos Aires, aber so was von ängstlich-überheblich hab ich noch nie erlebt.«

Zina kannte die Litanei ihrer vital-üppigen Freundin und hätte sie selbst auswendig aufsagen können. Doch sie versuchte nicht, ihre Freundin zu bremsen, denn deren Klagelied lenkte sie von ihren tango-bedingten Selbstzweifeln ab. Im Gegenteil ermutigte sie ihre unterstützende Schimpferei.

»Weiss gar nicht, warum ich noch hier sitze und mir das antue. Ich finde es nämlich zum Davonlaufen«, klagte sie aufmunternd.

»Überall sonst geht es, nur hier nicht. Weisst du, überall tanzen alle mit allen. Nach vier bis fünf Tänzen macht die Musik eine Pause, die Tanzfläche leert sich und wenn die nächste Tanzphase beginnt, werden andere Frauen zum Tanz aufgefordert. Nicht wirklich schwierig, oder? Aber nein! Hier tanzen die Männer nur mit ihrer Partnerin und vielleicht noch mit zwei bis drei Frauen, die sie aus einem Tanzkurs gut kennen. Die würden sich nie im Leben herablassen eine Frau aufzufordern, mit der sie noch nie getanzt haben. Feiglinge, alle miteinander.«

»Eine Leidensgenossin hat mir mal erklärt, es handle sich um Faulheit.«

»Eitelkeit kannst du auch gleich auf die Liste nehmen. Stell dir vor, mein letzter Tänzer heute Abend hat mir auseinandergesetzt, dass er nur die Frauen ein zweites Mal auffordert, die gerne mit ihm tanzen. Konkret: die ihm deutlich sagen, wie gut er tanzt. Tut er aber nicht. Gar nicht. Er gehört zu der Sorte Tänzer, die sich herablässt, dich um ihre Selbstherrlichkeit herumzuführen. Daraufhin konnte ich nicht widerstehen. Ich habe ihn mit der existentiellen Frage konfrontiert, ob Frauen wohl tatsächlich zur

Aufpolierung des männlichen Narzissmus erschaffen wurden? Ich befürchte, er hat mich verstanden.«

»Wo hast du eigentlich deinen Mann gelassen?«

»Der ist schon weg und zwar für das ganze Wochenende. Leitet wieder Mal ein TZI-Seminar. Bringt ganz schön Kohle, sag ich dir, die Selbstverwirklichung anderer. Und da ich unsere drei Bälger das ganze Wochenende alleine geniessen muss, bin ich mal schnell ausgebüchst. Sag mal, willst du morgen Abend zum Essen kommen, ich habe einen Bollywood-Film mit Sowieso Khan gekauft.«

»Sowieso Khan? Kann ich nicht widerstehen. Ich komme.«

Und da – mit nur ein bisschen Verzögerung – hatte die Göttin ihr, Zina, den gewünschten Tänzer organisiert. Sebastian – ihr Lieblingstänzer – stand lächelnd da und streckte ihr beide Arme entgegen. Sie legte ihre Hände wortlos in die seinen und stand lächelnd auf.

Der Tag war gerettet.

*Kapitel 4*

# Was andern weiterhelfen könnte, …

Es war 10 Uhr am Samstag Morgen, als Zina die kleine Kaffeebar an einer Ecke des Claraplatzes betrat. Pünktlich. Ihr Chef hatte es sich schon in der hintersten Ecke mit einem Cappuccino und der einzigen Tageszeitung der Stadt bequem gemacht. Er schien ganz in seine Lektüre versunken, doch als Zina sich setzte, kam schon die Kellnerin und stellte Espresso und Schoggiweggli vor sie hin. Er hatte sie also schon von weitem kommen sehen. Nun hob er den Kopf und mit einer erhobenen Augenbraue und einem schrägen Lächeln meinte er

»Nicht, dass Sie mir aus dem Leim fallen. Wie können Sie eigentlich so oft und soviel Süssigkeiten essen und so gertenschlank bleiben?«

»Erstens esse ich nicht irgendwelche Süssigkeiten, sondern nur dunkle Schokolade, deren wundersame Wirkung auf den Organismus immer mehr und immer öfter bewiesen wird. Gut für die Stimmung – das Serotonin – gut für die Blutgefässe und das Herz – die Flavanoide –, gut für das Gedächtnis durch weiss nicht mehr was – und das meiste hab ich vergessen oder möchte ich Ihnen in diesem Kontext vorenthalten. Zweitens – sind wir erst bei zweitens? – verbrauche ich extrem viele Kalorien. Und wissen Sie wodurch? Denken. Sie glauben nicht, wie viele Kalorien das frisst, so 'ne kleine Gehirnzelle. Vor allem, wenn sie nicht gerade aus, sondern mit Schlenkern in alle Richtungen und auf allen Ebenen feuert. Drittens: Danke. Ich lade Sie dafür ein.«

»Ja, sicher. Nicht dass Sie mir was schulden könnten. Oh Graus, oh Schreck, oh Verdammnis.«

Sie schauten sich an. Zina mit lodernden Augen, Matteo mit einem Grinsen über das ganze Gesicht. Das Grinsen gewann und sprang rüber.

»Wie wollen wir vorgehen?«

Zina hatte es plötzlich eilig, geschäftliche und geschäftige Sicherheit unter den Füssen zu spüren.

»Ich glaube nicht, dass es tatsächlich gefährlich werden könnte, auch wenn Herr Ahmeti im Rektorat aufbrausend wurde. Wir sind nur zur Sicherheit zu zweit und diese Vorsichtsmassnahme wird auch genügen. Diesmal werden Sie, Goldberg, die Befragung leiten.«

»Glauben Sie wirklich, dass das sinnvoll ist? Ich denke solche Männer haben eher Respekt vor andern Männern. Es wird ihm sicher merkwürdig vorkommen, dass ich, als die Frau in unserem Team, ihn befrage.«

»Richtig, es wird ihn ein bisschen aus dem Konzept werfen, ihn leicht verwirren und das werden wir ausnutzen.«

»Na, ich weiss nicht, ob das wirklich fair ist diesem armen Kerl gegenüber.«

»Warten Sie wenigstens, bis Sie ihn kennen gelernt haben, bevor Sie den Herrn unter Ihre Fittiche nehmen. Es könnte sich ja erweisen, dass er nicht ein harmloses Küken ist, und Sie wären dann doch das dumme Huhn. Ob er ein armer Kerl ist, wird sich noch weisen. Goldberg, nur weil einer nicht in seinem Heimatland lebt, nur weil einer unterdrückt, gedemütigt und verfolgt wurde, wird er deshalb nicht automatisch sympathisch und schützenswert.«

»Das ist doch wieder typisch zweite Generation: Überangepasst und den neuesten Immigranten gegenüber fremdenfeindlich.«

»Madonna! Wenn Sie nicht wollen, dass ich ernsthaft wütend werde, Goldschätzchen, dann hören Sie mir jetzt ganz genau zu und brennen es in Ihre Festplatte ein.«

Sie hatte ihn tatsächlich zur Weissglut getrieben, stellte sie mit Erschrecken fest. Sie hatte einfach drauflos geredet, ohne zu überlegen, was sie da anrichtete. In welchem Buch hatte sie schon wieder gelesen, dass Männer nicht mit Kamille verwechselt werden sollten? Es wollte ihr nicht in den Sinn kommen. Die Lösung des Rätsels hingegen kannte sie noch: Je mehr man auf der Kamille herumtritt, desto besser riecht sie. Ihr Gegenüber schien im Moment nicht sehr gut zu riechen – er stank vor Wut.

»Die Tatsache, dass der Mann in ein anderes Land gehen musste – mit Bestimmtheit unter widrigen Umständen – sagt rein gar nichts über ihn aus, ausser eben, dass er nicht in seinem Land ist. Die Vorstellung, dass nur freundliche, zuvorkommende, edle Menschen verfolgt würden ist naivissimo. Es gibt keine Selektion in Vertreibung, Verfolgung, Schmach und Völkermord – und auch nicht in stinknormaler Emigration. Und das heisst ganz konkret, dass wir keinen Schimmer einer Ahnung haben, mit was für einem Menschen wir es zu tun haben werden. Er könnte auch ein ganz, ganz mieser Kerl sein, er könnte ein ganz gefährlicher Kerl sein. Also werden Sie mir auf der Hut sein.«

»OK, Chef, ich werde aufpassen. Ich möchte ja nicht, dass Sie meine Grabrede halten müssen: Gefallen in Erfüllung ihrer Pflicht und aus lauter Naivität, weil sie nicht auf ihren Chef gehört hat.«

Sie wusste, dass sie zu weit gegangen war, sie wusste, dass sie ungerecht gewesen war. Sie würde sich nicht dafür entschuldigen. Und überhaupt, sie war eben kein Goldschätzchen.

»Dramatisieren Sie jetzt nicht. Versuchen Sie einfach herauszufinden, wie er dem Toten gegenüber stand, was wirklich vorgefallen ist zwischen den beiden. Na, Sie wissen schon. Sie führen das Interview und ich darf dafür auf die Klingel drücken.«

Die Familie Ahmeti wohnte in einer der belebten Strassen des Stadtteils, in der Feldbergstrasse. Am Tag trugen Tausende von Fahrzeugen aller Art zur Belebung bei, am Abend waren es dann die Drogendealer und ihre Kunden. Auf ihr Läuten wurde sogleich die Türe geöffnet. Sie hatten sich angemeldet. Ein kleiner Mann, der den beiden Eindringlingen – denn als das fühlten sich beide sogleich – mindestens wie fünfzig erschien, tatsächlich jedoch kaum vierzig Jahre zählte, schaute sie eindringlich und ohne ein Wort zu sagen an. Dann schien er sich in sein Schicksal zu ergeben und fragte aufseufzend:

»Was Ramazan wieder gemacht? Immer Probleme mit Ramazan!«

Zina Goldberg versuchte, den kleinen Mann einerseits zu beruhigen und andererseits die ganze Gruppe zu einer Sitzgelegenheit zu lotsen, die sie nach einigen Hindernissen in der Küche fanden. Sie mussten das Fenster schliessen, um sich verstehen zu können. Es war Strassenverkehrszeit in der Feldbergstrasse und da liessen die Anwohner Dreck und Lärm nun mal lieber draussen. Nachdem sie sich gesetzt hatten, bat Zina, auch mit seiner Frau sprechen zu können.

»Frau nicht verstehen Deutsch. Ich erzähle nachher. Keine Problem!«

Es dauerte eine Weile und kostete Zina viel Überzeugungskraft, bis eine kleine, magere Frau sich mit ihnen an den Tisch setzte, die Hände zwischen den Knien gefaltet.

»Herr Ahmeti«, begann Zina vorsichtig, »Sie waren vor einigen Tagen bei Herrn Würscht, im Rektorat. Können Sie uns erklären, was Sie dort mit ihm besprochen haben?«

»Warum Polizei fragen? Rektor Sie anrufen? Ich nur e bitzeli[1] laut.«

»Herr Würscht ist tot, er wurde ermordet.«

»Oh, ich nicht wissen. Nicht lesen Zeitung, nur Fernsehen. Fernsehen, nicht sagen Herr Würscht tot. ... Sie denken, meine Sohn böse auf diese Mann und töten? Nein, nein, Ramazan nicht töten Rektoren, Ramazan schlagen Kinder, ja, Rektoren, nein. Er respektieren alte Männer.«

Es folgte eine erregte Übersetzung seitens des Vaters, die von Lamentos seitens der Mutter gefolgt wurden. Zina musste die Stimme erheben, um sich wieder Gehör zu verschaffen. Sie schaute ihren Partner in Schnüffeleien an und beide schauten zur Decke. Sie waren noch nicht aus dem Schneider. Langsam war sie neugierig auf diesen Ramazan. Wie konnten diese Eltern nur glauben, er könne in einer Mordsache verdächtigt werden?

»Herr Ahmeti, bitte hören Sie mir zu! Wir denken nicht, dass

1 E bitzeli: Ein bisschen

Ramazan etwas Böses getan hat, wir möchten nur, dass Sie uns erzählen, was Sie mit dem Rektor besprochen haben. Wir müssen wissen, welche Probleme Herr Würscht hatte.«

»Ja, Herr Würscht grosses Problem, er nicht versteht, was ich sage. Er nur immer sagen: Ramazan keine Schule mehr. Was Ramazan keine Schule mehr? Was Ramazan machen ohne Schule? Muss lernen: Deutsch, Schreiben, Rechnen. Was keine Schule? Ich nicht verstehe.«

»Wollte der Rektor ihren Sohn ausschliessen?«

»Nicht schliessen Schule, Ramazan weg!«

»Warum?«

»Nicht wissen. Ramazan immer Probleme mit Schule. Zu Hause keine Probleme. Immer nett, helfen Mutter, zu kleine Schwester schauen. Keine Problem.«

»Hat Ramazan schon lange Probleme?«

»Erst seit diese Schule – wie heissen? Platanenschulhaus? – zwei Jahre, fast. Primar, keine Problem. Jetzt Lehrer immer nur reden mit Ramazan, nicht streng mit ihm. Sagen mir, meine Sohn schlagen andere Kinder, böse Worte mit Lehrerin und so. Aber nie schimpfen mit ihm, nur reden, reden. Ramazan immer nervös in Schule, Angst, viele Kinder schlagen, nicht nur meine Sohn.«

»Was genau ist dann passiert?«

»Lehrer sagt Ramazan Schulpsychologe. Ich sage, ja, vielleicht helfen. Reden mit mir, reden mit meine Sohn. Machen auch Test mit meine Sohn. Immer gleich – Er schlagen. Schulpsychologe sagt, Ramazan Sonderangebot. Er nicht gut lernen im Kopf.«

»Schule für Sonderangebote?«

»Ja, dann ich sage ja, Ramazan sagt, ja Papa. Und Lehrer sagt, keine Platz für meine Sohn in Sonderangebot. Alles voll, viele Kinder warten.«

»Was haben Sie dann gemacht, Herr Ahmeti?«

»Ich telefoniere mit Rektor. Sage: meine Sohn braucht Platz in Sonderangebot. Er sagen, nicht mit mir reden, ich mit Lehrer und Lehrerin reden. Er nichts machen. …Dann Ambulanz-Lehrerin reden mit mir.«

»Eine ambulante Sonderpädagogin?«

»Ja, sie sagen, Ramazan arme Kind, nicht gut verstehen. Andere Kinder immer lachen über meine Sohn, weil immer falsch sagen. Ramazan nicht gut reden, also Ramazan schlagen. Sie mit Schulpsychologe schreiben Briefe an Stelle in Regierung für Ramazan Privatschule mit wenig Kinder. So vielleicht Stadt bezahlt Privatschule. Viel, viel schreiben. Stelle sagt nein. Ramazan immer mehr schlagen und böse Wörter. Dann Ambulante Lehrerin sagen, suchen Platz in Krisenstation, zum Warten Platz in Sonderangebot. Keine Platz. Alles voll, viele warten. Dann Ramazan schlagen neue Lehrerin, alte in Ferien. Und Rektor schreibt Brief, ich muss kommen reden.«

»Was hat Herr Würscht Ihnen gesagt?«, wollte Zina Goldberg wissen.

»Er immer sagen, Ramazan noch einmal schlagen, Ramazan nicht mehr in die Schule gehen. Ich sage, meine Sohn muss besondere Schule, er sagen keine Platz. Ich sage, wo Schule für meine Sohn? Er sagen, keine Schule. Ich sage, meine Sohn erst zwölf Jahre alt, braucht Schule. Er immer sagen, kann nichts machen. Ich immer laut, laut. Ich sehr verruggt[2].«

Herr Ahmeti hörte plötzlich mit einem tiefen Seufzer auf und schaute sein Gegenüber voller Verzweiflung an. Santoro nahm Augenkontakt mit seiner Assistentin auf, sie nickte ihm unmerklich zu und er übernahm.

»Frau Ahmeti, wo war Ihr Mann vorgestern Abend?«

»Donnerstag meine Mann Fussball, immer Fussball, immer spät.«

Diese Worte erwiesen sich als eine, für Zina, bisher unbekannte magische Formel, die zwischen Herrn Ahmeti und Santoro eine Flut von Erinnerungen und Kommentaren auslöste. Während die beiden Männer den gesamten Match[3] von der ersten bis zur letzten Minute durchanalysierten, tauschten die Frauen verständnis-

2 verruggt: verrückt, im Sinne von wütend.

3 Was in Deutschland *das Match* genannt wird, ist und bleibt in der Schweiz *der Match*, also eindeutig männlich.

innige Blicke aus. Noch lange vor der Halbzeit schüttelte die Gastgeberin lächelnd ihren Kopf und begann in der Küche herumzuhantieren. Bald stellte sie stark duftenden Pfefferminztee in zierlichen Gläsern und selbstgebackene Kekse auf den Tisch. Die beiden Fans dankten es ihr mit einem angedeuteten Lächeln und einem Kopfnicken. Denn mittlerweile waren sie bei der Rolle des Schiedsrichters angelangt, was ihre ganze Aufmerksamkeit verlangte. Während Herr Ahmeti Verständnis für die temperamentvollen Ausbrüche einiger Spieler zeigte, vertrat Santoro tapfer die Interessen des Schiris.

Erst nach einer guten halben Stunde konnte Zina ihren Chef endlich losreissen. So gelang es ihnen, sich endlich sehr herzlich und mit offenen Fragen, was den nächsten Match der städtischen Elf anbelangte, zu verabschieden.

Unten angelangt, drehte sich Matteo zu seiner Mitarbeiterin um und meinte dezidiert:

»Er hat den Match gesehen und zwar live.«

»Wie wollen Sie das wissen?«

»Meine Liebe, nennen Sie es männliche Intuition, oder wie auch immer ihnen beliebt. Auf jeden Fall redet ein echter Fussballfan grundlegend anders über einen Match, je nachdem, ob er ihn nun in Direktübertragung oder eben erst als Aufzeichnung gesehen hat. Und unser geplagter Vater hat ihn live gesehen, da wette ich meinen nächsten Cappuccino drauf. Freut Sie das nicht, Sie hatten den armen Kerl doch, als besonders schützenswert katalogisiert?«

»Und gegen wen, bitte, soll ich ihn jetzt noch beschützen, wenn Sie ein Fan von ihm geworden sind. Und wenn er ihn umgebracht hätte, dann gleich und mit blosser Hand, denken Sie nicht auch?«

»Doch, und wir hätten ihn laufen lassen, aus lauter Mitgefühl.«

»OK, OK. Ich hab verstanden. Sie können mit Ihrer verbalen Dampfwalze aufhören.«

»Wer sagt denn, dass ich nicht ernst meine, was ich eben in Erwägung gezogen habe. Schliesslich habe ich auch Kinder. Die

Hilflosigkeit des Vaters und die … die .. die Achtlosigkeit dieses Würschts, das hat mich auf die Palme getrieben.«

»Es ist mehr als Achtlosigkeit. Vielleicht Teilnahmslosigkeit? Nein, ich finde auch nicht die richtige Bezeichnung dafür.«

»Kommen Sie, wir suchen uns ein sonniges Plätzchen auf einer Terrasse am Fluss und Sie erzählen mir, was Sie von Ihren strickenden und stickenden Lehrerinnen erfahren haben.«

»Und Sie geben weiter, was Vögeli von den Dächern gepfiffen hat.«

»Das können Sie auch gleich haben: Viele unverständliche leere Worte.«

Der Frühling schien sich tatsächlich durchsetzen zu wollen. Die Fluten waren noch ziemlich reissend, denn schliesslich hatte es in den letzten Wochen fast täglich geregnet. Die Terrassen waren schon beinahe voll von Sonne entwöhnter Städter, die jede Gelegenheit nutzen wollten, um Wärme und Licht zu tanken. In diesen Breitengraden, nach einem tristen grauen Herbst und nach einem nicht enden wollenden Winter, löste jeder noch so zögerliche Sonnenstrahl die blanke Gier aus. Die Sonneneuphorie hatte Zina soweit getrieben, ein Eis mit ihrem Espresso zu bestellen. Ein Schokoladeeis. Nachdem Santoro seine Desinformation seitens Herrn Vögeli erläutert hatte, begann seine Assistentin die Berichte der fünf Lehrerinnen weiterzugeben. Sie musste immer wieder eine Pause einfügen – das erste Eis im Freien konnte nicht unachtsam heruntergewürgt werden. Sie war schon gegen Ende gekommen:

»… und fragte mich immer wieder, ob ich vielleicht nicht doch verulkt würde von diesen stickenden, strickenden Frauen Es kam mir manchmal so vor, als ob sie an unsichtbaren Fäden zögen. Sind es nicht die Hexen, die den Lebensfaden spinnen, ihn aber auch durchtrennen können?«

»Dornröschen. Die Arme sticht sich. Aber es kommt ja dadurch alles gut. Der Prinz küsst sie wach.«

»Habe nie verstanden, warum der Blödmann hundert Jahre brauchte.«

»Und ich habe nie verstanden, warum die Frau solange schlafen musste, bis sie endlich so weit war.«

»Santoro, wir sind vom Thema abgekommen und …«

»Und mitten in ein hochinteressantes anderes eingetaucht. Schauen Sie mich nicht so an, Goldberg, ich werde nicht dabei verweilen, sondern mit Ihnen zu den fünf Schnurpferinnen zurückkehren. Zu Ihrer sicheren Freude, kann ich Ihnen als erstes … Recht geben. Die ganze Geschichte kommt mir nicht sehr real vor. Was nicht heisst, dass sie es nicht ist. Anscheinend war die Wahrnehmung der Realität und die daraus folgenden Handlungen in den letzten Monaten von zwei Menschen bestimmt, die von der Rolle waren, wie ich es ausdrücken würde. Und viele im Kollegium haben nun, aus Vorsicht oder aus Angst, diese verdrehte, irreale Sichtweise übernommen – zumindest nicht offen in Frage gestellt. Das Resultat ist verheerend: Ein ganzes Schulhaus lebt in einer albtraumhaften Verzerrung der Realität, wo manche zu Feindbildern gemacht werden und zwangsmässig verfolgt werden müssen. Und was macht unser Toter? Er greift nicht ein.«

»Da haben Sie Recht, Chef. Bis zum Zeitpunkt, wo etwa 25 Lehrerinnen und Lehrer das Briefchen mit den drei Zeilen unterschreiben. Und auch da greift er nur ein, weil die zwei in der Schulhausleitung massiven Druck auf ihn ausüben, damit er sie unterstützt. Und was macht unser Würscht? Er übernimmt den Plan für die Konfliktbewältigung, den Sturzbach in den Ferien erarbeitet hat und gibt ihn als seinen aus. Das Motto des Plans lautet: Alibiübung, Einzelabschlachtung, versanden lassen.«

»Meine Liebe, ich glaube wir müssen dieser Sache weiter nachgehen. Was mir nicht gefällt, ist die Verzerrung der Wirklichkeit und die heftigen negativen Gefühle, die daraus entstanden sind. Was ich meine ist, dass auf beiden Seiten eine riesige Wut entstanden ist.«

»Wollen Sie noch wissen, wie es weitergegangen ist?«

Doch bis Goldberg fortfahren konnte, dauerte es noch ein

Weilchen. Abstruse Geschichten erzählen oder in sich aufnehmen müssen, ist sehr Kräfte zehrend. Zu diesem Resultat kamen beide unisono. Die Speicher wollten gefüllt werden – mit Pouletschnitzelchen in einem Fall, mit Wurstsalat im andern Fall und mit eiskaltem Bier in beiden Fällen. Erst als alles verschlungen war, konnte die Geschichte ihren Fortgang finden.

»Wo war ich stehen geblieben? Ach ja, die Unterschriften. Wissen Sie, was Liesi Hofmann daraufhin unternimmt? Nein? Sie geht zu allen, die unterschrieben haben, und fragt sie aus. Ob sie alle drei Sätze befürworten? Ob sie den Satz mit der fehlenden Unterstützung durch die Schulhausleitung auch unterschreiben würden? Wer denn die Unterschriften gesammelt hätte? Und einige wenige lässt sie aus, mit der Bemerkung, sie wisse ja, wo diese stünden. Können Sie sich vorstellen, welche Stimmung im Kollegium herrschte?«

»Hexenjagd.«

»Genau.«

»Und Würscht macht da mit. Zumindest stoppt er sie nicht. Es gibt eine Versammlung für alle, die etwas zu sagen haben. Alle Parteien dürfen ihren Standpunkt darlegen – eine Diskussion gibt es nicht. Dann besteht die Möglichkeit Einzelgespräche zu verlangen. Nur zwei Frauen tun dies. Eine dritte wird zitiert. Es sind Einzelabschlachtungen. Als dritter Schritt im Konfliktlösungsplan von Sturzbach-Würscht soll, falls der Konflikt bis dahin nicht gelöst ist, eine externe Person – ein Supervisor – zugezogen werden. Da das unheimliche Duo Sturzbach-Hofmann sich plötzlich weigert und Würscht keine Schritte unternimmt, übernehmen ein paar Mutige die Initiative. Ein gutes Dutzend reicht individuelle Dossiers bei der Lehrer-Gewerkschaft ein. Die verlangt Einsitz in die Konfliktlösung und in die bevorstehenden Schulhausleitungswahlen. Das Problem bei diesen Wahlen ist nämlich, dass keine und keiner sich traut gegen die Beiden anzutreten. Und wenn sie keine Gegenkandidaten haben, können sie mit einem einfachen Mehr gewählt werden. Drei Stimmen bei dreissig Enthaltungen reichen. Würscht hat nun Druck von der Gewerkschaft und holt seinen Rektorkollegen von den Sonderangeboten zu Hilfe. Aussprachen im grossen Rahmen mit der Hälfte des Kollegiums, den beiden Rektoren, der Lehrervertretung, dem Präsidenten der Schulinspektion folgen. Der Deckel ist weg. Und wissen Sie, was die Folge ist?«

»Nein, aber sie werden es mir sagen, Goldy.«

»Liesi – denn so wird die Arme von ihren Feinden genannt – demissioniert unter Absingen wüster Lieder. Vor wenigen Monaten verliest sie, an einer Schulhauskonferenz, eine mehrseitige Hasstirade, in der sie ihren Peinigern zu ihrem Erfolg gratuliert und sie öffentlich anprangert. Demissioniert ist eigentlich falsch. Sie gibt nämlich an, vom Arzt für den krank machenden Teil ihrer Arbeit – Schulhausleitung – dispensiert worden zu sein. Das bedeutet, dass die Dame weiter unterrichtet in diesem Schulhaus, jedoch nicht mehr in der Leitung sitzt und den vollen Lohn erhält. Die beiden Rektoren sitzen dabei und unternehmen … raten Sie mal?«

»Nichts.«

»War nicht wirklich schwer zu erraten, aber Sie bekommen trotzdem einen Punkt.«

»Das heisst, dass Sturzbach alleine in der Leitung ist.«

»Aber nicht mehr lange, denn zwei Monate später, Ende Semester, demissioniert er. Gut unterrichtete Kreise wissen, dass er dazu gedrängt, wenn nicht gar gezwungen wurde, von den Rektoren.«

»Haben sie also doch endlich gehandelt.«

»Ja, denn mittlerweile, hatte Beat Sturzbach auch unseren Würscht im Visier und hat ihn massiv angegriffen.«

»Und wo ist Sturzbach jetzt?«

»Er unterrichtet weiterhin im Schulhaus. Daneben hat er ein Amt auf dem Rektorat für Sonderangebote bekommen. Er ist dort interner Berater für die neueste Reform.«

»Goldberg, sagen Sie mal ehrlich, riecht das ein bisschen nach Mauschelei, oder reagiert mein Riechorgan übersensibel?«

»Ich kann Ihnen versichern, dass dieser Sinn nicht nur bei

Ihnen auf Alarmstufe rot gestellt ist. Bei den fünf Bastlerinnen hat diese Information ziemlich viele sarkastische Kommentare ausgelöst. Illusionen machen die sich schon lange nicht mehr.«

»Wir müssen dringend mit den Hauptfiguren dieses Dramas in Kontakt treten. Ich bin neugierig auf die beiden aus der Leitung. Was glauben Sie, wie ihre Version der Dinge lauten wird? Zudem sollten wir auch mit den direkt Geschädigten reden. Beide Seiten werden unseren Ermordeten nicht in ihren Herzen gehätschelt haben. Ich kann mir gut vorstellen, dass unter diesen Umständen jemandem die Sicherung durchgegangen ist.

»Wen sollen wir zuerst nehmen?«

»Wir nehmen Sturzbach. Irgendetwas sagt mir, dass er uns einiges zu erzählen hat.«

»Sie gehen also dieser leidigen Mobbing-Geschichte nach?«

»Sie betrachten die Geschehnisse an Ihrer Schule also auch als Mobbing?«

Zina Goldberg war bass erstaunt, Herrn Sturzbach so viel Einsicht beweisen zu sehen. Sie wollte ihm die Chance geben, seinen Standpunkt ausführlich erklären zu lassen und formulierte ihre nächste Frage deshalb ganz offen.

»Können Sie mir von Anfang an erzählen, was sich in Ihren Augen ereignet hat?«

»Sicher, das tue ich gern. Sehen Sie, ich arbeite seit der letzten Schulreform an diesem Standort, ich bin eigentlich schon ein Saurier.«

Sturzbach hielt inne und schaute die zwei Ermittler lächelnd an. Als diese lächelnd zurückgenickt hatten, fuhr er fort.

»Ich hatte also die Möglichkeit, über Jahre hinweg die Entwicklung unseres Standortes zu erleben und zu beobachten. Meine Freude an Schulentwicklungsarbeit, am Führen von Menschen und die Möglichkeit, Missstände korrigieren zu können, führten zu meinem Engagement in der Schulhausleitung. Es war von Anfang an mein Anliegen, unseren Standort gemäss den heutigen

Anforderungen und Bedürfnissen pädagogisch und betrieblich zu einem modernen Schulbetrieb weiterzuentwickeln, Gutes aufzunehmen, anderes zu verändern und zu verbessern. Wissen Sie, ich habe klare Vorstellungen wie ein Bildungsbetrieb der Zukunft aussehen kann. Dazu habe ich auch eine Broschüre geschrieben, die ich Ihnen gerne am Schluss unseres Treffens mitgebe. Ich werde Sie nicht mit langatmigen Ausführungen langweilen wollen ...«

Tust du schon, tust du schon, dachte Zina, die schon bedauerte ihrem Gegenüber, so viel Raum überlassen zu haben. Doch sie versuchte, den verlorenen Faden wieder aufzunehmen, um eine Break-Möglichkeit eruieren zu können.

»... Kritik und Qualität, Leitbild, partizipative Führung, Betriebsbewusstsein und –handbuch etc... Dies sind nur einige Stichworte. Einiges davon konnte ich schon verwirklichen, vieles war jedoch, wegen der personellen und strukturellen Konstellation, nicht möglich. Natürlich wollte ich mittels klarer Führung Vorgeschriebenes gerecht, für alle geltend, umsetzen.«

Die beiden Zuhörer, denn zu dem waren sie hier verurteilt worden, schauten sich wortlos an. Kaum merklich hob Santoro die Braue, fast nicht wahrnehmbar verzog Goldberg den Mund und machte eine kleine Bewegung mit Zeige- und Mittelfinger: Schere. Ein Blinzeln mit beiden Augen war die Antwort: Do it!

»... Kollegium, das mehr mit sich selbst als mit Kerngeschäft beschäftigt ist; sich sehr schwer tut, betriebsinterne Kritik zuzulassen, jedoch immer wieder die Leitung in Streit verwickelt.«

»Erklären Sie das bitte genauer, wer macht das, wie funktioniert dieser Mechanismus?«

»Ich weiss, wovon ich rede, und das Schicksal anderer SchulhausleiterInnen ist selbstredend.«

»Sie meinen, es sind nur Frauen davon betroffen?«

»Mit einem grossen I: SchulhausleiterInnen, dies beinhaltet die weibliche, wie auch die männliche Form.«

»Ach, das tut mir aber leid! Ich habe das grosse I nicht gehört.«

Matteo sah den Moment gekommen einzugreifen. Er liebte es

zwar, wenn die Wangen seiner Assistentin sich verfärbten, in diesem Fall deutete er dieses Zeichen aber richtig: Alarm. Im Gegensatz zu ihr fühlte er sich nicht von seinem Gegenüber provoziert und er fragte sich warum, denn immerhin war er überheblich, herablassend, elitär – alles Wesenszüge, die ihn im Normalfall problemlos nerven konnten.

»... das Kollegium, müssen Sie wissen, hat letztlich noch keinen Umgang mit Kontrolle, mit Führung und mit Macht gefunden. Das ist wirklich Besorgnis erregend. Das sind ja immerhin zentrale Themen der pädagogischen Alltagsar...«

»Können Sie bitte konkreter wer ...«

Santoro konnte seinen Satz nicht zu Ende bringen, denn Sturzbach erhob einfach die Stimme und übertönte ihn, nicht ohne ihn vorwurfsvoll anzuschauen.

»Der pädagogischen Alltagsarbeit. Dem entgegenzutreten, hätte strukturelle und vor allem personelle Veränderungen, auch im Kollegium, verlangt.«

»Wer hätte gehen müssen, Herr Sturzbach? Wer?«

»Santoro, nicht wahr? Also, Herr Santoro, diese Frage ist nicht einfach zu beantworten und ich bin mir auch nicht im Klaren, ob dies der richtige Rahmen ist, diese Frage zu erläutern. Immerhin ist hier auch an den Persönlichkeitsschutz mehrerer Personen zu denken.«

»Dann sagen Sie mir wenigstens, was Sie diesen Personen vorwerfen?«

»Dass sie nicht offen sind, dass sie im Dunkeln gegen mich und meine arme Kollegin, Elisabeth Hofmann, intrigiert haben. Wissen Sie, dass sie sich an die Schulsynode gewendet haben, anonym? Ist das ein Zeichen offener Kommunikation? Zudem erfüllten manche Kollegen und Kolleginnen die Mindestanforderungen für diesen verantwortungsvollen Beruf nicht. Da ich für die Qualität an diesem Schulhaus verantwortlich war, musste ich die unzulänglichen Kollegen zitieren und sie mit ihren Problemen konfrontieren. Ich habe ihnen sehr freundlich die Situation erklärt und sie darauf aufmerksam gemacht, dass sie überfordert seien.

Eine Lösung konnten sie selbst vorschlagen. Es ist nun mal so; Leute, die immer wieder Formulare zu spät abgeben oder administrative Aufgaben nicht richtig erfüllen, haben meiner Meinung nach keinen Platz in einer modernen Schule.«

»Wie ist es dazu gekommen, dass Sie nicht mehr in der Schulhausleitung sind?«

»Herr Kommissar, das ist das Resultat der Verleumdungen dieser dunkeln Gestalten, die sich scheuen offen zu reden und zu handeln. Und zudem musste ich feststellen, dass manche Leute ein Autoritätsproblem hatten. Aber eine Schule muss geführt werden – das habe ich auch immer wieder zu erklären versucht. So wie eine Klasse von ihrem Lehrer geführt werden muss, so muss auch ein Kollegium von seiner Schulhausleitung geführt werden. Aber diese Leute hielten an ihren basisdemokatischen Vorstellungen fest und wollten sich nicht Richtung effizienter und moderner Schule entwickeln. Wissen Sie, diese Auseinandersetzung, die eigentlich seit Jahren dauert, denn bisher hatte jede Leitung Probleme mit diesen Leuten, kostet den Arbeitgeber jährlich eine Summe im sechsstelligen Bereich. Eigentlich sollte dieses Geld unseren Kindern zukommen und nicht für innerbetriebliche Selbstverständnisdiskussionen des Personals verschwendet werden – und dies bei den angespannten Staatsfinanzen, die wir heute haben!«

Santoro nutzte die Verschnaufpause, die der um die Staatsfinanzen seufzende Herr Sturzbach einlegen musste.

»Herr Sturzbach, ich sehe, dass Sie die Ereignisse sehr bekümmern. Könnten Sie bitte trotz allem versuchen mir zu erklären, was konkret geschehen ist. Warum sind Sie nicht mehr in der Schulhausleitung?«

»Ich denke, ich habe mich sehr klar ausgedrückt. Aber – ich sehe, es ist für Sie schwierig, das Gesagte nachzuvollziehen – ich werde es Ihnen nochmals, in anderen Worten, auseinandersetzen.«

Bei diesen Worten lehnte sich der Herr Lehrer mit einem Seufzen zurück und schloss kurz die Augen, wie um sich für die schwierige Aufgabe zu wappnen, begriffsstutzige Polizisten in die Feinheiten des pädagogischen Alltags einzuführen. Als er die Augen wieder öffnete, zierte ein mitleidiges Lächeln seine Lippen:

»Ich habe ein spürbares Zeichen setzen wollen und habe meinen Rücktritt erklärt. Die Probleme des Schulhauses bleiben jedoch bestehen. Zur Lösung erfordert es eine Leitung, welche willens ist, durch konsequente Führung – arbeitsrechtliche Massnahmen eingeschlossen – die Rechte und Pflichten der Schule gegenüber Partikularinteressen durchzusetzen. Dazu war ich bereit. Leider wurde ich von meinen Vorgesetzten nicht genügend unterstützt.«

Santoro registrierte, wie sein Gegenüber versuchte, ihn von oben herab zu behandeln. Für diesen Kerl war dieses Gespräch eindeutig ein Machtkampf, aus dem er als Gewinner, als Überlegener hervorkommen wollte. Sturzbach gab sich redlich Mühe, warum nur fühlte sich Matteo in keiner Weise provoziert?

»Welche Gefühle hegen Sie Ihrem Vorgesetzten, Herrn Würscht, gegenüber?«

Zina Goldberg hatte lange schweigend und aufmerksam zugehört. Sie war zum Schluss gekommen, dass es höchste Zeit war, nach den Gefühlen dieses Herrn zu angeln, der ihnen Ausführungen geboten hatte, die viel Ähnlichkeit mit einer politischen Rede aufwiesen. Sie war neugierig, welcher Art der Fisch sein könnte, der anbeissen würde.

»Frau …? Entschuldigen Sie, ich habe Ihren Namen leider nicht verstehen können.«

»Gold – berg.«

Das war Matteo, der die zwei Silben in Zeitlupe und überdeutlich aussprach. Überheblichkeit, dachte Goldberg, so heisst du also, mein erstes Fischchen. Wobei, ein Gefühl bist du noch nicht, eher eine Geisteshaltung. Aber du versteckst ganz sicher eines.

»Werte Frau Goldberg, sehen Sie, wie Frauen es so oft tun, merken sie nicht, dass es nicht eine Frage der Gefühle ist. Diese wären in diesem Falle ganz einfach nicht professionell. Meine

Vorstellungen einer geleiteten Schule waren unserem Rektor noch nicht ganz klar geworden, und deren Wichtigkeit zum Aufbau eines modernen Bildungsbetriebs konnte ich ihm anscheinend nicht genügend plausibel …«

Wut, dachte Zina Goldberg, eine riesige Wut hat der. Er hatte sich vorgestellt, eine ganze Schule mit einem gesäuberten Kollegium nach seinen Vorstellungen modellieren und führen zu können. Und nun hatten ihm einige aufmüpfige Basisdemokraten, wie er sie nannte, einen Strich durch die Rechnung gemacht. Der Rektor hatte ihn plötzlich nicht mehr ohne weiteres gewähren lassen. Das musste ein herber Dämpfer gewesen sein, eine Begrenzung. Ist er sich seiner Wut bewusst? Das ist hier die Frage, überlegte Zina weiter. Denn einer, der sich seiner Wut nicht bewusst ist, organisiert auch keinen Mord, um sich eine kleine Freude, oder in diesem Falle, eine kleine Rache zu gönnen. War der Mord überhaupt geplant? Oder war er aus Zufall oder aus einem Impuls heraus geschehen? Das waren zwei nicht zu verachtende Perspektiven, die es einzunehmen galt. Was mochte Santoro dazu denken?

Dieser tat es seiner Mitarbeiterin gleich und liess Beat Sturzbach ungestört seinen Redefluss weiter ausströmen. Er hatte mittlerweile die Antwort auf seine Frage gefunden. Herr Sturzbach schaffte es nicht, ihn zu provozieren, ihn zu einem Konkurrenzkampf herauszufordern, weil Santoro ihn nicht als Mann wahrnehmen konnte. Und das lag eigentlich nicht an der äusseren Erscheinung. Beat Sturzbach trug Freizeithosen – wie Wanderhosen heutzutage genannt werden –, denen die unteren zwei Drittel amputiert worden waren. Aus den Stummeln lugten zwei bleiche Beinchen hervor, die zu einem all zu schnell gewachsenen, grossen Buben sehr gut gepasst hätten. Seinen Oberkörper zierte (wobei zieren das wirklich unpassendste Wort darstellte) ein T-Shirt in Agonie, das bald von den vielen Waschgängen und den nie ganz unterlegenen Flecken besiegt sein würde und schon jetzt nach Erlösung schrie. Eine zweite Karriere als Putzlappen würde dieses Teil auch nicht im Ansatz durchstehen können. Die

Jesus-Sandalen, die das modische Desaster vervollständigten, waren es auch nicht. Erstaunlicherweise steckte in diesem vestimentären Katastrophengebiet ein schlanker Mann mit einem dieser Gesichter, wie sie auf Laufstegen zu sehen sind: wohl proportioniert, aber leer. Trotzdem hätte er mit seinen weissblonden Haaren und seinen intensiven blauen Augen als attraktiver Mann durchgehen können.

Es war vor allem die Ausstrahlung, die Matteo dazu verleitete, ihn emotional nicht als Mann registrieren zu können. Matteo versuchte hinter die ebenmässige und attraktive Fassade zu schauen. Wie wirkst du auf mich? Was löst du in mir aus? Das waren die Fragen, die sich Matteo gestellt hatte. Die Antwort schlich sich zögernd in sein Bewusstsein und offenbarte sich in Gestalt eines einzigen Wortes: Verdingbueb. Verdingkinder gab es zum Glück keine mehr. Aber noch vor wenigen Jahrzehnten waren sie in der Landwirtschaft gang und gäbe. Arme Pächter, Knechte oder allein stehende Mütter gaben ihre Kinder, die sie nicht selbst versorgen konnten an Grossbauern in Obhut, die sie gegen Unterkunft und meist dürftige Versorgung für sich arbeiten liessen. Die Bedingungen, in denen die Kinder leben mussten entsprachen in den meisten Fällen der Sklaverei. Nicht selten kam körperlicher Missbrauch noch dazu. Ja, dachte Santoro, diesen Eindruck machst du auf mich: Ein zwar in die Jahre gekommener, aber doch nicht erwachsen gewordener Verdingbueb. Und was du uns erzählst, passt dazu: Du schuftest dich kaputt und keiner dankt dir, du übernimmst die Arbeit anderer und dafür musst du dann »dr Grind anehebe«[4], wenn Reklamationen kommen.

Was würde Goldberg wohl diesmal zu seinem Mitgefühlsanfall sagen?

4 Dr Grind anehebe: den Kopf hinhalten

»Vergessen, Santoro, einfach vergessen!«

»Ich wusste, Sie würden mich verstehen Goldberg, ich wusste es.«

Sie sassen auf den überdimensionalen Stufen, die hier das Flussufer bildeten und rekapitulierten und kommentierten das Treffen mit dem unverstandenen Führer des Schulhauses St. Theresien. Sie hatten sich in einer Konditorei Proviant – dunkle Schokolade (Immer nur dunkel, Chef! Auf den Kakao kommt es an, Chef!) Marke Eigenfabrikat und Fruchtsäfte (Koffein ist reinstes Gift, Chef!) – besorgt: Die kleinen Zellen zwischen den Ohren schrieen unüberhörbar laut nach Nachschub. Um endlich die seltene Ruhe an diesem späten Samstagabend geniessen zu können, mampften beide geflissentlich. Weshalb ihre Aussprache darunter zu leiden drohte. »Vergeffen, Fantoro!«, konnte zum Glück richtig entziffert werden. »Daff fie ihn verftehen konnte«, wusste sie auch ohne Bestätigung. Schliesslich meinte sie:

»Wie kommen Sie darauf, einen Mann bemitleiden zu wollen, der auch Ihnen gegenüber nur Überheblichkeit und Arroganz versprüht?«

»Ich sehe in ihm nun mal auch das Kind, das er mal war und das mit Sicherheit gelitten hat, dessen Anstrengungen nicht anerkannt wurden, dessen Sehnsüchte nicht wahrgenommen, geschweige denn erfüllt wurden.«

»Und jetzt ist das Kind in die Jahre gekommen, finden Sie nicht auch? Der ist mit Sicherheit kaum jünger als Sie, kaum Vierzig ist der.«

»OK, ein paar Jährchen jünger.«, gab Santoro zu.

»Sag ich doch. Und Sie finden nichts Besseres zu tun, als väterliche Gefühle für den Kerl zu entwickeln?«

»Na, ich spüre doch, dass der Kerl nie einen unterstützenden Vater hatte.«

»Das will ich ja gar nicht in Frage stellen. Und wenn unser Sturzbach acht Jahre alt wäre, würde ich mich auch für ihn einsetzen wollen. Jetzt ist er aber mindestens 40 Jahre alt, das heisst, er ist ein Mann, er ist für sein Handeln verantwortlich, für das was er geworden ist. Wissen Sie was Boris Vian mal gesagt hat? Nein? Ich sag's Ihnen.«

»Und ich muss es mir hinter die Ohren schreiben, nicht wahr? Haben Sie keine Angst, dass dort bald kein Platz mehr ist? Wo bring ich dann all Ihre Weisheiten unter? Darüber müssen wir uns dringend ernsthaft unterhalten.«

»Speichern, Chef. Also, Boris Vian sagte: A quarante ans, on a la gueule qu'on mérite. Auf Deutsch: Mit vierzig hat man das Gesicht, das man verdient.«

»Je vous ai compris!«

»De Gaulle zu den Pieds noirs[5] in Algerien, 1958.«

»Richtig, Goldberg.«

»Er hat sie angelogen.«

»Richtig.«

»Wir sind total abgeschweift.«

»Genau.«

»Wo waren wir?«

»Vierzig, Gesicht, verdienen.«

»Wie komm ich nur auf so was?«

»Aus Mangel an Mitgefühl für unseren Beat Sturzbach.«

»Alles klar, Chef. Ich hab den Kurs wieder. Es mag ja sein, dass der Kerl als Kind gelitten hat, das will ich gar nicht bestreiten. Aber Kind ist er seit über fünfundzwanzig Jahren nicht mehr. Was hat er aus diesen vielen Jahren gemacht? Hat er sie genutzt, um seine Kindheit zu verarbeiten? Hat er sie genutzt, um sich von seinen negativen Gefühlen zu heilen? Hat er Hilfe geholt? Hat er neue positive Bindungen aufgebaut? Nein, nein, nein und nochmals nein. Und wissen Sie was? Unser Sturzbach hatte die Zeit, die Intelligenz und das Geld, dies alles zu tun, ... und er hat es nicht getan. Er ist dafür zu einem selbstherrlichen kleinen Diktator geworden und dafür trägt *er* ganz alleine die Verantwortung.«

›Und für kleine wie grosse Diktatoren hast du, Goldberg,

5 Pieds noirs: Schwarze Füsse. Franzosen, die in der Koloonialzeit in Algerien lebten. So benannt, weil sie, im Gegensatz zur einheimischen Bevölkerung, Schuhe anhatten.

sicher kein Jota Mitgefühl. Und eines Tages wirst du mir den persönlichen Grund und die Geschichte dazu erzählen. Und ich werde dich besser verstehen können.‹ Das waren Santoros Gedanken, die er wohlweislich vor der Veröffentlichung hütete. Stattdessen meinte er versöhnlich:

»Wissen Sie, die Tatsache, dass ich dem Kind gegenüber Mitgefühl empfinde, heisst noch lange nicht, dass ich den Erwachsenen nicht richtig einschätze und zur Rechenschaft ziehen würde. Können Sie sich vorstellen, dass dieser Mann seinen Groll – denn den hat er – gegen Würscht ausgelebt hätte?«

»Das ist eben die Frage. Wenn er sich seiner Wut bewusst war, halte ich ihn schon für fähig, sich den Verräter vorzunehmen, denn dafür hält er ihn mit Sicherheit. Aber eben, ich bin mir gar nicht sicher, dass der Kerl sich seiner Wut bewusst ist.«

»Die Frage ist, macht er nur uns was vor oder sich selbst auch? Im ersten Fall, muss ich sagen, ist er ein guter, ein sauguter Schauspieler. Wie der uns weismachen wollte, er sei gemobbt worden, das war wirklich echt Klasse.«

Zina sah da noch eine weitere Spur:

»Eine weitere Möglichkeit ist natürlich die vollkommene Spaltung: Sturzbach weiss nicht, was Beat macht.«

»Sie meinen Beat hat unseren Ermordeten auf dem Gewissen und Sturzbach weiss es nicht, und deshalb kann er uns gegenüber ganz locker auftreten? Ein sicheres Alibi hat er zumindest nicht; zu Hause und gearbeitet am neuen Konzept zur Verteilung irgendwelcher Ressourcen, kann jeder behaupten.«

»Immerhin sieht er genau so aus, wie wenn er immer nur am Schreibtisch sitzen würde. Der ist ja schon fast grau.«

Santoro schien für heute zum Schluss kommen zu wollen:

»Und damit wir nicht auch so grau werden, machen wir jetzt Pause bis am Montag. Es kann ja nichts mehr Schlimmes passieren. Unser Klient ist eh schon tot.«

»Ausser er war das erste Opfer einer langen Serie von Morden.«

»Erbarmen, Goldberg! Serienmorde an Rektoren hat es noch gar nirgends und noch gar nie gegeben.«

»Das behaupten Sie jetzt einfach, weil Sie Ihren freien Sonntag geniessen wollen.«

»Wenn Sie mir nicht glauben wollen, dann fragen Sie doch das Internet.«

Zina stöhnte theatralisch auf:

»Das Internet, oh Ödnis! In früheren Zeiten hätten Sie mich zu einem Orakel geschickt, ich hätte hinpilgern müssen, ich hätte Fackeln anzünden müssen, ich hätte Antworten bekommen für deren Verständnis wir Stunden, wenn nicht gar Tage des Rätselratens verwendet hätten ...«

»Pilgerweg und Fackeln kann ich leider nicht liefern, aber Sie bringen mich auf eine Idee. Wir könnten am Montag den Fall Sturzbach unserem Hauspsychologen vorlegen. Ich denke, die Wirkung wird in etwa die gleiche sein.«

»Ich werde das ganze Wochenende dem Montag entgegensehnen.«

»Kann man eigentlich entgegensehnen?«

»Man vielleicht nicht, ich schon.«

»Violetta, könntest du Shah Rukh Khan (im weiteren nur noch SRK) noch ein bisschen warten lassen und mir bei einem schulischen Problem helfen?«

»Ich bin sicher, SRK wird uns nicht böse sein, aber wie kommst gerade *du* zu schulischen Problemen? ... Sag nur, du bist für den Fall Würscht zuständig?«

»Doch, bin ich. Das heisst, um ganz ehrlich zu sein ist mein Chef der Verantwortliche und ich darf ihm assistieren.«

»Na Zinchen, wie sieht er eigentlich aus, dein Chef?«

»Das ist jetzt sicher nicht das Problem, Violettchen. Kannst du ...«

»Also sicher nicht zu schlecht, sonst hättest du mir seine Scheusslichkeit mit Genuss bis ins kleinste Detail auseinander dividiert.«

»Violetta, kannst du *bitte* zur Sache kommen, sonst kommen

wir heute Abend nicht mehr zu SRK. Du weisst doch, wie lange seine Filme dauern.«

»Ja, da hat man noch was für sein Geld. OK, eine Stunde für deinen Ermordeten. Leg los.«

Die beiden Frauen sassen, endlich von den drei Teenagern befreit, welche die Nachkommenschaft der Familie Bloch darstellten, auf einer Art Liegewiese, die aus einem ausladenden Ecksofa bestand. Während des Essens hatte sich die Brut, wie die Eltern ihren Sohn und ihre zwei Töchter nannten, die Bühne beherrscht. Zina bewunderte ihre Freundin Violetta, die ihre Familie wie ein Flaggschiff durch die Riffs manövrierte und sie nach jedem Sturm wieder in einen sicheren Hafen lotsen konnte. Weder eine Masernepidemie, noch dauernde Anrufe von verzweifelten Lehrern konnten sie aus dem Ruder werfen. Im Gegenteil: Hohe Wellen stachelten sie an, das Schiff noch härter am Wind zu fahren. Peter Bloch, ihr Ehemann, stand ihr darin in nichts nach. Violetta behauptete, gerade das sei das ganze Geheimnis und genau das erkläre auch die Seltenheit des Phänomens. So heftig sie sich zeitweilig für ihre Familie ins Zeug legen konnte, so ausgiebig konnte sie auch ihre Abwesenheit in vollen Zügen und bis zur Neige geniessen. Wie gerade jetzt, wo all ihre Liebsten sie verlassen hatten.

»Violetta, ich kann mir einfach kein Bild über die Situation an der Schule, besser an den Schulen in diesem Kanton machen und ...«

»Da bist du nicht die einzige.«

»Aber mein Problem ist, dass ich das Gefühl habe, dass da ziemlich viel Konfliktstoff herumwirbelt und dass dieser Mord in irgendeiner verkorksten Weise damit zu tun hat. Was weisst du? Du hörst doch immer so viel.«

»Ja, ja, mir wollen immer alle ihr Herz an meinen grossen Busen ausschütten. Das Problem ist, dass ich eben nicht in einer zentralen Position bin. Im Moment bin ich nur eine einfache Sonderpädagogin und höre nur so am Rande was und dann bekomme ich natürlich noch die offiziellen grauen Papiere vom

Rektorat. Leider liefern die das Dechiffrierungsgerät nicht mit. Das heisst, du kannst nur erahnen, was die wirklich mauscheln werden. Ein weiteres Problem ist, dass gleichzeitig auf verschiedenen Ebenen Veränderungen geplant sind, die auf jeden Fall grosse personelle Verschiebungen zur Folge haben werden. Das heisst konkret, dass *alle* Lehrkräfte des Kantons diese Änderungen am eigenen Leibe werden erfahren dürfen. Und das stimmt sie nicht zuversichtlich, denn alle Änderungen, die sie seit Jahren erleben mussten, gingen auf ihre Kappe: Lohnabbau, keinen Teuerungsausgleich in all den Jahren, grössere Kontrolle und erhöhter Druck – zum Beispiel durch die dauernde Qualitätssicherung –, mehr Arbeit – durch die Erweiterung und Erschwerung ihrer Arbeit …, na, ich will jetzt nicht ins Detail gehen, sonst verderbe ich mir noch den Abend. Das Ganze kannst du unter dem Lieblingswort unserer Regierung zusammenfassen: kostenneutral.«

Zur gleichen Zeit vertrat sich Matteo Santoro auf der Terrasse seines Schwagers die Beine. Dabei ging es vor allem darum, zwischen den Gängen noch ein bisschen Platz für das Dessert zu organisieren. Diese Familienanlässe hatten die verheerende Tendenz, sich über Stunden hinwegzuziehen und kulinarisch ausufernd zu werden. Vor allem seitdem auch die Männer sich ins Kochgeschehen geworfen hatten, entwickelten sich die Familienessen – angeheizt durch unausgesprochene Konkurrenz – zu regelrechten Fressgelagen. Sein Schwager verfügte über eine recht grosse Terrasse, doch im Augenblick hätte Matteo eher einer Arena bedurft, um das Völlegefühl reduzieren zu können. Er würde es irgendwie schaffen müssen, dem Käsegang zu entkommen, ohne seinen Schwager zu beleidigen. Die Nachfrage nach dessen Kinderschar konnte da sicher nicht schaden. Hatte nicht einer der Söhne Schwierigkeiten in der Schule gehabt?

»Matteo, was interessierst du dich plötzlich für die schulischen Probleme meiner Söhne? … Sag nur, bist du für den Rektor mit dem Loch im Kopf zuständig?«

»Warum? Hattest du schon mal mit ihm zu tun?«

»Ne. Der hat sich nicht aufgedrängt. Ich habe ihn nur einmal an einer grossen Veranstaltung gesehen, als die verschiedenen Rektoren ihre Schule vorstellten. Weisst du, kurz bevor mein Ältester in die Mittelstufe eingeteilt wurde.«

»Und? Was für einen Eindruck machte er auf dich?«, wollte Santoro wissen.

»Meine Frau fand ihn zum Heulen. Sie hat gesagt, wenn in dieser Schule alle so unmotiviert, desinteressiert und schlaff sind, müssen wir uns nach einer Privatschule umschauen oder aufs Land ziehen. Zum Glück haben die Lehrkräfte nichts mit ihrem Chef gemein.«

»Und du?«

»Ich wundere mich über gar nichts mehr. Manchmal frage ich mich, ob dieses Land absichtlich die unfähigsten Leute an die entscheidendsten Positionen setzt.«

In der Zwischenzeit fläzten sich die zwei Freundinnen weiterhin auf dem einladenden Ecksofa und die eine versuchte die andere in die Mäander der geplanten schulpolitischen Veränderungen einzuführen. Zina wehrte sich mit triftigen Fragen gegen die klaustrophobischen Anwandlungen. Das Gefühl, in einem Labyrinth ohne Ein- noch Ausgang festzustecken, drohte immer wieder übermächtig zu werden. Was war? Was sollte verändert werden? Durch wen? Von wem geleitet? Zu welchem Zweck? Zu wessen Vorteil? Bis wann? All diese Fragen konnte auch ihre Freundin Violetta nicht beantworten und genau das schien eines der Hauptprobleme zu sein.

»Weisst du, wenn wir Lehrerinnen und Lehrer noch Vertrauen hätten und drauf zählen könnten, dass unsere Erfahrung mit einbezogen würde im ganzen Prozess, ja, dann wäre alles halb so schlimm. Und wenn wir nicht sowieso schon total auf dem Zahnfleisch wären von den unmöglichen Bedingungen, die wir zu managen haben und von den dauernden Konzeptentwicklungen, die wir so nebenbei mitbasteln müssen, würden wir vielleicht noch ›vorwärts zur neuen Schule‹ mitsingen. Aber so?«

»Kannst du dir vorstellen, dass eine Lehrerin oder ein Lehrer durch diese Belastungen einen derartigen Groll gegen einen Verantwortlichen entwickeln könnte, dass er durchknallen könnte?«

»Mich wundert, dass nicht mehr dieser Typen in ihren Höhenflügen abgeknallt werden. ... Hör nicht auf mich, ich habe mich nur in Rage geredet. Trotzdem, es ist erstaunlich, dass wir uns nicht besser wehren. Soziale Typen haben eben nicht so die Tendenz, ihre Aggressionen nach aussen zu richten. Schade eigentlich. Aber weisst du, der Groll sitzt in vielen von uns schon ziemlich lange, ziemlich tief und wenn da noch etwas Zusätzliches dazukommen würde. Weisst du, das Tröpfchen... das könnte vielleicht schon reichen.«

»Ist die Stimmung in der Lehrerschaft wirklich so schlecht?«

»Ich erzähl dir mal, was bei der Frühlingskonferenz von letzter Woche passiert ist.«

»Was für eine Frühlingskonferenz?«

»Von der Schule für Sonder...«

»...angebote«

»Genau. Also ich sag dir, so was Schräges hab ich noch nie erlebt! Das Ganze wird geleitet von einem Vorstand, der von der Lehrerschaft gewählt ist, sie auch repräsentieren soll. Und der Präsident und die Vizepräsidentin geben bekannt, dass sie zurücktreten. Konflikte mit dem Rektorat, vor allem die Art, wie diese ausgetragen wurden, sind der Grund. Die Ausführungen sind eher vage. Die beiden werden über eine Stunde lang verabschiedet. Sie bekommen sehr viel Lob, was sie auch verdienen, denn sie sind unglaublich engagiert und kompetent. Das Ganze kommt mir aber auch wie eine politische und verzweifelte Stellungnahme gegenüber dem Rektorat vor, so nach dem Motto: Du kannst die zwei zwar zwingen zurückzutreten, aber wir zeigen dir, auf welcher Seite wir stehen.

Das war aber noch nicht alles. An diesen Konferenzen werden

traditionsgemäss auch Kolleginnen und Kollegen verabschiedet, die in Pension gehen. Weisst du, so mit Blumenstrauss und Laudatio der Kollegen und des Rektors. Dieses Jahr wären es drei gewesen. Ich sage wären, denn alle drei haben sich geweigert, bei der Konferenz zu erscheinen, haben verboten, dass etwas über sie gesagt wird, und wollten kein Geschenk des Rektorats entgegennehmen. Und das Beste kommt erst noch: Unser Rektor hat uns erklärt, dass zwischen Verwaltung und Rektorat – irgendwo – zwei Millionen Franken verschwunden seien und dass diese im nächsten Jahr zusätzlich eingespart werden müssen. Wir müssen ja eh schon einsparen, weil irgendein Gremium beschlossen hat, dass im Durchschnitt nur so was wie 7% der Kinder in Europa heilpädagogische Angebote brauchen. Es werden auch bis zum nächsten Schuljahr Leute entlassen, die das Pech haben, noch keine Festanstellung erbeutet zu haben. Und natürlich werden auch ganze Klassen geschlossen, Angebote gekürzt, Arbeitsbedingungen verschlechtert. Und weisst du, was das Gemeinste daran ist? Erstens wird uns das mit dem Label ›Qualitätsverbesserung‹ untergejubelt und zweitens sind die Betroffenen die Rechtlosen unter uns … und die halten den Latz.

Zina musste an den verzweifelten Vater denken, den sie noch am Morgen befragt hatte. Herr Ahmeti hatte zwar Kampfgeist bewiesen, aber weit hatte dieser ihn nicht gebracht. Die bevorstehenden Umstrukturierungen würden die Zukunftsperspektiven seines Sohnes mit Garantie nicht verbessern.«

»Hat da mein Ermordeter auch etwas zu tun in diesem Wirrwarr?«

»Hat er, denn weisst du, die ganzen Veränderung sind Stufen und Typus übergreifend. Das heisst, dass alle Rektoren in Spielgruppen an dieser neuen Sandburg bauen. Und jetzt sag ich dir was, was überall herumgemunkelt wird: Dein Würscht hat seine Hausaufgaben nicht selbst gemacht, ein anderer hat für ihn geschuftet.«

»Und das wäre?«

»Das wäre, ich befürchte, das *ist* unser Chef. Dadurch konnte er seine Vorstellungen durchsetzen, ohne grosse Überzeugungsarbeit leisten zu müssen.«

»War der Kerl so faul?«

»Faul? Denk ich nicht mal, müde, wie der immer aussieht. Unfähig? Aber sicher.«

Zina konnte sich vorstellen, dass die Stimmung unter der Lehrerschaft ziemlich brodelnd sein musste, denn obwohl ihre Freundin immer wieder über ihrer Arbeitsbedingungen schimpfte, hatte sie bisher doch nie ihren Humor verloren. Diesmal war sie wirklich ernsthaft empört. Sie kannte ihre Freundin zwar als sehr engagierte Lehrerin, aber bisher hatte sie doch immer eine gesunde Distanz zum schulischen Geschehen aufrechterhalten können. Jetzt schien sie gefühlsmässig mittendrin.

»Was werden die ganzen Reformen eigentlich für dich ganz persönlich für Auswirkungen haben, Violetta?«

»Erstens, weiss das noch niemand so genau und zweitens ist jetzt die Stunde vorbei. Wir ziehen uns jetzt unseren Bollywoodschmaus rein und die schulischen Katastrophen erzähle ich dir ein andermal.«

»Du hast Recht. Mir ist sowieso schon ganz schwindlig von deinen pädagogischen Horrorgeschichten.«

Gute drei Stunden und eine Kleenex-Schachtel später, wälzten sich die beiden Frauen erschöpft und glücklich aus ihrer Liegeposition und schnäuzten beide nochmals ausgiebig. Die Geschichte des armen Kerls (SRK), der endlich jemanden zum Lieben findet und quasi gleichzeitig erfährt, dass sein Herz nicht mehr lange schlagen wird, hatte sie schon gerührt. Seine Reaktion darauf hatte sie dann geschüttelt: Geht doch der Kerl und organisiert für seine Liebste, die gar nicht erfahren darf, dass sie seine Liebste ist, einen liebenswerten Mann fürs Leben! Schafft es und stirbt. Man will ja nicht im Wege stehen. Das Ganze war dann auch noch, wenn nicht gerade himmeltraurig, zum Schreien lustig.

»Violetta, ich fühle mich wie nach einem emotionalen Waschgang.«

»Und ich fühle mich ausgewrungen, gleichzeitig tieftraurig

und tiefglücklich. Es ist die Mischung, die es ausmacht. Wie können die so lustig sein, um dann im nächsten Augenblick so unsäglich traurig zu werden?«

»Ja, siehst du und genau in diesem Wechsel, in diesen Extremen fühle ich mich zu Hause. Ich wäre sicher glücklicher in einer Welt, in der die Menschen so viel lachen und weinen würden wie in diesem Film.«

»Wären wir alle, Zinchen-Lupinchen, wären wir alle.«

*Kapitel 5*

# Was sich schon längst herumgesprochen hat, …

Es war Montag und nach einem regnerischen Sonntag schien die Sonne sich wieder durchsetzen zu wollen. Vorläufig schienen ihre Argumente noch nicht sehr überzeugend, aber schliesslich war es auch erst acht Uhr morgens und niemand konnte von ihr mehr verlangen, als milchig-kühl zu wirken. Die beiden Gestalten, die sich in einem Büro des Polizeipräsidiums gegenübersassen, verströmten ja auch nicht gerade eine hitzige Atmosphäre. Beide hingen leicht schräg in ihren Sesseln und hatten die Beine ausgestreckt. Da beide den Kopf leicht gesenkt hatten, waren sie gezwungen, wollten sie sich denn in die Augen schauen, sich von unten nach oben und mit gehobenen Brauen zu betrachten.

»Ich habe eine meiner pädagogischen Quellen angezapft, Chef.«

»Zuverlässig?«

»Die zuverlässigste überhaupt. Würscht war unfähig und manipulierbar.«

»Wussten wir das nicht schon, Goldberg?«

»Er war es noch von einer weiteren Seite.«

»Was?«

»Manipulierbar.«

»Von wem?«

»Rektor Sonderangebote.«

»Na, wie hat *er* es denn angestellt, haben Sie das auch in Erfahrung bringen können?«, wollte Santoro wissen.

»Er hat seine Aufgaben übernommen. So konnte er seine Sondervorstellungen diskussionslos durchbringen. Wenn sie ein gemeinsames Projekt angingen, hat sich Affentranger an den Computer gesetzt und seine Ideen reingehämmert; sein Kollege, der Tote, hat dann noch mitunterschrieben.«

»Eine ziemlich anstrengende Art jemanden zu manipulieren,

finden Sie nicht auch? Vielleicht sollten wird die Geschichte von einer anderen Warte aus betrachten.«

»Ich lausche.« Zina konnte ihre Neugierde schlecht verbergen.

»Würscht hatte anscheinend die Fähigkeit, andere für sich arbeiten zu lassen. Gratis. Schafft nicht jeder, oder?«

Doch auch diese so interessante Frage belebte die beiden nicht weiter. Sie schauten sich wieder schweigend an. Nein, heute schienen sie wirklich nicht in die Gänge kommen zu wollen.

»Goldberg, dieser Fall lähmt mich.«

»Das ist dieser Würscht, habe noch selten einen so schlaffen Toten erlebt.«

»Es ist das ganze Umfeld, in der er gelebt hat.«

»Einerseits Wut.«

»Andererseits Hilflosigkeit – bis zur Lähmung.«, ergänzte Matteo.

»Chef, wenn wir uns nicht wehren, sind wir auch bald soweit. Schon jetzt kann ich nur noch den Mund bewegen und den auch nur mit grösster Mühe.«

»Dacht ich's mir doch, dass der als letztes aufgibt! Und sehen Sie, so schlimm kann es gar nicht um Sie stehen, denn funkeln können Sie auch noch ganz prima.«

Ganz schwacher Versuch einer Provokation, dachte Zina. Sie eiste ihren Blick von diesen frechen grünen Augen los – sonst würde sie doch nicht widerstehen können – und liess ihn herumschweifen, um ein wenig Zeit zu gewinnen. Viel gab es in diesem Raum jedoch nicht zu sehen. Alles, von der Lampe über die Vorhänge bis zum Teppich, war in Maustönen gehalten: mausgrau, mausbraun, mausbeige. Die Möbel konnten problemlos in dieser Hitparade der Trostlosigkeit mithalten. Sie waren nicht nur abgenutzt und alt, nein, sie strahlten vor allem ein Flair grundsätzlicher Schäbigkeit aus. Den einzigen Farbtupfer, den Zina erkennen konnte – und auch den nur unter einer dicken Staubschicht –, war ein grünes Gewächs in der Ecke, neben dem Schreibtisch.

»Ihr Gummibaum sprüht auch nicht gerade vor Energie!«

»Egon ist hart im Nehmen.«

»Ich glaube eher, Egon würde sich gerne einen genehmigen. Der ist keine Wüstenpflanze, wenn Sie mich fragen, Chef.«

»Wir kennen uns schon lange, Egon und ich. Der macht das schon, immerhin muss er jetzt nicht mehr Passivraucher spielen.«

Diese Aussage wurde von einem tiefen Seufzer begleitet. Matteo hatte doch tatsächlich für eine ganze Weile vergessen, dass er sich nach der nächsten Zigarette verzehrte. Zina hatte sich in der Zwischenzeit von Egon Gummibaum inspirieren lassen, wofür es zum Glück nicht vieler Reize bedurfte, und meinte:

»Wissen Sie was? Wir müssen uns ein bisschen bewegen, unsere Kreativität aktivieren.«

»Und wie wollen Sie das anstellen, werte Untergebene?«

»Wir machen zusammen ein Mindmap, wissen Sie, so ein verbales Bäumchen, werter Übergebener.«

»Also gut, wenn es nichts bringt, dann sind wir anschliessend wenigstens ein bisschen wacher.«

»Und wir haben unser Teamfeeling verstärkt. Haben Sie das nicht in Ihren Weiterbildungen gelernt, Chef?«

»Und wissen Sie, was ich auch gelernt habe? Zu delegieren. Sie holen mir Filzstifte und Kaffee und ich organisiere Ihnen ein Flipchart.«

»Sie trauen mir das Tragen des Flipcharts nicht zu, weil ich eine Frau bin und verdrängen mich in die typisch weibliche Rolle der Nahrungsbeschaffung.«

»Sie haben es erfasst. Und, wenn Sie schon für Egon was empfinden, bringen Sie ihm doch auch was mit.«

»Mit Zucker?«

»Ja, für mich. Nein, für Egon.«

Eine halbe Stunde später standen sie vor dem Flipchart und diskutierten immer noch eifrig ihr Gekritzel. Sie mochten vielleicht nicht mit grosser Überzeugung begonnen haben, die Schaffung ihres Mindmap-Baumes hatte sie doch belebt. Auch Egon strahlte in seiner tristen Behausung vor sich hin. Er war nicht nur, aus lauter Mitgefühl, fast ersäuft worden, er hatte auch das seltene Privileg erlebt vierhändig entstaubt und poliert zu werden, während die ersten Ideen für das arbeitsorganisatorische Kunstwerk gesprossen waren. Obwohl die beiden Ermittler zeitweilig dem Gefühl unterlagen, auf der Stelle zu treten, hatte sich das Blatt doch langsam aber sicher gefüllt. Jetzt machten sie ein paar Schritte rückwärts und begutachteten ihr noch unvollendetes Werk.

»Was meinen Sie, Chef, können wir was damit anfangen?«

»Na, schauen wir uns mal das ganze an? Was fällt Ihnen dazu ein?«

»Es ist kein Mindmap, sieht nicht aus wie ein Baum.«

»Richtig, Goldchen, sieht eher aus wie ein kleines rundes Ding umgeben von riesigen viereckigen Klötzen, die in irgendeiner Weise bedrohlich wirken. Dem ganzen mangelt es an Leben: Es ist starr, leer …Aber das ist ja egal, ist ja nur die Form, die wir der ganzen Situation gegeben haben.«

»Und genau deshalb ist es nicht egal, Chefchen, denn dieses Gekritzel widerspiegelt unsere Sichtweise der Dinge. Somit sagt es auch etwas über uns aus und auf subjektive Weise auch etwas über die Dinge selbst.«

»Sie wollen mir jetzt aber nicht wirklich einen Lehrgang über Objektivität und Subjektivität und Perspektivenwechsel geben, oder?«

»Ich wollte in aller Bescheidenheit Ihre Wachsamkeit bezüglich dieser Problematik schärfen, was mir erstens gelungen ist und zweitens …was sehen denn Sie als erstes?«

»Die leeren Lebensbereiche Freunde und Co.«

»Nicht wahr, diesen sich leerenden Klotz, starre ich auch ganz fasziniert an. Freunde scheint er schon lange keine mehr gehabt zu haben und was die andern Bereiche anbelangt, überschneidet sich sein Rückzug in etwa mit dem Beginn seiner polygamen

Anwandlungen. Aber da ist auf jeden Fall ein schwarzes Loch, das fremde Energien anzieht und dann zerstört.«

Das Ganze kam ihm bekannt vor. Hatte er nicht auch in diese Richtung überlegt? Genau, ein merkwürdiger Satz war ihm im Kopf herumgetanzt. Wie war der jetzt schon wieder? Etwas mit einem Loch auf jeden Fall. Das Loch … ja, so war es: Das Loch gehört zu dem Menschen.

»Werden Sie jetzt nicht ein bisschen zu drastisch, Goldberg?«

»Nein, nein, das ist elementare Beziehungslogik: Ein elementarer Beziehungsspeicher ist nicht ausgefüllt, also stellt sich die Frage, wer die Leere aufwiegen muss. Konkret: Musste das eine der Frauen tun, oder beide, oder Leute aus dem Arbeitsbereich, oder alle?«

»Und was bitte kümmert uns das?«

»Überforderung.«

»Erklären, Goldberg!«

»Wenn Sie einen ganzen Beziehungsbereich ersetzen müssen, also füllen müssen, dann werden Sie zwangsläufig überfordert.«

»Weiter, Goldberg!«

»Ich gebe Ihnen ein Beispiel: Wenn ein Ehemann für seine Frau eben nicht nur das sein muss, sondern auch noch Vater und Beschützer und so weiter spielen muss, dann ist das eine emotionale Überforderung.«

Zina Goldberg wartete geduldig auf die Reaktion ihres Vorgesetzten, die auf sich warten liess. ›Vielleicht hat er es immer noch nicht verstanden‹, dachte sie. Doch dann verwarf sie den Gedanken und vermutete eher das Gegenteil: Er hatte vielleicht zu gut verstanden. Sie wartete also, nicht bereit, ihn von seinen Erkenntnissen zu erlösen. Nach wenigen Minuten, einigem Kopfschütteln und einem tiefen Seufzer stellte sich Santoro wieder der Realität und seiner Assistentin.

»Und welche Rolle, bitte, spielt die Überforderung dieser Frauen?«

»Dieser Frauen und aller anderen in diesem Trauerspiel. Das Thema Überforderung verfolgt uns in diesem Fall von Anfang an, von Befragung zu Befragung. Die Frau ist durch die bevorstehende Trennung überfordert, die Geliebte durch die Ungewissheit und die Last der einzigen persönlichen Bindung, die Lehrkräfte, die ich bis jetzt angetroffen habe, waren es auch alle, durch vielfältige Belastungen. Eltern seiner Schülerinnen und Schüler sind bis zur Verzweiflung überfordert. Und dann wollen wir unseren Toten nicht vergessen, der war auf der ganzen Linie und in allen Bereichen überfordert.«

In diesem Augenblick klopfte es an die Tür und ein junger und augenscheinlich eingeschüchterter Vertreter der Streifenpolizei trat über die Schwelle. Nach wiederholten Entschuldigungen für die Störung wusste er von den neuesten Ergebnissen der Nachforschungen zu berichten. Leicht stotternd, doch sehr beflissen, teilte er seinen Zuhörern mit, dass keine Zeugen gefunden werden konnten, die entweder die Ehefrau oder die Geliebte des Ermordeten um die Tatzeit herum ausserhalb ihres Hauses beobachtet hatten. Leider hatte sich auch niemand gefunden, der das Gegenteil hätte bestätigen können. Niemand hatte sie bei sich zu Hause gesehen. Immerhin waren bei beiden Frauen um diese Zeit herum zwei bis drei Personen auf dem Heimweg gewesen. Dass die beiden Frauen trotzdem sich hätten nach draussen schleichen können, war immer noch nicht ganz auszuschliessen, schien aber immer mehr ins Reich des Irrealen zu entschwinden.

Das war aber nicht alles, was die fleissige Einheit herausgefunden hatte. Bei Frau Räber – Funktionsträgerin: Geliebte – hatten sie den Telefonanschluss kontrollieren lassen. Und tatsächlich hatte die geplagte Frau zwischen 23 und zwei Uhr in der Früh ca. alle zehn Minuten von ihrem Festnetzanschluss aus telefoniert. Es wäre für sie schwer gewesen in zehn Minuten aus dem Haus zu stürmen, ihren Geliebten abzuknallen, um dann schnell, schnell wieder ins traute Heim zu rennen. Zu dieser unergiebigen Zwischenbilanz kamen sowohl der Kommissar wie auch seine Assistentin.

Doch hatten sie sich vielleicht noch Hoffnung auf eine der beiden Frauen als mögliche Täterin gemacht, sollten die Ermittler einen noch herberen Dämpfer bekommen. Der Bericht erstattende Polizist hatte noch weitere Hiobsbotschaften auf Lager: Frau Würscht – Funktionsträgerin: Ehefrau – war keine 24 Stunden nach der Ermordung ihres Mannes fähig gewesen, die Episode der Desperate Housewives bis ins kleinste Detail nachzuerzählen und zu kommentieren. Keine Ungeheuerlichkeit im Benehmen der Kinder der einen, noch die bemerkenswerten Fähigkeiten des Gärtners der andern Heldin waren ihr entgangen. Die mickrige Hoffnung, dass die Ehefrau eine Videokassette zur Aufnahme der Verzweifelten Hausfrauen hätte einsetzen können, schwand vollends, als die beiden erfahren mussten, dass diese keinen adäquaten Datenträger vorzuweisen hatte.

Die Beamten waren auch der 39-er-Frage nachgegangen. Herr Würscht war tatsächlich stolzer Besitzer einer solchen Waffe gewesen. Erstens war sie aber schon seit Jahren nicht mehr benutzt worden und zweitens hinterliess sie ganz andere Müsterchen auf der Kugel als die gesuchte Waffe. Die Mordwaffe war sie also bei weitem nicht. Auch in der Nähe der Geliebten schien sich keine 39-er zu befinden, denn sie hatte einer Suche in ihrer Wohnung zugestimmt und die Polizei hatte nichts gefunden. Ihre gesamte Familie schien ebenfalls frei von einer solchen Pistole zu sein: keine Sammler, keine Offiziere, keine Sportschützen.

Und das war's dann. Santoro bedankte sich für den Informationsregen, was ihm einen erstaunten, ja schon fast erschrockenen Blick seines Gegenübers einbrachte.

»Sagen Sie, Chef, der hatte doch nicht etwa Angst vor Ihnen oder?«

»Vor mir und vor Ihnen. Für ihn repräsentieren wir Autoritätspersonen.«

»Warum fühle ich mich plötzlich alt und hässlich?«, seufzte Zina.

»Verbinden Sie dieses Elend nicht allzu sehr mit sich selbst. Hat mehr mit seinen Vorgesetzten zu tun. Manche sind tatsächlich alte Esel und die Art, wie sie mit ihren Leuten umgehen, kann sehr hässlich sein.«

»Was die beiden Frauen anbelangt, können wir es leider vergessen, nicht?«, fragte Zina leicht entmutigt nach.

»Dass eine der beiden eine Mörderin ist? Nicht ganz unmöglich, aber sehr, sehr unwahrscheinlich. Ich würde vorschlagen, dass wir die beiden auf sich beruhen lassen, bis alles andere sich als noch unmöglicher herausgestellt hat.«

»Gute Idee. Es ist ja auch sehr selten, dass solche Sandwichfrauen zur Waffe greifen. Sie analysieren lieber jahrelang die Scheisse, in der sie hocken.«

»Sandwich-Frauen?«, fragte Santoro leicht irritiert.

»Zwei Scheiben Brot versuchen, äh …«

»Die Wurst?«

»Oder den Käse für sich zu gewinnen und merken nicht, dass der Käse …«

»Oder die Wurst …«

»… beide braucht und will, um nicht in den Abgrund zu stürzen.«

»Und Ihr Thema erinnert mich daran, dass ich einen Riesenhunger entwickelt habe … Pause?«, schlug der Chef seiner Untergebenen vor.

»Ja, und ich muss hier dringend raus. Was halten Sie von unserer liebsten Konditorei gleich um die Ecke?«

»Schweinegut, schweineteuer, unwiderstehlich.«

Zehn Minuten später sassen sie in einer Ecke der Konditorei Spillmann und schauten beide auf den Fluss, sie aufwärts, er abwärts. Es war wieder ein Tag ohne Regen, an dem der Wind seine Schäfchen über das Blau hetzte. Sie genossen den Kaffee, der hier stark und sanft war, wie auch die schokoladigen Köstlichkeiten, die sie ausgesucht hatten. Matteos Gedanken wollten nicht Richtung Fall gelenkt werden, sie schweiften unaufhaltsam in die Gegend der Speicheldrüsen ab.

»Diese Geschichte, dass Schokolade gesund sei, zeigt bei mir eine absolut verheerende Wirkung: Jegliche Hemmschwellen sind niedergerissen und das auch noch mit dem besten Gewissen.«

»Und Sie wollen sich doch nicht wirklich darüber beschweren, oder?«

»Wenn ich nun nicht mehr durch die Türe komme? Wie soll ich dann noch Menschen zu Hause aufsuchen und befragen, geschweige denn den Bösewichten nachjagen?«

»Also bitte, Chef, Sie haben die Figur eines getrockneten Herings und machen in Pummelhysterie?«

»Goldberg, ich gratuliere. Ich habe zwar schon verschiedenste Komplimente mein Äusseres betreffend erhalten, aber der ausgesuchte Charme, der Ihren Worten innewohnt, ›strählt mi hintere.‹[1]«

»Wissen Sie, was die Sportler bei den Interviews immer sagen? Das nächste Mal werde ich versuchen, es noch besser zu machen.«

Worauf Zina Goldberg genüsslich in ihr Schoggigipfeli[2] biss, das vor Butter und Schokolade nur so triefte. Währenddessen unternahm Matteo Santoro noch einen kläglichen Versuch, sich über die skandalöse Frechheit seiner Untergebenen zu empören – ohne Erfolg. Diese schaute im Augenblick konzentriert eine ihrer Haarstränen an, die sie vor ihrer Nase um den Finger wickelte. Wie sollte man einer derart hilflos schielenden Frau böse sein? Trotzdem holte er sie aus ihrer inneren Kontemplation, indem er nach ihren Gedanken fragte. Prompt erwiderte sie:

»Chef, glauben Sie wirklich, dass es möglich ist, dass Mitglieder einer dieser Hobbygesellschaften noch eine offene Rechnung mit unserem Toten haben könnten? Sie haben ›alte Geschichten‹ geschrieben.«

»Ehrlich gesagt, leider nicht«, begann Santoro und schürzte dabei die Oberlippe bis sie fast mit der Nasenspitze zusammentraf. Nach einem Achselzucken fuhr er bedauernd fort:

1 Strählt mi hintere: Haut mich um ( Wörtlich: Kämmt mich nach hinten)

2 Schoggigipfeli: Croissant, das mit Schokolade gefüllt ist

»Es ist wohl eher die Kraft der Verzweiflung, die mich dazu bewogen hat, diese Möglichkeit in Erwägung zu ziehen. Sehen Sie, mein Szenario sah etwa so aus: Die Herren der einen Gesellschaft, die ihm an die Spitze seiner Schule geholfen haben, fordern von ihm nun eine Gegenleistung, die er aus moralischen Gründen – in diesem Falle vielleicht eher aus Feigheit – nicht gewähren will. Da überlegen sich nun die etablierten Bösewichte, unserem Toten, der zu diesem Zeitpunkt noch lebt – natürlich – Angst zu machen und da geht das ganze ein bisschen zu weit, ein Schuss löst sich, et voilà, da haben wir den Salat.«

»Tolle Geschichte, Chef, ehrlich, aber leider passt sie nicht ganz in unsere Stadt.«

»Ja, und auch nicht zu unserem Würscht. Für so was war er einfach nicht wichtig genug, sein Einflussbereich war einfach zu mickrig. Wen interessiert es schon was und wie unsere Kinder lernen?«

»Wissen Sie, was das bedeutet?«

»Nur zu gut. Der Harem war es nicht, die Freunde und Bekannten waren es nicht. Die alten krawattierten Herren waren es nicht. Da bleibt uns nur noch einen Bereich und das ist …«

»Die Schule. Vielleicht sind wir doch daran, das Undenkbare zu tun.«

»Sie meinen, wir untersuchen den ersten schulpolitischen Mord der Geschichte unseres Landes? Goldberg, wir machen uns lächerlich!«

Eine wegwerfende Handbewegung hatte seine letzten Worte begleitet. Um nicht weiter auf diese unsägliche Möglichkeit einzugehen, schaute er auf den Rhein hinunter, der sich ein paar dutzend Meter weiter unter der Mittleren Brücke durchdrängte. Da es seit einigen Tagen nicht mehr geregnet hatte, zog er jetzt gemächlicher Richtung Norden und die Rheinschifffahrt hatte ihren Betrieb wieder aufgenommen. Tatsächlich tuckerte gerade ein Ausflugsschiff unter der Brücke durch, Richtung Rheinfelden, und die Passagiere begannen zu winken, als sie die Gäste der Konditorei erblickten, die alle wie auf Kommando zum Fenster rausblickten und bald winkten auch sie zurück. Erstaunlich, dachte Santoro, dass Menschen, die ansonsten geflissentlich an den anderen vorbei sahen, sich nun lächelnd Zeichen schickten. Ein paar Winker hatten eine Kettenreaktion ausgelöst.

Zina Goldbergs Gedanken hatten eine ganz andere Richtung genommen und jetzt fand sie es an der Zeit, ihren Chef aus seinen Träumereien herauszureissen.

»Ausser Sie begeistern sich doch noch für meinen Serienmörder,« begann sie aufmunternd.

»Der ist mir ehrlich gesagt nicht mehr ganz in Erinnerung«, antwortete Santoro leicht resigniert.

»Also, mein Serienmörder hasst Rektoren aller Art. Er ist nämlich ein alter, frustrierter Lehrer, der nie aufsteigen konnte. Das Drama der Lehrer ist nämlich, dass sie ihr Leben lang dasselbe bleiben – Lehrer nämlich. Nie machen sie Karriere, nie steigen sie auf, nie werden sie befördert. Nur gerade ein Tausendstel dieser Gattung hat die Chance, mal was anderes zu tun, mal was zu werden – nämlich Rektor. Und unser Serienmörder hat sich während seiner Nicht-Karriere immer wieder für einen solchen Posten beworben. Jedes Mal, wenn irgendwo im Lande ein Rektor abdankte, Hopp dr Bäse[3], hat sich unser Serienkiller beworben. Und nie ist er an die Reihe gekommen. Er hat aber nicht aufgegeben und keine Mühe gescheut, um sein Ziel erreichen zu können. Musste in einer Kommission ein Platz besetzt werden, er hat sich gemeldet. Musste ein neues Qualitätskonzept erarbeitet werden, er war zur Stelle. War wieder mal ein neues Lehrbuch fällig, er schrieb es. Als auch dies nichts nutzte, schrieb er sich in Vereine, Clubs und Parteien ein. Nichts half. Und mittlerweile stand unser Lehrer vor der Pensionierung und vor dem nervlichen Zusammenbruch. Da kam die Wende. Er, der sich immer bemüht hatte mitzumachen und dazuzugehören, realisierte, dass alles für die Katze gewesen war. Sein Marathon hatte kein Ziel, nie würde er unter der jubelnden Menge lächeln und winken. Die Medaille

3 Hopp dr Bäse: Und hopp, los geht's!

würde nie für ihn sein. Und da richtet sich – denn nun sind wir endlich in der Gegenwart angelangt – seine ganze angehäufte Wut gegen diejenigen, die immer und immer wieder *ihm* vorgezogen worden waren: Die …«

»Rektoren?«

»Bingo!«

»Also, wenn ich Ihnen so zuhöre, Goldberg, staune ich, dass unsere Rektoren nicht gefährlicher leben.«

»Ja, Chef, also mir gefällt die Geschichte ehrlich gesagt auch. Und der Vorteil daran ist, wir müssen einfach nur warten, bis der nächste abgeknallt wird, um zu wissen, dass unsere Theorie stimmt.«

»Das ist aber wirklich sehr tröstlich, meine Liebe. Da fällt mir wirklich ein Stein vom Herzen. Und ich wollte Sie schon durch weitere Ermittlungen hetzen. Ich bin übrigens nicht sicher, ob zwei Morde für eine Serie reichen.«

»Im Ernst, Chef, wollen wir nicht zur Sicherheit nach Lehrern fahnden, die sich auf jedes Ämtchen stürzen?«

»So überzeugend Ihre Geschichte des frustrierten Lehrers auch sein mag, sie ist leider einfach zu unwahrscheinlich.«

»Sie sind ein Skeptiker, Santoro.«

»Ich weiss, dass ich Ihre schönsten Hoffnungen zerstöre … und trotzdem, hören Sie mir jetzt mal gut zu. Alle Nebenargumente mal beiseite lassend, muss ich Ihre zierliche Nase auf die Tatsache richten, dass das Muster dieses Mordes nicht zu einem Serienmord passt.«

Matteo Santoro hatte sich während dieser Argumentation nach vorne gebeugt und zeigte nun mit seinem Zeigfinger auf einen Krümel mitten auf der Tischdecke. Auch Zina kam nun aus ihrer halb liegenden Position und schenkte dem kleinen Überrest ihrer Znünipause ihre ganze Aufmerksamkeit.

»Und warum bitte nicht?«

»Frau Goldberg, ein Serienmörder benutzt seine Tat, um etwas mitzuteilen. Deshalb hinterlässt er meist etwas sozusagen Unnötiges am Tatort: seine Unterschrift.«

»Sie meinen einen Strumpf um den Hals oder ein paar Schnitte, die nicht nötig sind? Oder er schreibt mit Blut irgendein mysteriöses Wort hin, schneidet den kleinen Zeh weg. So was in diesem Stil meinen Sie?«

»Esattamente! Und was ist unser Mord? Nur schlicht, einfach, schnörkellos, nichts sagend, geradezu … fad.«

»Vielleicht hat unser alter 68-er die Verzierung mitlaufen …«

»Bitte, bitte, bitte nicht, Goldberg.«

»Es war ihm langsam ein bisschen stickig in der Mottenkiste. Musste nur mal nach Luft schnappen.«

Beide verharrten einen Augenblick im Mitgefühl für den alten Revoluzzer, der in dieser Geschichte einfach keine Hauptrolle ergattern konnte, so viel Mühe er sich auch geben mochte. Überhaupt schienen sich die ernst zu nehmenden Bewerber für die Rolle des Mörders oder der Mörderin nicht gerade auf den Füssen herum zu stehen. Beide sahen sich an und seufzten. Santoro schlug mit der flachen Hand auf den Tisch und meinte:

»Wir können das Ding drehen und wenden, wie wir wollen, es bleibt immer nur das eine, und das ist die Schule.«

»Also packen wir unseren Schulsack?«

»Zuerst werden wir den unteren Teil unseres Nicht-Mind-Maps nochmals unter die Lupe nehmen und eine Angriffsstrategie austüfteln. Unvorbereitet geh *ich* nicht in diese Löwengrube.«

»Ich bin nicht sicher, ob wir genügend Informationen haben, um den schulischen Verdächtigenkreis einengen zu können. Goldberg, Glauben Sie, dass Ihr Informant auf dem Sekretariat alle Daten weitergegeben hat?«

»Daten, von denen er wusste, sicher. Aber vielleicht musste unser Würscht noch einige Unannehmlichkeiten bearbeiten, die er lieber unter Verschluss hielt. Ich kann ja nochmals zurück ins Sekretariat gehen und seine aktuellen Akten durchstöbern.«

»Tun Sie das. Ich möchte unseren Suchradius so weit wie möglich eingrenzen können. Das ist nämlich eines unserer Hauptprobleme, wenn Sie mich fragen.«

Santoro hielt inne und schaute seine Mitarbeiterin abwartend an, darauf vertrauend, dass sie ihre Neugier nicht würde im Zaum halten können. Und tatsächlich konnte er dank ihrem ausdrucksvollen Mienenspiel miterleben, wie es in ihr arbeitete. Die Neugier brauchte nur wenige Sekunden, um alle andern Bestrebungen niederzuringen.

»OK, ich frage Sie.«

»Sie kennen doch die berühmten und hochinteressanten Kriminalfälle, in denen der Tote sich in einem abgeschlossenen Raum befindet?«

»Kommen vor allem in Romanen vor, nicht?«

»Nicht nur, nicht nur. Aber darum geht es jetzt nicht. Es geht darum, dass wir das gegenteilige Problem haben: Unser Schauplatz ist zu offen, er ist überhaupt nicht abgegrenzt. Da konnte irgendwer durchgehen. Dadurch sind letztlich auch die möglichen Täter in keiner Weise begrenzt.«

»Und was bedeutet das? Dass wir gerade so gut Däumchen drehen können?«, wollte die aufmerksame Zuhörerin wissen.

»Es bedeutet, dass unendlich viele Menschen die Möglichkeit hatten, diesen Mord zu begehen. Das einzige, was sie auseinander hält, ist …«

»Das Motiv?«

»Die Kandidatin hat hundert Punkte!«

»Das heisst wir graben jetzt nach Gründen.«

»Ja. Und das tun wir in der Schule. Schauen Sie mal unser Kästchen an: Wir haben drei Bereiche, in denen viel Konfliktstoff gelagert ist, und ich schlage vor, dass wir die systematisch durchgehen. Punkt 1: Reformen.«

»Da kann ich Ihnen vielleicht noch ein paar zusätzliche Informationen beisteuern, Chef. Übers Wochenende war ich per Zufall bei einer Freundin zum Essen eingeladen, die bei den Sonderangeboten arbeitet.«

»Aha, und was hat Ihnen Ihre Freundin ganz zufällig mitgeteilt?«

Zina versuchte sich so genau wie möglich an die Worte Violettas zu erinnern und auch die dazugehörigen Gefühle so wirklichkeitsnah wie möglich weiter zu vermitteln. Als sie geendet hatte, empfand sie wieder den ungeheuren Druck und die hilflose Wut, die auch ihrer Freundin zu schaffen machten. Vor allem die Tatsache, dass in den nächsten Jahren die Schraube noch mehr angezogen werden sollte und dadurch die Situation sich nicht verbessern, sondern nur noch verschlechtern konnte, empörte sie, auch wenn sie nicht direkt betroffen sein würde. Matteo hörte gespannt zu und machte sich seine Gedanken. Auch in diesem Betätigungsfeld hatte ihr Toter nicht durch Tatkraft und Initiative geglänzt. Auch hier hatte er sich manipulieren lassen. Was ihn weiter interessierte, war die Tatsache, wie das Schicksal der verschiedenen Rektoren eng miteinander verknüpft war. Keiner konnte unabhängig von den andern ein Projekt, eine Schule nach seinen Vorstellungen entwickeln. Und in dieser Vernetzung hatte der Ermordete eher die Rolle des Klotzes am Bein der anderen gespielt. Inwieweit war in diesen »anderen« der Wunsch entstanden, sich von diesem Klotz zu befreien? Hatten sie sich mit Manipulation durchsetzen können? Hatte er sie nur behindert, oder war er zu einem geworden, der die Pläne anderer verhindert hatte? Und war in diesem Falle ein Mord tatsächlich die einzige Lösung gewesen? Konnte ein Rektor nicht einfach abgewählt werden, wenn seine Unfähigkeit erwiesen war? Dies waren offene Fragen, für die unbedingt Antworten gesucht werden mussten, aber wo? Wer wäre bereit, kompetent und offen über solch heikle Themen Auskunft zu geben?

Matteo teilte diese Überlegungen seiner Assistentin mit, die darauf, ganz in sich gekehrt, vor sich hin grübelte. Dabei zog sie immer wieder konzentriert an einer ihrer überlangen Strähnen. Sie zog sie abwärts über ihre Nase und fixierte sie mit Andacht. Matteo kämpft dagegen an nicht auch noch – wie der berühmte Löwe in der Serie Daktari – dämlich zu schielen und meinte:

»Wenn bei diesem Schielen etwas Ergiebiges rauskommt, bin ich bereit, diese visuelle Qual auf mich zu nehmen.«

»Das ist die höchste Form einer Zen-Meditation. Ich nehme von meiner Umgebung ganz bewusst nichts auf, ausser meinen Haaren, die in diesem bestimmten Falle das absolute Nichts zwischen den Welten repräsentieren. Ist nur Fortgeschrittenen zu empfehlen.«

»Diesen Blödsinn haben Sie jetzt gerade aus Ihrer unerschöpflichen Phantasie geschöpft, oder?«

»Wer weiss? Und wollen Sie auch noch wissen, was ich sonst noch aus meinem meditativen Zustand hervorgezaubert habe?«

»Ich gebe es lieber gleich zu, dass ich meine Neugier nicht mehr zügeln kann. Raus damit!«

»Eine Informationsquelle. Wenn ich versichern kann, dass Sie vertrauenswürdig sind, wird sie vielleicht sprudeln.«

»Und was soll ich jetzt bitte tun?«

Zina antwortete nicht gleich, sondern schaute ihm in die Augen. Er hielt ihrem Blick und ihrer unausgesprochenen Frage stand und wartete innerlich ruhig auf ihr Urteil. Zina ihrerseits nahm sich Zeit, so unvoreingenommen wie möglich in seine Augen einzutauchen, denn sie wollte sicher sein. Schliesslich ging es darum, ihr nahe stehende Personen in eine polizeiliche Untersuchung einzubeziehen, um wertvolles Insiderwissen zu bekommen. Die Quelle durfte jedoch auf keinen Fall bekannt werden, denn das würde die berufliche Laufbahn ihrer Bekannten ruinieren. Mittlerweile hatte sich Zina entschieden, doch sie genoss noch einige Augenblicke den ungestörten Einblick in diese offenen, grünen Augen, bis sie endlich ihr Verdikt aussprach.

»Ich vertraue Ihnen … ja, das tue ich. Ob meine Quelle das auch tut, ist natürlich eine andere Frage. Wir werden sehen und wenn es klappt, versuche ich für heute Abend einen Termin zu bekommen.«

»Das hört sich ja an wie eine konspirative Sitzung, vielleicht kommt doch noch etwas Spannung in diesen Fall rein.«

»Ehrlich gesagt hätte ich nichts gegen eine kleine Verfolgungsjagd oder so was in der Art einzuwenden, wofür jogge ich eigentlich regelmässig?«

»Jetzt ist leider nicht der Moment, durch die Gegend zu hopsen, Goldberg, wir machen nämlich mit unserer Darstellung weiter. Wenn wir das geschafft haben, können Sie von mir aus zu Ihrer nächsten Befragung rennen. Also: Unter dem Oberbegriff Schule haben wir noch Konfliktschulhaus. Für mich insofern interessant, als sich hier zu den Baseline-Überforderungen der Lehrerschaft noch zusätzliche explosive Bedingungen entwickelt haben. Ich glaube, da lohnt es sich, weiter zu graben. Wen haben wir da, Goldberg? Welches sind unsere Erfolg versprechenden Kandidaten?«

»Kandidatinnen wollen Sie keine?«

»Sie haben ganz recht, schiesswütigen Damen wollen wir sicher nicht diskriminierend begegnen, obwohl die immer noch recht selten sind, nicht wahr, werte Kollegin?«

»Sicher, aber gerade weibliche Pioniere verdienen, in besonderem Masse beachtet und gewürdigt zu werden. Deshalb fange ich auch gleich mit unseren möglichen Kandidatinnen an. Da wären auf der Seite der Opfer die beiden Frauen, die das Schulhaus verlassen mussten: Paloma Sanchez und Carla Schwarz, die beiden hegen garantiert einen denkwürdigen Groll auf unseren Ermordeten. Ich würde sagen, die kommen auf die Liste. Dann auf der Seite derjenigen, die sich als Opfer sehen, haben wir die Schulhausleiterin, Elisabeth Hofmann. Die Denunziantin, Rosemarie Kunz, sollten wir vielleicht auch nicht vergessen. Die erste ist überzeugt, dass dunkle Gestalten aus dem Schulhaus sie zum Rücktritt gezwungen haben, die zweite fühlte sich anscheinend derart unter Druck, dass sie ihr nahe stehende Menschen verraten hat.«

»Warum glauben Sie, diese bedauernswerte Frau auf die Liste der potentiellen Mörderinnen setzen zu müssen? Wieso sollte gerade sie einen Groll gegen unseren Würscht entwickelt haben?«

»Das kann ich Ihnen im Moment auch nicht gerade sagen, hingegen weiss ich mit Sicherheit, dass sie sich alles andere als wohl fühlt in ihrer Haut. Stellen Sie sich vor, Sie haben so unglaublich Schiss, dass Sie, um vermeintlich ihre Haut zu retten, Kolleginnen und Kollegen verraten.«

»An die hatte ich gar nicht gedacht. Frau Hofmann ist für mich eher eine Kandidatin. Die muss doch unglaublich beleidigt sein, dass sie vom Thron in die pädagogische Gosse zurückbeordert wurde.«

»Sehr treffend ausgedrückt«, lobte Zina. »Und Menschen in dieser Verfassung sind eher zu aggressiven Ausrutschern bereit.«

»Sie meinen, unser Mord war ein aggressiver Ausrutscher? Merkwürdiger Ausdruck übrigens.«

»Möglich, eher, wenn sie mich fragen, als eine geplante Tat. In diesem Falle hätte ich Ihnen nämlich noch unsere Gruppe der Strick- und Stickerinnen – sie vertreten sozusagen die Seite der Revolte –, die den Mord vielleicht zusammen geplant haben, weil sie die Nase voll hatten, immer nur unter unfähigen Vorgesetzten, arbeiten zu müssen. Wobei, wenn das ein Grund wäre…«

»… gäbe es sehr viele Mördergrüppchen in unserem Lande. Wir behalten sie trotzdem auf unserer Liste, aber schön weit unten. Einverstanden?«

»Sehr wohl, Chef. Und das ist auch schon das Ende der weiblichen Bewerbungen für das Amt der Mörderin. Wen haben Sie denn auf der männlichen Seite anzubieten?«

»Das Möchtegern-Opfer Sturzbach haben wir ja schon gemeinsam interviewt, für mich ein heisser Kandidat, denn er hat für den Job die notwendige Eitelkeit und Selbstüberzeugung. Dann wäre da noch sein Kompagnon, der einen persönlichen Brief an die Schulhausleitung weitergegeben hat. Den kann ich mir noch gar nicht vorstellen. Seinen Namen haben wir schon mal, Arnold Diekman. Wie mag der sich in diesem Kollegium noch bewegen können, was glauben Sie?«

»Vielleicht hat er jetzt die offizielle Rolle der Witzfigur übernommen?«

»Was ein Grund zum Abhauen wäre.«

»Oder ein Grund zum Morden.«

»Vielleicht, Goldberg, vielleicht. Aber ehrlich gesagt, den hab ich noch nicht so im Gefühl, den Kerl. Und wen haben wir sonst noch? Ah, richtig, einen Andrej Nemeth, der einen Verweis von unserem verschiedenen Rektor bekommen hat. Eine seltene Sache, oder?«

»Ja, kann ihn seine Stelle kosten, wenn er weiterhin zu Tadel Anlass geben würde. Aber der Verweis ist nichtig gemacht worden, das heisst, dass das Gericht Nemeths Klage gutgeheissen hat.«

»Auch eher selten, so was, würde ich sagen. Nun, nach unseren bisherigen Informationen sind das unsere aussichtsreichsten Kandidaten.«

Sie schauten noch eine Weile schweigend auf die Namensliste, die sie der Darstellung hinzugefügt hatten. Immerhin hatten sie an die zehn Möglichkeiten beieinander. Die meisten von ihnen kannten sie noch gar nicht persönlich. Es war also Zeit sie aufzusuchen. Santoro nickte einige Male mit dem Kopf, bevor er zu sprechen begann:

»Was meinen Sie, meine Liebe, sollen wir für den Anfang bei der Einteilung Frauen/Männer bleiben?«

»Ja, aber wirklich nur für den Anfang. Ist Ihnen aufgefallen, dass wir es hier ganz allgemein mit mehr Frauen zu tun haben, insbesondere wenn es um Opfer und um Widerstandsgruppen geht?«

»Dafür finden wir umso mehr Herren und umso weniger Frauen ab Rektoratsebene.«

»Das wundert Sie aber nicht wirklich, mein Lieber, oder?«

»Ehrlich gesagt, hatte ich doch die vage Hoffnung, in einem modernen und fortschrittlichen Land zu leben, wissen Sie.«

»Ich werde mir gerne mal die Zeit nehmen, Ihre Illusionen in dieser Frage gründlich zu zerstören, aber vielleicht nicht gerade jetzt. Ich möchte nämlich wieder mal ins Feld. Ich schlage vor, dass ich unsere abgeschossene Friedenstaube übernehme, Paloma Sanchez.«

»Einverstanden. Und ich werde das einzige männliche Opfer aufsuchen, Andrej Nemeth. Aber bevor wir uns trennen, gehen wir noch zusammen zu unseren Helfern aus der Computerbranche. Ich möchte nämlich so viele Hintergrundinformationen wie möglich über alle Beteiligten.«

»Chef, Sie haben da geschrieben ›politische Fischen‹[4], Sie wissen doch, dass alle gelöscht werden mussten, schon seit Jahren.«

»Darum muss man jetzt auch die Rubrik ›gelöscht‹ anklicken.«

4 Anspielung auf die Fi**sch**enaffäre, die damals noch eine Fi**ch**enaffäre war. In den 80-er Jahren wurde bekannt, dass Linke, Umweltaktivisten, Gewerkschafter und sonstige umtriebige Menschen über Jahre von den Sicherheitsdiensten beobachtet worden waren. Die Informationen wurden auf so genannten Fichen festgehalten.

*Kapitel 6*

# Was manche vor der Offside-Falle hätte retten können, …

Zina war unterwegs zu ihrer nächsten Befragung – zu Fuss. Es war an der Zeit, sich wieder bewegen zu können. Schliesslich waren sie beide den ganzen Morgen in ihrem Büro eingesperrt gewesen. Höchste Zeit also, die Beine zu lockern und den Kopf zu lüften. Zum Glück war noch kein beamteter Zwangsneurotiker auf die Idee gekommen, die Fortbewegungsweise zu oder zwischen den Befragungen zu evaluieren, um sie dann besser reglementieren zu können, was sich wiederum in einer grauen Wegweisung niederschlagen würde. ›Na, vertiefe dich nicht in diese Vorstellungen‹, schallt sie sich, ›sonst wirst du auch noch niedergeschlagen. Entspanne dich lieber, nutze diesen wunderschönen Tag ohne Regen, um angenehmen Gedanken und Vorstellungen nachzuhängen‹. Sie dachte an ihren Sonntag zurück, der zwar von morgens bis abends verregnet worden war und trotz alledem einfach wunderschön gewesen war. Am späten Morgen hatte sie sich mit anderen Frauen im Fitness-Center getroffen. Zuerst waren sie joggend und plaudernd durch den nahe liegenden Wald gestreift, anschliessend hatten sie zusammen ein kurzes Krafttraining absolviert, um sich schliesslich schwitzend und immer noch schwatzend in der Sauna wieder zu finden. Danach war sie zufrieden, entspannt und voller Geschichten, Ideen und Ansichten zu Hause geblieben.

Am Abend hatte sie sich überlegt, in eine Milonga zu gehen, doch die Gefahr, dadurch diesen wohltuenden Tag mit einem Dämpfer enden zu lassen, schien ihr zu gross. Dasitzen und um einen Tänzer beten konnte ganz schön aufs Gemüt schlagen. Tango ist eine wunderbare Sache, mit einem ganz grossen Haken – er tanzt sich zu zweit. So hatte sie ja auch angefangen. Nur war ihr Tanzpartner, der auch ihr Partner fürs Leben war, aus ihrem Leben verschwunden und damit auch von der Tanzfläche. Zumindest was sie anbelangte. In Wirklichkeit war er sehr wohl noch auf der Tanzfläche, nur eben mit einer anderen Partnerin, mit der er natürlich nicht nur tanzte und die er, dank ihr, genau bei dieser Tätigkeit kennen gelernt hatte. Ursprünglich hatte sie viel Kraft, Ausdauer und Überzeugungskraft aufwenden müssen, um ihn in einen Tanzkurs lotsen zu können. Zerren wäre vielleicht ehrlicher, gestand sie sich ein. *Sie* hatte sich dadurch erhofft, ihre kränkelnde Beziehung beleben zu können, *er* hatte neue Eroberungsmöglichkeiten entdeckt und genutzt.

Sie hatte sich anschliessend ernsthaft überlegt, gegen die Leiter des Tanzkurses zu klagen, und zwar wegen Unterlassung einer Gefahrenmeldung. Nach ihrer Ansicht sollten auf jedem Anmeldezettel für einen Tangokurs und auf jeder Anmeldung zu einer Milonga folgende Worte stehen: Warnung! Sie betreten ein Gebiet, in dem die Frauen eine drastische Überzahl bilden und sich manche von ihnen – trotz dieser widrigen Bedingungen – auf Partnersuche befinden. Für den Verlust Ihres Ehe-, Lebens- oder Lebensabschnittspartners wird nicht gehaftet. Betreten für jegliche Art von Partnerinnen auf eigene Gefahr!

Zina, jetzt hängst du schon wieder morbiden Vorstellungen nach! Lebe, nörgle nicht! Wie hiess doch gleich der indische Film, durch den sie sich mit ihrer Freundin durchgelacht und durchgeweint hatte? Richtig. Lebe und denke nicht an morgen. Wobei ihr Problem in letzter Zeit eher war, dass sie zuviel an gestern dachte. Zudem war »letzte Zeit« massiv untertrieben.

Über sechs Monate waren es jetzt schon und sie konnte immer noch nur blindwütig an ihn denken. Dieser Scheisskerl! Hatte sie einfach durch ein blondes Pummelchen ersetzt, viel weniger fordernd und pflegeleichter. Und das hatte er ihr auch noch in aller Ausführlichkeit unter die Nase gerieben, denn er wollte sich nicht einfach ohne Erklärung davonschleichen, der Held. Natürlich hatte er ganz andere Worte benutzt, um sie von seiner Wahl zu überzeugen: Einfühlsamer, flexibler, toleranter, das waren einige der Adjektive, die gefallen waren. Aber, wenn sie ehrlich war, und das war sie in letzter Zeit doch immer öfter, so konnte die Wut, die sie gegen ihren Exidioten entwickelte, in keiner Weise mit der Wut, die sie gegen sich selbst verspürte, konkurrieren. Ebenso gut hätte sie ein graues Mäuschen gegen ein Krokodil antreten lassen können. Ihre Wut war dieses Krokodil, das sie mit einem Grinsen voller scharfer Zähne herausforderte.

Santoro hatte da gar nicht so unrecht: Erbarmen war nicht unbedingt ihre Stärke, insbesondere, wenn es um sie selbst ging.

Doch sie hatte nicht mehr viel Zeit, um diesem tristen Strandgut ihrer erbärmlichen Geschichte nachzutrauern, denn aus lauter Aufregung hatte sie ihren Schritt verlängert und musste sich nun orientieren, um die richtige Seitenstrasse zu erwischen.

»Vielen Dank, dass Sie mich so kurzfristig empfangen konnten.«

»Das ist doch kein Problem. Kommen Sie, wenn Sie nichts dagegen haben, setzen wir uns auf die Terrasse. Wenn schon mal die Sonne scheint in diesem grauen Land, wollen wir uns das doch nicht entgehen lassen, nicht wahr?«

»Sie sind nicht von hier, Frau Sanchez.«

Zina Goldberg hatte diesen Satz mehr als Aussage, denn als Frage gestellt, denn nicht nur der Name legte die Antwort nahe. Paloma Sanchez hatte gerade, schwarze Haare, die sie offen trug und die ihr fast bis ins Kreuz reichten. Sie war sehr gross und überragte die Inspektorin um nahezu zehn Zentimeter. Sie wirkte in keiner Weise dick, obwohl sie korpulent war. Wäre sie eine Leichtathletin, dachte Zina, könnte ihre Disziplin das Speerwerfen sein. Ihre Augen, vor allem aber die Form ihrer Nase, verrieten ihre südamerikanischen Wurzeln.

»Nein, also doch,… *ich* bin hier geboren, meine Eltern sind aus Spanien eingewandert. Und meine Familie mütterlicherseits stammt ursprünglich aus Bolivien. Sie selbst wollen mir ja sicher auch nicht weismachen wollen, dass Sie eine waschechte Einheimische sind, nicht?«

»Ich werde es nicht versuchen, vertrauen Sie mir … Dieser

Innenhof ist wunderschön. Es ist selten, in der Stadt so grosse Bäume zu sehen.«

Zina versuchte so schnell wie möglich, von diesem Ursprungsthema wegzukommen, das ihr nicht behagte, sobald es um ihre eigene Herkunft ging. Sie schwatzten deshalb noch einige Zeit entspannt über die verschiedenen Quartiere – das Quartier in der Nähe des Morgartenring hatte eindeutig sein eigenes Flair – und ihre unterschiedliche Wohnqualität, bis Zina es an der Zeit fand, zum Kerngeschäft vorzudringen.

»Frau Sanchez, Sie mussten vor einiger Zeit die Schule St. Theresien verlassen. Können Sie mir schildern, wie es dazu kam?«

»Ich muss jetzt doch schnell dazwischen fragen. Sie möchten aber nicht auf die skurrile Idee kommen, dass ich diesen Rektor auf dem Gewissen haben könnte? Oder doch?«

»Wir sind noch am Anfang unserer Ermittlungen und verdächtigen deshalb noch niemanden. Wir möchten uns nur ein Bild machen, vom Menschen und von seiner Umwelt.«

»Was alles und gar nichts heisst. Aber was soll's. Ehrlich gesagt, bin ich ganz froh, meine Geschichte jemandem erzählen zu können und die Tatsache, dass Sie von der Polizei sind, vermittelt mir das Gefühl, von einer gerichtlichen Instanz einvernommen zu werden, als ob jemand nach der Wahrheit suchen würde, um der Gerechtigkeit Genüge zu tun. Finden Sie das kindisch, diesen Wunsch? Wissen Sie, im Laufe dieser ganzen Geschichte haben sich verschiedenste Menschen an unterschiedlichste Instanzen gewendet und überall hat man uns klar gemacht, dass wir nicht mit einer Aufklärung der Vorfälle zählen könnten. Vielmehr liessen all die Herren in ihren Ämtern durchschimmern, dass sich hinter einem solchen Wunsch nur Naivität verstecken könne. Ist der Wunsch nach Gerechtigkeit naiv … kindisch?«

Zina lehnte sich zurück und schaute in die Baumkronen. Der Blick aus dem sechsten Stock bot eine ganz neue Perspektive. Sie verfolgte mit den Augen ein Eichhörnchenpärchen, das sich laut beschimpfte und sich bis auf die äussersten Äste des Baumes nachjagte. Durch die zartgrünen Blätter waren unzählige Vögel zu erahnen, die aufgeregt herumtschilpten. Als Zina ihren Blick über den Innenhof schweifen liess, erkannte sie den Grund für die ganze Aufregung: Zwei Elstern flogen zwischen den Bäumen, anscheinend auf der Suche nach einer Beute. Es ist eindeutig Frühling geworden, folgerte sie nicht ganz logisch. Sie hatte einfach keine Lust, sich jetzt mit tief schürfenden Fragereien auseinanderzusetzen.

An Paloma Sanchez gewandt, sagte sie:

»Überlegen Sie mal, welchen Beruf ich gewählt habe, und Sie werden die Antwort sicher selbst finden. Was mich doch Wunder nimmt, sind die Argumente dieser Herren.«

»Also, wenn ich mich richtig erinnere, versuchten sie uns klar zu machen, dass in den höheren Etagen niemand daran interessiert sein könnte, Licht in die wirren und irren Geschichten unseres Schulhauses zu bringen, weil sonst allzu offensichtlich sein würde, wie viel Scheisse gebaut wurde und von wem ... die Wortwahl ist natürlich von mir, aber die Essenz der Aussage, die stimmt.«

»Ja, ich kann mir in etwa vorstellen, was Sie meinen. Die Taktik bestand eher darin, den Dreck unter den Teppich zu kehren.

Frau Sanchez, zurück zu meiner Frage, was ist in diesem Schulhaus passiert, vor allem, was ist Ihnen passiert?«

Frau Sanchez schien ein bisschen Zeit zum Überlegen zu benötigen, was Zina Zeit liess, ihr Gegenüber genauer zu betrachten. Wie alt mochte die Frau wohl sein? Sie hatte sie, wohl ihrer Grösse wegen, auf knapp über vierzig geschätzt. Doch sie revidierte ihre Einschätzung nach unten – eher 35. Sie hatte also ganz jung Kinder gehabt und war nun geschieden. Was sie mehr irritierte, das waren die ambivalenten Gefühle, die diese Frau in ihr auslösten. Einerseits strömte sie Energie und Kraft aus, andererseits vermittelte sie ein Gefühl der Verletzlichkeit, die durch eine nach aussen beherrschte innere Unruhe zum Ausdruck kam. Doch sie konnte ihren Gedankengang nicht weiter verfolgen, denn Frau Sanchez fing gerade zögerlich mit ihrem Bericht an.

»Ich kann Ihnen als erstes sagen, dass ich jetzt, mit ein bisschen Distanz, beginne wieder aufzuatmen. Das letzte halbe Jahr in dieser Hölle und die Wochen danach habe ich einfach nur noch funktioniert. Und das musste ich, denn ich habe zwei Söhne und bin allein erziehend. Einen Zusammenbruch konnte ich mir gar nicht erlauben, also habe ich auf die Zähne gebissen und bin durch. Vor allem habe ich genau gleich weitergearbeitet und das ist schon unter ganz normalen Umständen manchmal verdammt hart. Für meine Söhne musste ich natürlich auch da sein, die sind jetzt nämlich beide in der Pubertät. Mehr brauche ich da wohl nicht zu sagen. Sie wollten aber wissen, wie alles angefangen hat, nicht? Mit einem Brief. Sie haben, glaube ich, schon von diesem Brief gehört nicht?«

»Die Informationen scheinen schnell die Runde zu machen bei Ihnen ... und Sie haben ganz Recht. Ich bin soweit auf dem Laufenden, dass Herr Diekman Ihren Brief der Schulhausleitung gegeben hat und daraus ein ziemlicher Wirbel entstanden ist. Worüber ich noch gerne etwas erfahren möchte, sind die Details. Vor allem möchte ich erfahren, wie die involvierten Personen reagiert haben.«

»Das ist aber eine lange und traurige Geschichte, gute Frau. Ich bin nicht sicher, ob ich Ihnen das alles erzählen kann, ohne zwischendurch vor Wut zu platzen. Das ist so unglaublich, so gemein und komplett absurd, das Ganze. Zudem schäme ich mich für meine eigene riesige, unfassbare Blödheit.«

Zur gleichen Zeit befand sich Santoro mit Andrej Nemeth in dessen Garten. Sein Gastgeber kümmerte sich rührend um ihn, indem er ihm verschiedenste Angebote zum Trinken wie auch zum Essen unterbreitete. Er fragte auch nach, ob er dort, wo er sitze und wie er sitze sich auch wirklich behaglich fühlte. Matteo fragte sich, ob Herr Nemeth wirklich verstanden hatte, dass er zur Polizei gehöre, denn er war es nicht gewohnt in seiner Funktion derart fürsorglich behandelt zu werden. Und sonst eigentlich auch nicht, kam ihm in den Sinn. Es dauerte seine Zeit, bis sie beide in bequemen Korbsesseln unter einem Baum sassen und sie über die Schälchen mit den verschiedensten Leckereien zum Knabbern herfielen.

Matteo schaute um sich und was er sah, gefiel ihm. Das Gärtchen, denn gross war es nun wirklich nicht, hatte etwas Asiatisches an sich. Dieser Eindruck wurde durch die Schlichtheit, ja fast Kargheit der Pflanzen sowie durch den kleinen gepflegten Kiesplatz, vermittelt. Eine kleine Oase mitten in der Stadt, mitten im St Johann-Quartier, dachte der Kommissar, nicht ohne Neid zu verspüren. Zudem motivierte ihn diese entspannte und friedvolle Atmosphäre nicht gerade, mit der Befragung in einem Mordfall anzufangen. Gerade als er sich einen Schubs geben wollte, kam ihm sein Gastgeber zu Hilfe.

»Herr Santoro, Sie haben mir am Telefon zu verstehen gegeben, dass Sie meine Hilfe im Mordfall Würscht benötigen. Ich kannte diesen Menschen nur sehr oberflächlich und wirklich nur in seiner Funktion als Rektor. Deshalb kann ich Ihnen, befürchte ich, kaum Informationen über sein Leben, seine Bekannten, geschweige denn über irgendwelche Feinde liefern. Aber bitte, wenn Sie denken, dass ich Ihnen nützlich sein könnte, dann schiessen Sie nur los.«

»Vielen Dank, Herr Nemeth. Sehen Sie, im Moment versuchen wir zu verstehen, was an Ihrem Schulstandort geschehen ist. Anscheinend hat sich Herr Würscht in den letzten Wochen seines Lebens intensiv mit diesem Problem befasst, das doch heftige Wellen geschlagen hat. Und alles, womit er zu tun hatte, kann für uns interessant werden. Darüber können wir aber erst entscheiden, wenn wir die Hintergründe kennen.«

»Also, wenn Sie denken, dass ich diesen bedauernswerten Herrn ermordet habe, nur weil er mir einen Verweis erteilt hat, kann ich Sie gleich beruhigen: Ich war es nicht. Sie müssen eines wissen, gegen ihn konnte ich gar keine richtige, ausgewachsene Wut entwickeln. Dafür war der arme Kerl einfach zu unbedeutend, zu mickrig. Verstehen Sie, was ich meine?«

»Dass er sich nicht sehr gut als ausgewachsenes Feindbild eignete?«

»Ja, das ist gar nicht schlecht, was Sie da sagen. Und zudem habe ich ja gegen ihn gewonnen, vor dem Verwaltungsgericht. Also habe *ich* Recht bekommen. Wer saublöd dastand vor diesem Gericht und vor der ganzen Welt, das war *er*, der Würscht. Ehrlich gesagt, war mir das Genugtuung genug … na ja, fast.«

Paloma Sanchez kochte ganz eindeutig vor Wut, was sie mit wildem Gefuchtel und blitzenden Blicken zum Ausdruck brachte. ›Dass die Frau ein feuriges Temperament hat, ist nicht zu leugnen‹, dachte Zina Goldberg. Vor allem schien sie sehr verletzt worden zu sein. Mit einem ernsten Lächeln und einem aufmunternden Nicken forderte sie Paloma auf, ihre Geschichte preiszugeben. Diese fuhr sich mit beiden Händen durch die Haare, atmete tief ein und begann ihre Geschichte – wie andere ins Wasser springen, dachte Zina.

»Nach den Weihnachtsferien, also vor einigen Monaten, habe ich diesen Idioten angesprochen wegen meinem Brief. Er hatte nämlich getan, als ob gar nichts gewesen wäre. Er wich mir aus, und erst später habe ich realisiert, dass er ihn schon der Schulhausleitung abgegeben hatte. Ich stand da wie vom Blitz getroffen. Schon da wusste ich, dass ich von Seiten der Schulhausleitung weder auf Verständnis noch auf Diskretion zählen konnte. Und ich sollte auch bald Recht bekommen. Leider. Als ich ins Büro kam, um meinen Brief zurückzufordern, empfing mich die Hofmann. Auf meine Anfrage antwortete sie mit der Bemerkung, ich hätte wohl das gleiche Problem wie meine Kollegin Clara Schwarz. Das brachte mich ehrlich gesagt noch mehr aus dem Konzept, denn ich verstand nicht, was sie meinte, und das herablassende Grinsen, das ihre Worte begleitete, löste in mir eine Welle der Übelkeit aus. Ich weiss nur noch, dass ich darauf bestand, meinen Brief wieder zu bekommen, da er mit der Schule nichts zu tun habe. Das verneinte sie und erklärte mir ausführlich, dass Diekman nicht mehr mit mir zusammenarbeiten wolle – wegen des Briefes natürlich. Ich kann mich noch erinnern, dass sie irgendwann auch gesagt hat, sie müsse wohl einen Arzt rufen. Sie vermittelte mir das Gefühl, geisteskrank zu sein, das weiss ich noch. Irgendwann habe ich dann gesagt, ich wolle sowieso diese Schule verlassen und bin gegangen. Den Brief hat sie behalten.«

»Hatte diese Frau etwas gegen Sie?«

»Nicht, dass ich wüsste. Das Problem war eher, dass Diekman und Sturzbach ganz enge Freunde waren und der zweite einen Riesenknatsch mit seiner Ex hatte. Das Ganze war ein einziger Anfall von männlicher Hysterie, wenn Sie mich fragen. Und Hofmann hat die beiden bedingungslos unterstützt, wenn nicht gar angeheizt. Dafür konnte sie dann auch jeden Scheiss bauen und Sturzi war immer für sie da. Die eine Hand wäscht die andere in Unschuld, oder wie es so schön heisst. Ein paar Tage später kam Hofmann im Gang auf mich zu und übergab mir eine Stellungnahme, die ich unterschreiben sollte. Darin stand, dass ich bereit sei, das Schulhaus auf Ende Schuljahr zu verlassen, im Gegenzug sollte ich dann meinen Brief zurückerhalten. Daraufhin informierte ich – schriftlich – den Rektor für Sonderangebote, der für mich zuständig war. Das hat wieder ein Riesenhallo ausgelöst mit Sturzbach, der sich in eine Supervision des Teams einlädt und Hofmann mitbringt. Ich bin mir vorgekommen wie eine Schwerverbrecherin, vor allem als Diekman, unterstützt von Sturzi, behauptet hat, ich hätte ihn bedroht und belästigt.«

»Wie haben denn Ihre Kolleginnen und Kollegen aus Ihrem Team reagiert?«

»Die hatten den Brief ja nicht gelesen. Manche waren unter Schock, andere wollten gar nichts mit der Sache zu tun haben. Und ich habe den Brief erst nach dieser Albtraum-Supervision einer Kollegin gezeigt. Ihre Reaktion war, dass sie immer wiederholt hat: Wegen so einem Mist! Sie dachte, ich müsse mindestens mit Mord und Totschlag oder mit Kastration gedroht haben. Den Rest erspare ich Ihnen, es war einfach die Hölle, das können Sie mir glauben ... Nein, halt, das muss doch noch gesagt werden: Am

Sporttag im Frühling sind die Herren Sturzbach und Diekman beide mit Superman-Leibchen aufgekreuzt. Jetzt können Sie natürlich sagen, dass jeder das Recht hat, sich so lächerlich wie möglich zu machen, aber in dieser Situation, damals, war es gar nicht lustig. Stellen Sie sich das mal vor. In unserem Schulhaus gehen zwei Frauen, beide, weil sie in einem Konflikt mit einem Mann verstrickt sind. Beide Männer bleiben und verkleiden sich als Superman. Um ihren Sieg zu feiern? Um zu zeigen, dass sie uns besiegt haben? Ich kann Ihnen sagen, dass ihr Anblick mir zu schaffen gab, denn ich musste ja den ganzen Tag dableiben und meine Klasse betreuen. Es war demütigend, ich fühlte mich so machtlos und ausgeliefert.«

»Herr Nemeth, können Sie mir bitte erzählen, wie es zu diesem Verweis gekommen ist? Ich kann mir bis jetzt noch nicht vorstellen, was Ihnen passiert ist.«

»Von mir aus, gerne. Wenn Sie absurde Storys lieben, dann seien Sie bitte jetzt ganz Ohr, denn was ich zu bieten habe, finden Sie nicht so schnell wieder. Damit Sie das Ganze verstehen, muss ich ein bisschen ausholen. Also: Ich arbeite nicht nur an der Schule St. Theresien, sondern auch am Lehrerseminar – das seit einigen Jahren einen schön komplizierten Namen bekommen hat, den ich Ihnen ersparen möchte, denn sie suchen schon einen neuen. Im Rahmen dieser Arbeit organisiere ich auch Bildungsreisen und letztes Jahr wollte ich für die Studierenden eine Reise nach China auf die Beine stellen, ein Land, das ich recht gut kenne. Um diese vor Ort vorbereiten zu können, habe ich einen Urlaub beantragt, im St. Theresien. Achtung, Herr Santoro, jetzt kommt die erste grosse administrative Fallgrube, in die ich naiver Depp reingefallen bin. Eigentlich wollte ich nur Überstunden einziehen. Aber für das Problem ›Überstunden einziehen‹ gibt es kein Formular. Es gibt nur ein Formular bezahlter/unbezahlter Urlaub und bei ›unbezahlter‹ müssen Sie auch einen ehrenwerten Grund angeben. So hat mich Herr Sturzbach informiert und mich angewiesen, die Rubrik ›unbezahlter Urlaub‹ anzukreuzen. Das Ganze ist dann seinen kleinen Formularweg gegangen, über die Schulhausleitung rauf zum Rektorat und schön alles wieder runter, und ich hatte meine Bewilligung. Es ging übrigens um fünf Tage. Doch dann, einige Tage später, werde ich gebeten, meinen Urlaub nochmals zu begründen. Sturzbach, der eigentlich gar nicht für mein Team verantwortlich ist, will die Begründung auch mündlich hören. Dann vergehen wieder ein paar Tage und ich höre, dass ein Herr Sturzbach auch das Konrektorat des Seminars angerufen hat, um Informationen über die Studienreise zu erhalten. Wenig später werde ich von Würscht aufs Rektorat zitiert, wo auch Sturzi und Hofmann sitzen. Der Rektor lässt mich gar nicht zu Wort kommen und fragt immer nur, ob ich einen Auftrag des Seminars für die Reise habe. Ich sage ihm, dass dem nicht so sei und möchte weitererklären. Doch er lässt mich trotz mehrerer Anläufe nicht ausreden. Mit diesen Studienreisen verhält es sich nämlich so, dass Sie sich, als Dozent, melden müssen. Am Schluss hat mich Würscht informiert, dass ich einen Verweis bekommen würde. Als ich dort raus kam, war ich unter Schock. Ein Verweis ist nicht ganz harmlos, wissen Sie, denn wenn Sie einen zweiten erhalten, können Sie gefeuert werden.«

Paloma Sanchez verstummte und versteckte ihr Gesicht hinter ihren Händen. Sie atmete schwer und schien um Fassung zu ringen. Zina fragte sich, in welche Seifenoper es sie da verschlagen hatte. Obwohl sie nicht ganz sicher war, ob dieser absurde Plot einen Produzenten finden würde. Denn einerseits graute ihr vor der Dummheit und der banalen Grausamkeit, die sich in dieser Saga offenbarte und andererseits hatte sie ein fast unerträgliches Bedürfnis, schallend zu lachen. Das war hier doch eine entscheidende Frage: Warum hatten die Menschen in diesem Kollegium nicht einfach gelacht? Gelacht über diesen Scheissbubi, der einen bösen Brief dem Kadi bringt. Gelacht über die haarsträubende

Inkompetenz dieser Hofmann. Gelacht über diese zwei grossen Bubis in ihren Heldenleibchen?

»Frau Sanchez, warum haben Sie nicht einfach alle zusammen gelacht?«

»Erstens, weil die Konsequenzen nicht zum Lachen waren. Immerhin habe ich um ein Haar meine Stelle verloren. Ich bin nämlich noch nicht fest angestellt – neben diesem ganzen Irrsinn muss ich nämlich noch so nebenbei meine Weiterbildung abschliessen, die mir erst ermöglichen wird, diese lang ersehnte Anstellung endlich zu bekommen. Auf jeden Fall hat mein Rektor dann noch eine freie Stelle gefunden. Ich meine, er hätte ja auch den Behauptungen der Schulhausleitung glauben und diese bösartige Verrückte entlassen können, mich. Und wissen Sie, ich arbeite nicht zum Zeitvertreib, sondern weil ich muss. Da sind ja auch noch meine beiden Söhne und ausser mir schaut gar niemand nach ihnen.«

Paloma Sanchez schaute einen Augenblick in die Ferne, über die Dächer, als ob sie dort nach etwas suchte. Anscheinend gab es dort oben tatsächlich etwas zu erblicken, denn plötzlich zeichnete sich ein Lächeln auf ihren Lippen ab und sie drehte den Kopf Richtung Zina:

»Und zweitens haben wir es tatsächlich versucht, zu lachen, meine ich. Anfang Jahr gab es ein Abschlussfest für einen Kollegen, der in Pension gehen durfte, und da haben eine Kollegin und ich eine kleine Farce gespielt. Wir hatten grossen Erfolg – beim Kollegium. Bei der Schulhausleitung haben wir eine Krisensitzung während des Festes ausgelöst. Ich war ja wenige Tage später aus dem Schulhaus, mir konnten sie nicht mehr viel anhaben, aber meine Kollegin hat für ihre Frechheit gebüsst, und wie!«

Santoro betrachtete sein Gegenüber, das den Blick in die Vergangenheit gerichtet hatte. In seinen Augen konnte er immer noch Erstaunen und Ungläubigkeit lesen. Was ihn erstaunte, war der

Mangel an Wut, den er feststellte. Dieser Mann hatte sich doch mit dem Rücken zur Wand wiedergefunden. Er nahm sich vor, nach den Gefühlen des Herrn Nemeth weiter zu bohren.

»Ich habe noch nicht ganz verstanden, was Ihnen konkret vorgeworfen wurde.«

»Ja, richtig. Dass ich mich jetzt richtig erinnere … Es stand dann in der schriftlichen Begründung, dass auf Grund meiner Aussagen die Schulhausleitung und der Rektor hätten annehmen *müssen*, dass ich einen Auftrag des Seminars erhalten habe, diese Reise zu organisieren. Dass dem aber nicht so sei und deshalb eine Täuschung meinerseits vorliege.«

»Herr Nemeth, was haben Sie dann unternommen?«

»Ehrlich gesagt, wollte ich zuerst einfach aufgeben, denn das Konrektorat des Seminars entschied, meine Geschichte an den Hochschulrat weiterzuleiten, der mir eine Bewährungsfrist auferlegte. Wissen Sie, wie sich das anfühlt, wenn Sie denken, Sie seien in einem Roman von Kafka oder in einem Theaterstück von Beckett eingesperrt?«

»Wie ist es dann zu einer Verhandlung gekommen?«

»Zum Glück wurde ich von Kolleginnen aus dem St. Theresien-Schulhaus unterstützt. Die haben mich wachgerüttelt, mich angewiesen, endlich einen Anwalt zu nehmen und mich zu wehren, statt mich gratis verarschen zu lassen. Manche dieser Damen benutzen eine sehr direkte Sprache. Ist Ihnen das auch schon aufgefallen? Mich hat diese Behandlung auf jeden Fall wieder belebt – wie ein Bad in einem Eisloch.«

Andrej Nemeth grinste ihn an und Matteo erkannte auf seinem Gesicht die Freude, die er selbst auch schon empfunden hatte, als er aus einer lethargischen Verzweiflung wachgerüttelt worden war. Er war also nicht der einzige, der eine scharfzüngige Kollegin zu geniessen hatte.

»Frau Sanchez, haben Sie versucht, sich zu wehren? Wie haben denn Ihre Kolleginnen und Kollegen reagiert?«

»Lange habe ich gar nicht versucht, mich zu rechtfertigen. Clara Schwarz, die sich in einer ähnlichen Lage befand wie ich, hat sich an mich gewendet und wir haben uns ausgetauscht. Die haben das aber sehr schnell spitz gekriegt und Elisabeth Hofmann hat mir gesagt, dass die Schulhausleitung nicht wünscht, dass wir beide uns im Schulhaus über unsere Probleme unterhalten. Dann haben mehrere Kolleginnen mich aufgerüttelt und zu einem Anwalt geschickt, der für Schulfragen zuständig ist. Der hat sich schon langsam gefragt, was eigentlich in diesem Schulhaus los war, denn ich war nicht die Erste, die sich an ihn wandte. Leider konnte ich nichts mehr gegen meinen Weggang unternehmen, denn ich war ja so blöd gewesen, den Wisch zu unterschreiben, dass ich das Schulhaus verlasse. Wissen Sie, ich habe mich so geschämt wegen diesem Brief. Aber mit der Zeit habe ich ihn dann doch einigen Kollegen und Kolleginnen gezeigt und die haben schon alle gemerkt, dass da aus einem Chihuahua ein Pitbull hervorgezaubert worden war, aber es war zu spät. Denn zu dieser Zeit herrschte im Schulhaus eh schon eine Stimmung wie in einem totalitären Regime.«

»Ich will Ihnen mal was sagen, Herr Santoro, das einzig Positive an diesem ganzen Schauermärchen ist die Entwicklung, die manche von uns in dieser Zeit gemacht haben. Wir haben begonnen, miteinander über ganz Grundlegendes zu diskutieren und wir haben angefangen, uns gegenseitig zu unterstützen. Ich musste nicht alleine an meine Verhandlung, dafür habe ich Kolleginnen zu Gesprächen mit der Schulhausleitung und mit dem Rektorat begleitet. Wir haben eine aktive Solidarität untereinander geschaffen, die uns die Kraft gegeben hat – wir wurden nicht krumm.«

»Sie reden immer nur von Kolleginnen, waren ausser Ihnen nur Frauen betroffen? Und was haben eigentlich die Männer in diesem Kollegium gemacht?«

»Das, Herr Kommissar, ist eine sehr gute Frage. Ich habe sie mir selbst des Öfteren gestellt und bin zu keinem befriedigenden

Resultat gelangt. Denn Tatsache ist, dass in diesem Schulhaus etwa gleich viele Frauen wie Männer vertreten sind. Bei den Menschen, die sich aktiv eingesetzt, wirklich andere unterstützt haben, sind die weiblichen Exemplare deutlich übervertreten. Meine vermaledeite Geschichte habe ich auch Männern erzählt und manche waren auch tatsächlich empört. Aber Herzblut, Zeit, wirkliche, aktive Unterstützung habe ich von *Frauen* erhalten. Bei den Männern hatte ich eher das Gefühl, dass sie sich nicht die Finger verbrennen wollten. Sie wollten nicht in eine Sache hineingezogen werden, die sie nicht als ihre eigene ansahen. Für die Frauen war es anders: Sie hatten geschnallt, dass meine Probleme nur Ausdruck eines Systems waren, unter welchem wir alle zu leiden hatten.«

»Ich habe, ehrlich gesagt, ziemliche Schwierigkeiten mir vorzustellen, wie dieses System funktionierte. Vor allem ist es für mich als Aussenstehenden schlecht nachvollziehbar, warum so viele Menschen mitgemacht haben.«

»Ja, nicht wahr, manches Regime sieht nachher und von aussen absolut lächerlich aus. Ich kann Ihnen versichern, dass wir diese Fragen sehr oft diskutiert haben. Was wir erlebt haben, war nichts anderes als der Versuch, ein totalitäres Regime aufzubauen. Aber, denn es kommt ein grosses ABER, es fehlten ihnen entscheidende Mittel, um längere Zeit durchzuhalten. In meinen dunkelsten Zeiten – ich war wirklich so was wie geistig umnachtet – hat mir eine liebe Kollegin klar gemacht, dass sie keine Chance haben, länger durchzuhalten, denn dafür bräuchten sie Stacheldraht, Folterinstrumente und, vor allem, eine Geheimpolizei. Zudem, meinte sie, brauche eine Diktatur eine bestimmte Grösse und unser Schulhaus mit seinen fünfzig Einwohnern könne die kritische Masse für eine dauerhafte Terrorherrschaft keinesfalls erreicht haben. Aus all diesen Gründen, schloss sie, hätten wir es hier nicht mit einer waschechten, sondern mit einer Pailletten-Diktatur zu tun. Wir müssten nur ausserhalb dieser kleinen Welt nach Hilfe suchen, um den Spuk auflösen zu können. Das taten wir.«

Unterdessen versuchte Zina Goldberg ebenfalls zu erfassen, wie zwei Menschen und ihre Gehilfen es geschafft hatten, ein totalitäres Regime aufzubauen und doch ein, zwei Jahre aufrecht zu erhalten – und das, realistisch betrachtet, doch mit kargen Mitteln. So viel sie verstanden hatte, verfügten Mitglieder einer Schulhausleitung nicht über grosse Entscheidungsgewalt. Eigentlich konnten nicht *sie* bestimmen, wer angestellt werden sollte und wer nicht, auch ob eine Lehrperson im Schulhaus bleiben durfte oder nicht, lag nicht wirklich in ihrer Kompetenz. Wie also war es ihnen gelungen, diese zwei Frauen zum Gehen zu bewegen? Wie hatten sie es bewerkstelligt, dass ein Grossteil des Kollegiums alles hatte passieren lassen? Wenn sie ihr Gegenüber, Frau Sanchez, betrachtete, sah sie weiss Gott nicht ein geborenes Opfer. Diese Frau war eindeutig vital und intelligent genug, um sich wehren zu können. Ob jetzt all diese Fragen mit der Lösung ihres Mordfalles zu tun hatten oder nicht, das war ihr im Moment egal, denn sie hatte das Gefühl, dass sie an einer elementar wichtigen Problematik angelangt war, und diese hatte auch mit ihr ganz persönlich zu tun. Sie versuchte, ihre Überlegungen Frau Sanchez begreiflich zu machen, die, nach einem tiefen Aufseufzen, zu reden begann.

»Sie können sich gar nicht vorstellen, wie oft ich alleine und mit Kolleginnen darüber gesprochen habe … und mit einem Kollegen, den wollen wir doch nicht vergessen. Scham, ja ich glaube Scham war das wirksamste Mittel bei mir. Sehen Sie, ich habe sehr schnell realisiert, dass weder der Sturzbach noch die Hofmann davor zurückschrecken würden, in meine Privatsphäre, ja sogar in meine Intimsphäre einzudringen. Sie würden ihre Vorstellungen ohne Scheu auch öffentlich in mich hineininterpretieren, mich also blossstellen, verleumden, dämonisieren. Wir hatten das ja schon alle erlebt, nicht? Und deshalb habe ich die Flucht nach vorne ergriffen, ganz instinktiv. Das grosse Problem war eigentlich, dass jegliche Informationsweitergabe meinerseits als eine Verschwörung gegen die Schulhausleitung bewertet und als feiger Angriff geahndet wurde. Wir, die Opfer, hatten keinen offiziellen Rahmen, um unsere Sicht der Dinge erklären zu können. Und abgesehen davon wollten über die Hälfte der Menschen in diesem Schulhaus so wenig wie nur möglich erfahren. Sonst hätten sie ja nicht mehr behaupten können, sie wüssten von nichts … Das tut mir am meisten weh, können Sie das verstehen?«

Santoro versuchte, seine Gedanken zu ordnen, denn einerseits wirkte die Geschichte wie ein Ammenmärchen, anderseits wurde ihm dieses als realistischer Bericht vorgetragen. Wer hatte schon wieder behauptet, in der heutigen Zeit überhole die Realität die Fiktion und zwar bei weitem? Auf jeden Fall ging es dabei nicht um erfreuliche Begebenheiten. Vielleicht war er genau in eine solch beängstigende Wirklichkeit hineingestolpert. Der Ablauf der Geschehnisse erschien ihm immer noch ziemlich fabelhaft, da waren noch Sprünge im Ablauf. Anscheinend zumindest. Er versuchte zu rekapitulieren, was Herr Nemeth ihm erzählt hatte. Das Urlaubsgesuch, dann den administrativen Weg rauf und runter, die Bewilligung, dann der Verweis. Genau, das war's. Der Verweis schien vom Himmel zu fallen, ohne jeden Grund oder Zusammenhang. Anscheinend fehlte da ein Stück der Geschichte. Er bat sein Gegenüber, das geduldig gewartet hatte, um Aufklärung.

»Entschuldigen Sie bitte, da fehlt tatsächlich ein entscheidendes Kapitel: Zwischen der Bewilligung meines Urlaubsgesuches und dem Verweis liegt der Brief …, der berüchtigte Brief. Unser Team, müssen Sie wissen, hatte von den Schwierigkeiten unserer zwei Kolleginnen erfahren und wir wollten einfach nicht tatenlos zusehen – wegschauen wäre da sicher der treffendere Ausdruck. Wir schrieben deshalb den ominösen Brief, in dem wir die Schulhausleitung darum baten, nach Lösungen zu suchen, welche die Integration der beiden Frauen ermöglichten. Sehr verständnisvoll, sehr höflich formuliert das Ganze. Wir haben ihn dann in der Informationsecke des Lehrerzimmers aufgehängt. Und am nächsten Tag war dann der Teufel los. Die Reaktion der beiden, Sturzi und Hofmann, war orkanartig. Sie haben im Lehrerzimmer und in den Gängen herumgeschrieen – vor Schülerinnen und Schülern übrigens. Sie haben von Prangerbrief gedonnert, sie haben von den anwesenden Teamkolleginnen verlangt, dass sie den Brief sofort abhängen … kurzum sie haben vollständig die Kontrolle über sich selbst verloren. Das Schlimmste passierte dann am Nachmittag. Sturzbach hat mit allen Teammitgliedern telefoniert und hat von ihnen Informationen verlangt: Wer war der Initiant? Woher kam die Idee? Welche Stellung hat jedes einzelne Mitglied bezogen? Es war das reinste Verhör. Manche Kolleginnen liessen sich derart einschüchtern, dass sie nie mehr etwas unterschreiben, ja nicht mal mehr darüber reden wollten. Ein junger Kollege, der unterdessen das Schulhaus verlassen hat, wurde auch noch Wochen später immer wieder von Sturzbach unter Druck gesetzt: Er sollte weitergeben, was im Team besprochen wurde. Zudem sollte er Informationen über mich und meinen Urlaub sammeln und weiterleiten. In einer Teamsitzung ist er dann zusammengebrochen und hat geweint. Für mich war das die Wende. Das war einfach zu viel. Diesen freundlichen, solidarischen und engagierten jungen Menschen zu sehen, wie er erdrückt wurde vom Wahnsinn dieser Irren, und ich schwor mir, nicht aufzugeben. Das Ganze musste ein Ende finden!«

Zina Goldberg hatte immer noch das Gefühl, nach dem entscheidenden Puzzleteilchen suchen zu müssen, um den Durchblick in diesem menschlichen Sumpf erhaschen zu können. Dass es um Realität, oder besser um Realitäten, ging, dämmerte ihr langsam. Seifenoper kam ihr wieder in den Sinn, das Ganze hört sich nach einer Seifenoper an. Obwohl – sie war immer weniger davon überzeugt, dass dieser Plot von einem Produzenten angenommen worden wäre. Eigentlich war diese Geschichte auch für dieses Genre eher überzeichnet. Wie hatten denn gebildete Menschen, die in einem demokratischen Land aufgewachsen waren, eine Rolle in dieser Farce annehmen können? Wie kam es dazu, dass nur eine Minderheit sich gewehrt hatte? Warum hatten die höheren Stellen so lange zugeschaut? Vielleicht konnte ihr Paloma Sanchez helfen, Antworten auf ihre Fragen zu finden.

»Das ist sehr schwer nachvollziehbar, Frau Goldberg, aber die beiden haben an das, was sie behaupteten, geglaubt, und zwar mit ungeheurer Kraft. Einige haben noch lange versucht, ihre Sicht der Dinge zu relativieren, aber das war wirklich für die Katze. Sie waren voll und ganz von ihrer Wahrnehmung und Interpretation der Dinge überzeugt und daran liessen sie nicht rütteln: Sie wurden verfolgt, es gab dunkle Gestalten, es gab im Schulhaus Lehrkräfte, die ihre Arbeit nicht richtig machten und vor allem mussten alle Lehrkräfte an die Kandare genommen werden, denn die hatten keine Ahnung vom Arbeiten und schlampten nur herum. Dass eine vom Departement in Auftrag gegebene Studie das Gegenteil erwiesen hatte, nämlich, dass viele Lehrkräfte über ihren Kräften arbeiteten, war ihnen scheissegal … Ich hatte, nicht als Einzige in dieser schlimmen Zeit, oft das Gefühl, im Albtraum einer anderen Person gefangen zu sein. Und ich glaube, genau das ist der Punkt, warum so viele mitgemacht haben. Es ist nämlich ganz schön schwierig, aus einem solchen psychischen Gefängnis auszubrechen.«

»Herr Nemeth, hab ich Sie richtig verstanden? Es ist tatsächlich zu einem Gerichtsverfahren gekommen?«

»Ja, und ich kann Ihnen sagen, dass das eine aufwändige und nervenaufreibende Sache ist. Sie brauchen einen Anwalt, Sie müssen schriftlich Beschwerde einreichen, Sie müssen schriftlich Stellung nehmen, also rein zeitlich nimmt Sie das Ganze ziemlich in Anspruch, aber schlimm ist die psychische Belastung. Am schlimmsten war für mich die Ungewissheit, wie das Gericht entscheiden würde. Zum Glück war relativ schnell klar, wie die Richter und die Richterin die Sachlage beurteilten. Am Schluss hat mir unser Rektor fast leid getan. Mensch, sass der blöd da! Sie haben ihm erklärt, dass, falls ihm an meiner Begründung für den Urlaub etwas nicht klar gewesen wäre, – er hat übrigens ausgesagt, es sei ihm alles klar gewesen – er mit mir hätte das Gespräch suchen müssen. Nach dem Urteil haben wir noch kurz miteinander gesprochen und er war echt fertig, denn vorher hatte er noch eine Sitzung mit Sturzi und Hofmann. Er hat so vage angedeutet, dass sie ihn regelrecht zur Schnecke gemacht hätten. Vor allem haben sie ihm vorgeworfen, dass er diese Sache mit mir vermurkst habe. Ich meine, schon während der Verhandlung war sonnenklar, dass er nicht im Geringsten an den Mist glaubte, den er da verzapfte.«

»Haben Sie denn eine Vorstellung, wie Herr Sturzbach seinen Rektor dazu bringen konnte, gegen Sie zu klagen?«

»Eines auf jeden Fall ist sicher: Würscht hat ihn bewundert, er hat zu ihm raufgeschaut. Er lobte dauernd seine organisatorischen Fähigkeiten, seinen Weitblick, seine Intelligenz, dunklere Seiten hat er nie gesehen. Auch nachdem so viele sich beklagt hatten, blieb er bei seiner hohen Meinung. Ich weiss nicht, ob er es einfach nicht hören wollte, weil ihm dann seine fehlende Menschenkenntnis hätte peinlich werden können, oder ob er uns einfach nie ernst genommen hat und wie Sturzbach sich einfach sagte, dass wir Autoritätsprobleme hätten.«

»Wie schätzen Sie die Situation an Ihrer Schule im Moment ein?«

»Wie meinen Sie das, Herr Kommissar? Seit Würschts Tod?«

»Das auch. Vor allem möchte ich wissen, wie es Ihnen und Ihren Kollegen und Kolleginnen im St. Theresien-Schulhaus in den letzten Wochen ergangen ist?«

»Einerseits war es natürlich eine riesige Erleichterung, die beiden nicht mehr in der Schulhausleitung zu haben, andererseits sind sie immer noch im Schulhaus selbst und blicken in die Runde wie verfolgte Seelen. Die neue Schulhausleitung musste ja vorzeitig gewählt und eingesetzt werden, die neuen Mitglieder mussten sich ganz schnell einleben. Für viele ist es ein grosses Aufatmen und sie akzeptieren und unterstützen diese neue Leitung. Sturzbach wird zwar im Sommer das Schulhaus verlassen, zudem ist er aber als interner Berater der beiden Rektorate, Regelschule und Sonderangebote, für ein wichtiges Projekt ernannt worden. Sehen Sie, das zeigt doch, dass diese Herren überhaupt nicht realisiert haben, was hinter seinem Führungsstil lauerte: Verfolgungs- und Kontrollwahn. Seine Ernennung bedeutet auch, dass wir es in einem wichtigen Punkt, der Reorganisation der Sonderangebote, mit ihm direkt zu tun haben werden. Kaum ist er mehr oder weniger durch die Tür raus, schaut er schon durch das Fenster rein.«

Santoro drängte sich wieder die gleiche Frage auf: Wo sind deine Aggressionen, Mann? Herr Nemeths Stimme hatte sich während der ganzen Zeit seiner Erzählung kaum erhoben. Auch jetzt, wo er über diese zwiespältigen Entscheidungen seines Rektors berichtete, schien er recht entspannt und gelassen. Zwar schien das Schlimmste für diesen Mann überstanden zu sein. Er konnte sich jedoch nicht vorstellen, dass es in diesem Mann *nicht* brodelte.

Zina betrachtete Frau Sanchez, die nun gedankenverloren vor sich hin starrte. Sie versuchte sich vorzustellen, wie sie sich fühlen würde, wenn ihre Vorgesetzten derart negative Phantasien über *sie* entwickelt hätten, denen sie hilflos ausgesetzt wäre. Zum Davonrennen, ja, das wäre zum Davonrennen, dachte sie. Denn, wenn sie sich zum Bleiben entscheiden würde, könnte und würde jedes ihrer Worte, jede ihrer Taten durch den verzerrenden, ja, zerstörerischen Wahrnehmungsfilter betrachtet werden, damit diese mit den ver-rückten Vorstellungen übereinstimmten. Paloma Sanchez war nicht sofort geflüchtet, sie hatte noch einige Monate ausgeharrt. Tagtäglich war sie mit den Blicken, den Schikanen ihrer Vorgesetzten konfrontiert worden und sie hatte den Mangel an Unterstützung seitens einiger Lehrpersonen erleben müssen. Welche Spuren hatte diese Zeit bei dieser leidenschaftlichen Frau hinterlassen? Als ob die Gedanken ihres Gegenübers die gleiche Richtung genommen hätten, meinte sie:

»Der Einzige der zumindest teilweise unter die Räder kam,

war Sturzi: Einerseits wird er im nächsten Schuljahr versetzt, also bestraft, andererseits bekam er ein Ämtchen auf dem Rektorat, also belohnt. Ist es nicht das, was in Fachkreisen ein Doublebind genannt wird, eines der sichersten Verfahren, um jemanden in die Klappsmühle zu bringen?«

Paloma Sanchez unterbrach sich abrupt und lehnte sich erschöpft zurück. Sie machte mit beiden Händen eine abwinkende Bewegung und schüttelte den Kopf. Sie schien ausdrücken zu wollen, dass jegliche Aufregung ja doch nur für die Katze sein könne, dass ihre Wut und ihre Sehnsucht nach Aufklärung und Gerechtigkeit doch nur eine Leere erreichen könnten. Zina war überzeugt, dass diese Frau mehr als genügend geplagt worden war, um zu einem Mord fähig zu sein. Die Frage war nur, ob wirklich *Würscht* ihr Zielobjekt gewesen sein könnte? Eher nein, kam sie zum Schluss. Da wären Frau Sanchez noch einige Kandidaten im Wege gestanden, die ihre Präferenz genossen hätten: Diekman und dann natürlich der allzeit präsente Herr Sturzbach, zudem hätte sogar die überforderte Frau Hofmann einen Platz in der Reihe gefunden, auch sie vor dem Toten. Ob Frau Sanchez über genügend Dummheit verfügte, um einen Mord zu vollbringen, das war ja auch noch eine interessante Frage. Zina hätte wetten können, dass der emotionale und soziale Quotient dieser Frau viel zu hoch war für solch einen Blödsinn. Bevor sie sich verabschiedete, – es war höchste Zeit, zu ihrem nächsten Treffen mit ihrem Chef aufzubrechen – wollte sie noch wissen, wo sich Paloma Sanchez zur Tatzeit aufgehalten hatte.

»Ich war hier zu Hause und habe geschlafen. Ich versuche nämlich, so gut wie möglich einer lauernden Erschöpfung ein Schnippchen zu schlagen. Und jetzt sage ich Ihnen noch etwas, Frau Inspektorin, wer alleinige Verantwortliche für zwei Kinder ist, mordet nicht zum Vergnügen. Auch nicht, wenn es ein grosses wäre!«

Auf dem Weg zu seinem nächsten Rendez-vous mit seiner Assistentin radelte der Kommissar durch ruhige Quartierstrassen. Die ganze Stadt war mit diesen Velowegen übersäht, die der strampelnden Bevölkerung erlaubten, so sicher wie möglich, quer durch alle Quartiere zu gondeln. ›Das ist doch wenigstens eine gute Sache‹, dachte er. In letzter Zeit suchte er in seiner Stadt, in seinem Land immer wieder nach positiven Aspekten. Das eben Gehörte war nicht eben angetan, ihn in dieser Hinsicht zu beglücken, deshalb beschloss er, seine kleine Velotour mit angenehmeren Themen zu bereichern.

Das war doch zum Beispiel eine gute Idee gewesen, mit seinem Sohn an den Match zu gehen. Na ja, grundsätzlich schon, was daraus geworden war, hatte dann doch einen beunruhigenden Unterton nachklingen lassen. Er wollte wirklich nochmals das Ganze überdenken. Der Anfang war auf jeden Fall gelungen, sein Sohn war erstaunt und eigentlich schon fast gerührt gewesen, als er ihm vorgeschlagen hatte, den wichtigen Match der lokalen Fussballmannschaft gegen ihren Erzfeind statt vor dem Fernseher live mitzuerleben. Seit einigen Wochen waren wieder Karten bis zum letzten Moment zu haben. Kein gutes Zeichen eigentlich und tatsächlich waren die Kerle einfach nicht mehr ganz so schmissig wie noch letztes Jahr, als sie das Landesniveau bei weitem überflogen. Er war immer noch der Meinung, dass sie die Besten nicht hätten verkaufen dürfen, denn jetzt waren sie eben weg und fehlten schmerzlich. Die Laune konnte ihm das aber nicht wirklich verderben.

Erst als Jugendliche in der Kurve angefangen hatten, schlicht rassistische Sprüche gegen die feindliche Mannschaft zu schreien, hatte er angefangen sich zu ärgern. War es überhaupt möglich, gegen Menschen aus einer Nachbarstadt rassistische Gedanken zu entwickeln, fragte sich Matteo. Wie saublöd musste man dafür eigentlich sein? Mit der Zeit waren immer mehr Gegenstände Richtung Feld geflogen, da hatte seine Stimmung zu sinken begonnen. Beim ersten gegnerischen Tor waren dann die Rauchpetarden zum Einsatz gekommen. Die Schiedsrichter drohten, das Spiel zu unterbrechen – sie wurden niedergebrüllt. Ein grosser Teil der Zuschauer schrie zum Glück zurück, der Mist solle aufhören.

Richtig mies wurde ihm aber erst nach dem Match, als alle rausströmten: Es waren eindeutig schon Schlägereien im Gang und zwar einerseits zwischen Anhängern der beiden Mannschaften, andererseits aber zwischen Gruppierungen von Jugendlichen, die er nicht richtig einordnen konnte. Den ersten Schock bekam er ab, als er sich an seinen Sohn wandte, um mit ihm den besten Fluchtweg zu bestimmen, denn bald würden Tränengasschwaden über dem Platz schweben.

Er schaute seinen Sohn an, der die Schläger beobachtete, und erschrak – sein Sohn Marco grinste und dieses Grinsen gefiel ihm gar nicht. Er konnte es nicht richtig einordnen. War es verächtlich? Oder überheblich? Jetzt, mit der Distanz und mit einem gut durchbluteten Gehirn und Herzen, konnte er es nicht mehr weiter verdrängen: Das Grinsen war eindeutig sadistisch gewesen. Sie waren noch zusammen ein Bier trinken gegangen, aber Matteo hatte Marco nicht auf seine Mimik angesprochen. Stattdessen hatte er ihn gefragt, was er über die Schläger wisse.

Er hatte viel erfahren. Und das, was er an diesem Sonntagnachmittag über seinen Sohn erfahren hatte, liess in ihm so etwas wie ein leises Grauen aufkommen. Die einen Schläger trafen sich an den Fussballveranstaltungen und versuchten, die Fans der gegnerischen Mannschaft ausfindig zu machen, um sie zu provozieren, was ihnen mehr oder weniger gut gelang. Diese waren eindeutig sportlich ausgerichtet. Den andern ging es hauptsächlich um eine ganz andere Sache: Sie nutzten jede Gelegenheit, um Türken zu klopfen, wobei sie diesen Begriff auf die meisten Ausländer ausdehnten, das sahen sie nicht so eng. Sie frönten anscheinend keinem engstirnigen Rassismus. Und ein Fussballmatch war eben eine gute Gelegenheit, Gruppen von ausländischen Jugendlich anzutreffen, die mittlerweile, zumindest zum Teil, auch recht gut organisiert waren. Ganz unbekannt waren ihm diese Geschichten nicht vorgekommen, schliesslich war er Polizist. Was ihm gänzlich neu war, das war sein Sohn. Nicht, dass er mitgemacht hätte, das wenigstens nicht – Grazie a Dio – aber er kannte einige dieser jungen Männer. Sie besuchten die gleiche Schule wie er, sie waren seine Kollegen, sie erzählten in der Pause völlig ungehindert und unwidersprochen von ihren rassistischen Jagden an den Wochenenden. Sein Sohn besuchte eine Wirtschaftsschule und er, in seiner ganzen Naivität, war davon ausgegangen, dass diese Probleme eine bestimmte unterste Schicht nicht überschreiten würde; er hatte es als selbstverständlich erachtet, dass sein Sohn nicht damit in Berührung kommen könnte, dass er sicher war vor diesem braunen Dreck.

Die Haltung seines Sohnes dem Ganzen gegenüber war unfassbar und schwammig: Er hatte ihm auseinandergesetzt, dass er niemals so was Bescheuertes mitmachen könnte. Das war ja eigentlich beruhigend, aber die Begründung war es weit weniger gewesen: Schadet der Karriere. Sein Sohn ging nämlich davon aus, dass all diese Kerle von der Polizei photographiert und somit erfasst würden, was letztlich zu ihrer Festnahme führen könne. Und so blöd wolle er nicht sein, meinte sein Sohn, ohne jede Anwandlung einer Scham. Er erklärte seinem immer bleicher werdenden Vater, dass sehr wohl Gründe für solche Aktionen bestünden – oder zumindest für die Gefühle, die dazu führen könnten. Mehrere seiner Kollegen waren schon in kleinen, dunklen Gassen zusammengeschlagen worden, Kolleginnen beschwerten sich über tagtägliche Anmache von Seiten dieser Jugendlichen. Matteo hatte hilflos, weil überrumpelt, versucht, seinem Sohn überzeugende Argumente zu liefern. Sie waren ja nicht komplett daneben gelegen, aber überzeugen konnten sie weiss Gott niemanden. Heute, mit der Distanz, war die Kälte, die sich in seinen Knochen eingenistet hatte bei weitem nicht verschwunden. Sie lauerte in seinem tiefsten Inneren und ihren wahren Namen kannte er: Angst. Um die richtigen Argumente finden zu können, würde er noch mehr Zeit benötigen … und einen Allierten. Ja, er würde seinen Vater zu Hilfe rufen, auch wenn dieser sich seit einigen Jahren in sein Heimatland zurückgezogen hatte. Er wollte ihm schreiben – einen echten Brief mit Papier, Tinte und Briefmarke – und ihm auseinandersetzen, wie sein Enkel rassistische Argumente mit einem Grinsen guthiess, ohne diese wirklich auszusprechen. Auf den nächsten Zug würde der Alte aufspringen, um ein Paar Ohren mit den richtigen Geschichten lang zu ziehen. Na ja, er selbst konnte natürlich auch mit einem gehörigen Rüffel rechnen. Sei's drum! Als Polizist war er schon längst aus dem linken, gewerkschaftlichen Solidaritätshimmel vertrieben worden, dessen Tore sein Vater hütete. Oder nicht? Wenn er ganz ehrlich sein wollte, nahm er es einfach an. Er, sein Vater, hatte sich nie in diese Richtung geäussert. Welch merkwürdigen und unüblichen Gedankengängen und Gefühlswindungen er da entlang radelte. Lag es vielleicht daran, dass er seit einer Weile steil bergauf strampeln musste? Er war bestimmt schon in einem anaeroben Bereich, hatte also zu wenig Sauerstoff im Gehirn, was seinen leichten Kontrollverlust erklären konnte. Fehlte nur noch, dass er anfing, über sich und Antonella nachzudenken!

Was hatte dieser Nemeth erzählt? Die Helden in dieser Geschichte waren hauptsächlich Heldinnen gewesen? Und die Helden hatten weggeschaut, hatten sich nicht betroffen gefühlt? Hatte er da irgendetwas nicht mitbekommen in den letzten Jahren? Soviel er sich noch erinnern konnte, waren die Helden seiner Kindheit und Jugend doch Männer gewesen – echte Männer. Natürlich war das Ganze schon eine Weile her und die Filme, die seine Familie vor dem Fernseher verschlungen hatte, waren noch viel älter gewesen, aber trotzdem: Die Zorros und John Waynes und James Bonds waren doch eindeutig Helden *und* Männer! Was war also geschehen? Er würde die Frage seiner Assistentin stellen, die bestimmt eine spritzige Hypothese zum Thema liefern konnte. Er freute sich darauf … und stieg vom Velo, denn jetzt zeigte er eindeutig schon Anzeichen einer galoppierenden Gehirnkompostierung.

*Kapitel 7*

## Was die Hühner nicht aufscheucht, …

»Das wird Sie vielleicht wundern, Santoro, aber es ist so: Helden sind für gewöhnlich Frauen. Sie stellen mehr als 60 Prozent der Retter – und Retterinnen –, was eine Studie einer Universität in Chicago beweisen konnte. Sie haben statistisch erfasste Risikosituationen analysiert und festgestellt, dass, wenn es darum geht, ein Organ zu spenden oder Juden vor den Nazis zu retten – also in Situationen, in denen die Öffentlichkeit nicht hinsieht, Frauen übervertreten sind.«

Zina Goldberg sah, nicht ohne eine gewisse Freude zu verspüren, zu ihrem Chef und musste feststellen, dass dieser sich in einer ganz anderen Stimmung befand. Dem Kerl schien es nun wirklich nicht gut zu gehen. Um ihn so weit wie möglich aufzumuntern, meinte sie:

»Also, in Extremfällen haben die Männer die Nase vorn.«

»Und was bitte nennen Sie einen Extremfall?«

»Häuserbrand.«

»Die glorreiche Feuerwehr, na, wenigstens das ... Kommen Sie, Goldberg, behalten Sie es nicht für sich. Was auch immer es ist, ich sehe doch, dass Sie noch was loswerden müssen.«

»Ich wollte mich ja nicht aufdrängen, aber wenn Sie darauf bestehen, bitte sehr. Es geht nämlich um die Begründung: Bei einem Brand gibt es Zuschauer: Männer. Juden verstecken, keine Zuschauer: Frauen.«

»Wissen Sie, woran mich das erinnert?«, fragte der Chef mit einer ernsten Miene, die er nur mit äusserster Konzentration aufrecht erhalten konnte.

»Nein, aber ich erkenne die Süsse Ihrer Rache, noch bevor sie sich erkältet.«

»Messer, Schusswaffe, Lärm, Gerichtsverfahren, Gefängnis: Männer. Gift, Luft, Stille, Beerdigung, Erbschaft: Frauen.«

»Sehr richtig. Hat das nicht schon unsere Kollegin Marple behauptet? Oder war das der kleine Franzose mit den polierten Lackschuhen?«

»Belgier, Madame, Belgier.«

Sie schauten sich grinsend an, um bald wieder, jeder für sich, nach vorne zu stieren und ihre Velos den Berg hinaufzustossen. Zina hatte nach der Befragung von Frau Sanchez entschieden, noch schnell bei sich zuhause durchzusausen, um mit ihrem Velo einfacher das Nobelquartier auf dem Hügel erreichen zu können. Sie hatte ihren keuchenden Chef in der zweiten Hälfte der Steigung eingeholt. Auch sie hatte schon seit einer ganzen Weile ans Absteigen gedacht, aber sobald sie Santoro im Visier hatte, machte sie sich ein Gaudi daraus, Tour de France zu spielen. Die Kurven des Gundeldingerrains animierten sie zu sportlichen Phantasieexzessen: Der Mont Ventoux im Zeitfahren: Ullrich startet als zweitletzter, Armstrong als letzter Fahrer und der »Kannibale« nimmt die Verfolgung auf. Doch dann fiel ihr ein, dass sie dann der Letztere sein müsse und das gefiel ihr gar nicht, denn, obwohl dieser krampfhaft versuchte, sein Image aufzupolieren, mochte ihn immer noch kaum jemand. Und wer wollte sich schon mit einem so bedauernswerten Menschen identifizieren? Bis sie eine bessere Lösung suchen, geschweige denn finden konnte, hatte sie mit ihrer Verfolgungsjagd schon ihr Ziel erreicht. Sie stieg ab, nachdem sie ihn deutlich überholt und zurück gelächelt hatte. Sie war ein Kindskopf, aber immerhin schon so reif, um es sich – und nur sich selbst – einzugestehen.

»Bevor ich's vergesse, meine Liebe: Frau Hofmann war zwar bereit, uns endlich zu empfangen, aber alleine konnte sie sich das nicht vorstellen, was uns die Möglichkeit geben wird, auch gleich Frau Kunz kennen zu lernen. Sie ist auch eine Lehrerin aus dem St. Theresien-Schulhaus.«

»Jawohl, und zwar diejenige, die während den Sommerferien Herrn Sturzbach angerufen hat.«

»Da brauch ich jetzt ehrlich eine kleine Nachhilfe. Warum hat die gute Frau ihren Schulhausleiter angerufen?«

»Um ihn dahingehend zu informieren, dass er ein Brieflein bekommen werde, was darin stehen und wer das Ganze auf dem Gewissen haben werde.

»Das hat Ihnen der Club der Näherinnen geliefert, nicht wahr, Goldberg?«

»Genau, denn manche von ihnen waren daraufhin ja dann persona non grata.«

»Haben Sie nicht das Gefühl, dass Ihre persona nach einer Pluralform schreien?«

»Da sie jedoch mit Sicherheit Lateinisch schreien und ich dieser Totensprache nicht mächtig bin, lassen mich ihre empörten Schreie kalt. Oder sind Sie vom Lehrervirus schon dermassen angesteckt, dass Sie an mir herumkorrigieren möchten? Bitte sehr, Chef, ich stehe Ihnen zur Verfügung!«

»Auch wenn dem so wäre, genügte mein Wissen, das ich aus den berühmten Werken von Goscinny und Uderzo geschöpft habe, bei weitem nicht, den Rotstift kunstgerecht herumwirbeln zu lassen.«

»Also, einen Schluck Zaubertrank könnte ich jetzt ganz gut ertragen. Das hört ja gar nicht auf mit diesem Hügel.«

»Ich würde sowieso wieder nichts abbekommen … und schauen Sie mich nicht so an, ich weiss, dass ich nur noch Mist erzähle. Es ist der Sauerstoffmangel.«

Frau Hofmann hat ein Schweineglück, dachte Zina, als sie das Einfamilienhaus hinter den Obstbäumen erblickte, wobei der Begriff Villa hier sicher treffender gewesen wäre. Auf dem Goldhügel der Stadt, zwischen viel Grün und stillen Strassen, hatten die wohlhabenden und mächtigeren Bewohner ihre Hütten am Hang aufgestellt. Die verschiedensten Baustile waren hier vertreten, wobei sich oft die Protzigkeit mit der Bequemlichkeit einen Kampf zu liefern schien. Jedoch bei dieser Villa hatte eindeutig ein Architekt mit gutem Händchen sein Spiel getrieben. Schon von aussen erweckte der Bau Träume von Weite und Licht in den Seelen der Beobachter.

Santoro, viel pragmatischer, dachte seinerseits: ›Madonna, das kostet mehr als zwei Kischte!‹

Sie stiegen schweigend den kleinen Weg hoch, der sich durch die blühenden Obstbäumchen und die leuchtenden Blumen und Sträucher schlängelte. Sie erreichten so die Eingangstüre, die durch zwei riesige Töpfe aus Terracotta flankiert wurde. Die Klingel fanden die beiden nicht gleich, denn sie war als Nase eines menschlichen Messingkopfes getarnt, der neben dem Eingang in die Wand eingelassen war. Da darf wohl nichts durchschnittlich sein, dachte Zina. Schweineteuer, dachte ihr Chef. Nach dem Läuten mussten die beiden Polizisten einige Zeit warten, die sie damit verbrachten, sich schweigend und mit erhobenen Augenbrauen anzustarren. Als sich die Tür öffnete, stand nicht wie erwartet eine Frau vor ihnen, nein, sondern gleich zwei im Türrahmen, die sehr aufrecht und dezidiert auf sie runterblickten. Ihr unerwarteter und skurriler Anblick brachte die Gäste leicht aus dem Konzept, was sie durch ein leicht stupides Starren zum Ausdruck brachten. Der Rabe und der Pitbull, dachte Zina nicht sehr liebenswürdig. Die Rolle des Raben versuchte eine grosse, hagere Frau darzustellen, deren dürre Ausstrahlung Zina schmerzlich daran erinnerte, dass sie am Verdursten war. Der Schnabel, der in Wirklichkeit wohl die Nase repräsentieren sollte, bewegte die faszinierte Detektivin dazu sich zu fragen, ob damit die Guten ins Töpfchen und die Schlechten ins Kröpfchen selektiert wurden. Neben ihr stand eine kleine und sehr kompakte Dame, deren Kiefer und die allzu vielen Zähne nach einem Waffenschein schrieen – der Pitbull. Santoro erholte sich als Erster und fragte nach der Dame des Hauses, worauf der Rabe kokett, mit zur Seite geneigtem Kopf, lächelte und beide ins Haus führte. Sie folgten einem langen Gang, der sie in eine Halle führte, die sich als die gute Stube entpuppte. Dort angekommen wurden sie gebeten, es sich auf einem der zwei weissen Ledersofas bequem zu machen. Die zahnfreudige Dame wurde als liebe Kollegin vorgestellt, die sich bereit erklärt hatte, Elisabeth Hofmann mit ihrer Anwesenheit zu unterstützen.

»Glauben Sie mir, es ist immer noch sehr schmerzlich für mich, über das Geschehene zu sprechen. Ich bin gemobbt worden, Herr Kommissar, und das über Monate hinweg, von Menschen, die sich jetzt als ehrlich und aufrichtig darstellen. Nur wenige an dieser Schule sind noch bereit, zu mir zu halten. Ich bin deshalb Rosemarie wirklich dankbar, dass sie auf meiner Seite steht. Und dann noch dieser arme Kurt, dass gerade ihm so etwas Schreckliches passieren muss... Wir waren uns nicht immer einig, aber ich habe ihn als Mensch immer sehr geschätzt und geachtet. Wissen Sie schon, wer das gemacht hat, Herr Santoro?«

»Ich möchte Ihnen zuerst meine Assistentin, Frau Goldberg, vorstellen, die mit mir diesen Fall bearbeitet.«

Frau Hofmann weitete bei diesen Worten ihre Knopfaugen und richtete sie, mit vorgetäuschtem Erstaunen, auf Zina. ›Ach, dich hab ich ja noch gar nicht wahrgenommen‹ – ›diesen Trick kennen wir doch‹, dachte Zina und versuchte, nicht auf die dargebotene Palme zu steigen. Frau Hofmann setzte nun ein mildtägig-interessiertes Lächeln auf und fragte von oben herab:

»Goldberg? Sie sind wohl nicht mit Luzius Goldberg verwandt, der die Bank Schweitz leitet? Er ist nämlich ein Geschäftspartner meines Mannes, müssen Sie wissen.«

»Nein.«

»Ein sehr kultivierter und einflussreicher Mann, möchte ich hinzufügen. Erst kürzlich hat er wieder eine seiner Soireen organisiert, die absolut unvergleichlich sind. Wir waren natürlich auch eingeladen.«

»Nein, Frau Hofmann, ich kenne diesen Herrn überhaupt nicht«, doppelte Zina betont ruhig nach.

»Na, ja. Es wäre ja doch sehr verwunderlich gewesen, wenn unser Luzius eine Polizistin in der Familie gehabt hätte, nicht wahr?«

Darauf legte sie ihr Köpfchen wieder zur Seite, kicherte mädchenhaft und zwinkerte Santoro verschwörerisch zu. Dass die angesprochene Nichtverwandte den Gag nicht zu schätzen schien, kümmerte sie allem Anschein nach nicht, denn sie wurde so wenig beachtet wie die Porzellanfigürchen, die auf dem Kaminsims nebeneinander standen. Der Kommissar räusperte sich, um Zeit zu gewinnen, denn hier schien sich etwas abzuspielen, das er nicht ganz verstand. Er musste dringend die Leitung dieser Befragung wieder an die Hand nehmen. Das zumindest schien ihm offensichtlich.

»Sie haben uns erzählt, Frau Hofmann, dass Sie den Verstorbenen geschätzt haben. Heisst das, dass Sie ihn auch persönlich kannten?«

»Ja, verstehen Sie mich bitte nicht falsch, ich finde es ganz wichtig, auch den Menschen zu sehen und nicht nur den Funktionsträger. In so verantwortungsvollen Funktionen – also in Leitungspositionen – sind wir oft gezwungen Dinge zu vertreten, die zwar notwendig sind, aber nicht immer von allen gut verstanden werden. Ihnen als leitendem Beamten muss ich das sicher nicht näher erklären, nicht wahr?«

Der letzte Satz hatte die Dame des Hauses mit einem verständnisinnigen Blick und einem Seufzer Richtung Santoro begleitet. Dieser fühlte sich auf eine undefinierbare Art in die Enge getrieben, was aber ganz und gar mit der freundlichen, fast komplizenhaften Mimik seines Gegenübers kontrastierte. Er schaute Hilfe suchend in Richtung seiner Assistentin, doch diese gab ihm ein fast unmerkliches Zeichen, indem sie ihre Augen kurz aufsperrte: *Den* Ball kannst du behalten. Er fragte sich langsam, wofür die Kollegin mobilisiert worden war, denn bis anhin, erhielt sie nicht gerade viel Aufmerksamkeit seitens dieser langen dürren Frau. Er durfte den Faden nicht verlieren. Wenn ihm Recht war, hatte er doch noch gar keine Antwort auf seine letzte Frage erhalten?

»Hatten Sie auch persönlich Kontakt mit Herrn Würscht?«, hakte er nach.

»Nein, sehr persönlich nicht. Er war nicht der Typ, der sich leicht andern gegenüber öffnete. Wir haben uns trotzdem gut verstanden, wenn Sie wissen, was ich meine.«

»Ehrlich gesagt, nein. Ich wäre Ihnen dankbar, wenn Sie mir das erläutern könnten.«

»Darf ich auch etwas sagen? Du musst Ihnen klarmachen, dass

sie ihn dazu gezwungen haben, und zwar durch hinterhältige Aktionen.«

›Was bellt die denn so?‹, dachte Zina, die mit Schrecken feststellen musste, dass die Ausdrucksweise der Dame tatsächlich mit ihrem Äusseren übereinstimmte. Rosemarie Kunz hatte es endlich geschafft, sich nach mehrmaligen unergiebigen Versuchen ins Gespräch einzubringen. Frau Hofmann schaute eindringlich von ihrer Kollegin zu Santoro und wieder zurück, als wolle sie beide ermahnen endlich besser aufzupassen.

»Rosemarie war so nett mir, bei dieser schweren Prüfung zur Seite zu stehen. Sie ist eine der Letzten, die mich noch unterstützt. Dabei habe ich so viel für diese Leute getan. Na ja, vielleicht darf man einfach keinen Dank erwarten.«

Die Mimik, die diese Worte begleitete, passte nicht ganz zur Aussage und zum verbindlichen Ton. Der durchdringende Blick und die leicht wegwerfende Handbewegung drückten eher Geringschätzung und zurückgehaltenen Ekel aus. Interessant, dachte Zina, ob das die Kunz auch mitbekommt?

»Diese Leute üben im Schulhaus einen derartigen psychologischen Druck aus, das können Sie sich gar nicht vorstellen, Herr Kommissar. Sie machen Stimmung gegen mich und bei Beat Sturzbach haben sie es sogar geschafft, dass er versetzt wird, obwohl er so viel für dieses Schulhaus gearbeitet hat. Wissen Sie, dass er sechzig Stunden in der Woche gearbeitet hat, damit endlich Ordnung herrscht? Aber genau das wollten die ja verhindern. Sie haben erreicht, dass ich mich wegen ihnen krankschreiben lassen musste. Mehrere dieser Leute mussten zurechtgewiesen werden, weil sie sich nicht an die Regeln halten wollten. Wir mussten sie in den Senkel stellen und ihnen klarmachen, dass sie nicht mehr erwünscht sind, wenn sie sich nicht den Anweisungen der Schulhausleitung beugen.«

»Ja, und darf ich auch noch etwas sagen? Was halten Sie von Leuten, die nicht direkt mit ihren Vorgesetzten reden, sondern sich hinterrücks und anonym beschweren gehen, sagen Sie es mir, Herr Kommissar?«

Mit dieser rhetorischen Frage hatte sich der unterwürfige Pitbull mit grossem Eifer wieder in die Unterhaltung einklinken können. Frau Hofmann würdigte diese Treue in keiner Weise. Sie hielt weiterhin ihre ganze Aufmerksamkeit auf den Kommissar gerichtet. Dieser verspürte den unwiderstehlichen Wunsch davonzurennen. Die Eindringlichkeit, das Drängen der beiden Frauen verstörte ihn und löste in ihm eine leichte Übelkeit aus. Zudem ärgerte er sich zunehmend über die Zurückhaltung seiner Assistentin. Hilfe suchend wandte er sich ihr zu und gab ein unmissverständliches Zeichen: leichter Kick mit dem Kinn – übernehmen. Zina senkte den Kopf, behielt aber den Blick auf ihn gerichtet, was zur Folge hatte, dass sie ihn mit gerunzelter Stirn von unten anstarrte. Auch diese Mitteilung verstand Santoro sofort: Schlechte Idee, aber wenn du meinst, will ich es dir gern beweisen. Sie richtete sich auf und begann:

»Frau Hofmann, ich möchte zuerst einige Dinge klären, die ich noch nicht einordnen …«

»Sehen Sie, Herr Kommissar, es ist nicht so einfach, wie es manche Personen vielleicht darstellen möchten. Rosemarie, erzähle endlich über das Komplott mit dem Brief.«

Frau Hofmann hatte dezidiert Zinas Versuch vereitelt, sich in die Befragung einzumischen. Mit einem Achselzucken in Richtung ihres Chefs liess sie Frau Kunz ihren Befehl ausführen, was diese voller Elan auch tat.

»Sie haben mich unter Druck gesetzt, mir Angst gemacht, damit ich den Brief unterschreibe. Ich musste einfach Herrn Sturzbach informieren, dass dieser Brief kommt. Und ich möchte Ihnen noch etwas sagen: Mein Vater war Pfarrer, er hat mich gelehrt, Autoritäten zu akzeptieren und zu achten. Ich fand es einfach nicht richtig, dass Leute, die sich so anstrengen für die Schule, dann einfach an den Pranger gestellt werden.«

»Genau das ist es: Diese Leute haben einfach ein Autoritätsproblem und können sich nicht unterordnen. Sie stellen sich vor, dass sie ihre egoistischen Interessen über alles stellen können.«, schaltete sich die Hausherrin ein.

»Ja, du hast Recht, Elisabeth, aber Entschuldigung, wenn ich dich jetzt korrigiere, das Schlimmste ist doch, dass sie sich überall eingemischt haben.«

»Du darfst mich gerne kritisieren, ich finde sowieso, dass kollegiale Beratung unter Lehrkräften viel mehr geübt werden sollte. Und was du sagst ist ganz richtig. Wir haben immer verlangt, dass die Gespräche zwischen Schulhausleitung und fehlbaren Kolleginnen und Kollegen diskret behandelt werden. Aber auch daran wollten diese Leute sich nicht halten. Immer haben sie das einfach weitererzählt. So wurde natürlich die Gerüchteküche immer wieder aktiviert und böse Zungen haben uns verleumdet.«

»Frau Hofmann, Sie reden immer von Leuten, sagen Sie mir bitte, um wen es sich handelt.«

Gegen besseres Wissen versuchte Zina, sich wieder in das Gespräch einzugeben und war nicht weiter erstaunt, keine Beachtung zu bekommen. Frau Hofmann schaute sie nur mitleidig und kopfschüttelnd an, um sich dann gleich wieder an Santoro zu wenden.

»Herr Kommissar, Sie werden sicher verstehen …«

»Beantworten Sie die Frage meiner Assistentin.«

»Wenn Sie so darauf bestehen, kann ich es gerne versuchen, aber ich wollte Ihnen eigentlich gerade erklären, dass mir das eigentlich nicht möglich ist«, begann Frau Hofmann leicht tadelnd, um nach einer beredten Pause weiterzufahren:

»Die haben eben im Dunkeln gearbeitet und sich nie offen der Auseinandersetzung gestellt, aber alle hatten Angst vor ihnen, wenn man nicht bei dieser Hetze gegen diese engagierten Menschen in der Schul…«

»Frau Hofmann, Sie nennen mir jetzt Namen!«

Mittlerweile fühlte Santoro seinen Vorrat an Geduld zur Neige gehen und sein Tonfall wurde schneidend. Zudem hatte er das dumpfe Gefühl, dass zwischen den drei Frauen ein Manöver in Gang war, das er nicht verstand, was ihn zunehmend irritierte. Er wollte Fakten, er wollte Namen, er wollte Konkretes hören.

»Vielleicht liegt es ja auch an mir, verstehen Sie, diese ganze

Geschichte hat mich krank gemacht, deshalb drücke ich mich nicht so klar aus wie sonst.«

»Nein, nein, Elisabeth, ich verstehe dich sehr gut, du möchtest einfach nicht Vermutungen anstellen, wir können leider nichts beweisen«, bellte der Pitbull mitfühlend.

»Namen!«, forderte der Kommissar.

»Also, wenn Sie mich zwingen … Siehst du, Rosemarie, er setzt mich unter Druck, ich kann nichts anderes tun, als ihm zu gehorchen.«

»Jetzt hören Sie endlich auf mit dem ganzen Theater, wir werden Ihre Informationen als das behandeln, was sie sind.«

Zina hatte nun endgültig die Nase voll und wollte nur noch diese Befragung beenden, auch wenn sie nur wenige konkrete Brocken erhalten würden.

»Gerade Sie als Frau sollten mich besser verstehen können. Ich kann nun mal nicht so rücksichtslos sein und Namen nennen, schliesslich geht es hier ja auch um den Datenschutz.«

Bevor Zina etwas entgegnen konnte, ergriff der Pitbull das Wort und dies auf eine Art, die ihrem Spitznamen alle Ehre machte. Nachdem sie Zähne bleckend in die Runde geschaut hatte und sich so der Aufmerksamkeit aller versichert hatte, bellte sie los:

»Elisabeth, wenn du erlaubst, werde ich das für dich übernehmen. Die verdienen deinen Grossmut nämlich gar nicht. Also, notieren Sie bitte, Frau Goldberg. Da ist einerseits dieser Nemeth, der meint, er könne mehr Ferien machen als alle andern und extra Vertretungsstunden übernimmt, damit die Schulhausleitung gezwungen wird, sie zu bewilligen. Dann ist da auch noch die Hanna Marks, die meint, sie sei etwas Besonderes und einen Groll gegen die arme Elisabeth hegt, weil diese sich immer wieder erlaubt hat, ihre pädagogische Haltung zu kritisieren. Sie kümmert sich nämlich viel mehr um die guten Schüler und ist gar nicht fähig, die schwachen zu fördern. Zudem hat sie behauptet, dass schon mehrere Frauen wegen dem lieben Beat die Schule verlassen mussten. Das hat ihn so geschmerzt. Unter ihrem Einfluss stehen einige Frauen, die bei dieser Hetze mitmachen: Biaggi gehört auf jeden

Fall dazu, dann denke ich, dass Anouk sich da auch einwickeln lässt. Die beiden Frauen, die unsere Schule verlassen wollten, haben auch Verleumdungen gesät und ein riesiges Theater gemacht, bevor sie endlich gegangen sind. Sie konnten einfach das Persönliche nicht vom Beruflichen trennen. Und dann gibt es noch all jene, die sich nach aussen freundlich und kooperativ geben und hinterrücks Petitionen unterschreiben ... Und der harte Kern, sage ich Ihnen, ist eine konspirative Vereinigung, die zu allem fähig ist.«

»Auch zu einem Mord?«

»Nein, Rosemarie, antworte nicht, du setzt dich einer zu grossen Gefahr aus, wenn du das tust«, warnte die Ex-Schulhausleiterin mit zittriger Stimme.

»Ich sage nur so viel: Schauen Sie die politische Vergangenheit dieser Leute an und Sie werden schon verstehen, was ich meine.«

»Können Sie bitte konkreter werden, Frau Kunz.«

»Es erstaunt mich, Frau Goldberg, dass Sie als Frau so etwas von der armen Rosemarie verlangen.«, schaltete sich der Rabe ein. »Gerade Sie als Polizistin und Frau sollten doch wissen, dass das schlimme Folgen für meine Freundin haben könnte. Als Mutter muss Frau Kunz nicht nur an sich, sondern auch an ihren Sohn denken. Aber vielleicht können Sie das nicht nachvollziehen, Inspektorin ...«

In aller Ruhe mass Frau Hofmann ihr Gegenüber von der Scheitel bis zur Sohle und wieder zurück, bis ihre Blicke sich trafen. Ein scharfes Lächeln zeichnete sich auf ihren Lippen, das aber nie ihre Augen würde erreichen können. Dann wandte sie sich mit einem charmanten Lächeln an Santoro.

»Herr Kommissar, ich vertraue ganz auf Ihre Diskretion, um dieser Sache auf den Grund zu gehen, und dies, ohne Scherben zu hinterlassen.«

»Waren Sie Ihrem Vorgesetzten eigentlich nicht böse, dass er Sie aus Ihrem Posten entlassen hat?«

»Herr Santoro, das haben Sie ganz falsch verstanden.«

Hier machte sie eine Pause und das charmante Lächeln war verschwunden und hatte einem mild-tadelnden Gesichtsausdruck Platz gemacht.

»Ich wurde von diesen Leuten gezwungen, mich krankschreiben zu lassen. Herr Würscht hatte damit nichts zu tun. Wir sind immer sehr gut ausgekommen.«

›Da weiss ich doch, dass es eben doch nicht ganz so war‹, dachte sich Santoro. ›Interessant ist nur, dass du nicht wahrhaben willst, dass er dich hat fallen lassen.‹

»Meine Damen«, hob er an, »ich möchte Sie nicht weiter belästigen und bitte Sie deshalb nur noch, uns mitzuteilen, wo Sie sich zur Tatzeit aufgehalten haben. Reine Formalität.«

Matteo hatte die Befragung abgebrochen, denn auch ohne den Durchblick in diese weiblichen Verstrickungen geschafft zu haben, war ihm doch klar geworden, dass da ein Kampf mit messerscharfen Waffen im Gang war, in dem er die Rolle eines hochgejubelten Hampelmannes einnehmen sollte. Also war es höchste Zeit für den Gong.

»Können Sie mir vielleicht erklären, denn mir fehlt im Moment der Durchblick, was da eigentlich passiert ist zwischen euch Frauen?«

Matteo und seine Assistentin waren auf dem Weg zurück in die Stadt – abwärts. Sie hielten beide ihr Fahrrad und stiessen es, denn um aufzusteigen und runterzusausen, dazu fehlte ihnen im Moment die Kraft. Er war augenscheinlich verwirrt, sie war zu erhitzt, zu wütend. Die Talfahrt hätte so für den einen zu einer unkontrollierten, für die andere zu einer rasenden und in beiden Fällen zu einer gefährlichen Irrfahrt in die Tiefen dieser Stadt führen können. Beide hatten einhellig und ohne sprachliche Übereinkunft entschieden, diesen Weg nicht zu wagen. Sie hatten ihren Helm nicht aufgesetzt, sie hatten ihr Gestell nicht bestiegen, denn beide wussten, auch ohne Absprache, dass dafür nicht der geeignete Zeitpunkt war. Ruhe und Gemächlichkeit waren angesagt.

Da seine Assistentin keine Anstalten machte, ihm zu antworten, setzte er ein zweites Mal an.

»Das ist doch so eine interne Frauengeschichte, nicht?«

»Wenn Sie wollen, dass ich Ihnen erzähle, was sich da abgespielt hat, müssen wir zuerst mal einen Platz finden, um uns bequem hinzusetzen, denn ehrlich gesagt, ist die Geschichte ziemlich anstrengend.«

Also suchten die beiden eine Sitzgelegenheit, die sie sehr bald in Gestalt einer niedrigen Mauer fanden. Sie grenzte einen grosszügig angelegten Besitz ab. Obwohl abgelenkt, fand Matteo doch die Zeit sich zu wundern, dass in diesem Land immer noch niedrige Steinmauern zum Schutz solcher Besitztümer ausreichen sollten. Haben sicher eine ausgeklügelte Schutzvorrichtung im Innern des Hauses, schloss er seinen Gedankenfluss ab, nicht bereit, sich eine altbackene rosa Brille aufsetzen zu lassen.

»Na los, Frau, klären Sie mich über die Mäander weiblicher Vernichtungsstrategien auf.«

»Sie haben gut lachen … nein, eigentlich haben auch Sie als Mann in diesen grotesken Machenschaften nichts zu lachen. Also, höret, höret die Mär, die ich von mir zu geben habe! Eigentlich ist es nämlich zum Kotzen. Klammer zu. In solchen Geschichten, wie in den guten alten Märchen, gibt es immer mindestens eine Königin und die tut das einzige, was sie je gelernt hat, nämlich herrschen. Augenscheinlich tut sie dies nur über ihre Geschlechtsgenossinnen. Aber wehe, denn dem ist nicht so. Dazu aber später. Sie lebt also in der Überzeugung, dass sie zu bestimmen hat. Unter Mädchen bestimmt diese Königin über den Kleidungsstil, über die Frisur, über die Art zu reden, die in ist. Sie bestimmt darüber, welche anderen Mädchen sich so kleiden und geben können, wie es sich gehört, nämlich wie sie und natürlich – sehr wichtig – wer ausgeschlossen wird und wer von der Gruppe, wegen nicht Einhalten ihrer Anweisungen, bestraft werden soll. Ausgrenzen, Auslachen, Verleumden, lächerlich machen vor den Knaben, Intimitäten herumerzählen, all diese Massnahmen und einige mehr gehören zu ihrem Kontrollrepertoire. Die Mädchen haben die Wahl: Entweder sie unterwerfen sich und können mit ein bisschen Glück die rechte Hand oder die Schutzbefohlene der Königin werden, oder sie werden zu Einzelgängerinnen, die hoffen können, nicht beachtet zu werden. Ganz selten versucht eine Mutige zu rebellieren und noch viel seltener geschieht, dass Mädchen sich zusammentun und die Macht der Herrscherin in Frage stellen. Übrigens scheint hier genau dies passiert zu sein, was ein Hinweis ist, dass wir es in dieser Geschichte mit ausserordentlichen Frauen zu tun haben. Solidarität unter Frauen ist eine seltene Blume. Ich hab hier einen kleinen Sprung gemacht von den Mädchen zu den Frauen, denn tatsächlich ist er sehr klein. Zwischen Frauen kann dieses Muster gleich aussehen, nur, dass familiäre, beziehungsmässige oder berufliche Aspekte zur Unterdrückung hinzugezogen werden können. In unserem Falle hat die Dame ihre Macht als Schulhausleiterin – so mickrig und beschränkt sie uns von aussen erscheinen mag – dazu benutzt, andere Frauen in ihre Schranken zu weisen. Dies ist aber nur der kleinste Teil ihrer Strategie, nur die Spitze des Eisbergs, der grösste Teil ihres Einflusses ist nämlich nicht direkt und schlecht sichtbar. Sie weicht aus, sie verdreht ihre Aussage, sie stellt Gegenfragen, die nach Vorwürfen oder nach Abwertungen riechen … Das Arsenal ihrer sozialen Kompetenzen ist sehr gut bestückt. Sie ist vor allem eine inoffizielle Herrscherin, unsere lokale Königin von Saba … Haben Sie eigentlich realisiert, was sie mit mir gemacht hat?«

»Also … nett ausgedrückt hat sie mir mehr Aufmerksamkeit geschenkt als Ihnen, nicht?«

»Sie hat mich so lange wie möglich ignoriert – klar ausgedrückt.«

»Und irgendwann hat sie Sie ziemlich fertig gemacht, aber ehrlich gesagt, weiss ich nicht wie. Sie war nämlich immer gleich freundlich – anscheinend.«

»Das ist ganz typisch für die Herrscherin. Sie ist nämlich nicht so blöde wie die aggressiven Knaben oder Männer. Denen merkt man es nämlich sofort an, wenn sie ihre Aggressionen loslassen: Sie werden laut, sie benutzen unanständige Wörter, sie werden sogar handgreiflich. Nein, so plump ist unsere Königin nicht: Sie lächelt, stellt eine Frage, säuselt … und Sie fühlen sich – wie aus dem nichts elend, gekränkt, verletzt.«

»Was hat sie nun tatsächlich gemacht?«

»Als sie mich nicht mehr ignorieren konnte, hat sie versucht, mich als Frau und als Polizistin in Frage zu stellen. Aber nicht wirklich, denn eigentlich hat sie nur gesagt: Gerade Sie als Frau und Polizistin sollten … Sie kann ja schliesslich Erwartungen haben, nicht? ›Was lass ich mich da durcheinander bringen, was bin ich da sensibel?‹, denkt das Opfer. Sie greift nie frontal an. Es ist deshalb auch nicht einfach, ihre Schläge vorauszusehen, um sich dagegen zu wappnen. Kontern ist erst recht schwierig, denn sie hat ja gar nicht angegriffen.«

»Irgendeinen Schlag hat sie noch tiefer gesetzt, wenn ich das richtig beurteile?«

»Ja, die Herrscherin weiss, wo die Schwachpunkte der Gegnerin sind und sie nutzt sie aus. Sie weiss, dass ich keine Kinder habe. Woher sie dieses Wissen hat? Keine Ahnung. Sie hat einfach gelernt, die Zeichen zu lesen – nehme ich mal an. Vielleicht war es auch nur ein Schuss ins Blaue. Ehrlich gesagt, habe ich einfach keine Ahnung. Und sie hat gemerkt, dass …«

An der Miene seiner Assistentin und an ihrer müden abschliessenden Handbewegung realisierte Matteo schnell, dass hier eine Barriere aufgerichtet wurde, die er besser nicht überschreiten sollte. Also schwieg er. Obwohl – er hätte es ganz gerne getan – über den Zaun linsen und ... Er betrachtete sie von der Seite und war über ihr zartes Profil erstaunt, das ihm in diesem Augenblick sehr verletzlich erschien. Einmal mehr verspürte er den unwiderstehlichen Wunsch, ihr etwas Rundes und Buntes entgegen zu werfen. Wie würde sie wohl reagieren, wenn er ihr einen roten Gummiball zuwerfen würde? Würde sie ihn zurückschleudern? Oder endlich mal wieder lächeln und ihn in ihrer Hand halten und betrachten? Sie könnte ihn vielleicht auf den Boden knallen, damit er mit voller Wucht in die Luft springen konnte? Oder würde sie ihn, den Werfer, befremdet betrachten, um ihm dann auseinanderzusetzten, wie bescheuert seine Aktion gewesen war? Was musste diese Frau auch so finster, so schwarz dasitzen. Nun konnten sie schon mehrere Tage hintereinander den Frühling mit seiner Wärme und seinen Farben geniessen und sie sass da mit ihren schwarzen Jeans und ihrem schwarzen Rollkragenpullover, die Ellbogen auf den Oberschenkeln aufgestützt, die Hände offen übereinander gelegt. Wie viele dieser schwarzen Dingen mochte sie wohl in ihrem Schrank horten? In seinem aufkommenden Ärger drehte er sich zum Garten, der schon fast die Bezeichnung Park verdient hätte und erblickte einen Busch Forsythien. Er stieg über die niedrige Mauer, knickte einen kleinen Ast ab und legte ihn seiner Nachbarin in die Hände. Sie starrte auf seine Gabe und es dauerte sicher eine ganze Minute, bis sie eine ihrer Hände schloss. Erst dann schaute sie zeitlupenlangsam zu ihm rüber – und lächelte.

Er würde sich den Gummiball kaufen, oder zumindest Orangen.

»Was halten Sie von den Alibis?«, fragte Zina, den Blick auf die Blüten gerichtet.

»Alibis kann man das nicht nennen, oder? Die eine hat mitten in der Nacht ihren Unterricht vorbereitet und die andere hat auf die Rückkehr ihres Gatten gewartet, der an einem Geschäftsessen festklebte… mit ganz wichtigen Leuten, die nicht mal mit uns verwandt sind. Da fällt mir ein, hat die Dame mit den vielen Zähnchen nicht einen Nachwuchs zu verzeichnen? Und sie behauptet, er sei im Bett gewesen?«

»Glauben Sie, das ist wichtig? Soll ich das nachprüfen?«, fragte Zina skeptisch nach.

»Wichtig ist auf jeden Fall, dass wir diesen lausigen Alibis nachgehen, finden Sie nicht? Obwohl, ich sehe die beiden nicht mit einer 39-er herumspazieren.«

»Das ist, denke ich, kein sehr stichhaltiges Argument, wenn wir weiterhin in der Lehrerschaft nach einem Täter suchen wollen. Wie ich es Ihnen schon auseinandergesetzt habe, empfinde ich diese Gattung als nicht sehr mordfreudig. Andererseits würde ich mich im Falle dieser beiden gerne eines Besseren belehren lassen.«

»Ich habe mir schon gedacht, dass Sie die Damen nicht in ihr Herz geschlossen haben. Die Frage ist für mich, ob sie irgendeinen stichhaltigen Grund haben könnten, ihren Rektor abzumurksen. Das Schicksal macht uns leider nicht immer die Freude, die unsympathischsten Verdächtigen als Mörder herauszupicken. Das war Punkt eins. Und Punkt zwei: Mir scheinen die beiden eher einen Groll auf die Schnurpftanten zu haben.«

Zina war sich da gar nicht so sicher, und irgendwo hatte sie eine entscheidende Erkenntnis liegengelassen. Es hatte etwas mit der Königin von Saba zu tun. Wie würde die wohl reagieren, wenn sie ein dahergelaufener Vorgesetzter einfach absetzen wollte? Doch sie konnte im Augenblick ihre Gedanken nicht bündeln. Also wechselte sie das Thema.

»Was meinen Sie, Chef, liegt irgendetwas an ihren Anschuldigungen in Bezug auf die Vergangenheit der Strickerinnen?«

»Das werden wir spätestens morgen erfahren. Dann stehen uns nämlich die Strafregister und die politischen Fischen aller Beteiligten wie offene Bücher zur Verfügung. Dann, meine Liebe, werden wir ja sehen, ob die Strickerinnen in Wirklichkeit nicht professionelle Spinnerinnen sind, die sich zum Ziel gesetzt haben, unfähigen Vorgesetzten den Lebensfaden abzuschneiden.«

»Würde zu Ihrer Poirot-Marple-These passen, dass Frauen zwar morden, nicht gefasst werden und dann in aller Stille erben. Andererseits war die Methode nicht gerade lautlos und unauffällig. Zudem haben Sie sich schon mal geweigert, an einen schulpolitischen Mord in unserem Land zu glauben, wenn ich Sie daran erinnern darf.«

»Ehrlich gesagt, glaube ich auch gar nicht daran, Herzchen. Aber, wenn wir jetzt noch ein bisschen in die gleiche Richtung spinnen wollen, was Sie doch so gerne tun, möchte ich anmerken, dass gerade die Methode uns ziemlich zu nagen gibt, nicht. Die passt doch überhaupt zu gar nichts. Vielleicht war aber genau das geplant, beabsichtigt.«

»Die Methode passt doch tipptopp zu unseren Profikillern, die vom bedauernswerten Ermordeten gestört wurden, finde ich.«

»Finde ich nicht, und Sie sollten auch nicht in dieser Richtung was finden wollen, Frau.«

»So? Nicht? Und bitte, wieso und warum, hey Mann, hey?«

»Weil – und das sollte ich Ihnen gar nicht erklären müssen – Profikiller nicht Peng, sondern Peng-Peng machen: Kopf *und* Herz. Das ist sozusagen ihre Garantie, die sie gratis dazuliefern.«

»Dann, liebster Vorgesetzter, bleibt uns wohl doch nichts anderes übrig, als uns weiter in die Mäandern der Schulpolitik zu wagen … Wissen Sie, woran mich das erinnert?«

»Terminator?«

»Ihr Filmgeschmack, werter Herr, wird mich noch das Fürchten lehren. Nein, aber Film stimmt immerhin. An ›African Queen‹ mit Bogart und Katherine Hepburn. Nach vielen Abenteuern – Wasserfällen und rasanten Fahrten – kommen sie zum Delta des Flusses, der in den Victoria-See mündet. Das ist ein Labyrinth aus Schilf und stehendem Brackwasser und sie bleiben stecken. Der arme Bogey muss ins Wasser steigen und das Schiff ziehen, ansonsten droht ihnen der sichere Tod. Dann kommt er erschöpft raus und muss feststellen, dass er mit Blutegeln gespickt ist und dann …«

Santoro unterbrach sie:

»Erbarmen Sie sich meiner, ich weiss, wie's weitergeht. Der Kerl hatte schon immer meine vollste Sympathie, Blutegel *und* eine aufsässige Mitstreiterin …«

»Die er am Schluss heiratet …«

»… weil er ganz genau weiss, dass sie beide in den nächsten fünf Minuten vor einem Erschiessungskommando stehen werden.«

Darauf fand Zina, zu ihrem Missfallen, einfach keine adäquate Antwort auf die Schnelle. Immerhin konnte sie feststellen, dass ihr kleiner Disput sie aus den Gemütsklauen der Hofdame gerettet hatte. Sie war wieder wach und guten Mutes, bereit, ihre nächsten Aufgaben in Angriff zu nehmen.

»So weit sind wir noch nicht, Chef. Wir sind erst dort, wo wir beide im Sumpf der Schulpolitik stecken und Sie die Blutegel abbekommen werden. Sind Sie immer noch daran interessiert, an Hintergrundinformationen über die städtische Schullandschaft heranzukommen?«

»Reden wir mal nicht von Interesse, sondern von Notwendigkeit und von schierer Verzweiflung. Warum können wir unseren Fall nicht mit Verfolgungsjagden und Maschinengewehrsalven lösen? Ein bisschen Bewegung und Aufregung würde viel zu meiner Entspannung beitragen.«

»Würde aber nicht zu unseren Kunden passen. Lehrer und – innen reden vor allem. Und wir müssen es ihnen gleich tun, um diesen Fall zu lösen.«

»Abstruse Theorie, Goldberg.«

»Und Sie werden sehen, wie Recht ich wieder mal habe. Wollen Sie jetzt oder wollen Sie jetzt nicht? Die Infos?«

»Ja, ich muss wohl wollen.«

»Heute Abend um 21 Uhr. Ich gebe Ihnen die Adresse, wenn wir unten sind. Wir steigen jetzt nämlich aufs Velo und radeln gemütlich stadtwärts. Sie erzählen mir, was Sie heute Nachmittag alles erfahren haben und ich tue dasselbe. So können Sie nämlich nicht todeswütig runterrasen in Ihrer Terminator-Stimmung und ich will mir nicht einen neuen Chef suchen müssen.«

»Passen Sie auf, Goldberg, und fallen Sie mir nicht von der Rolle! Jetzt haben Sie doch tatsächlich etwas fast Nettes gesagt.«

*Kapitel 8*

# Was Schule macht, …

Zina hatte lange gezögert, bevor sie ihre Freundin Violetta und ihren Mann um ihre Mithilfe gebeten hatte. Privates mit ihrem Beruf zu verbinden, das war nicht so ihr Ding. Jemandem zu vertrauen, dass er diesen Einblick in ihre Privatsphäre nicht ausnutzen würde, schon gar nicht. Dennoch hatte sie es getan. Und konnte sich nicht erklären, wie sie dazu gekommen war. Wohl die schiere Verzweiflung angesichts ihres Steckenbleibens in diesem zähen Fall, sagte sie sich, wohl wissend, dass sie sich, wenigstens teilweise, anlog. Nun stand sie da, um drei vor neun, vor dem Haus ihrer Freunde und wartete, ziemlich nervös, auf ihren Chef. Da, genau da, wurde ihr bewusst, dass ihre Angst nichts mit der Möglichkeit eines Vertrauensbruchs seitens ihres Vorgesetzten zu tun hatte, sondern mit der Gefahr, dass er von ihren Freunden nicht gemocht werden konnte.

›Ich glaube, du arbeitest zu viel, Fräulein‹, rügte sie eine innere Stimme. ›Und du siehst zu wenige Leute, du lenkst dich zu wenig ab, du wirst zum Arbeitstier, du vermischst alles.‹ Kannte sie diese Stimme nicht, der sie nie etwas Recht machen konnte? ›Irgendwie wirst du, elende Stimme, durch Überlegungen den Kommissar betreffend, geweckt‹, dachte Zina. Hatte sie nicht erst kürzlich schon gewütet, diese alte Schachtel? An den genauen Zusammenhang wollte sie sich gar nicht erst erinnern. Auf jeden Fall musste diese ätzende Quelle zum Versiegen gebracht werden: ›Ich bezahle dir keinen Rappen mehr für deine Nachtschicht, also halt jetzt die Klappe und lass mich arbeiten, du bist doch sicher nicht bereit, gratis zu arbeiten, oder?‹ – Schweigen – Erstaunlicherweise hatten Argumente, die von Aufwand und Ertrag oder Anstrengung und Lohn handelten, diese wohltuende Wirkung. Wo, wo nur, hatte sie sich diese sprechende Giftspritze aufgelesen? Sie konnte sich nicht erinnern, je so behandelt worden zu sein. Ihre Mutter hatte sie Zeit ihres allzu kurzen Lebens liebevoll unterstützt und gefördert. Für ihren Vater war sie immer noch die reine Freude, sein ganzer Stolz, eine tiefe Überzeugung, die er ihr – für einen Vater selten genug – auch jetzt noch in die Backen knuffte: ›Zinchen lass dich nicht unterbuttern‹ – knuff – ›lass dir niemals einreden, du seiest nicht einzigartig und wertvoll‹ – knuff – ›lass dir nicht deine Überzeugungen, deine Lebendigkeit nehmen‹ – knuff, knuff. Dabei stand er immer kerzengerade da und schaute ihr direkt und unmissverständlich in die Augen. Und danach kehrte sie aufgeweckt, aufgerichtet und mit roten Backen wieder nach Hause zurück. Doch manchmal hätte sie sich auch eine Schulter zum Ausweinen und Trost ohne jegliche Forderung gewünscht.

Ihre Sehnsüchte wurden jedoch bald unterbrochen, denn in diesem Augenblick sah sie ein Velo mit viel Schwung um die Ecke biegen. Und darauf sass der Kommissar.

»Meine Arbeit im Schulbereich hat sich in den letzten zehn bis fünfzehn Jahren ganz grundsätzlich geändert.«

Peter Bloch, Violettas Ehemann und Vater all ihrer Kinder, war gerade im Begriff, die Ursprünge seines profunden Wissens bezüglich der städtischen Schullandschaft auseinanderzusetzen. Alle vier sassen entspannt auf den bequemen Sofas, nippten an ihrem grünen Tee und knabberten an den Nüssen und den getrockneten Früchten, die in ihren Schälchen still auf ihr Verderben warteten. Die Palme und der sich darunter befindende Zimmerbrunnen verliehen dem Raum ein exotisches Ferienambiente. Die beiden Ermittler hörten dem Erzähler zu, als ob er ein Märchen aus alter Zeit erzählte. Vielleicht waren es die farbenfrohen Kissen und die Decken aus Asien und Nordafrika, welche die Sofas zierten, die den Eindruck von Tausend und einer Nacht vermittelten, vielleicht war es auch der Inhalt selbst. Auf jeden Fall war Peter Bloch ein begnadeter Erzähler, der durch seine tiefe Stimme, seine ruhigen, doch ausdrucksstarken Bewegungen und durch seine wachen Augen es ganz selbstverständlich schaffte, seine Zuhörerinnen und Zuhörer in seinen Bann zu ziehen.

»Heute werde ich immer noch angefragt für Einzel- und Teamsupervisionen, in seltenen Fällen noch von einzelnen Schulhäusern, die ihre Zusammenarbeit verbessern möchten. Die Rektorate jedoch fragen nicht mehr an. Sie wissen mittlerweile, dass ich ihren Auftrag ablehnen oder neu verhandeln würde.«

»Wie kommt denn das? Wie können wir uns diese Entwicklung vorstellen?«

»Sehen Sie, Herr Santoro, vor zehn Jahren bekam ich noch Aufträge, in denen es darum ging, den Menschen die Möglichkeit zu bieten, sich entwickeln zu können. Das Zentrum meiner Arbeit, das waren die Menschen und das Wissen darum, dass eine Schule aus ein paar Gebäuden und ansonsten aus Schülerinnen und Schülern, aus Lehrerinnen und Lehrern – Menschen eben – besteht. Ich bin immer davon ausgegangen, dass die Stärke der Lehrpersonen der wichtigste Faktor bei der Entwicklung der Qualität einer Schule darstellt. Damals waren sich auch Rektoren bewusst, dass Lehrpersonen Menschen sind – nicht nur Funktionsträger – und auch sie eine Persönlichkeit besitzen, die es wert ist, entwickelt zu werden, die sogar entwickelt werden muss, denn gerade in diesem Beruf wirken sie, wie sonst nirgends so stark, als ganze Person auf ihr Gegenüber, also auf die Kinder. Heute liegt das Schwergewicht der Interventionen nicht mehr beim Menschen, sondern ausschliesslich bei den Strukturen. Das gesamte System unserer Schule soll in den nächsten Jahren grundlegend geändert werden und das hat schon begonnen. Dabei spielt die einzelne Lehrperson mit ihren Besonderheiten, mit ihrer Individualität keine Rolle mehr. Vereinheitlichungen, Normierungen und die so genannte Verschriftlichung sind heute gross im Trend. Die Bildung von Unwörtern übrigens auch.«

Santoro spürte langsam, dass ihn irgendetwas an den Ausführungen des eloquenten Redners nervte, konnte es aber noch nicht benennen. Er musste noch mehr erfahren.

»Ehrlich gesagt, kann ich mir noch kein Bild machen, was das für die Lehrer bedeutet. Können Sie vielleicht ein Beispiel liefern?«

»Heute spriessen Projekte, Konzepte, Pilotversuche wie Giftpilze aus dem Boden. Die müssen dann eben verschriftlicht werden, das heisst, dass jeder Gugus[1] schriftlich vorliegen muss. Zudem wird das gesamte Schulsystem grundlegend auf den Kopf gestellt. Nehmen wir mal eines der aktuellen Projekte: die Verteilung der sonderpädagogischen Ressourcen auf alle Standorte. Innerhalb von nur wenigen Monaten sollen alle sonderpädagogischen Stunden einer Stufe grundlegend neu umverteilt werden. Was nie ausgesprochen wurde ist Folgendes: Die Sonderklassen verschwinden praktisch von der Bildfläche, die Sonderlehrer werden jetzt alle Wanderpädagogen, die Kinder in den Regelklassen mal hier mal da unterstützen.«

»Und ich dachte, diese Sonderklassen seien überfüllt und es gäbe lange Wartelisten.«

Santoro erinnerte sich an das Gespräch mit dem verzweifelten Vater, der seinen Sohn von Abklärung zu Abklärung geschleppt hatte, um einen Platz in einer Sonderklasse zu ergattern, den es am Schluss eben doch nicht gab.

»Da haben Sie ganz Recht, Santoro. Nur, was sie nicht verstanden haben, ist folgendes: Separation ist pfui! Integration ist hui! Das ist die neue Devise, die von den Herren auf den richtigen Sesseln propagiert und durchgesetzt wird.«

»Und die Lehrkräfte sind damit einverstanden?«

»Um dieses Ziel zu erreichen, werden Führungs-, Entwicklungs- und Arbeitsgruppen gebildet. Organisationsentwickler werden – für sehr teures Geld – angestellt, um die verschiedenen Funktionen dieser Gruppen und deren Zusammenwirken in unverständlichen Sätzen – denn das tönt doch gescheiter – zu definieren. Wie die Mitglieder der einzelnen Gruppen untereinander zu funktionieren haben, wird selbstverständlich auch nicht vergessen. Innerhalb sehr enger Rahmenbedingungen, die natürlich

1 Gugus: Nichtigkeit

auch von einer externen Leitung im Auftrag der Rektorate festgehalten werden, werden nun Lehrkräfte dazu verknurrt, neben ihren sonstigen Aufgaben die Vorstellungen der Rektoren und ihrer Helfer für ihr Schulhaus umzusetzen. Das nennt man dann partizipativen Führungsstil. Mittlerweile lehne ich solche Aufträge in unserer Stadt ab, denn sie bedeuten, dass der Organisationsentwickler nichts anderes mehr ist, als ›His Masters Voice‹. Er muss nämlich die Lehrerinnen und Lehrer dazu bringen, ohne zu knurren und mit Enthusiasmus die Kopfgeburten einiger Herren auf die Beine zu bringen. Da wir in Europa und im einundzwangstigten – sorry, einundzwanzigsten Jahrhundert sind, sollten auch in diesen Prozessen demokratische Strukturen, so weit als möglich, vorgetäuscht werden. Hearings, Open-Space-Veranstaltungen, Fischpools und sonstige Meinungsaustausch-Treffen werden in regelmässigen Abständen angeboten. Dort können dann die Immer-noch-Naiven ihren Kropf leeren und die Enthusiasten ohne Verfallsdatum ihre Optimierungsvorschläge an den Mann bringen, – die dann irgendwann, von einem der vielen Gremien zum Verschwinden gebracht werden.«

»Sagen Sie mal, wenn dem so ist, wehrt sich denn da niemand?«

»Oh, doch, doch. Gegen dieses Projekt haben sich Einzelpersonen und verschiedene Gremien seit Jahren gewehrt – ohne Erfolg.«

Violetta, die bis anhin, entgegen ihrer Gewohnheit, geschwiegen hatte, klinkte sich nun in die Unterhaltung mit ein. Die Ausführungen ihres Mannes hatten in ihr heftige Gefühle ausgelöst. Schon vor dem Start leicht erhitzt begann sie:

»Ich finde es so schwierig, Aussenstehenden begreifbar zu machen, wie sich die Stimmung an unseren Schulen in den letzten Jahren verändert hat. Aber den Mund aufreissen, das traut sich kaum jemand.«

Santoro wusste langsam, was ihn nervte, nämlich genau das. Anscheinend gingen Dinge vor sich, die den Lehrerinnen und Lehrern dieses Kantons überhaupt nicht gefielen, die für sie sehr belastend waren, die ihre ganze Arbeit in Frage stellten. Zudem wurden sie auch noch durch scheindemokratische Manöver gelotst – und keiner riss das Maul auf. Dabei konnten diese Pauker doch gar nicht entlassen werden – oder? Er fragte nach.

Auf ein Zeichen seiner Frau, die sich nun seufzend zurücklehnte, übernahm Peter Bloch wieder das Wort.

»Manche schon, nämlich diejenigen, die eine so genannte befristete Anstellung haben. Das ist theoretisch nur in den ersten vier Jahren möglich, danach müssen sie entweder angestellt oder nicht weiter beschäftigt werden. Natürlich gibt es Ausnahmeregelungen, die recht oft angewendet werden, zum Beispiel wenn Ausbildungen abgeschlossen oder Diplome, Nachqualifikationen nachgeholt werden müssen. Dies kommt in unserem Land sehr oft vor, da nicht mal die Kantone untereinander ihre Diplome anerkennen wollen. Von ausländischen Diplomen wollen wir schon gar nicht reden, die sind eh nie gut genug.«

Zina, die sich bis jetzt ganz zufrieden wie das berühmt-berüchtigte Mäuschen in der Ecke verhalten hatte, horchte nun auf. Die letzten Ausführungen ihres Freundes lösten in ihr eine Unruhe aus, deren Ursprung sie sich nicht erklären konnte. Sie hatte das beunruhigende Gefühl, dass etwas Wichtiges vor ihrer Nase durchspaziert war, das sie jedoch einfach nicht erkannt hatte. Sie schaute in die Runde, doch sie konnte nichts erkennen, was ihr hätte weiterhelfen können: Drei angeregte Gesichter, wache Blicke… anscheinend hatte ausser ihr niemand etwas Irritierendes wahrgenommen. Sie wandte deshalb ihre Aufmerksamkeit ihrer Freundin Violetta zu, die als Betroffene versuchte, die Auswirkungen der schulischen Umwälzungen zu vermitteln:

»Das Schlimmste ist, was uns so in verschachtelten Sätzen oder zwischen den Zeilen der Elaborate vermittelt wird. Oder auch wie bei pseudodemokratischen Veranstaltungen mit uns umgesprungen wird. Ich mach mal ein paar Beispiele:

Wer nicht mitmachen will, hat Angst vor Veränderungen.

Wer nicht aktiv mit verändert, versteht nicht, was eine moderne Schule alles beinhaltet und hält an überlebten Vorstellungen fest.

Wer kritisiert, dem fehlt die nötige Fantasie, um kreative Lösungen zu finden, und ist nicht kooperativ.

Wer mit dem neuen Konzept nicht zufrieden ist, hat für sein Schulhaus ein schlechtes Konzept erarbeitet. Also das Altbekannte: Bisch sälber dschuld.[2]

Wer nicht versetzt werden möchte, leidet unter Ängsten oder ist einfach nicht flexibel.

Und überhaupt zeigen diese Lehrer einfach zu wenig Enthusiasmus!«

Alle schwiegen und starrten vor sich hin, ins Leere. In Matteo machte sich langsam aber sicher der Ärger immer breiter. Woher dieser rührte, konnte er sich jedoch noch nicht so richtig erklären. Diese Schulgeschichten gefielen ihm nicht – gar nicht. Sie rochen nach Manipulation, wenn nicht gar nach Verarschung. Aber das alleine war es nicht. Er fragte sich langsam, warum er sich diesen ganzen Mist eigentlich anhören musste. Nach mehreren Sekunden setzte sich Matteo auf und räusperte sich.

»Das gefällt mir überhaupt nicht, was Sie da erzählen, und ich kann mir vorstellen, dass viele Lehrpersonen sehr unter Druck stehen, aber ich frage mich, ob das irgendwas mit unserem Mord zu tun hat. Können Sie sich vorstellen, dass ein Lehrer oder eine Lehrerin eine derartige Wut entwickeln könnte, dass ein Mord daraus resultieren könnte?«

Violetta und Peter Bloch schauten sich an und fingen an zu grinsen, wie zwei Katzen, die genau wissen, wo sie das nächste Rahmkännchen finden werden. Nach einigen kaum wahrnehmbaren Zeichen, die sich das Paar hin und her schickte, übernahm Peter Bloch die Aufgabe des Erzählers:

»Also, wenn ich so von uns ausgehe, kann ich mir gut vorstellen, dass sich ein paar Leutchen ab und zu vorstellen, wie sie einen der Rektoren oder sonstigen Stabstelleninhaber loswerden könnten. Es müsste jemand jedoch schon unvorstellbar naiv sein, sich vorzustellen, damit etwas erreichen zu können. Auch wenn einer

2 Bisch sälber dschuld: Du bist selbst Schuld

dieser Herren um die Ecke gebracht werden könnte, würde alles beim Alten bleiben, denn der Neue auf dem alten Posten würde danach ausgesucht werden, dass er wie der Alte handelt. Habe ich mich deutlich ausgedrückt?«

»Neue Besen wirbeln weiter den alten Dreck herum?«

»Genau, Zina, du hast es erfasst! Und dafür lohnt sich ein Mord einfach nicht. Zudem würden sich sehr wahrscheinlich die meisten von uns einen anderen zum Morden aussuchen, denn ehrlich gesagt, spielt, oder besser gesagt, spielte euer Toter keine zentrale Rolle in den Veränderungsprozessen der letzen Jahre. Er ist – war – nichts anderes als ein Ausführer, ein Mitmacher. Von ihm selbst ist weiss Gott nie eine Initiative ausgegangen. Nein, so wütend solche ewig neuen Konzepte die Menschen machen können – ich glaube, ihr müsst einfach was Persönlicheres finden, etwas, was einem Menschen ganz direkt an die Nieren geht.«

»Könnten Sie sich vorstellen, dass es zwischen den Rektoren einen Kampf um die letzten Plätze in der Leitung geben könnte? Ich habe gehört, dass mehrere dieser Herren wegrationalisiert werden sollen. Das Sonderrektorat zum Beispiel.«

»Wenn Sie sich erhofft haben, dass Herr Affentranger Ihr Mörder sein könnte, muss ich Sie enttäuschen. Der ist eh schon über sechzig. Er wird gerade noch genügend Zeit haben, um seine Schule definitiv aufzulösen und seine Lehrpersonen in alle Winde zu zerstreuen, bevor er sich dann, mit dem Bewusstsein getaner Arbeit, in Pension begibt.«

Zina schaute ihren Chef an, der bedauernd die Schultern hob. Soviel zur Hoffnung auf einen Konkurrentenmord zwischen zwei Rektoren. Doch sie hatten beide keine Zeit, ihrer entschwundenen Theorie nachzutrauern, denn Peter Bloch nahm seinen Faden wieder auf.

»Aber die Richtung ist schon gut. Was ich meine, ist, dass jemand, der im schulischen Bereich ganz persönlich von Entscheidungen eures Ermordeten getroffen wurde, eher zuschlagen würde.«

Da die beiden Ermittler ihn ziemlich karpfenartig anglotzten, stupste Violetta ihn an.

»Erzähl mal Beispiele von Lehrern oder Lehrerinnen, die zu dir in eine Supervision kommen, damit sie sich vorstellen können, was die Leute wirklich ganz persönlich trifft.«

»Also, da muss ich zuerst mal nachdenken, und, dass es klar ist, was ich jetzt erzähle, ist absolut diskret zu behandeln, nicht weitertratschen, nicht weiterverwenden!«

Die Angesprochenen hoben einträchtig eine Hand zum Zeichen ihres Einverständnisses, sodass ihr Gegenüber weiterfahren konnte.

»Also, nehmen wir mal ein Beispiel aus der Primarschule. Da bin ich Supervisor eines alt gedienten Lehrers, der schlicht am Verzweifeln ist. Seine Aufgabe ist es, Kinder, die in der Regelklasse pro forma integriert sind, zu unterstützen, damit sie auch tatsächlich integriert werden können. Bisher arbeitete er an einem Schulhaus, wo er auch ein gut funktionierendes System aufgebaut hat. Dank ihm fühlen sich die Primarlehrpersonen dort entlastet und unterstützt, viele Kinder konnten so in den Regelklassen bleiben – was nur so nebenbei dem Staat, also auch uns, sehr viel Kosten erspart. Nun gab es auch an der Primarschule Umverteilungen.«

Zina hatte Mühe den Ausführungen weiter zu folgen, ihr wurde langsam schwindlig ob diesen vielen Wechseln und Umstrukturierungen. Sie schaute ihren Chef an, der konzentriert und mit einigen Runzeln auf der Stirn zuhörte. Er hatte sich umgezogen, fiel ihr auf. Der Kombination olivgrün/grau für den Tag war ein dunkelblau/schwarz für den Abend gefolgt. Auch nicht schlecht, entschied sie. Aus welchem Grund auch immer, es freute sie, dass er sich die Mühe gemacht hatte. Und das Dunkelblau unterstrich das Grün seiner Augen. Höchste Zeit sich wieder dem Vortrag zuzuwenden.

»Er arbeitet jetzt an zwei Schulstandorten. Am neuen Arbeitsplatz muss er zudem das notwendige Netzwerk mit Lehrkräften, Schulhausleitung, Schulpsychologe und so weiter und so fort erstmals aufbauen. Da will ich schon gar nicht ins Detail gehen, sonst sitzen wir noch morgen hier, ich quatsche dann immer noch und ihr seid schön brav eingeschlafen. Versucht euch nur mal vorzustellen, was es bedeutet, Menschen, die seit Jahren zu Einzelkämpfern herangezüchtet wurden, soweit zu überzeugen, dass sie jetzt Teamspieler werden müssen und zwar Tempo Teufel.«

Santoro seufzte vernehmlich und meinte:

»Hört sich nach dem armen Kerl an, der diesen Stein irgendwohin rollen musste.«

»Legen sich nicht manche dieser sonderpädagogischen Wanderprediger freiwillig unter den Stein, wenn er wieder Mal runterrollt?«

»Das siehst du ganz richtig, Zina. Es wird nämlich langsam aber sicher ziemlich auffällig, dass doch etliche dieser Sonderpädagogen im Moment den pädagogischen Löffel abgeben. Sie werden krank, sind abgebrannt, brauchen Urlaub. Aber worauf ich hinaus will, ist, dass das erst ein Teil ist vom Übel. Nämlich derjenige Teil, der durch die Strukturen entsteht, die heute aufgebaut werden, weil sie doch so en Vogue sind. Was meinen Klienten erst *richtig* fertig macht, sind persönlichere Dinge. Nämlich: An seinem neuen Standort muss er die zwei neuen ersten Klassen betreuen. Nun haben beide Klassen knappe 20 Schülerinnen und Schüler, soweit, so gut. Erstaunlicherweise sind in der einen Klasse 15 Kinder fremdsprachig, in der anderen sind es nur ca. 5 Kinder. Die erste Klasse muss eine junge Lehrerin führen, die zweite ein erfahrener Lehrer, der zudem auch Schulhausvorsteher ist.«

»Und das trifft den Lehrer persönlich?«, wunderte sich der Kommissar.

»Sicher. Aber natürlich nur, wenn er ein engagierter Lehrer sind. Er weiss doch, dass diese Kinder schon mit der bestmöglichen Unterstützung kaum eine Chance haben werden, in der Arbeitswelt ein Plätzchen zu finden, geschweige denn eine Lehrstelle zu bekommen. Würde es Sie denn nicht persönlich treffen, wenn Ihre Arbeitsbedingungen Ihnen nicht mehr ermöglichte, Mörder zu fangen?«

»Ok,« seufzte Santoro geschlagen, »fahren Sie fort.«

»Dieser Lehrer mit den fünf Fremdsprachigen hat nun einen Elternabend veranstaltet, nach drei Wochen Schule, den Eltern klipp und klar erklärt, dass bei ihm das Rechnen mit Fingern verboten ist – sonst machen sie's noch mit zwanzig …«

»Saich![3]«

Das war Violetta, die sich sichtbar zusammennehmen musste, um nicht einen Kriegstanz zu lancieren.

»Du hast ganz Recht, mein Herz, lass mich trotzdem meine Geschichte weitererzählen. Wo war ich?«

»Sag mal, Peter, was steht hinter der merkwürdigen Verteilung der Fremdsprachigen?,« wollte Zina wissen, die noch weiter vorne mit ihren Gedanken hängen geblieben war.

»Das ist ja eben das Problem. Der Anti-Finger-Zähler ist ein guter Kollege seines Rektors, die spielen zusammen in einem Fussballgrüppchen. Mein Klient kann sich wohl kaum an ihn wenden, oder?«

Santoro hatte wirklich die Schnauze voll. Die armen, armen Lehrer, die sich nicht wehren können! Das war anscheinend das Motto des heutigen Abends. Das konnte doch einfach nicht wahr sein! Diese Idioten liessen sich doch tatsächlich – wie die sprichwörtlichen Schafe – zum Scheren treiben. Und je nach pädagogischer Mode kamen sie als Pudel, Yorkshire Terrier oder – am leichtesten zu zerquetschen – als Chihuahua heraus. Waren diese Deppen denn nicht fähig sich zu organisieren? Es hätte doch nicht mal einer revolutionären Organisation bedurft, diesen Sesselkumpanen den Marsch zu blasen, oder? Na, immerhin hatten es ein paar Frauen geschafft, ihre Operetten-Macchiavellis zu vertreiben. Hatten die Schnurpftanten des St. Theresien am Schluss noch Freude am Spass gefunden und sich höhere Ziele und definitivere Methoden ausgedacht? Und was geschah mit Menschen, die sich jahrelang alles gefallen liessen?

Stille. Und in dieser Stille kam Zina nicht dazu, über das Gesagte nachzudenken, denn was sie im Augenblick beschäftigte,

3 Saich!: Quatsch, Blödsinn

war ganz anderer Art. Einmal mehr beeindruckte sie das Paar, das sie für diesen Abend eingeladen hatte. Da Peter Bloch plötzlich aufschnellte, in die Küche raste und mit einer Flasche Rotwein und vier Gläsern zurück hastete, konnte Zina ihren angefangenen Überlegungen noch eine Weile nachhängen. Nicht ohne Neid – sie fragte sich, ob sich ihr Gesicht nicht schon kiwiartig verfärbt hatte – dachte sie über ihr Freundespaar nach. Sie hatte mitbekommen, wie sich ihre Hände wie selbstverständlich gefunden hatten, als Peter sich in Rage geredet hatte. Jetzt schaute Violetta ihrem Mann zu, wie er schweigend die Flasche öffnete und obwohl er sie nicht direkt anschaute, war seine Verbindung zu ihr spürbar. Der weibliche Part dieses Paares passte problemlos in ihr Weltbild, damit hatte sie gar kein Problem. Dass es lebendige, leidenschaftliche Frauen gab, das wusste sie. Wer für sie jedoch immer wieder eine Offenbarung darstellte, das war der Mann in der Geschichte. Nicht, dass er eine Schönheit gewesen wäre, das nicht. Seine Statur war eindeutig unter dem Mittelwert anzusiedeln. Bullig, gedrungen, wären für ihn die passenden Adjektive gewesen. Was sich da gegen die Umrisse seines Hemdes durchzusetzen versuchte, war auch mit Garantie kein Waschbrett-Bauch. Seine Gesichtszüge entsprachen nicht den idealen Proportionen. Bei weitem nicht. Nüchtern betrachtet, musste er als zu klein geratener Schwinger, weit über der Altersgrenze, betrachtet werden. Und doch. Zina hatte noch selten einen so attraktiven Mann kennen gelernt und sie fragte sich, wie er diese Wirkung mit so miesen Voraussetzungen erreichen konnte. Die einzige Antwort, die sie einmal mehr finden konnte, war, dass der Mann einfach er selbst war, dazu stand und kein Theater daraus machte. Als sie merkte, dass sie anfing sich zu überlegen, wo sie denn bisher hingeschaut hatte, beschloss sie, sich wieder schnurstracks ihrem Fall zuzuwenden. Als Ablenkung konnte er – so zäh er sich auch gebärdete – allemal hinhalten.

Santoro war weiterhin irritiert, ja, das war er, und als er herausgefunden hatte, woher das kam, versuchte er, sein Unbehagen in Worte zu fassen:

»Das können doch nicht einfach alles Deppen sein, oder?«

Peter Bloch hob sein Glas und prostete wortlos allen zu und verzog sein Gesicht zu einer tragikomischen Grimasse, bevor er zu einer Antwort ansetzte:

»Nein, so würde ich sie nicht qualifizieren, zumindest nicht alle. Die meisten, denke ich, versuchen ganz ehrlich, den schlechten Ruf, den die Schulen unserer Stadt erworben haben, zu korrigieren. Der erste Fehler, den sie machen, ist, dass sie diesen Ruf nicht in Frage stellen, denn ich habe noch selten so qualifizierte und engagierte Lehrpersonen auf einem Haufen gesehen, und das ist die beste Grundlage für eine gute Schule. Wir können doch nicht unseren Stadtkanton mit einem Landesmittelwert vergleichen. Wir haben in unseren Schulen über 40% fremdsprachige Kinder und das im Mittel. Wir haben einen hohen Anteil an Menschen, die von der Sozialhilfe abhängig sind – den höchsten im ganzen Land. Damit wir das auch nur annähernd korrigieren und von einer Chancengleichheit reden könnte, müsste dieser Zustand zuerst mal als Ursache für die schwachen Schulresultate anerkannt werden. Zudem müsste die pädagogische und soziale Unterstützung ganz gezielt eingesetzt werden. Den zweiten schwerwiegenden Fehler machen die Entscheidungsträger, wie sie sich nennen, indem sie das ganze Schulsystem einmal mehr umkrempeln wollen. Den Rest erspare ich euch. Klar ist, dass die Belastung der Lehrpersonen weiter zunehmen wird, und das mit Bedacht. Und das, obwohl jetzt schon ein Grossteil von ihnen unter massiven Stresssymptomen leidet. Das ist übrigens durch eine Studie belegt worden.«

»Sag mal, Peter, welche Rolle spielt eigentlich unser Toter in dieser Entwicklung?«

»Wenn du dir vorstellst, dass ihn jemand abgemurkst hat, um diese Entwicklung zu stoppen, Zina, dann kannst du's gleich wieder vergessen. Er war mit Bestimmtheit kein Vorreiter. Er hat sich einfach vom Gaul mitschleppen lassen. Zudem glaube ich nicht, dass jemand durchdreht, weil neue, behindernde und belastende Strukturen auf ihn warten. Erstens haben Lehrerinnen wie auch

Lehrer eher die Tendenz, in einem solchen Falle auszubrennen, und zweitens können sie versuchen, sich zu wehren.«

Eben, dachte Santoro, der von diesen Paukersorgen definitiv die Schnauze voll hatte. Sollten sie doch leiden, wenn diese Waschlappen, sich alles gefallen liessen. Hier ging es um diesen Scheissfall und darauf wollte er jetzt zurückkommen.

»Wonach sollen wir denn suchen?«, fragte er also.

»Ach, ich weiss nicht. Mir kommt die Geschichte ziemlich unwahrscheinlich vor. Auf jeden Fall muss etwas Persönliches im Spiel sein. Damit ein Mensch mordet, muss er beleidigt, gedemütigt, zurückgewiesen worden sein. Oder ganz direkt in die Enge getrieben worden sein, würde ich sagen. Und unser Würscht war eher dafür bekannt, dass er Dinge nicht tat, die er hätte tun sollen. Er war ein notorischer Wegschauer, Nichteinschreitender und Verweigerer. Das kann natürlich beim Gegenüber massive Aggression auslösen.«

»Peter, weisst du vielleicht was über diese Geschichte im St. Theresien-Schulhaus?«, fragte Zina nach.

»Viel kann ich nicht bieten. Nur, dass auch hier unser Würscht mit Nichthandeln geglänzt hat und dadurch die Spannungen in diesem Schulhaus hat ins Unerträgliche wachsen lassen. Ich kann mir schon vorstellen, dass dadurch die Verletzungen so gross waren, dass jemandem die Sicherung durchgebrannt ist. Das ist genau der Stoff, aus dem Mörder gebastelt werden.«

»Und Mörderinnen.«

»Richtig, Violetta. Da ist alles drin, was es zu einem Gewaltcocktail braucht: Übergriffe, Demütigungen, Verleumdungen. Und zudem: anscheinend für lange Zeit kein Ausweg aus dem Elend.«

Alles schien gesagt, denn alle schwiegen, griffen nach ihrem Glas und lehnten sich zurück. Nur Santoro liess seines wieder sinken und richtete sich wieder auf. Mit ernstem Blick wandte er sich an Peter Bloch:

»Eine wichtige Frage hätte ich doch noch an Sie, Herr Bloch, Sie scheinen ja ein richtiger Experte in Lehrerfragen zu sein.«

»Na, dann schiessen Sie mal los.«

Der Kommissar war sich einer aufmerksamen Zuhörerschaft sicher. Die drei schauten ihn neugierig an und warteten auf das Ende seiner Kunstpause. Hatten sie einen wichtigen Aspekt der aktuellen Schulentwicklung verpasst? War ihnen ein mögliches Motiv für den Mord durch die Lappen gegangen? Santoro blickte bedeutungsvoll in die Runde, bevor er sich gebannt vorbeugte und fragte:

»Können Sie mir mal erklären, warum so viele Lehrer so schlecht angezogen sind?«

*Kapitel 9*

# Mal was ganz Neues, …

Zina sass an diesem sonnigen Dienstag Morgen gerade unter der Haube –, ›wenigstens bei meinem Coiffeur bin ich das‹, dachte sie – und las in einer Frauenzeitschrift das Exklusivinterview mit einer allzu berühmten deutschen Politikerin. Natürlich gehörte sie, Zina Goldberg, garantiert nicht zu den Frauen, die solchen Mode- und Beautymist lesen – eigentlich. Das tat sie nur gerade bei der Ärztin, in der Sauna, im Fitnesszentrum und eben … beim Coiffeur. Die besagte Politikerin erklärte ihrer eher mässig interessierten Leserschaft, dass *man* sich bis zwanzig am meisten verändert, dass der grösste Bruch in der Phase zwischen der Kindheit und dem Ende der Pubertät passiere, wo *man* eine Frau wird. Wie hat die das wohl geschafft, fragte sich Zina mit einem wissenden Grinsen. Zudem, spann sie den Faden weiter, bestand das grössere Elend darin, dass sie dieses Wunder nicht hatte vollbringen können. Wen wunderte es da, dass sie auch nach einem satten halben Jahrhundert immer noch den Inbegriff des »Mein-Mädchen-Typs« darstellte. Da die weiteren Zeilen ebenfalls von »mans« wimmelten, liess Zina die Zeitschrift resigniert auf ihren Schoss fallen. Doch ihre Gedanken konnten das Thema nicht loslassen. Die Frau ist sich nicht mal bewusst, wie sehr ihre Aussagen sie entblössen. Die Arme brauchte definitiv nicht nur einen Berater für das, was auf ihrem Kopf wucherte, sondern für das Katastrophengebiet unter der Schädeldecke. Angeregt durch diesen Ärger folgte sie dem roten Faden, den sie aufgegriffen hatte. Er führte sie auf direktem Weg zu den zwei Frauen, die sie, gemeinsam mit ihrem Chef, am gestrigen Nachmittag befragt hatte. Der rote Faden, der sie zu ihnen geführt hatte, war nicht einfach der Ärger – auch nicht die verheerende Frisur der Frau Kunz – nein. Es war viel mehr die ganze Art dieser Frauen: grosse, alte Mädchen, die immer noch dem Papi gefallen wollen, dafür die Männer auf wacklige Sockel stellen, um sie besser anhimmeln und unter Kontrolle halten zu können. Die Frauen wurden entweder als Anhängsel missbraucht, wie die Hofmann es mit der Kunz tat, oder, falls dies nicht zu bewerkstelligen war, wurden die Frauen mit allen Mitteln ausgebootet. Und da durfte sie sich nicht täuschen lassen, diesen Frauen ging es in erster Linie um Macht. Auch und gerade über die Männer. Diesen Honig um den Bart zu streichen, war schon seit Jahrhunderten ein bewährtes Mittel der weiblichen Führung und Verführung gewesen. Das war es auch heute noch. Der Preis … ja, der Preis war auch heute noch sehr hoch. Für beide Seiten.

Zina blätterte weiter, doch keines der weiteren Themen konnte ihre Aufmerksamkeit fesseln. Die Kleider waren zu unbequem und zu teuer. Ob sie über Selfness verfügte oder nicht? So früh am Morgen konnte sie derartige Testfragen wirklich nicht verdauen, geschweige denn die Antworten, die dabei noch gratis geliefert wurden. Eine koreanische Wundertüte würde sie sich eh nie kaufen und die Geschichte über Menschen, die ein Doppelleben führten, ermüdete sie schon nach drei Sätzen. Schon ihr eines Leben erschien ihr als verdammt anstrengend, was sollte sie dann mit einem doppelten anfangen? Erst bei ihrem Horoskop machte sie einen letzten Halt – nicht, dass sie daran geglaubt hätte: »All Ihre Sehnsüchte konzentrieren sich im Moment auf Ihre Beziehung: Ihre Liebe ist nicht innig genug, Sie wollen die völlige Verschmelzung …«

Sie klappte das Heft zu. Heftig.

Auf Zehenspitzen trat sie ins Büro des Oberkommissars, nachdem er ihr leises Klopfen mit einem tiefen ›Herein‹ beantwortet hatte. Das erste, was sie bei ihrem verspäteten Erscheinen im Bau gehört hatte, war die Aufforderung, sich sofort beim ›General‹ zu melden, was sie nach einem kritischen Blick in den Spiegel sogleich tat. Santoro sass schon seinem Chef gegenüber und drehte sich jetzt auf seinem Stuhl, um sich in ihre Richtung zu wenden. Er begrüsste sie mit der Bemerkung, er habe ihren gemeinsamen Chef schon darüber informiert, dass er sie noch auf die Suche nach Hintergrundinformationen geschickt habe. In Wahrheit hatte er, als sie sich spät, sehr spät, von den Blochs verabschiedet hatten, den Befehl erlassen, nicht vor zehn Uhr im Büro zu erscheinen. Gehorsam wie sie nun mal war, hatte sie die frei gewordene Zeit mit einem Coiffeurbesuch ausgefüllt.

»Ich dachte, Ihr Mord sei im Rotstift- und nicht im Strähnchenmilieu angesiedelt, schon gar nicht im avantgardistischen. Sind da übrigens nicht ein paar von der Schere übersehen worden? Strähnchen, meine ich.«

Die Worte ihres Vorgesetzten wurden von einem sarkastischen Blick Richtung Santoro begleitet. ›Die guten alten Zeiten, als Männer den neuen Hut ihrer Frau erst nach gut zehn Jahren bemerkten, gehören eindeutig der Vergangenheit an‹, dachte Zina und wusste nicht, ob sie nostalgisch werden sollte. Der General richtete sich noch mehr auf und setzte zum Sprechen an. Eine Antwort von ihr, der Betroffenen, schien er nicht zu erwarten. Dass er kein Mann vieler – vor allem unnützer – Worte war, hatte eben auch seine Vorteile. Seine Wortkargheit passte zu seinem sonstigen Erscheinungsbild. In einem amerikanischen Film hätte er ohne kosmetische Korrekturen einen Ausbildungsoffizier in Westpoint spielen können, eine Tatsache, die ihm den Übernamen ›General‹ eingebracht hatte. Gross, aufrecht, breitschultrig, mit einem Kurzhaarschnitt, der ihm einen viereckigen Kopf verlieh, wäre ihm diese Rolle auf den Leib geschnitten. Nur seine Fähigkeit zur Ironie, die bei günstiger Gelegenheit zu Sarkasmus gärte, passte nicht ins Bild. Dafür passte er ihr dadurch umso mehr, dachte Zina, die langsam aber sicher neugierig auf den Grund ihrer Anwesenheit war. Hatten ihre Berichte allzu lange auf sich warten lassen? Wie um auf ihre stumme Frage zu antworten, meinte der General gerade:

»Ihren schuldbewussten Immer-noch-keinen-Bericht-Blick können Sie wieder abschalten, Goldberg, obwohl ich mich ehrlich gesagt langsam nach ihnen verzehre … den Berichten. Das

Wesentliche habe ich schon Ihrem Vorgesetzten mitgeteilt. Ich werde mich also nicht wiederholen. Nur so viel: Unsere werten Kollegen der Abteilung für organisiertes Verbrechen haben sich beschwert, Santoro habe sie in ein Wespennest geschickt, woraus sie sich ziemlich zerstochen davongeschlichen haben. Wie Sie sich erinnern werden, hatte diese Abteilung es übernommen, die verschiedenen Firmen in der Nähe des Tatortes unter die Lupe zu nehmen. Manchen ist das nicht bekommen. Leider hatten gerade diese sehr gute und sehr direkte Beziehungen zu Leuten, die ihrerseits veranlasst haben, dass sie unzimperlich zurückgepfiffen wurden … Santoro, Sie werden bitte so gut sein, Ihre Mitarbeiterin über die Details und meine Rüge, die nirgends ihren Niederschlag finden wird, zu informieren. Soviel zu diesem Thema.«

Der General lehnte sich zurück und legte die Hände auf seinen Bauch, als ob er zu einem gemütlichen Gebet ansetzen wollte. Sein schiefes Grinsen passte jedoch nicht ganz zu diesem Vorsatz.

»Was Ihren Toten anbelangt, brauche ich Ihnen wohl nicht zu erklären, dass ziemlicher Druck aus Regierungskreisen aufgebaut wird. Nicht, dass der arme Kerl besonders vermisst würde, wenn Sie mich fragen. Vielmehr ist es so, dass, solange die Aufklärung auf sich warten lässt, die Presse die Gelegenheit nutzt, um schulpolitische Fragen unter die Lupe zu nehmen, was im Moment nicht ins Konzept unserer Behörden passt. Zudem, falls Ihnen die heutige Stadtzeitung unter die Augen gekommen ist, werden Sie sicher auch festgestellt haben, dass übereifrige Journalisten wieder mal die Effizienz der Polizei in Frage stellen möchten. Verkauft sich immer wieder gut. Also, Santoro, Sie wissen, dass ich Sie für diese inoffizielle Abteilung ›Delikates‹ ausgesucht habe, weil Sie erstens in der Vergangenheit eine hohe Erfolgsrate bieten konnten und Sie zweitens freundlich und diskret vorgehen können. Sie arbeiten eben mit viel psychologischem Feingefühl, nicht? Und damit dieser Aspekt noch verstärkt werden konnte, haben Sie eine Frau an Ihre Seite zugewiesen bekommen – die sind bekanntermassen, wohl hormonell bedingt, versiert in diesen Seelen- und Beziehungsgeschichten. Sie werden mir also eine

Freude machen und ein paar blutige Brocken präparieren, die ich diesen Piranhas auf einem silbrigen Tablett zum Frass präsentieren kann. Beruhigt die Gemüter und erhöht die Stimmung.

So, das wär's, Sie sind damit entlassen. Einfach weiter machen. Sicher genug zu tun.«

»Ich weiss nicht, ob es die Schauermärchen sind, die wir uns gestern Abend anhören mussten, aber heute mag ich unseren ›General‹ ganz besonders ... und Ihnen danke ich für den Vertuschungsversuch, auch wenn er nicht sehr erfolgreich war.«

»Und ich werde unserem elenden Fall gegenüber wohlwollend gestimmt, der Sie Ihren Vorgesetzten gegenüber so milde stimmt.«

Was daraufhin durchs Zimmer flog und den Kommissar nur deshalb nicht traf, weil er über hart trainierte Reflexe verfügte, war eine Heftmappe, die erst gegen das Fenster flatterte, um dann wie eine besoffene Ente neben der Heizung zu landen.

»Wie hat meine Klavierlehrerin immer gesagt?«, fragte Santoro grinsend: »Üben, üben, üben.«

Da Zina nicht *wirklich* die gesamte Garnitur, die sich auf dem Schreibtisch angehäuft hatte, durchs Zimmer werfen wollte, beschloss sie diesmal, zenmässig auf seine Provokationen zu reagieren. Sie stellte das Funkeln in ihren Augen einfach ab und gab sich sachlich – sollte der Kerl doch weiter ins Leere grinsen.

»Sollten Sie mich nicht über irgendwelche Details aufklären, Chef?«

»Sollte ich, jedoch ... ich frage mich, ob sich die Mühe lohnt. Die einzige wirkliche Information, die unser General überbringen konnte – ausser dem gestochen werden unserer werten Kollegen – war, dass es keine Information gibt. Sie haben einfach nichts gefunden – Anwaltskanzlei, Privatbank, Computersoftware – alle sauber. Nervös sind manche eben doch geworden und haben ihre Verbindungen wirken lassen. So weit ich mich erinnern kann, sind die einen mit einem hohen Regierungsbeamten verschwägert, die andern bedienen den grössten Arbeitgeber der Region, dem natürlich niemand missfallen darf … den Rest erspare ich Ihnen, meine Liebe. Nicht gerade für unseren Fall, aber vielleicht doch fürs Allgemeinwohl ist meines Erachtens, dass unsere Ermittler feststellen mussten, dass sie in einem Fall nicht die einzigen Jäger sind. Eine unabhängige Kommission interessiert sich für die Geschäfte der Privatbank zur Zeit des Apartheidregimes. Diese hat dann nicht nur nervös, sondern eher hysterisch reagiert, was sich auf unsere armen Kollegen niedergeschlagen hat. Diese waren wiederum der Überzeugung, dass ich ihnen absichtlich diesen Teil der Ermittlungen übertragen hätte, um die Schläge auf sie umzuleiten.«

»Was natürlich reine Wahnvorstellungen sind.«

»Aber sicher … unter uns, ganz blöd darf man in diesem Beruf eben doch nicht sein.«

»Und die Rüge?«

»Pro forma, eben deshalb. Ich bin mir aber gar nicht sicher, ob auch sie sich gerügt fühlen dürfen, mein Herz. Ich hoffe, diese Unsicherheit belastet Sie nicht allzu sehr.«

»Ich werd's wohl verkraften können. Was mich jedoch betrübt, ist unser Mafiakiller. Eigentlich hatten wir ihn ja schon vorher von unserer Besetzungsliste gestrichen. Trotzdem, schade um ihn. Er gab dem Ganzen eine gefährliche und exotische Note.«

»Goldberg, Sie entpuppen sich ja heute als wahre Romantikerin – nein, werfen Sie mir Ihre Sandale nicht an den Kopf, sie hat so zierliche Riemchen –, nur haben diese Kerle nichts Romantisches an sich, das sind stinklangweilige Typen, die auf der ganzen Welt nur das eine können: Peng-Peng.«

»Sie können auch ganz schön nüchtern sein … Hören Sie, bei diesen ganzen Zeugenaussagen und trotz der sauberen Geschäftsmänner ist bei mir irgendetwas, das ich gehört oder gelesen habe, hängen geblieben. Ich weiss nur nicht mehr, was es ist, es kitzelt mich immer wieder aus meinem Unterbewusstsein heraus, ohne sich erkennen zu geben.«

Santoro konnte sich gerade noch zurückhalten nachzufragen, wo sie denn gekitzelt werde. Er betrachtete stattdessen in aller Ruhe seine Assistentin, die ganz in ihrem Suchen vertieft war. Die Frage, was sie wohl tragen würde, wenn der Frühling sich definitiv durchgesetzt hätte, war ihm heute beantwortet worden: schwarzer Rollkragenpullover, nur diesmal aus viel dünnerem Stoff. Er kannte sich in diesen Dingen recht gut aus und tippte auf Seide. Die Schnürstiefel hatte sie durch feste Sandalen ersetzt, deren Riemchen schlicht robust genannt werden mussten. Das zierliche Riemchen war wohl eher ins Reich des Wunschdenkens zurückzudrängen, was er sogleich tat, um sich wieder dem Fall zuzuwenden.

»Vielleicht beunruhigt Sie nur der Gedanke, dass es für diesen Mord gar niemanden gibt, der auch nur das Kleinste gesehen hätte. Die Vorstellung, dass in unserer kleinen Stadt ein Mensch wie ein Kaninchen abgeknallt werden kann, ohne dass irgendjemand was mitbekommt, ist nicht gerade beruhigend.«

»Sicher. Wir wünschen uns alle, denke ich, dass es bei Gräueltaten wenigstens einen Zeugen gibt, der dann der Nachwelt berichten kann. Das vermittelt uns die Hoffnung, dass die Gerechtigkeit, in irgendeiner Form, wieder hergestellt werden könnte. Aber, da ist noch mehr, wissen Sie. Es ist, als ob ich einen ganz kleinen Fisch an der Angel hätte, den ich unter der Wasseroberfläche nicht erkennen kann.«

»Da wir, wenn wir mal ganz ehrlich sein wollen, eh nicht weiter wissen, können Sie gerne die Zeugen – oder besser gesagt, die Nicht-Zeugen-Protokolle – nochmals durchgehen. Vielleicht kommt ja dabei Ihr kleiner Fisch an die Wasseroberfläche, der da unerkannt an Ihrem Gedächtnishaken hängt.«

»Dann geh ich mal fischen, was eine meditative Wirkung hat – mit oder ohne Fischchen im Körbchen. Und welcher Tätigkeit werden Sie sich widmen, Chef?«

»Ich werde erst mal auf Schnitzeljagd gehen.«

»Sie sind doch nicht etwa einer dieser überalterten Pfadfinder – du meine Güte.«

»Wenn schon hätte mich mein Vater gerne bei den Jungpionieren untergebracht. Er ist aber an meiner Rudelangst kläglich gescheitert.«

»Jungpioniere?«

»Jugendorganisation, PCI.«

»Pitschi?

»P-C-I.«

»Na, aus diesen Wurzeln habe ich Sie bisher noch gar nicht wachsen sehen. Sie machen mich ja richtig neugierig.«

»Schön für Sie. Aber ich warne Sie, das funktioniert nur nach dem Prinzip: Ich zeig dir meine Würzelchen, du zeigst mir deine Würzelchen.«

Also los, dachte Santoro, wo sind die ersten Schnitzel? Statt einer Antwort zu harren, begab er sich zu seinen Kollegen in der Informatikzentrale. Bisher hatte ihm sein Kontaktmann noch keine Ergebnisse mitgeteilt. Begründet durch seine Wurzeln, hatte Santoro natürlich ein schlechtes Gewissen, denn er würde Informationen erhalten, zu denen er rechtmässig keinen Zugang haben sollte. Obwohl ... obwohl sie ihm in seiner verzweifelten Lage sehr hilfreich sein konnten. Er versuchte, sich davon zu überzeugen, dass er dadurch schneller ans Ziel kommen könnte und somit die Unschuldigen schneller entlasten konnte. Nur, so ganz überzeugen konnte er sich nicht, als er zögernden Schrittes den Raum betrat, in dem sein Kontaktmann vor seinem Bildschirm sass.

»Santoro, was treibt dich hierher? Möchtest du doch mal versuchen, in die Geheimnisse dieser Wundertüten eingeführt zu werden?«

»Hast du mir schon was?«

»Viel habe ich dir noch nicht zu bieten, aber setz dich mal hin, damit ich dir die paar Krümel präsentieren kann.«

Jürg Müller, angefressener Computerfritz, waren Santoros Skrupel völlig unbekannt. Was auch immer er aus seiner Maschine herauslocken konnte, er tat es. Für ihn war die Informatik eine

Welt der unbegrenzten Möglichkeiten, die es zu nutzen galt. Mit den Jahren schien er mit seiner Tastatur verwachsen zu sein. Wann auch immer Santoro diesen Raum betrat, sein Kollege starrte jedesmal auf seinen Bildschirm und seine Finger hämmerten in die Tasten. Für Santoro, der bisher nur eine unbefriedigende Beziehung zu diesen Dingern hatte aufbauen können (und wollen), war und blieb Jürg Müller ein Rätsel, obwohl er ihn seit Jahren kannte.

Zina brütete über den Vernehmungsprotokollen, deren Stil sie kaum zu verdauen vermochte. Sie versuchte, sich einzig und alleine auf deren Inhalt zu konzentrieren, was ihr einiges abverlangte, da zum haarsträubenden Stil auch der gravierende Mangel an nützlichen Informationen hinzukam. Je länger sie da sass, desto öfter wechselte sie ihre Sitzposition, umso heftiger zupfte sie an ihren überlangen Strähnchen. Doch auch das half alles nichts. Sie konnte den Zeilen keine Informationen entnehmen, die schlicht nicht vorhanden waren. Als sie schon aufgeben wollte, fand sie endlich ihr Fischchen. Ein Mikrofisch zwar. Trotzdem bewirkte er, dass sie aufstand, ihren Rucksack schulterte und sich auf den Weg machte.

»Da hab ich dir drei Fischen gefunden, ziemlich angegraut und verstaubt, die drei. Ich meine, wer hat heute noch eine politische Fische? Diese Exemplare sind zwischen zwanzig und dreissig Jahre alt. Sie stammen aus einer Zeit, als junge Menschen noch energisch und naiv genug waren, die Welt verbessern zu wollen.«

Nach diesem philosophischen Exkurs übergab Jürg Müller seinem Kollegen ein paar A4-Blätter. Doch Santoro betrachtete weiter seinen Freund, der nun wieder in die Tasten hämmerte. Mit Schrecken stellte er fest, dass dieser sich tatsächlich schon in der Schrumpfphase befinden musste, obwohl sie doch im genau gleichen Alter waren. Seine Schultern waren eingefallen, die Haare zum grössten Teil ausgefallen, das Fleisch auf den Knochen weniger und schlaffer. Mit Erschütterung überlegte Matteo, wie er selbst wohl auf seine alten Bekannten wirken mochte? Abgelöschter? Abgezehrter? Zur Beruhigung liess er seine Finger durch sein Haar gleiten. Na, wenigsten waren die beim Appell noch alle anwesend. Er wandte seine Aufmerksamkeit – noch nicht ganz beruhigt – den Informationen zu, die er erhalten hatte.

Nummer 37 war ein dreistöckiges, imposantes Herrschaftshaus aus den Zwanzigerjahren des letzten Jahrhunderts. Kaum zu glauben, dass eine alte Dame ganz alleine hier wohnen konnte, dachte Zina, als sie an der Fassade hochsah und die Fenster zählte. Das Haus musste doch mindestens zehn Zimmer haben. Der Garten, den sie dahinter erblicken konnte, als sie seitlich am Haus vorbei schielte, war auch nicht zu verachten. Sie erblickte zwei riesige Bäume. Den einen konnte sie noch als Trauerweide erkennen. Ihre Äste reichten bis in einen Teich hinunter. Dem andern konnte sie zwar keinen Namen geben, aber imposant war auch er. Zina ging die paar Schritte bis zum Eingang zurück und hätte dabei fast eine Katze übersehen, die wie eine Sphinx auf dem obersten Pfosten der steinernen Treppe sass und sie eindringlich musterte.

»Na, bist du die Wächterin dieses Hauses?«

»Miau.«

Zina war gerade dabei, die erste Stufe in Angriff zu nehmen, als sie das Fauchen hörte. Sie schaute wieder zur Katze, die jetzt einen Buckel machte – mit gesträubtem Pelz und gefletschten Zähnen. Zina fragte sich, ob die Katze sich so weit erfrechen würde, auf sie runter zu springen und beschloss, sicherheitshalber diplomatisch vorzugehen, was nicht gerade ihre grösste Stärke darstellte.

»Hör mal, du tapfere Hüterin des Tempels, würdest du bitte so gut sein, mich da rein zu lassen?«

Da keine Reaktion zu erkennen war, wagte sie den nächsten Schritt. Die Katze knurrte.

»Katzen knurren nicht, du machst dich lächerlich!«

›Und ich mich auch. Lieber Gott, mach, dass mich hier niemand sieht‹, betete sie leise vor sich hin. ›Oh Göttin, lass nur noch ein Grinsen übrig!‹ Da ihre diplomatischen Bemühungen nichts fruchteten und ihre Appelle ungehört blieben, beschloss sie, es mit Einschüchterungen zu versuchen. Nannte man so was nicht die Strategie der gegenseitigen Abschreckung? Sie würde sich doch von einer mickrigen grauen Katze mit gelben Augen nicht einschüchtern lassen!

»Du siehst sie zwar nicht«, hob sie vermeintlich selbstsicher an, »aber ich versichere dir, dass unter meinem neuen Frühlingsjäckchen eine katzenvernichtende Superwaffe versteckt ist. Du möchtest doch nicht als Kaninchenragout ›alla Ticinese‹ enden, oder?«

Die Katze, die allem Anschein nach ihren Bluff durchschaut hatte, setzte schon zum Sprung an, als sich die Haustür öffnete und eine sehr alte und sehr schmale Dame oben auf der Treppe erschien, die Zina aus sehr hellen blauen Augen fixierte.

»Kommen Sie nur herein, meine Liebe, und beachten sie das blöde Vieh nicht. Meine Katze leidet seit längerer Zeit an einer schweren Persönlichkeitsstörung. Sie ist felsenfest davon überzeugt, ein Wachhund zu sein. Na ja, hätte sie vielleicht nicht Zerberus nennen sollen.«

Das musste Lina Stern sein.

Was er da las, liess Santoro hoffen, dass, wenn sein Land unerwarteter Weise doch mal ernsthaft von einem inneren Feind bedroht werden sollte, die Überwachungsarbeit nicht gar so stümperhaft ausfallen würde. Die politischen Fischen, zwei aus den Siebzigern und eine aus den Achtzigern, strotzten von bedeutungslosen und wahllos zusammen gewürfelten Informationen. Zu lesen war, dass die erste Verdächtige, Hanna Marks, einer feministischen Gruppierung anzugehören schien, die einer diffus linken Organisation nahe stand. Die zweite schien sich im Umfeld eines marxistisch-leninistischen, fast-klandestinen Zirkels bewegt zu haben. Das war Martha Zumsteg. Gegen Laura Biaggi, die dritte im Bunde, lagen belastende Indizien vor, die sie als Mitglied einer trotzkistischen Minigruppierung anmuten liessen. Er konnte im Detail nachlesen, dass die eine einschlägige Wohngemeinschaft besucht hatte, eine andere beim Flugblätterverteilen beobachtet worden war und dass alle drei an verschiedenen und auch gleichen Demonstrationen gesichtet worden waren. Zudem musste ihre Präsenz bei der Besetzung der Stadtgärtnerei mehrmals notiert werden. Manche Informationen, musste Matteo mit leichter Beklemmung feststellen, kamen aus den Reihen der Organisationen selbst. Vor nicht so langer Zeit war es manchen Behörden seines Landes möglich gewesen, Personen in diese harmlosen Gruppierungen einzuschleusen oder manche ihrer Mitglieder zum Singen zu bringen – gegen Bezahlung. In diesem Falle waren diese Massnahmen nichts anderes als lächerlich, jedoch brauchte es ganz wenig, dessen war er sich sicher, um von der Lächerlichkeit zum Schrecken zu wechseln. Was ihn hingegen versöhnlich stimmte, war die Tatsache, dass Frauen aus damals verfeindeten Organisationen heute zusammen kämpfen konnten. Wer hätte gedacht, dass sich eine alte Stalinistin mit einer Trotzkistin und einer Reformistin verbünden würde? Anscheinend hatten sich, wohl gemildert durch die letzten – langweiligen – Jahre, verfeindete Linke gefunden, um ein totalitäres Pailletten-Regime zu Falle zu bringen. Das liess doch hoffen. Auch der politische Dogmatismus schien ab einer gewissen Altersgrenze zu erschlaffen.

»So, du bist also die Tochter des kleinen Jakob?«

Zina Goldberg, die in ihrem ganzen Leben noch nie gehört hatte, dass ihr Vater der kleine Jakob genannt wurde, wusste schlicht und ergreifend nicht, wie sie reagieren sollte. Deshalb lächelte sie nur ziemlich albern vor sich hin und antwortete mit einem unverfänglichen »Ja.«

»Das arme Kerlchen. Meine Güte, war der klein, als er ins Zentrum gebracht wurde. Immerhin passten ihm die Kleider, die wir gesammelt hatten. Die meisten dieser Knaben waren eher Halbwüchsige, weisst du, und darauf waren wir gar nicht vorbereitet. Wenigstens das wird er dir doch erzählt haben.«

»Wenig. Ich weiss, dass er immer wieder Freunde aus dieser Zeit trifft, aber uns hat er da raus gehalten. Dass er einer der Jüngsten war, das hat er schon erzählt und dass sie am Anfang Essen überall versteckt haben, daran kann ich mich auch noch erinnern.«

»Das wundert mich nicht, ehrlich gesagt, dass er so verdammt wenig mitteilsam ist, weisst du. So war er schon damals. Einfach mutig nach vorne schauen und leben, das war schon immer seine Devise und damit war er eigentlich ganz schön erfolgreich, wenn wir bedenken, was er alles erreicht hat. Trotzdem, wenn er akzeptieren könnte … ach, ich weiss auch nicht. Das ist sicher nur wieder eine meiner Anmassungen. Und du, möchtest du nicht *mehr* wissen?«

Zina wusste nicht, wie ihr geschah. Sie war doch nur hierher gekommen, um die Zeugenaussage einer alten Dame zu überprüfen und nun sass sie einer Art Nemesis gegenüber, die sie mit ihren schlimmsten Geistern konfrontierte. Zudem tat sie auch noch, als ob nichts weiter dabei wäre. Wie schaffte sie es nur, das Grauen mit alltäglichen Verrichtungen zu verbinden und dabei den Ton einer netten Teeparty anzuschlagen? Zina konnte es nicht. Aus Angst ihre Stimme nicht mehr unter Kontrolle zu haben, zuckte sie nur hilflos mit den Schultern. Die alte Dame schaute sie mitfühlend an und meinte:

»Ich will dir ja nicht vorschreiben, was du zu tun hast, Kindchen – obwohl böse Zungen behaupten, dass ich das mit Vorliebe tue – nur, denke daran, dass wir am Aussterben sind, sogar dein Vater ist mittlerweile ein alter Mann. Wenn du also noch etwas von ihm erfahren möchtest, wirst du dich bald entscheiden müssen.«

Aus ihren türkisfarbenen Augen schaute Lina Stern sie eindringlich an. Zinas Kehle schnürte sich zusammen und ein schier unerträglicher Druck legte sich auf ihre Brust. Sie wollte nicht. Zumindest jetzt nicht.

Noch eines fiel Matteo ins Auge: Die Proliferation der Psychotherapien in diesem Kollegium. Oder war das in diesem Beruf normal? Woher sein Kumpel Müller nun *diese* Informationen hervorgezaubert hatte, das wollte er nicht mal im Traum erfahren. Krankenkassen? Seine Quellen hatten leider – oder zum Glück – nur quantitative Daten geliefert. Welche Probleme oder Lebenssituationen diese Menschen dazu geführt hatten, die Hilfe von Seelenklempnern anzunehmen, darüber schwiegen sich die Datenträger dezent aus. Im Gegensatz zur Fraktion der Alt-Linken-Grünen-Feministinnen waren hier beide Seiten vertreten. Hatte er es hier mit einem Haufen angepasster Irrer zu tun? Da er selbst keine Erfahrung mit dieser boomenden Branche hatte sammeln können oder wollen, beschloss Matteo, in dieser Sache seine Assistentin um Aufklärung zu bitten. Seine polizeiliche Spürnase hatte bei ihr die Witterung psychologischen Nowhows aufgenommen. Er würde seine Fragen jedoch mit Diplomatie würzen müssen, um sie nicht von seiner Gurgel pulen zu müssen. Wenn sie auch nur der Schimmer einer Ahnung beschliche, dass er sie als Mitglied der Gruppierung psychisch Angeschlagener um Rat bat, wäre die Furie los. Grinsend und in Vorfreude auf diese nette Unterhaltung legte er die Informationen zur Seite und widmete sich dem nächsten Papierstapel.

»Na also, Kindchen, du bist ja sicher nicht zu mir gekommen, um über die schlechten alten Zeiten zu plaudern. Am Telephon hast du etwas von diesem armen Kerl gesagt, der auf dem gegenüberliegenden Trottoir tot aufgefunden wurde. So schrecklich ich die Vorstellung finde, dass ein Mensch in meiner Strasse einfach so niedergeschossen wird, so wenig kann ich dir helfen. Ich habe einfach nichts mitbekommen, mein Zimmer liegt zum Garten hin.«

»Das weiss ich und leider sind Sie da auch nicht die Einzige. Wir haben keine Spuren, keine Anhaltspunkte, keine Zeugen, nichts.«

»Wie kommst du nur darauf, mich zu siezen. Hör auf damit. Du gehörst zu unserer grossen Mischpoche, ob du das willst oder nicht. Aber Schluss damit, ich sehe, dass es kein erfreuliches Thema ist ... Auch kein Motiv?«

»Nur laue, unwahrscheinliche.«

»Er ist wohl kaum aus Jux umgebracht worden. Aus Versehen vielleicht?«

»Auch das wäre möglich. Ehrlich gesagt, haben wir keine Ahnung. In deiner Zeugenaussage erzählst du von einem Traum und dass du mittendrin aufgewacht bist.«

»Das sieht für euch wirklich nicht gut aus, wenn ihr Interesse an den Träumen einer alten Frau zeigt. Ein ganz schön gebrechliches Strohhälmchen hast du dir da ausgesucht.«

»Ich hab mir gedacht, dass der Inhalt deines Traumes vielleicht irgendetwas mit den Vorgängen in der Realität zu tun haben könnten. Verstehst du, ich kenne das selbst. Jeden Morgen integriere ich den bestialischen Sound meines Weckers in meine Träume ein. Von der Alarmanlage, die ich versuche abzuschalten, bis zur Katze, die versucht ihre Jungen zu gebären und dabei schrecklich piepst, ist alles schon vorgekommen.«

»Die Katze piepst?«

»Piiiiiep, piiiiiiep, piep, piep, piep«

»Jetzt hast du aber Glück, dass ich von der psychoanalytischen und nicht von verhaltenstherapeutischen Ecke komme, sonst würde ich dir erstens raten, eine Wasserkessel-Vorrichtung über deinem Bett zu basteln und zweitens dir jetzt erklären, dass Träume nichts anderes als Stromentladungen sind. Die Kerle sind ganz schön brutal und eindimensional, sage ich dir.«

»Sie sind Psychotherapeutin?«

»War ich, war ich ... Wobei du schon Recht hast, so was kannst du nicht einfach ablegen. Eigentlich ist es eine Art, die Menschen wahrzunehmen, die das ganze Leben lang anhält. Deshalb kann ich auch jetzt nicht anders und sage dir, dass du doch einfach einen neuen Wecker kaufen sollst. Weisst du, so einen, der dich mit deiner Lieblingsmusik aus dem Schlaf lockt. Meiner Meinung nach ergibt es keinen Sinn, sich unnötig unglücklich zu machen. Und dein morgendliches Gepiepse gehört mit Bestimmtheit in diese traurige Sparte … nimm noch ein paar Plätzchen, Kind, die sind nicht nur umwerfend gut, sie sind auch noch gesund. Vollkorn, Bionüsse, Biogewürze und trallala.«

Aha, die Biaggi war also schon mal betrieben worden, weil sie ihre Steuern nicht rechtzeitig bezahlen konnte. Das machte sie in seinen Augen nicht unbedingt unsympathisch. Die jährliche Steuererklärungs-Mühsal mit den darauf folgenden Zahlungsaufforderungen und Ermahnungen weckten auch in ihm nicht gerade den Wunsch, ein mustergültiger Bürger sein zu wollen. Die Frage war nur, ob die Frau vielleicht in finanziellen Schwierigkeiten steckte. Konnte diese Tatsache dazu geführt haben, dass ihr die Sicherungen durchgebrannt waren? Nach kurzer Überlegung verwarf Santoro diese Hypothese. So weit er informiert war, hatte bis jetzt noch niemand in diesem Land einen Mord aus steuerlicher Verzweiflung begangen. Trotzdem würde er seinen Informatik-Kollegen bitten, die finanzielle Lage der Dame zu prüfen. Schliesslich hatte Peter Bloch sie dazu ermuntert, nach Beteiligten zu suchen, die in einem besonderen Masse persönlich unter Druck standen. Seine Argumente hatten ihm zwar einigermassen eingeleuchtet, das Gefühl, einfach im Trüben zu fischen, verstärkte sich trotzdem von Ausdruck zu Ausdruck. Aber wie hiess es so schön? Auch ein blinder Fisch findet mal einen Haken.

Die Plätzchen waren wirklich eine Offenbarung. Sie schmeckten ungewöhnlich, würzig und exotisch. Sie kam jedoch nicht dazu, die alte Dame zu fragen, ob sie sie selbst hergestellt hatte, denn diese hatte anscheinend beschlossen, zur Sache zu kommen. Lina Stern begann ruhig und konzentriert mit ihrem Bericht:

»Mein Traum …lass mich mal überlegen. Ich war wütend, daran kann ich mich noch gut erinnern und er hat mich, wie das seine Manier war, abgeputzt. Und ich konnte mir nicht erklären, wie ich gleichzeitig noch ganz jung und sehr alt sein konnte. Irgendwie wusste ich, dass da was nicht stimmte.«

»Kannst du dich noch an den Grund für deine Wut erinnern?«, hakte Zina nach.

»Warte mal, der Grund. Der Grund? Keine Beachtung. Ja, es hatte etwas damit zu tun, dass er mich nicht beachten wollte. Er gab mir das Gefühl, lästig zu sein. Er stand da und drückte aus: Mädchen, wie kannst du dir anmassen, einen solch wichtigen Mann wie mich mit deinen unziemlichen Phantastereien zu belästigen?«

»Womit hast du ihn denn belästigt?«

»Gute Frage. Hast du schon mal überlegt, dich auf die Psychotherapie zu verlegen?«

Zina, die Mühe hatte die gedanklichen Sprünge ihres Gegenübers mitzuverfolgen, überlegte sich gerade eine sinnvolle Ausflucht, als sie über sich ein Knarren hörte.

»Diese alten Kästen mögen ja ihren Charme haben, aber sie sind mir manchmal doch allzu lebendig. Besonders in der Nacht entwickeln sie Geräusche, die mir ab und zu das Grausen lehren.«

›Wo hab ich jetzt meinen Faden verloren?‹, fragte sich Zina noch, als Lina Stern ihn schon wieder aufnahm. Anscheinend hatte die Frau, so betagt sie auch schien, keine Mühe von einem Thema zum andern zu hüpfen.

»Es ging, denke ich, um das leidige Thema, dass ich etwas werden wollte. Ich meine, ausser Vorzeigegemahlin, Hausfrau und Mutter. Und ich wollte seine Aufmerksamkeit und seine Anerkennung erzwingen. Hast du dich auch schon gefragt, warum junge Menschen mit Problemen konfrontiert werden, die nur alte und weise Runzelhaufen lösen können? Und auch die bei weitem nicht alle.«

»Meinst du jetzt die Probleme nicht alle, oder die Runzelhaufen nicht alle?«

»Auch eine interessante Frage, nicht? Wir könnten uns mit der Frage auseinandersetzen, ob Alter und Erfahrung zwangsmässig zu mehr Erkenntnis und mehr Weisheit führen.«

Zina, die schon begonnen hatte, sich über den Sinn einer möglichen angelegten Überforderung der Jugend Gedanken zu machen, gab einfach auf und langte dafür nach einem besonders verlockenden Keks, lehnte sich zurück und schwieg.

»Na, vielleicht hast du Recht. Die Antwort ist zu einfach, nicht wahr, mein Liebes?«

Zina verspürte unerklärlicherweise ein leichtes Brennen in den Augen, das sie aus ihrer entspannten Haltung zurückschnellen liess. Sie griff zurück auf die letzten Traumfragmente, die ihr geliefert worden waren, und fragte:

»Was wollten Sie denn werden?«

»Ärztin, was für diese Zeit natürlich immer noch ziemlich ungeheuerlich war, zumindest in den traditionellen Kreisen, in denen sich meine Familie bewegte. Obwohl das Ganze mittlerweile ziemlich absurd war, denn die Geschichte hatte sehr heftig an den Traditionen gerüttelt. Wir waren damals nämlich schon geflüchtet und lebten mehr schlecht als recht in Paris. Später mussten wir dann weiter in den Süden. Auf jeden Fall wollte ich – Verfolgung hin oder her – trotzdem noch was werden. Ich kann ziemlich stur sein, musst du wissen. Nicht, dass mich das je gestört hätte. Andere schon.«

»Deinen Vater, zum Beispiel.«

»Genau. Und mich hat zur Weissglut gebracht, dass er mich nicht als denkenden, eigenständigen Menschen anerkennen wollte. Deshalb hab ich ihn immer wieder provoziert und er hat mich links liegen lassen … unten, wäre vielleicht richtiger. Und ich habe noch mehr getobt.«

»Wie hat das geendet?«

»Ich bin doch noch Ärztin geworden. Aber erst nach dem Krieg. Dann war er nicht mehr da, um mich daran zu hindern ...Es war niemand mehr da.«

Lina Stern verfiel in Schweigen und Zina, die wieder spürte, wie ihre Kehle sich zusammenschnürte, hatte Hemmungen sie zu stören. Obwohl die alte Frau kaum eine Regung zeigte, nahm Zina trotzdem die intensiven Gefühle wahr, die sie fast zu überwältigen drohten. Das Schweigen der beiden Frauen wurde durch ein leises Geräusch gestört, das von weit oben zu kommen schien. Es reichte, um Lina Stern aus ihren Gedanken zurück zu holen. Mit besorgter Miene setzte sie zu einem ernsten Diskurs an:

»Ist wohl wieder Zerberus. Das blöde Vieh jagt sicher wieder nach imaginären Eindringlingen. Ich frage mich manchmal, ob wir es hier nicht doch mit einer ausgewachsenen Persönlichkeitsspaltung zu tun haben. Ich finde, ehrlich gesagt, die Diagnosen bei Katzen nicht ganz einfach. Die Kommunikation ist doch recht karg. Können Menschen natürlich auch, karg sein. Nur, wenn Menschen nichts sagen, dann schweigen sie. Katzen miauen einfach gerade nicht. Das ist ein riesiger Unterschied. Verstehst du, das Schweigen kannst du hören, es unterscheidet sich von vielen anderen Arten zu schweigen, es steht anstelle von vielem, was in diesem Moment gesagt werden könnte, müsste. Aber mit einem Nicht-Miauen kann ich nun wirklich nichts anfangen. Aber, weisst du, die Spaltung befriedigt mich auch nicht. In wirklich düsteren Stunden frage ich mich, ob das liebe Vieh nicht eine hysterische Störung produziert hat. Du schaust mich nicht an, als ob du wüsstest, wovon ich spreche, nicht? Umso besser. Erhalte ich die Gelegenheit, dir das Ganze erklären zu können. Also es könnte sein, dass mein Zerberus eine Störung produziert hat, um mich zu unterhalten, um mich abzulenken, um mir eine Freude zu machen. Durch sein Hundegehabe liefert er mir immerhin eine wunderbare Grundlage für differenzierte Analysen – eine meiner Lieblingsbeschäftigungen. Das Problem bei der Geschichte ist nur, dass der Patient selbst daran glaubt, sonst wär's ja keine Störung, sondern ein Jux.«

Zina hatte irgendwann im Laufe der ganzen Ausführung angefangen, sich leicht mulmig zu fühlen. Sie fragte sich, ob die alte Frau, trotz ihrer Lebendigkeit, nicht doch angeschlagen sein könnte. Noch ganz in ihren Überlegungen versunken, nahm sie die winzigkleine Bewegung kaum wahr. Hatte sie ihr tatsächlich zugezwinkert? Das verschmitzte Lächeln, das ihr Gesicht langsam erhellte schien die flüchtige Wahrnehmung zu bestätigen. Die junge Frau, die vor langer Zeit gegen ihren Vater aufbegehrt hatte, schien Zina durch all die Jahre und all die Falten zuzugrinsen.

Matteo legte das letzte Blatt, das er studiert hatte auf den Tisch und erhob sich. So weit sein Kollege hatte nachforschen können, hatte niemand unter den Betroffenen mit finanziellen Problemen zu tun. Ausser der Gattin des Bijoutiers lebte aber auch niemand mit einem goldenen Löffel im Mund. Auch mit einem Lehrerlohn konnte man heutzutage nicht mehr grosse Sprünge unternehmen. Diejenigen, die eine Familie mit nur diesem Lohn durchbringen mussten, konnten sich kaum noch Hüpfer leisten. Und das waren doch mehrere: Alleinerziehende Frauen schienen übervertreten zu sein.

»Ich kann dir schon noch ein paar nette Informationen aus der Maschine kitzeln, wenn du Interesse hast. Du sagst mir einfach, in welche Richtung ich suchen soll.«

»Nur, wenn du mal Zeit hast. Und in welche Richtung du gehen sollst, weiss ich jetzt auch nicht.«

»Mach dir darüber keine Sorgen. Wenn mir nichts mehr einfällt, hole ich unser tolles Diagramm aus der Schublade, das wir mal an einer Weiterbildung erarbeitet haben.«

Matteo bedankte sich gebührend und verabschiedete sich von seinem Kollegen. Auf dem Weg nach draussen fragte er sich dann doch, ob die Informatik-Abteilung eine Weiterbildung zum Thema illegale Informationsbeschaffung durchgeführt hatte. War wohl doch eher ein Witz gewesen. Oder?

Am Ausgang angekommen atmete der Kommissar als Erstes tief durch. Er war froh, endlich aus diesem Raum und an der frischen Luft zu sein. Mittlerweile war es schon Mittag, die Sonne schien und es roch nach Frühling ... und nach Essen. Ja, das musste er mit einem mal feststellen, er hatte einen Bärenhunger. Er griff zu seinem Handy und rief seine Assistentin an. Vielleicht hatte sie etwas Neues zu berichten.

»Und der Traum, wie ging der zu Ende?«

»Ich sehe mich noch, wie ich mit durchgedrücktem Kreuz vor meinem Vater stehe und eindringlich auf ihn einrede. Er schaut auf mich herab, eher durch mich hindurch, wenn ich jetzt so darüber nachdenke.«

»Und dann?«

»Dann bin ich aufgewacht, nehme ich an. Nein, warte, es fällt mir wieder ein. Zerberus kam herangeprescht, ist meinem Vater an die Hosenbeine gegangen, hat gezerrt und gebellt. Und davon bin ich aufgewacht. Treues Kerlchen.«

»Kannst du dich daran erinnern, ob du draussen auch einen Hund gehört hast, als du wach warst? Bitte, überleg es dir gut, es könnte wichtig sein.«

»Also, ganz ehrlich. Da war nichts, gar nichts. Weisst du, mein Traum hat vielleicht rein gar nichts mit dem Geschehenen zu tun. Eigentlich ist es sogar einer meiner Standardträume. Oder war er zumindest. Seit Jahren habe ich nicht mehr von meinem Vater geträumt. Und die bellende Katze, die ist neu.«

»Wo spielte sich dein Traum ab?«

»Draussen im Regen ... Den hab ich doch gehört, den Regen. Ja, da bin ich mir ganz sicher: Als ich aufgewacht bin, hat es geregnet.«

»Auf jeden Fall danke ich dir ganz herzlich. Es ist ja nicht selbstverständlich, einer Polizistin seine Träume zu erzählen.«

»Ich glaube nicht, dass ich einer Polizistin so was erzählt hätte, weisst du. Mir hat es auf jeden Fall eine Freude bereitet. Es ist lange her, dass sich jemand für meine Träume interessiert hat. Ich mich eigentlich auch nicht. Und doch … Weisst du, wenn mein Vater mich nicht so abgelehnt und zurückgestossen hätte, dann hätte ich damals nicht die Kraft gehabt wegzulaufen – zum Widerstand. Dann wäre ich sicher bei ihm geblieben und sie hätten mich geholt, wie sie ihn geholt haben. Und ich wäre schon lange tot. Vielleicht könnte ich ihm mal dankbar sein, auf meine alten Tage. Was meinst du, mein Kind?«

Doch statt auf eine Antwort zu warten, blickte Lina Stern in den Garten hinaus. Ihre Züge, die anfangs noch angespannt und voller Trauer waren, glätteten sich zusehends, bis sie Frieden und so etwas wie Glück ausstrahlten. Diese Frau hat ihren Garten wohl überlegt gestaltet, dachte Zina. Und da auch sie selbst jetzt lieber aus den Schrecken der Vergangenheit flüchten wollte, fragte Zina nach etwas Unverfänglichem.

»Was ist das eigentlich für ein Baum, dort rechts?«

»Das ist eine Ulme.«

»Ich dachte, die seien alle an einer Seuche gestorben.«

*»Fast* alle. Weisst du, es ist sehr schwierig eine ganze Population auszurotten. Es gibt, auch wenn es nur sehr wenige sind, immer Überlebende.«

Worauf die Augen der alten Dame wieder von Trauer überschattet wurden. Na, das war ja ein gelungener Versuch, dachte Zina selbstironisch.

Zina hatte keine Gelegenheit über einen – diesmal erfolgreichen – Ausweg nachzudenken, denn in diesem Moment summte ihr Handy. Nach nur wenigen Sätzen stellte sie das Teilchen wieder auf aus und entschuldigte sich bei ihrer Gastgeberin.

»Dein Liebster?«

»Mein Chef.«

»Aha!«

Als Zina die Treppen runter stieg, blieb sie abrupt stehen. Von der Seite näherte sich ihr Zerberus. Anscheinend hatte er sich im

Garten herumgetrieben und wollte ihr nun auflauern. Zina beschloss abzuwarten, blieb einfach reglos und schweigend stehen und beobachtete ihren Feind. Doch dieser schien im Augenblick andere Pläne zu haben, denn er näherte sich schnurrend, umkreiste dann ihre Beine, indem er sich an sie schmiegte. Nach mehreren Rundgängen legte er sich umständlich auf ihre Füsse. Zina, die der ganzen Sache immer noch nicht traute, – eine schnurrende Katze macht noch keinen Schosshund! – beschloss nun doch, sich aus ihrer Erstarrung zu lösen. Sie bückte sich und begann zaghaft das immer noch vor sich hin schnurrende Ungetüm zu streicheln.

»Ist das jetzt ein Friedensangebot oder eine heimtückische Falle? Nicht, dass ich dich falsch verstehe, du hinterhältiges Vieh!«

An Stelle einer Antwort, drehte sich Zerberus genüsslich auf den Rücken und streckte alle Viere von sich, seinen Bauch für weitere Streicheleinheiten darbietend. Ihrem Wunsch nach Vergebung und Harmonie nachgebend, folgte Zina dieser Aufforderung, hielt aber plötzlich inne.

Zerberus war eindeutig eine Sie.

Auch das noch!

*Kapitel 10*

# Ein Mittel gegen die Verzweiflung finden, das …

»Es sind ja immerhin etwa 30% der Bevölkerung, die mindestens einmal in ihrem Leben psychotherapeutische Hilfe in Anspruch nehmen – in unserem Land. Und das sind längst nicht alle, die es bitter nötig hätten.«, erklärte Zina ihrem Chef.

»Erscheint Ihnen diese Zahl nicht enorm hoch?«

»Hoch in Bezug auf was? Vor ein paar Tagen habe ich in der Tageszeitung gelesen, dass sich immerhin 33% der arbeitenden Bevölkerung an ihrem Arbeitsplatz sehr gestresst fühlt. Also sind die 30% verglichen mit der Anzahl der sehr gestressten eher tief, nicht? Andererseits ist die Menge der Arbeitsplatz-Gestressten eindeutig verdammt hoch. Wie viele sind wohl durch ihre private oder gesundheitliche Situation gestresst? Was denken Sie, wie es den über 200'000 Menschen in unserem Land geht, die zwar eine Vollzeit-Arbeitsstelle haben und trotzdem unter der Armutsgrenze leben? Wenn wir die alle zusammenzählen, werden es viel zu viele, wenn Sie mich fragen.«

»Aber wer rennt schon wegen zu viel Stress zum Psychiater?«, fragte Santoro mit einem abschätzigen Blick.

»Und wer rennt denn schon vor dem ersten Loch zum Zahnarzt, hä? Genau, die Intelligenten, die nicht mit verfaulten, braunen Beisserchen im Mund herumgrinsen wollen.«

»Hab ich was gesagt, Werteste?«

»Werden Sie nicht pingelig. Sie wären zum gleichen Schluss gekommen und dann hätten Sie dasselbe gesagt.«

Santoro meinte gelassen:

»Und was sage ich jetzt?«

Zina, die gerade aufbrausen wollte, erkannte in letzter Sekunde, dass sie dieses Spiel eigentlich doch nicht vermissen wollte. Sie lehnte sich übertrieben langsam zurück, zog an einer Haarsträhne und schielte konzentriert darauf. Matteo überliess sie ihrer vermeintlichen Konzentration und blickte zufrieden um sich. Sie sassen auf einer Terrasse, die über dem Fluss hing. Die Sonne schien erstaunlicherweise immer noch und die Temperatur näherte sich zögerlich mediterranen Vergleichswerten an. Er beschloss, diesen blöden Fall für die nächsten Minuten auf sich beruhen zu lassen und genoss die leise Ferienstimmung, die sich in seinem Körper breit machte. Er richtete sich bequem ein, streckte seine Beine und verschränkte seine Hände über seinem Bauch.

»Lässt ein Besuch beim Psychiater auf den psychischen Zustand eines Menschen schliessen?«

»Ist das meine nächste Frage?«, fragte Santoro faul nach.

»Ja. Und eigentlich möchten Sie wissen, ob eine Person, die zum Seelenklempner geht, automatisch als bekloppt angesehen werden muss.«

»Sie haben Recht. Obwohl, so grob würde ich mich nie ausdrücken.«

»Nur denken.«

»Ah, Sie sagen mir jetzt auch noch, was ich denke? Das ist aber wirklich sehr freundlich, mir diese Last abzunehmen. Dann lass ich Sie mal schön schuften und in der Zwischenzeit, werde ich die Sonne und die Ruhe des Flusses geniessen.«, Santoro schloss die Augen.

»Die Antwort interessiert Sie nicht?«

»Doch, brennend sogar. Für Antworten sind aber definitiv Sie verantwortlich. Sie sind die Expertin.«

»Ich werde mich jetzt hüten, mir vorzustellen, wie Sie *darauf* kommen.«

»Wir wollen ja an einem so gediegenen Ort nicht die Krallen ausfahren, nicht?«, fragte Santoro, während sich sein linkes Auge öffnete und sich auf Zina richtete.

»Sicher. Und ausgekratzte Augen machen auch nicht wirklich scharfsichtiger, nicht?«, gab Zina zurück.

»Die Antwort!« Nun waren wieder beide Augen offen.

»Das statistische Verhältnis von Bekloppten und Psychofritzen? Es kommt auf die Kreise an, erstens. In sozialen Berufen hüpfen die Leute schneller auf die Couch. Eheprobleme, Erziehungsprobleme, Entscheidungsprobleme, eigentlich ist jedes Problem als Auslöser gut. Die Leute sind es gewohnt, sich in solchen Fällen Hilfe zu holen, in denen andere noch jahrelang vor sich hin leiden würden. Dass so viele Menschen im St. Theresien einen Therapeuten haben, heisst also bei weitem nicht, dass dort besonders viele Menschen mit massiven psychischen Störungen herumlaufen. Ich würde sogar sagen: im Gegenteil. Einsamkeit, und die Überzeugung, immer alles alleine bewältigen zu müssen, sind viel stärkere Prädiktoren für eine fette, dicke Störung. Das ist das ideale Futter für die Klapsmühlen. Unsere Kandidaten rangieren eher unter der Bezeichnung Normalneurotiker. Eine blöde und abwertende Bezeichnung übrigens.«

»Und die morden nicht.«

»Nicht ohne triftigen Grund, würde ich so vom Schiff aus behaupten. Sagen Sie, Chef, sollten wir nicht noch zwei Verdächtige verhören? Den Herrn mit dem Brief dürfen wir, meines bescheidenen Erachtens, nicht ausser Acht lassen.«

»Der hätte Ihnen wohl so gefallen als verschämter Mörder, was? Das Problem ist nur, dass er aus dem Spiel gefallen ist. Er besuchte letzte Woche eine Weiterbildung in Rohrschach.«

»Zum Thema?«

»Fehlende Väter – fehlender Mumm.«

»Das haben Sie jetzt zu meiner Freude erfunden, geben Sie's zu.«

»Nein, ich schwöre, die Madonna sei meine Zeugin. Er besucht eine Weiterbildungsreihe, um sich in der Bubenarbeit zu qualifizieren.«

Zina schaute ihren Vorgesetzten mit Argusaugen an, doch dieser verzog keine Miene. Das Problem war nur, dass sie selbst ein Kräuseln in der Nase, gefolgt von einem Zucken in den Mundwinkeln verspürte. Und plötzlich prustete sie los, konnte sich nicht mehr halten, lachte ungehemmt, bis auch ihr Gegenüber mit einstimmte. Erst nach wiederholten Seufzern, lauten Rückfällen und abschliessend weggewischten Tränen konnten sie wieder zum Ernst der Lage zurückfinden.

»Wie steht es mit Frau Schwarz? Dürfen wir die arme Frau wirklich auslassen?«, wollte Zina wissen.

»Sie ist auch nicht im Lande, ist immer noch mit ihrer neuen Klasse in einem Lager, im Gotthard-Gebiet. An besagtem Abend führte sie ihre Schäfchen auf einer Nachtwanderung über die Teufelsbrücke hinauf durch die Schluchten. Noch eine, die wir von der Liste der Verdächtigen streichen können.«

»Werden nicht die Ziegenböcke über diese berühmte Brücke geführt?«

»Nur wenn sie für den Teufel bestimmt sind, Goldberg, Sie haben wohl bei den Schweizersagen nicht gut aufgepasst, was?«

»Wie hiess wohl das Thema ihres Lagers?«

»Welchen alten Bock schenke ich dem Teufel?«

Bei diesen Worten brachen sie beide wieder in Gelächter aus. Noch glucksend und nach Luft schnappend, stellte Matteo Santoro nach einer Weile vernichtend fest:

»Jetzt können wir wenigstens zwei Personen aus unserer unendlichen Verdächtigenpopulation ausschliessen. Womit wir wieder bei unserem fehlenden Motiv wären.«

»Vielleicht sind wir aber auch auf dem Holzweg und haben es hier mit dem berühmten perfekten Mord zu tun.«

Er hob abwehrend die Hände:

»Kommen Sie mir nicht damit. Wenn er perfekt ist, werden wir ihn nicht lösen können, sonst ist er es ja nicht, und diese Möglichkeit will ich schon gar nicht in Betracht ziehen. Das würde bedeuten, dass wir uns für nichts und wieder nichts abrackern. Und das gefällt mir ganz und gar nicht.«

»Das ist das Problem mit den handlungsorientierten Leuten. Sie wollen effizient sein und zielstrebig etwas erreichen. Wenn sie das nicht können, wissen sie nicht weiter und schmollen. Es fehlt ihnen eindeutig an Gelassenheit.«

»Danke für die nette Analyse. Erzählen Sie mir lieber, wie Sie Ihren Morgen verbracht haben. Ich gehe davon aus, dass auch Sie die letzten Stunden nicht mit Zen-Meditationen verbracht haben, sondern versucht haben, aktiv den Knäuel zu entwirren.«

Zina kam seiner Aufforderung gerne nach, liess auch den Wachhund in Gestalt einer feingliedrigen grauen Katze nicht aus, dafür die persönlichen Implikationen. Erstaunlicherweise empfand ihr Chef die Vorstellung, den Traum einer alten Dame in die Untersuchung einzubeziehen, ganz und gar nicht als abwegig. Ganz im Gegenteil: Er fragte sie, welche Schlüsse sie daraus ziehen könnten.

»Da bin ich mir gar nicht sicher. Sollen wir nach einem Hundebesitzer suchen?«

»Warum auch nicht? Wir wissen sowieso nicht mehr, wo wir suchen sollen, wenn wir mal ganz ehrlich sein wollen. Wobei ich mir nicht vorstellen kann, dass jemand mit einem Hund an der Leine einen Mord begehen geht. Trotzdem, ich lass mal Müller die Hundebesitzer ausfindig machen, wird für ihn ein Klacks sein. Dass der Traum darauf hindeutet, dass vor dem Schuss eine Auseinandersetzung stattgefunden hat, scheint mir eher wahrscheinlich.«

»Was machen wir jetzt?«

»Wir nehmen zuerst mal ein Dessert, ich lade Sie ein. Und ich dulde keine Widerrede. Die Mousse au Chocolat ist hier übrigens schweinegut. Und dann gehen wir zum Schulsekretariat und schauen uns mal die Akten der übrigen Verdächtigen an.«

Er selbst hätte jetzt sehr viel lieber eine Zigarette geraucht. Das war jetzt nämlich die ganz genau richtige Stimmung und der extra spezial Superzeitpunkt dafür. Doch er führte sich die elende Prozedur vor Augen, die er hatte absolvieren müssen, um damit aufhören zu können. Den Geschmack der abscheulichen Kaumasse im Mund konnte er jetzt noch jederzeit hervorholen. Nein, das war es wirklich nicht wert. Oder? Stattdessen fing er an, den Nagel seines linken Zeigefingers zu massieren, was ihn erstaunlicherweise beruhigte und steckte dann einen Zahnstocher ein – für alle Fälle.

Herr Lustig, der Sekretär, hatte sie beide sehr herzlich empfangen und erklärte sich gerne bereit, die Dossiers der betreffenden Lehrerinnen und Lehrer des St.-Theresien-Schulhauses herauszusuchen. Nun sassen die beiden Ermittler je auf einer Seite des Schreibtisches ihres Ermordeten und brüteten über den Papierbergen. Da die meisten Beteiligten schon seit Jahren, wenn nicht gar Jahrzehnten im Schuldienst waren, hatte sich ziemlich viel Material angesammelt. Von einer Systematik konnte keine Rede sein. Urlaubsgesuchen und Bewerbungsschreiben folgten Inspektionsberichte über Stundenbesuche, die wiederum von Gesprächsprotokollen oder Briefen abgelöst wurden. Zwischendurch hoben die Leser den Kopf und tauschten einige Informationsbrocken aus, um sich dann wieder in ihre Papierberge zu versenken. Matteo Santoro hatte seinen Zahnstocher ausgepackt, auf dem er jetzt herumkaute und Zina Goldberg zog immer heftiger an ihren Fransen herum. Herumsitzen war nun mal nicht ihre Stärke, da waren sich beide einig. Und beide waren nahe dabei aufzugeben, als Santoro mehrere Blätter nebeneinander legte und immer wieder von einem zum anderen schaute.

»Ist Ihnen schon aufgefallen, wie viele Weiterbildungen und so genannte Nachqualifikationen diese Leute absolvieren müssen, damit sie fest angestellt werden können?«

»Ja, ich hatte auch schon drei. Die haben es jetzt aber hinter sich. Mit ziemlich viel Ärger zum Teil, würde ich sagen. Die Frau von Thüring zum Beispiel wundert sich in einem Brief an ihren Rektor, warum sie eine mehrjährige Ausbildung absolvieren sollte, während eine Kollegin aus einem anderen Schulhaus mit den gleichen Voraussetzungen nur gerade ein paar Kurse besuchen muss. Und hier habe ich noch einen Brief des Rektors des kantonalen Seminars, der Herrn Würscht darauf hinweist, dass, wenn der Herr Nemeth tatsächlich die Methodikstunden bei ihm nachholen müsse, der arme Kerl in seinen eigenen Kursen würde sitzen müssen. Anscheinend ist er dann doch davon befreit worden. Ein leicht absurder Beigeschmack bleibt trotzdem, finde ich. Was kann ich Ihnen noch bieten? Ach ja, da wundert sich Frau

Schaffner, dass ihr Diplom aus einem anderen Kanton nicht anerkannt wird, obwohl die Ausbildung, die sie genossen hat, länger und intensiver ist als diejenige, die bei uns angeboten wird. Sie musste trotzdem nochmals die Schulbank drücken, so wie ich das verstanden habe.«

»Würde mich ganz schön nerven, so eine Geschichte.«

»Aber wie lange? Die sind alle schon ein paar Jahre her und alle sind mittlerweile angestellt. Ich glaube nicht, dass das für einen Mord reicht.«

»Die sind eher auf die nächste Couch gehechtet, nehme ich an.«

Beide vertieften sich wieder in ihre Akten und nur noch das Rascheln der Blätter und vereinzelte Seufzer waren zu hören. Zwischendurch brachte ihnen Herr Lustig, der freundliche Sekretär, einen Kaffee und etwas zum Knabbern, was sie nicht davon abhielt, ihre Nasen weiter in die Unterlagen zu stecken. Erst nach einer guten Stunde stand Zina auf und streckte sich. Wie eine Katze, die zu lange in einer ungemütlichen Lage hat sitzen müssen, dachte Matteo. Auch er stand auf, stellte sich zum Fenster und schaute auf die Strasse hinaus. Ohne sich umzudrehen stellte er eine Frage, ohne grosse Hoffnung, eine bedeutende Antwort erhalten zu können:

»Haben Sie noch was gefunden?«

»Nicht wirklich. Ich habe mir die schriftliche Begründung im Falle Andrej Nemeth zu Gemüte geführt und muss schon sagen, dass unser Würscht darin ganz schön zusammengestaucht wird. Das Ganze ist sehr korrekt und nüchtern gehalten, aber zwischen den Zeilen wird sehr deutlich, dass die lieben Juristen ihn für einen Deppen halten.«

»Das war doch diese Geschichte mit dem Verweis, nicht?«

»Genau. Und in dieser Begründung geben sie Nemeth mit seiner Beschwerde gegen den Verweis Recht. Es gab absolut keine Grundlage für eine solche Massregelung. Das Erstaunen des Schreibers über das stümperhafte Vorgehen des Rektors ist nicht schwer herauszulesen.«

»Ob das dem Nemeth Genugtuung genug war?«

»Sie haben doch mit ihm geredet. Was hatten *Sie* denn für einen Eindruck?«

»Er machte mir nicht gerade den Eindruck eines nach Blut dürstenden Bersekers. Zudem schien er eine tierische Freude am Verlauf und am Abschluss dieser Gerichtsepisode zu haben. Ich würde davon ausgehen, dass er sich unmissverständlich gerächt fühlte. Die Richter hatten seinen Kontrahenten schon zur Genüge lächerlich gemacht. Und … er hat einen Zen-Garten.«, fügte Santoro bedeutungsvoll hinzu.

»Das ist wohl das gewichtigste Argument, das für seine Unschuld spricht?«

»Höre ich da einen höhnischen Unterton? Für mich passt das einfach nicht gut zusammen: Rachefeldzug und Zen-Garten.«

»Das wird wohl wieder Ihre männliche Intuition sein, nicht? Wirkt die nur bei Fussball und Gärten?«

»Nein, auch bei Assistentinnen«, erwiderte Santoro trocken.

Das ist wohl die dünne rote Linie, die es nicht zu überschreiten gilt, dachte Zina. Sie beobachtete das Spiegelbild ihres Chefs, das sich ganz schwach im Fenster abzeichnete. Er hatte sich nicht umgedreht und schaute weiterhin zum Fenster hinaus, das auf den Lohnhof, das ehemalige Gefängnis, hinausging. Seit einigen Jahren war dieses Gebäude zweckentfremdet worden und bot nun Platz für ein Restaurant für gehobene Ansprüche und ein Hotel. Zina fragte sich, ob die Zellen ebenfalls den Erwartungen der zahlungskräftigen Kunden angepasst worden waren. Anscheinend mussten in diesen Zeiten nicht nur die Menschen sondern auch ehrwürdige Gebäude Flexibilität bekunden. So gut war die Wandlung dem alten Gemäuer doch nicht bekommen, musste die kritische Betrachterin feststellen, denn von aussen sah es immer noch so aus, wie es sich für ein Gefängnis, das etwas auf sich hielt, gehörte: viel Wand und wenig Fenster.

Was mochte für ihn so interessant sein an dieser Aussicht, dass er seit einer ganzen Weile da hinausstierte? Sein sonst so markantes Profil schien durch die unklare Spiegelung weicher und zarter, sein Blick war nicht auf die Mauer fixiert, sondern schien sich in der Weite zu verlieren. Da sie nun mal die Gelegenheit bekam, ihn ungestört beobachten zu können, liess sie ihre Augen über seinen Rücken schweifen. Seine Schultern waren sehr gerade und vermittelten ein Gefühl der Stärke. Dies, obwohl er sehr schlank und kaum grösser war als sie selbst. Er stand ganz still und entspannt da, wie jemand, der für eine kurze Zeit und ohne Absicht ins Lot gekommen ist. Zina spürte wie sich ein Lächeln zuerst auf ihren Lippen formte, dann zu ihrer Nase weiterschwebte, dort ein Prickeln auslöste, um sich wie ein stiller Frühlingswind in ihrem Körper auszubreiten, bis es ihre Haare erreichte, die sich ganz leicht aufrichteten, als ob sie sich für einen Tanz bereitstellten. Tango.

›Willst du, dass dein Hirn wie Butter an der Sonne schmilzt? Hör auf zu glotzen, bevor du dich wieder in eine erbärmliche Situation hineinmanövrierst!‹ Da war sie wieder, diese ätzende alte Schachtel.

Statt sich auf eine fruchtlose Auseinandersetzung einzulassen, stand Zina auf und stellte sich neben Santoro und starrte, wie er, auf die gegenüberliegende Mauer. Aus dem Augenwinkel konnte sie erkennen, dass er seinen Kopf zu ihr gewandt hatte. Und als sie sich zu ihm hinwandte, erkannte sie endlich, was ihm das leicht verschobene und schräge Gesicht verlieh. Die kleine Lücke zwischen seinen mittleren Schneidezähnen war leicht nach links verrutscht. Wo hatte sie schon wieder gelesen, dass Attraktivität nur durch Nichtperfektion entstehen konnte? Bevor die Killerlady in ihrem Kopf nach Luft schnappen konnte, um sie mit giftigen Pfeilen auf den dürren Boden der Realität zurückschiessen zu können, schaute Zina schnell Richtung kommerzialisiertes Gefängnis, nur um sich gegenüber ihrem lächelnden Spiegelbild wieder zu finden. Irgendwie war sie abgedriftet. Es war höchste Zeit, sich wieder dem nüchternen Hier und Jetzt zu widmen. Dezidiert stellte sie ihre nächste Frage:

»Haben Sie sonst noch etwas Unangenehmes aus unseren Dossiers fischen können?«

»Einiges, aber nichts, was jemanden zum Mord treiben könnte. Immer der gleiche Kleinkram. Gefährdungsmeldungen, die nicht weitergeleitet werden, Angelegenheiten, die der Rektor hätte übernehmen sollen, die er zurück ins Schulhaus delegiert. Die Wut und die Hilflosigkeit sind darin schon deutlich zu erkennen, aber das scheint schon seit Jahren so zu funktionieren: Von unten wirft ihm jemand einen Ball zu und er smasht ihn ruckzuck zurück.«

»War er Volleyballer?«

»Er hat keinen Sport getrieben. Er hat gar nichts getrieben. Er hatte nur eine Geliebte und eine Nochehefrau. Er scheint vor allem gearbeitet zu haben.«

»Na ja, wissen Sie, Chef, auch Aufträge abwehren und Anfragen abschmettern kostet Zeit.«

»Haben Sie alle Dossiers durchgeackert?«

»Hab noch ein paar.«

»Kommen Sie, die teilen wir uns auf und dann machen wir Schluss. Ich muss hier bald wieder raus. Ich fühle mich schon verstaubt und die Aussicht auf diese zu kleinen Fenster vis-à-vis stimmt mich kleinkariert.«

»Dann lassen wir wenigstens frischen Wind rein, das pustet den Kopf frei, und wenn Sie sich auf den Boden legen, vors Fenster, können Sie vielleicht noch den Himmel entdecken. Den gibt es nämlich noch. Eigentlich.«

Sie stellten ihre Stühle ans Fenster, legten ihre Füsse auf den Heizkörper, was ihnen erlaubte, wenn sie von ihren Akten aufschauten, einen schmalen blauen Streifen zu erblicken. Zwischendurch erschien Herr Lustig mit Orangensaft und einigen aufmunternden Worten. Er meinte, noch nie jemanden erlebt zu haben, der an administrativen Wehen gestorben sei, was zwar erstaune aber doch hoffnungsfroh stimmen könne. Viel Gescheites sei leider selten geboren worden. Santoro fand, dass das orange Glas seiner Assistentin gut stand. Nach etlichen tiefen Seufzern, Stellungswechseln und gemurmelten Flüchen, waren sie dann so weit: Sie hatten alle Dossiers durchgepflügt.

»Da ist vielleicht noch was, Chef. Frau Kunz hat in den letzten Monaten einen längeren Briefwechsel mit ihrem Rektor geführt. Kurz zusammengefasst, ist sie nicht fest angestellt, möchte es werden und kann die Auflagen dafür nicht erfüllen. Sie erwartet vom Würscht, dass er Verständnis zeigt und ihr eine machbare Lösung anbietet. Der hingegen stützt sich auf die Paragraphen. Sie wiederum drängt ihn, sich auf andere Paragraphen zu stützen, die er auch aus der Wundertüte ziehen könne, wenn er wolle. Er erklärt, nicht zu können, sie erwartet, dass er wollen könne. Sie schwankt zwischen Forderungen, fast Drohungen mit rechtlichen Schritten einerseits und Bitten, bis zum Betteln andererseits.«

»So was Ähnliches hab ich auch zu bieten. Frau Zumsteg muss noch ein weiteres Fach studieren, um fest angestellt zu werden. Sie macht geltend, dass sie die Ausbildung schon angefangen hat, da sie jedoch dieses Fach schon seit Jahren unterrichtet, weiss sie weit mehr als der Dozent und wird immer wieder gebeten, die Dozentin zu spielen. Sie fragt an, ob sie die Übung nicht abbrechen könne. Darin wird sie von ihrem Dozenten unterstützt. Der Herr Rektor hingegen findet, Ausweis sei Ausweis und den müsse sie haben.«

»Wie kommt sie denn dazu Fächer zu unterrichten, für die sie nicht qualifiziert ist?«

»Ist sie wohl. Leider hat sie im falschen Land promoviert. Ihr Diplom wurde nicht anerkannt und sie musste deshalb nachqualifiziert werden, was sie in zwei Fächern hat über sich ergehen lassen. Nun wurde aber klar, dass sie drei braucht, um fest angestellt zu werden. Wissen Sie was, Goldberg?«

»Ja, ich weiss was, es ist erstaunlich, dass nicht *mehr* Paragraphenreiter umgebracht werden.«

»Genau.«

Sie strömten gerade alle aus der Kirche, und Santoro und Goldberg, die sich in den hintersten Reihen aufgehalten hatten, schauten den Trauergästen ins Gesicht. Nicht, dass sie darauf gehofft hätten, einen davon mit besonders schuldbewusster Miene an sich vorbeiziehen zu sehen. Eigentlich waren sie ohne feste Vorstellung bei der Beerdigung von Herrn Würscht erschienen. Ermittler in einer Mordsache taten das eben. Und Neugier spielte auch eine Rolle, denn unter den Todesanzeigen waren zwei erschienen, die auf einen Showdown hoffen liessen. Die Ehefrau einerseits, die Geliebte andererseits, hatten beide für sich und in ganz eigenem Stil ihrer Trauer Ausdruck gegeben. »Treusorgender Ehemann« hatte sich mit »Mein Allerliebster« duelliert, »Hat zu Gott gefunden« konkurrenzierte »Ist in die Ewigkeit eingegangen«. Nach erbittertem Kampf hatte die Ehefrau die erste Runde gewonnen: Sie hatte die Leiche sowie das Recht ergattert, die Beerdigung zu organisieren. Nach grauen Herren mit gleicher Krawatte oder wahlweise mit gleicher Anstecknadel – Offiziersverein oder Zunftmitglieder – und einer Reihe grauer Herren ohne was, trat nun auch, mit durchgedrücktem Rückgrat und einem Kinn an vorderster Front, die Nochehegattin aus dem Portal. Siegesgewiss schaute sie in die Runde und wartete, dass ihr die Anwesenden ihr Beileid bekundeten. Von der Geliebten war nichts zu sehen. ›Hat sie wirklich kampflos das Grabterrain ihrer Rivalin überlassen?‹, dachte Zina leicht enttäuscht. Sowohl Santoro wie auch sie waren so von der frischen Witwe fasziniert, dass sie erst realisierten, dass sie angesprochen worden waren, als ihre Ansprechpartner sich ostentativ vor ihrer Nase aufstellten. Vor ihnen standen nun Herr Sturzbach und Frau Hofmann, die eine Frau Kunz hinter ihrem Rücken versteckten, welche mit Hilfe ihrer Ellenbogen versuchte, auch einen Platz in der ersten Reihe zu ergattern – ohne Erfolg. Mit enttäuschter Miene setzte sie zurück, umrundete das Paar und stellte sich links neben Sturzi, der sie weiterhin nicht beachtete. Dieser hatte seine Aufmerksamkeit auf den Kommissar gerichtet und nach einem vernehmlichen Räuspern wandte er das Wort an ihn:

»Ich muss wohl denken, dass Sie es noch nicht geschafft haben, Ihren Fall zu lösen?«

»Sie müssen gar nichts«, antwortete der Angesprochene spitz.

»Unser Rektor hatte Feinde. Ich hoffe, dass Sie soweit schon gekommen sind?«, fuhr Sturzi unbeirrt weiter.

»Diese Leute haben nicht mal den Anstand, an die Beerdigung ihres direkten Vorgesetzten zu kommen. Erscheint Ihnen das nicht als bezeichnend?«

»Wen meinen Sie denn ganz konkret, Herr Sturzbach?«

»Leute, die krankhaft an pseudodemokratischen Strukturen festhalten, die nicht bereit sind Autoritäten anzuerkennen, die nicht fähig sind, sich einem höheren Ziel zu unterwerfen. Kurzum Leute, die zu allem bereit sind, Leute, die zuerst andere psychisch vernichten und nun, da sie das nicht genügend befriedigt, zu drastischeren Massnahmen gegriffen haben.«

»Namen!«, stiess Santoro hervor, seine Wut nur mühsam unterdrückend.

»Ich möchte nicht in Ihren Kompetenzbereich treten, Herr Kommissar. Die Schuldigen zu finden, ist doch wohl *Ihre* Aufgabe und nicht meine.«

Bevor Matteo Santoro etwas erwidern konnte, legte Frau Hofmann ihren Kopf zur Seite, was ein untrügliches Zeichen darstellte, dass sie sich einklinken wollte. Mit einschmeichelnder Stimme hob sie an:

»Komm Beat, der Herr Kommissar hat dich mit Bestimmtheit verstanden, auch wenn er das jetzt nicht zeigen darf. Vergiss nicht, dass wir noch etwas zum Feiern haben.«

Da ihr Gegenüber sie leicht schockiert betrachtete – die geben doch nicht zu, dass sie die Beerdigung des Würscht feiern, dachte Matteo gerade – fühlte sich Frau Hofmann gemüssigt, ihnen die Situation zu erklären. Was sie mit gönnerhaftem Lächeln tat.

»Sind Sie noch nicht informiert? Na, Beat weiss es ja auch erst seit heute Morgen. Er hatte sich für eine Stelle beworben und … er ist gewählt worden. Auch dank der Empfehlung des lieben Kurt, möchte ich betonen.«

Zina, die bis jetzt von keiner der drei Gestalten wahrgenommen worden war und ihre Zeit mit stillen Gebeten verbracht hatte – ›Oh Gott, schenke mir Geduld‹, im Wechsel mit, ›Oh

Göttin, reich mir eine faule Tomate‹ – konnte nun wirklich nicht mehr an sich halten und platzte heraus:

»Welche Stelle?«

»Er ist ab nächstem Schuljahr Leiter der Stabstelle QUAKSCH!«, verkündete Frau Hofmann stolz.

»Quatsch?«, fragten unisono die verblüfften Ermittler.

»Nein«, meinte der Beförderte tadelnd. »QUAKSCH, also, für Nichtinformierte: Qualitätskontrolle Schulen.«

Nach dieser Information verabschiedete sich das Duo und entfernte sich strammen Schrittes. Sie schienen nicht zu bemerken, dass Frau Kunz ihnen hinterher hastete.

Auch Santoro und Goldmann hatten genug erlebt und beschlossen, sich zu verziehen. Als sie diskret an den Trauergästen vorbei schlichen und um eine der vielen Hecken verschwanden, fanden sie sich plötzlich Nase an Nase mit einer triefenden … Nase. Die Geliebte stand, gestützt von einer Frau, die der Ähnlichkeit nach ihre Schwester sein musste, Rotz und Wasser heulend, in ihrem Versteck.

Die Szene war zwar erwiesenermassen Mitleid erregend. Doch die beiden Schnüffler hatten für heute definitiv genug. Mit einem Nicken und einem Lächeln gingen sie einträchtig an den beiden Frauen vorbei.

Zina stand in ihrer Tür und fragte sich, ob sie überhaupt eintreten sollte. Nun wohnte sie doch schon seit mehreren Monaten hier und es sah aus, als ob sie noch gar nicht richtig eingezogen wäre. Sie sah wieder die Terrasse der verheulten Geliebten vor sich, die wenigen aber irgendwie richtigen Möbel im Wohnzimmer, die wie durch ein Wunder auch noch am richtigen Ort standen. Sie sah die gemütliche Einrichtung ihrer Freunde vor sich, die Pflanzen und den kleinen Zimmerbrunnen, und sie fragte sich, warum sie in einem unaufgeräumten Lagerraum leben musste. Woher kam nur die sonderbare Vorstellung, dass alles, was sie hatte, alles was sie aufbaute, von einem Augenblick zum andern verschwinden könnte. Dass alles, was ihr – zu ihr – gehörte, immer nur flüchtig sein könne? Sie erinnerte sich noch an die Wohnung, in der sie mit ihrer Familie gelebt hatte, als sie noch ein Kind war, als ihre Mutter noch lebte. Damals hatten sie nicht viel Geld, soviel hatte sie auch als ganz kleines Mädchen verstanden. Die Wohnung war auch nicht gross gewesen. Aber ihre Mutter hatte es geschafft, mit einfachen Mitteln, ein Gefühl der Weite, wie auch der Geborgenheit zu schaffen. Und so hatte sie sich selbst auch gefühlt. Ihre Eltern hatten ihr immer viel Raum gelassen. Viele Stunden hatte sie mit andern Kindern spielend verbracht, ohne dass sich ein Erwachsener eingemischt hätte. Und sie hatte die Überzeugung in sich getragen, dass sie nicht weit fort waren. Eine kritische Situation genügte, um sie auf den Plan zu rufen. Warum also konnte sie dieses Nest nicht auch für sich selbst schaffen? Sie lehnte an den Türrahmen und liess die Tränen über ihre Wangen kullern. Auch durch den entstandenen Schleier konnte sie noch klar genug sehen, um erkennen zu können, dass gegen die einzelnen Möbelstücke gar nicht viel einzuwenden war. Erstens waren sie noch ganz neu – schliesslich hatte sie sich das meiste nach ihrer Trennung von »diesem Idioten« angeschafft – und zweitens hatte sie selbst alles ausgesucht. Gegen das dunkelbraune Ledersofa zum Beispiel war doch gar nichts einzuwenden. Es hatte sie viel Überwindung gekostet, für einmal nicht das schwarze zu nehmen. Aber es hatte seinen Platz noch nicht gefunden. Irgendwie stand es ganz verloren da, wie bestellt und nicht abgeholt. Dass immer noch Kisten darauf gestapelt waren, erhöhte seinen Charme auch nicht gerade. ›Hör auf, dich selbst zu bemitleiden und tu was!‹, befahl sie sich. Am liebsten wäre sie jetzt einfach davongelaufen – irgendwohin. Bevor sie diesem Impuls nachgeben konnte, was sie in den vergangenen Monaten allzu oft getan hatte, richtete sie sich auf, strich mit beiden Händen über ihr Gesicht und sagte laut und deutlich:

»Aufräumen! Heute schmeissen wir all den alten Bettel einfach weg.«

Sie setzte sich auf die letzte freie Fläche des Sofas und öffnete die erste Umzugsschachtel, die ihr unter die Finger kam. Und schloss sie gleich wieder. Denn was sie erblickt hatte, das waren Fotos. Von ihr und diesem ... Nach einem tiefen Seufzer und nachdem sie sich ein Glas Rotwein eingeschenkt hatte, ging sie der Schachtel abermals an die Innereien. ›Mensch, geht mir das an die Nieren‹, dachte sie, als sie den ersten Stapel an sich riss. Was sollte sie nur mit all diesen Erinnerungen machen? Die Photos stammten von ihrer letzten gemeinsamen Reise. Nach Marokko waren sie geflogen und hatten dann eine Rundreise im Wüstengebiet unternommen. Das Land hatte ihr grossen Eindruck gemacht, hatte ihr sehr gefallen. Die Begleitung weniger. Sie beschloss, die Landschaften zu behalten, die eigenen Porträts auch und den Rest wegzuwerfen. ›Wie undankbar du bist! Ihr hattet doch auch so schöne Momente miteinander. Er liebte dich doch auch‹. Da war sie wieder, diese elende Drecksstimme. ›Aber nicht genug!‹, antwortete sie mit einer Überzeugung, die sie gerne auch ganz tief innen verspürt hätte. ›Es braucht immer zwei!‹, konterte die alte Vettel giftig. ›Eben. Und zudem sag ich dir jetzt nur noch eines: Abfallsack!‹ Damit erhob sie sich und holte einen 110 Litersack aus der Küche. Das musste doch zu viel des Guten gewesen sein, denn Zina wurde an diesem Abend von der bösen Wächterin nicht weiter belästigt. In aller Ruhe und mit sich verbessernder Laune füllte sie einen Abfallsack nach dem andern. Nach zwei Stunden sass sie leidlich verstaubt, aber guten Mutes, auf ihrem Teppich. Der Wein mochte seinen Anteil an der Hebung ihrer Stimmung beigetragen haben, aber das war Zina nun piepegal. Ohne es wahrzunehmen, hatte sie begonnen, französische Lieder aus ihrer Kindheit – nicht ganz lupenrein – vor sich hinzuträllern, was ihren Schwung noch verstärkte. Sie verschob dann noch eine halbe Stunde lang das Sofa hin und her, bis sie den richtigen, besten, einzig möglichen Platz für das gute Teil gefunden hatte. Danach stellte sie sich wieder an den Türrahmen und betrachtete ihr Werk. Besser. Eindeutig besser. Aber nicht genug. Eine grosse, üppige Pflanze musste her. Am besten eine Palme. Und zwar so, dass, wenn sie sich aufs Sofa fläzte, sie nach oben durch die Palmblätter blicken konnte. Und diesmal würde sie das Ding nicht verdorren lassen!

Matteo Santoro hatte Sorgen. Er fragte sich, ob es wirklich eine gute Idee gewesen war, seinen Vater um Hilfe zu bitten. Letztendlich hatte er die Idee mit dem Brief aufgegeben – zu anstrengend, zu langwierig – und hatte seinem Vater ein SMS geschickt: figlio stronzo, vieni subito[1]. Das hatte genügt, um den alten Mann eine Stunde später am Telefon und, zwei Tage später, auf der Matte zu haben. Auf manche Menschen war Verlass. Sein Vater gehörte dazu. Aber jetzt machte er eindeutig zu viel Lärm auf dieser wunderschönen Terrasse über dem Rhein. Er fuchtelte mit den Händen um sich. Er hielt seinem Enkel die vereinten Fingerkuppen vor die Nase und liess sie vor und zurückschnellen. Er redete ununterbrochen und eindringlich auf ihn ein, und dabei fixierte er ihn mit seinen Augen, als ob er ihn zu einer richtigen Meinung hinhypnotisieren wolle. Von den anderen Tischen drehten sich immer mehr Köpfe nach ihnen um.

Santoro fragte sich, ob er intervenieren sollte und schaute seinen Sohn an. Nein, entschied er. Denn sein Sohn schaute seinen Grossvater verhalten strahlend an. Sollte da noch einer drauskommen.

Es war doch eine gute Idee gewesen hierher zu kommen, in dieses italienische Restaurant, dessen Pächter der Sohn eines alten Freundes seines Vaters war. Sie waren mit dem Zug nach Rheinfelden gekommen, in dieses kleine, mittelalterlich anmutende Städtchen am Fluss, in dem so selbstverständlich eine Art von Ferienstimmung aufkommen konnte. Das Restaurant ›Da Pietro‹ hatte ein grosses Plus, und das war eben die besagte Terrasse, die über dem Fluss hing. Der Abend war so sommerlich warm an diesem Frühlingsabend, dass Matteo gerne auf die schmiedeeiserne Umzäunung gestiegen wäre, um einen Kopf-

1 Figlio stronzo, vieni subito: Sohn spinnt, komm sofort her!

sprung ins Wasser zu wagen. Na, zumindest war die Vorstellung verlockend. Die Umsetzung in die Tat wäre dann vielleicht doch ein bisschen zu kalt und zu nass herausgekommen. Da er sich vorläufig noch nicht gemüssigt fühlte dazwischen zu fahren, liess er seinen Blick über den Fluss bis zum anderen Ufer schweifen, wo viel Grün und nur wenige Menschen zu sehen waren. Weite und Ruhe, dachte er, und doch auch Bewegung und die Verheissung auf etwas Fremdes und Neues. Wer hier auf ein Schiff stieg, erreichte irgendwann das Meer. Und neue Ufer. Die Stimme seines Sohnes riss ihn aus seiner meditativen Stimmung. Zum ersten Mal seit Beginn der Unterhaltung redete nun sein Sohn Marco.

»Was redest du mit mir, als ob ich ein Fremdenhasser wäre, Bappo. Wer erzählt dir denn so einen Mist?«, entfuhr es ihm mit einem finsteren Seitenblick auf seinen Vater. »Aber du hast ja keine Ahnung, was bei uns abläuft. Du kannst am Abend nicht mehr in die Stadt gehen, ohne angemacht zu werden. Und weisst du, wer sich am meisten beschwert?«

Der Junge hielt inne, schaute eindringlich und mit auffordernder, doch finsterer Miene seinen Stammbaum an. Als keiner seiner Zweige zu einer Antwort bereit war, stiess er deutlich und allzu laut hervor:

»Die Mädchen.«

Das Gespräch war eindeutig aus dem Ruder geraten. Sein Vater lehnte sich weit über den Tisch, hatte einen roten Kopf und Augen, die aus den Höhlen springen wollten. Sein Sohn sass nun wieder weit zurückgelehnt und mit verschränkten Armen in der Lehne seines Stuhles, die Beine ausgestreckt und überkreuzt.

Zum ersten Mal seit langer Zeit schaute Matteo das Gesicht seines Sohnes genauer an. Das schmale, eigentlich sonst ganz hübsche Gesicht, wirkte bleich und verkniffen. Seine Augen verrieten, dass er sich in die Enge getrieben fühlte. Matteo war klar, dass er eingreifen sollte, um seinen Sohn aus dieser Falle rausholen zu können. Nur, wie sollte er es anstellen, ohne seinen Vater noch mehr zu erzürnen und Marco nicht das Gefühl zu vermitteln einfach einzulenken oder, noch schlimmer, gönnerhaft zu wirken.

Ihm fehlte eindeutig die Übung. Und das hiess doch ganz einfach, dass er seinen Sohn seit langem vernachlässigte, dass er ihn alleine gelassen hatte. Um dem beschämenden Gefühl, das sich in ihm breit machte, keinen weiteren Raum anzubieten, entschied er sich zu sagen, was er jedem andern Menschen in dieser Situation zunächst auch gesagt hätte. Vielleicht würde sie das beide weiterbringen.

»Erzähl weiter, Marco.«

»Es sind Mädchen aus meiner Klasse, die mir das erzählt haben. Manche von ihnen trauen sich gar nicht mehr alleine in die Stadt, andere ziehen keine Röcke mehr an, weil es dann besonders schlimm ist. Sie werden auf Schritt und Tritt angemacht. Es beginnt mit ›Hey, Süsse!‹, oder mit ›Hey, Baby!‹, weiter geht's dann mit Sprüchen wie ›Willst du mit mir ficken?‹ oder wahlweise mit ›Willst du mir einen blasen?‹ Wenn die Mädchen, ohne zu reagieren, weitergehen, bekommen sie noch Bemerkungen zu hören wie: ›Du eingebildete Schlampe‹ und ›Dich hätte ich sowieso nicht genommen!‹«

»Und reagiert denn niemand? Zu meiner Zeit hätte so ein junger Depp doch gleich eine von einem Erwachsenen runtergehauen gekriegt.«

»Ach, Bappo, vergiss es! Kein Schwein reagiert. Alle gehen schnell weiter und schauen auf die andere Seite. Mit denen legt sich doch keiner an. Die treten ja auch nur in Gruppen auf, und das macht sie unantastbar.«

»Was sind das denn für Typen, die das machen?«, schaltete sich Santoro ein.

»Papi, das ist doch genau das, was du nicht hören willst. Es sind keine Schweizer. Und das ist doch genau das, was dich stört.«

»Dann beschreib sie mir doch einfach, ohne zu sagen woher sie kommen. Vielleicht kommen wir dann weiter, ohne dass wir uns anschreien müssen.«

Sein Sohn schaute ihn erst schweigend, mit grossen Augen und mit leicht geöffnetem Mund an, was ihn sehr jung und verletzlich aussehen liess. Dann entwickelte sich langsam aber sicher ein breites Grinsen auf seinem Gesicht. Anscheinend waren das die richtigen Worte gewesen, dachte Matteo.

»Es sind die Typen, die eine Deppenkappe à la Eminem tragen und sie fast bis über die Augen herunterziehen. Die Turnschuhe tragen sie natürlich ungebunden, mit den Schnürsenkeln nach innen verstaut. Das verleiht ihnen diesen coolen Schlurfschritt. Die Jeans fallen ihnen in die Kniekehle. Uneingeweihte könnten den irrigen Schluss ziehen, dass sie sich in die Hosen gemacht haben. Aber die Wahrheit ist, dass die nur aussehen wollen wie die Knastbrüder, die tatsächlich keinen Gürtel tragen dürfen und deshalb die Hosen fast verlieren. Dann tragen sie natürlich noch irgendeine schwarze Bomberjacke. Jeden Satz beginnen sie mit ›Hey Mann, hey‹, und den Schluss machen dann die Worte ›Hey, schwör, hey.‹ Dazwischen irren dann noch ein paar Worte ohne Artikel und ohne Präpositionen herum – oder mit den falschen. Artikel und Präpositionen, meine ich. Meist lassen sie noch die eine Hand, wie eine angesäuselte Schlange vor dem Gesicht des Gegenübers hin und her tänzeln.«

»Poverini![2]«, seufzte Santoro Senior, bedauernd den Kopf schüttelnd.

Ja, sein Vater hatte Recht. Die Armen! Eigentlich hingen diese Jugendlichen, die noch fast Kinder waren, sinnlos herum und versuchten, sich auf unangenehme Art bemerkbar zu machen, weil sich kein Schwein um sie kümmerte. Und was noch schlimmer war: Kein Mensch wollte sie. In letzter Zeit waren genügend Artikel in den Zeitungen erschienen, die berichteten wie viele dieser Jungen keine Arbeit, geschweige denn eine Lehrstelle, finden konnten. Sie hatten eine Schulkarriere hinter sich, in der sie nur Niederlagen hintereinander gereiht hatten. Sie konnten nichts, sie wussten nichts und ihre Ausdrucksfähigkeit konnte höchstens Futter für blöde Witze liefern. Der zuständige Regierungsrat und der Leiter des Wirtschaftsverbandes hatten einen Aufruf an das Gewerbe lanciert, damit neue und einfache Lehren und Anlehren

2 Poverini!: Die Armen

geschaffen würden. Grossen Erfolg hatten sie damit nicht gehabt. Vor allem die grossen Konzerne, die auch dieses Jahr horrende Gewinne eingeheimst hatten, konnten nicht für dieses Projekt erwärmt werden. Wer verschwendet denn schon ein paar Tausender an hilflose Jungs, die einfach mal eine Chance brauchen könnten? Wenn diese unangenehmen Gesellen in wenigen Jahren von der Sozialhilfe abhängig würden, mussten ja nicht die Konzerne blechen. Dafür gab es ja den Staat. Matteo war so in seinen Gedanken versunken, dass er den Faden der Unterhaltung verloren hatte. Aber anscheinend lief alles gut. So viel er mitbekam, erzählte sein Vater nun von seiner Anfangszeit hier in dieser fremden Stadt, als er noch kaum ein Wort verstand, geschweige denn eines aussprechen konnte.

»Lange habe ich einfach nicht verstanden, warum mich manche Männer von hier so schräg anschauten. Ich war jung und naiv, weisst du, Marco. Ich dachte, die brauchen uns, also sind sie auch froh, dass wir da sind. Weit daneben. Mit der Zeit hab ich dann mitbekommen, was für Vorstellungen über uns Italiener kursieren: Verführen junge Frauen, war so eine der fixen Ideen. Oder, auch sehr verbreitet, die Frauen zu Hause müssen *alle in Schwarz* gekleidet herumspazieren. Neben, wir *stehlen wie die Raben*, war die Erwartung, wir würden bei jeder Kleinigkeit *unser Messer zücken,* auch so eine fast unausrottbare Ansicht.«

»Aber das war ja etwas völlig anderes. Bei euch stimmte es doch gar nicht!«

»Doch. Das ist ja die Krux. Du wirst in jedem Volk Vertreter finden, die ganz genau den Vorurteilen entsprechen, die entwickelt worden sind, wie auch immer. Manchmal wird ja auch ziemlich nachgeholfen. Die Geschichten über Messer zückende Italiener, die sich für nichts und wieder nichts in Rage reden, wurden genüsslich weitergereicht. Aber, erzähl mir lieber etwas über deine sauberen Freunde, die glauben, dass sie Sheriff spielen müssen.«

»Das sind nicht meine Freunde. Wer hat dir denn wieder solchen Mist erzählt?«

Bei diesen Worten schaute Marco seinen Vater vorwurfsvoll an, der wiederum seinen Vater kopfschüttelnd und beschwörend anstarrte. Statt den schwarzen Peter reihum weiterzugeben, wollte Matteo viel lieber Informationen aus seinem Sohn herauskitzeln. Erstens wollte er wissen, wie weit dieser mit diesen rassistischen Deppen verwickelt war und zweitens hatte er ein unbestimmtes Gefühl in der Magengegend, ein untrügliches Zeichen, das er gut kannte. Es hiess: Du musst das wissen, auch wenn du jetzt noch nicht erkennen kannst wofür das mal gut sein kann. Er beschloss deshalb, seine familiäre Vater-Sohn-Zange, die wieder grossäugig, rotgesichtig und laut vor seinem Gesicht auf und zu schnappte, ruhig zu stellen:

»Marco, erzähl doch einfach. Wer sind diese Kerle, was tun sie?«

»Ich weiss nicht, was Ihr euch vorstellt. Das ist keine Organisation oder so was. Du kannst nicht sagen, wer dazu gehört und wer nicht. Meistens reden sie einfach nur. Reissen ihr grosses Maul auf. Regen sich über die vielen Ausländer auf, dass es noch mehr werden sollen, dass sie uns auf der Tasche liegen. Und manchmal wirst du gefragt, ob du mitkommen willst, ihnen eine Lektion erteilen. Und natürlich gehen sie jedes Jahr an die Erste August-Feier auf das Rütli, schwenken Fahnen und hindern den Bundespräsidenten daran, Worte wie Integration oder Solidarität ungestört auszusprechen.

»Du sagst, es gibt keine Organisation. Gibt es einen Chef, eine Leitung?«

»Keine Ahnung. Von aussen merkst du davon gar nichts. Irgendeiner kommt und sagt: ›Ich habe gehört, dass … Willst du auch mitkommen?‹«

»Bist du denn schon mitgegangen?«

»Papi, spinsch[3]? Ich bin doch nicht vom Affen gebissen. Das könnte meiner Laufbahn schaden. Zudem habe ich überhaupt keine Lust auf Schlägereien. Mir reicht es schon, wenn ich abends

3 Spinsch?: Spinnst du?

am Rheinufer blöd angemacht werde und einer mich nach drei Sätzen fragt, ob ich eine *Schlägerei in Fresse* haben wolle.«

»Eine Schlägerei in Fresse?«

»Ja, Bappo, nicht mal Drohungen können diese Idioten in korrektem Deutsch aussprechen. Und Ihr braucht gar nicht blöd zu grinsen. Wenn du nämlich nicht verdammt gut aufpasst, was du sagst, schlagen sie wirklich rein. Und das ist dann überhaupt nicht lustig. Einem Kollegen haben die sein Geld, sein Handy und seine Uhr abgenommen, was sie nicht daran gehindert hat, noch ein paar Faustschläge und Fusstritte zum Abschied zu hinterlassen. ›Hey, nur Spass, hey Mann, hey.‹«

»Ist dein Freund zur Polizei gegangen?«

»Polizei! Mensch Papi, bist du naiv. Das nützt doch nichts!«

Santoro schluckte. Soviel zur Achtung seines Sohnes seinem Beruf gegenüber. Es drängte ihn, das negative Bild zu korrigieren – na ja, zu relativieren. Doch das würde jetzt sicher nichts bringen, dafür war Marco viel zu aufgebracht. Und dafür hatte er ihn viel zu lange alleine gelassen. Aber Matteo nahm sich vor, dieser Sache nachzugehen. Anscheinend fühlte sich nicht nur sein Sohn in dieser Sache auf sich gestellt. Und anscheinend hatten einige jungen Deppen entschieden, selbst etwas zu unternehmen. Natürlich hatte er die jährlichen Ausschreitungen an der Bundesfeier mitbekommen und sich jedes Mal gefragt, warum nichts dagegen unternommen wurde. Die Scharen von grölenden jungen Männern und Frauen, die den Bundespräsidenten niederschrieen und ihn daran hinderten weiterzusprechen, hatten ihn beschämt. Die lauen Worte der Politiker, die darauf reagierten, hatten ihn bestürzt, und die Erklärungen des zuständigen Polizeipräsidenten, er habe nichts unternehmen können, um dieses Desaster zu verhindern, hatten ihm Angst eingejagt. Wie konnte ein Land so weit kommen, seinen Bundespräsidenten als einen halben Bundesrat und als charakterlos beschimpfen zu lassen, wie konnte es so weit kommen, dass eine Bundesfeier zur Farce degradiert wurde, in der kahl geschorene junge Männer mit dem Landeswappen auf dem T-Shirt die Hand zum Hitlergruss erhoben. Sein

Vater hätte die Antwort parat gehabt: Rassistische Einstellungen wurden von hoher Stelle geduldet, wenn nicht gar gefördert, und die Äusserungen, mit denen der höchste Vertreter des Landes niedergeschrieen worden war, hatten die Rechtsextremen von einem all zu bekannten Wortführer einer rechtspopulistischen Partei übernommen, der seit kurzem auch noch Teil der Landesregierung geworden war. Die ungesprochene Aufforderung und der inoffizielle Segen für die Attacke waren also von weit oben gekommen.

Mittlerweile hielt sein Vater einen Vortrag über Selbstjustiz und deren Gefahren, der von seinem Enkel mit halbem Interesse und mit viel Misstrauen entgegengenommen wurde. Matteo war jedoch immer mehr daran interessiert, Informationen aus seinem Sohn heraus zu kitzeln. Er nutzte deshalb die erstbeste Pause seines Vaters, um zu intervenieren:

»Sag mal Marco, wie weit würden denn deine Schulkollegen gehen?«

»Sie reissen vor allem das Maul auf, wenn du meine Meinung wissen willst. Kürzlich hat einer behauptet, er könne sich eine Waffe besorgen, wann er wolle, er habe da Kontakte. Eine 39-er, so ein altes Ding aus dem Zweiten Weltkrieg, weisst du.«

»Und glaubst du, sie würden so weit gehen?«

»Das kann ich mir nicht vorstellen. Schliesslich sind das Typen, die in ein bis zwei Jahren die Matura oder das Diplom machen wollen, um dann in einer Bank oder in einer grossen Firma einen gut bezahlten Job zu ergattern. Ich würde sagen, dass die vor allem im Internet herumsurfen und sich an den arischen Kraftprotzereien aufgeilen, oder sie gehen mal in ein Konzert einer dieser Bands. Ehrlich gesagt, finde sogar ich die eher geschmacklos. Hat irgendwie kein Niveau.«

»Dein Vater hat dir anscheinend nie erzählt, aus welcher Familie du kommst, Marco. Kein Wunder, dass du so schräg wächst.«

Nach einem vorwurfsvollen Blick auf den säumigen Sohn, also auf ihn, Matteo, begann der Grossvater die Geschichte des

Onkels zu erzählen, der sich Ende des Krieges über ein Jahr lang in der Scheune versteckt hatte, um nicht von den faschistischen Brigaden abgeholt zu werden. Er kannte die Geschichte, denn sein Vater hatte sie ihm und seinen Schwestern immer wieder erzählt. Er wusste auch, wohin das führen würde: zu Tränen in den Augen seines Vaters. Denn der Onkel war sehr jung und nur wenige Jahre nach dem Krieg an einem hartnäckigen Magengeschwür gestorben. So die Überlieferung. Sein Sohn hingegen schien diesen Teil der Familienchronik nicht zu kennen. Er hörte seinem Grossvater mit gespannter Miene zu und stellte immer wieder Fragen zu den damaligen, zugegebenermassen verwirrenden, politischen Geschehnissen. War es möglich, dass er, sein Vater, ihm nie etwas darüber erzählt hatte, dass er es einfach vergessen hatte?

Sein Blick kehrte wie von alleine zum Fluss zurück, der unterdessen, in der Dämmerung, nur noch verschwommen zu erkennen war. Er fragte sich, woher das Wasser kam und stellte sich die vielen Bäche und Nebenflüsse vor, die ihn genährt hatten. Sie waren zwar nicht mehr zu sehen, aber sie machten ihn aus, denn sie waren alle in ihm enthalten.

Zina tanzte Tango. Dass sie nicht wusste, in wessen Armen sie sich befand, störte sie nicht. Überhaupt nicht. Er war ein guter Tänzer, er roch gut, er hielt sie richtig – und das genügte vorläufig zu ihrem Glück. Im Gegensatz zu ihr schien ihr Partner sehr wohl zu wissen, wer sie war, denn er vermittelte ihr das Gefühl, wirklich mit *ihr* zu tanzen. Obwohl seine Führung sehr klar war, empfand sie diese eher als Aufforderung, sich in einem geschützten Rahmen frei bewegen zu können. Über die Schulter ihres Partners betrachtete sie mit halbgeschlossenen Lidern die anderen Tänzerinnen und Tänzer, liess ihren Blick träge über die Tische am Rande der Tanzfläche schweifen. Sie stutzte. Dass sie ihren Ex Was-auch-immer mit seiner blonden Barbiepuppe über der Tanzfläche wirbeln sah, konnte ja noch angehen. Es freute sie zwar nicht, angesichts ihrer aktuellen sehr angenehmen Lage, konnte sie diese Tatsache jedoch mit einer Gelassenheit auf sich nehmen, die ihr bisher nicht geschenkt worden war. Dass die Frauen des Schnörr- und Schnurpf-Grüppchens um eine Flasche Champagner, verschwörerisch und verschmitzt, die Köpfe zusammensteckten, liess sie auch noch knapp durchgehen. Dass am Tisch nebenan die abgesetzten Schulhausleiter mit Frau Kunz und Herrn Diekman diese Szene hinter vorgehaltener Hand kommentierten, schien ihr doch ziemlich dick aufgetragen. Aber dass der tote Rektor, versuchte mit zwei Frauen gleichzeitig Tango zu tanzen, das war dann doch zu viel des Guten. Sie entschied sich, ihren Tänzer zu entzaubern und bereute es gleich, denn sie wachte auf. Sie hatte sich doch tatsächlich Auge in Auge mit ihrem Chef wieder gefunden. Was für eine saublöde Idee auch, sich mit einem Tangostück namens Ensueños wecken zu lassen. Sie fragte sich ernsthaft, ob sie nicht doch besser zu ihrem piepsenden Wecker zurückkehren sollte, den sie gestern, in einer nicht mehr nachvollziehbaren Aufbruchstimmung, in den Müll geworfen hatte, um ihn mit der neuen musikalischen Weckmaschine zu ersetzen. Er hatte wenigstens den Verdienst, ihr emotionales Gleichgewicht in Frieden ruhen zu lassen.

*Kapitel 11*

# Wie der Fluss beruhigt wird, …

Zina Goldberg schrieb Berichte. Und betete. Betete, dass irgendetwas passieren möge, etwas, das sie aus dem zu errichtenden Aktenberg erretten könnte. Doch nichts geschah. Es lag vielleicht an der mangelnden Kontinuierlichkeit ihrer Gebete, sann sie nach, denn zwischendurch versuchte sie, sich doch auf den Inhalt ihrer Protokolle zu konzentrieren. ›Oh Göttin, lass mich nicht im Staub dieser Akten ersticken!‹, lamentierte sie gerade drastisch und schaute inbrünstig zuerst zur Tür und dann zum Telefon. Nichts geschah. Vielleicht hatte die Göttin gerade keine Zeit. Zugegebenermassen war ihr Anliegen mit Garantie nicht das dringendste auf dieser Welt. Andere Menschen mussten sicher in einer schlimmeren Situation stecken. Aber nur nicht aufgeben. Vielleicht konnte sie ja eine kleine Pause zwischen zwei Verzweiflungen erwischen und durchkommen. ›Also, wenn du nicht mal mehr fähig bist, deine Arbeit zu bewältigen …‹, meldete sich die sauerranzige Stimme aus ihrem Hinterkopf. Zina stürzte sich in die Arbeit.

Nicht, dass die Protokolle uninteressant gewesen wären. Sie hatten durch diesen Fall mehrere faszinierende Einsichten in die menschliche Gattung erhalten. Nur leider konnten diese wohl nichts zur Lösung ihres Falles beitragen. Die beiden Frauen, Ehefrau und Geliebte, hatten doch einiges zu bieten. Die eine umsorgte ihren Bald-nicht-mehr-Gatten immer noch mit ›des petits plats‹, einer stinksauberen Wohnung und bot weiterhin gratis einen durchorganisierten Karriere- und Freizeitzeitplan an. Der angebotene Service der Geliebten, war leicht anderer Natur: 24-Stunden-Service für Körper und Seele. Und ja nichts dafür verlangen. Zumindest offiziell nicht. Immerhin hatte die eine für ihre Dienstleistung die Erlösung vor einem anstrengenden Arbeitsalltag herausgeschlagen und konnte ihre Zeit mit dem

Sammeln von Zwergen und dem Knüpfen von Makramee-Geschwüren ausfüllen. Und das würde sie auch weiterhin tun können, denn die Pension ihres Mannes war ihr sicher. Und diese war bei weitem keine Light-Version. Ein Motiv lieferte ihr das jedoch nicht, denn auch bei einer Scheidung hätte sie den Zaster bekommen, daran führte, so hatte sie eine versierte Juristin aufgeklärt, kein Fluchtweg des Ehegatten vorbei. Vor ihrem inneren Auge sah Zina den Toten als traurige, nicht sehr helle Sonne mit Seehund-Schnauzer, der von zwei emsigen Planeten umrundet und umworben wurde. Was würden die beiden wohl ohne das Zentrum ihres Universums werden? ›Frei, vielleicht? Eigenständig, vielleicht? Selbst bestimmt, vielleicht?‹, fragte sie sich mit Genugtuung. Doch sie war nicht ganz sicher, ob wirklich sie diejenige war, die diesen beiden Frauen den allerersten Stein an den Kopf schmeissen durfte. Nach aussen hin hatte sie zwar immer ihre Selbständigkeit bewahrt. Sie hatte ihre eigene Arbeit, ihren eigenen Lohn, den Kontakt zu ihren eigenen Freundinnen hatte sie konsequent aufrechterhalten. Aber wie sah es innen aus. Eigentlich war es für sie auch so gewesen, dass sich alles um ihn gedreht hatte. Sie hatte sich sehr viel mehr Gedanken um *sein* Wohl, um *seine* Bedürfnisse gemacht. Da gab es also nicht allzu viel Selbstherrlichkeit zu verströmen. Zu denken gaben zwar die beiden sehr wohl – und nicht nur Angenehmes – aber für den Fall waren sie dann doch wohl irrelevant. Zeitlich hatte die eine einfach die Möglichkeit nicht gehabt, bei der anderen tendierte die Wahrscheinlichkeit ebenfalls gegen Null.

Da sie nun endlich die Berichte, die beiden Planeten betreffend, beendet hatte, denn sie hatte neben ihren säuerlich-philosophischen Gedankengängen auch noch fleissig in die Tasten gehauen, wagte sie einen Blick auf die Uhr: noch nicht ganz neun Uhr. Nicht mal eine Pause in Reichweite. Sie seufzte und nahm sich das nächste Mäppchen vor. Bevor sie es aufschlug, versuchte sie nochmals in die höheren Sphären durchzudringen: ›Göttin, hau auf die Pauke! Nur ein bisschen.‹ Nichts geschah. Heute schienen die Leitungen wieder mal überlastet zu sein.

Santoro hätte Berichte schreiben sollen. Doch er schrieb sie nicht. Dabei war es eindeutig seine Idee, ja seine Direktive gewesen, dies jetzt und sofort zu tun. Um ehrlich zu sein, resultierte seine Anweisung aus der Tatsache, dass er keinen anderen Befehl hätte erteilen können. Er wusste einfach nicht mehr weiter. Wenn er jetzt wenigstens eine Zigarette hätte anzünden können. Sie hätte ihn über dieses Gefühl der Ohnmacht hinwegtrösten können. Er nahm sich zusammen, indem er sich fest einredete, dass sie ihm allerhöchstens fünf Minuten Aufschub gewährt hätte. Höchstens, bei seiner Saugkraft. Dieser Fall war eben zum Verzweifeln. Keine Spuren, keine Zeugen, keine Anhaltspunkte. Und Verdächtige, die mit Motiven aufwarteten, die nicht mal genügt hätten, einem Hund den Maulkorb zu verpassen. Zudem war die Suche nach einem Täter absolut grenzenlos. Ah, wie wünschte er sich einen netten Mord mit einer netten begrenzten Anzahl Verdächtigen, die alle in einem netten Haus eingesperrt waren, in das man nicht von aussen eindringen konnte. Gegen eine Insel, die durch ein Unwetter vollkommen vom Festland isoliert war, hätte er auch nichts einzuwenden gehabt. Wie wunderbar musste es sein, seine klar abgezählten Schäfchen zur Verfügung zu haben, um sie eins nach dem andern durch die Mangel zu drehen, die weissen auszusortieren, bis das schwarze als letztes übrig blieb. Aber was war denn das für ein Fall! Das einzige, was sich einigermassen bestimmen liess, war die Zeit. Aber, madre di Dio, er konnte doch nicht alle Bewohner der Stadt nach ihrem Alibi für diese Zeitspanne befragen. Denn eigentlich hätte ja irgendwer vorbeikommen und ihn umbringen können. Irgendwer. Dann beschlich ihn eine Vorstellung, die ihn noch weit mehr beunruhigte. War vielleicht der Tote selbst ein Irgendwer gewesen? Hatten ein paar durchgeknallte Jugendliche an diesem Abend beschlossen, diesen Irgendwer abzuknallen, wie andere sich entscheiden, auf den Rummelplatz zu gehen, um ein paar Blechfiguren mit einem Luftgewehr umzuklappen – da kommt von links ein Hirsch, peng, klack, da folgt ein Hase, peng, klack – nur war diesmal ein Rektor vorbeigekommen. Peng. Plumps. Santoro konnte sich an den Artikel erinnern, den er gelesen hatte. Über ein paar Jugendliche, die auf die Idee gekommen waren, einen Obdachlosen anzuzünden, als Samstagabend-Sause sozusagen. Und natürlich hatten sie einen gefunden, ihn mit Benzin überschüttet, angezündet. Der Mann war gestorben. Nach langen und unvorstellbaren Qualen. Er konnte sich noch gut an die körperliche Empfindung erinnern, die er so deutlich wahrgenommen hatte. Er wusste nun, was die Redewendung, das Blut gefriert in den Adern, bedeutete. Die Tatsache, dass das Grauen sich in einem Nachbarland materialisiert hatte, war für ihn kein Trost gewesen. Er wusste, dass keine Zollschranken diese Entwicklung zur sinnlosen Gewalt aufhalten konnte. Aber war es möglich, dass in dieser Stadt, ein oder mehrere Bekloppte herumspazierten und nur so zum Gaudi, Menschen abschossen wie Blechtierchen? Vorstellen konnte er es sich nicht, realistisch war es auch nicht, aber seine Erfahrung hatte ihn gelehrt, dass diese Überlegungen nichts galten. So unvorstellbar, so unrealistisch ein Verbrechen auch erscheinen mochte, es konnte trotzdem geschehen. Sollte er seine Überlegungen seiner Assistentin gleich mitteilen? Damit konnte er zumindest beweisen, dass auch er über eine gewisse Dosis Phantasie verfügte. Doch dann erkannte er den Sinn dieser Idee. Alles, wirklich alles war ihm recht, um keine Berichte schreiben zu müssen. Wie ein Habicht liess er seinen Zeigefinger auf die Tastatur niederschiessen … und sein angefangener Bericht erschien wieder auf dem Bildschirm. Den Titel hatte er immerhin schon mal geschafft.

Zina hatte vergessen, dass sie Berichte schrieb. Sie hämmerte mit einer Leidenschaft und Geschwindigkeit in die Tasten, die einer Klavierspielerin beim Interpretieren der Polonaise von Frédéric Chopin alle Ehre erwiesen hätte. Und wie eine Musikerin, die erkannt hätte, dass sich ein paar auch nur annähernd falsche Noten in die Partitur geschlichen hatten, wurde ihr beim ungestümen Hämmern immer deutlicher bewusst, dass sich auch in ihrem Bericht Misstöne eingeschlichen hatten. Fast nicht wahrnehmbar, aber da. Denk nicht, ermahnte sie sich. Schreib weiter. Denk nicht und sie werden aus den Tiefen aufsteigen und sich bis zur Oberfläche durchmausern. Und du wirst sie erkennen. ›Plätzchen. Exotisch schmeckende Plätzchen.‹ Zina ging auf den ersten Misston, der sich an der Oberfläche zeigte nicht weiter ein. Sie wollte den Aufstieg der weiteren Ungereimtheiten nicht behindern, sie wollte sie nicht durch das grelle Licht einer Analyse verscheuchen. ›Die Frau bäckt nicht. Stehen lassen, nicht darauf eingehen‹, sagte sie ganz leise zu sich selbst. ›Geschehen lassen. Wirre Geschichten über eine Katze‹, kam als nächstes. Gleich gefolgt von: ›Helle Augen, glasklarer Verstand.‹ Und dann, dieser Erkenntnis gleich folgend: ›Der Hund hat nicht gebellt!‹, was sie fast aus dem Konzept, oder besser aus ihrem Trance ähnlichen Zustand aufgeschreckt hätte. Was macht jetzt Sherlock Holmes in dieser Geschichte? Sie versuchte sich wieder zu entspannen, doch ihre Gedanken flossen jetzt weiter. Sherlock Holmes, der Hund von Baskerville, der Hund war nicht da, sonst hätte er eben gebellt. Das war es! Das war es! Nur war es hier gerade umgekehrt gewesen. Das blöde Vieh war nicht im oberen Stock gewesen. Das blöde Vieh war die ganze Zeit draussen gewesen und hatte sich zum Abschied den Bauch kraulen lassen. Wer hatte also die Geräusche in den oberen Stockwerken verursacht?

»Goldberg, ich reisse Sie ja nicht gerne aus Ihrer Trance und ich wäre noch gerne in der Betrachtung Ihrer Bemühungen verweilt, aber die Pflicht ruft. Wir haben einen Anruf bekommen, aus dem St.-Theresien-Schulhaus.«

Zina schaute, nachdem sie aus ihrer Konzentration aufgeschreckt war und die Hände verworfen hatte, zum Türrahmen, an den sich ihr direkter Vorgesetzter lehnte. Wie lange stand der Kerl wohl schon hier und hatte ihr Gemurmel, ihren starren Blick und ihre übereifrige Tastentraktiererei beobachtet?

»Chef, ich glaube, ich habe was herausgefunden. Die nette alte Dame, wissen Sie, die Psychotherapeutin, ich glaube, die hat mir Märchen erzählt.«

»Tun die das nicht berufsmässig?«

»Eben nicht. Sie lassen sich Märchen erzählen und reiben Ihnen unter die Nase, was diese über Sie aussagen. Das ist der Unterschied zur Märchentante.«

»Na, wie auch immer. Einen Trost gibt es wenigstens: Die Behandlung war diesmal gratis.«

Die Göttin hatte sich zwar Zeit gelassen, aber immerhin hatte sie sich endlich was einfallen lassen. Zina schnappte sich ihre Jacke und ihren Rucksack und sandte dabei eine kurze Dankesbotschaft nach oben. Göttinnen schätzen Undankbarkeit nicht.

Im Schulhaus hielten die beiden einen Lehrer an und der Kommissar fragte nach dem Lehrerzimmer. Sie wurden darauf hingewiesen, dass sie das LehrerInnen-Zimmer – deutlich ausgesprochen mit einer Betonung auf das -Innen und mit milde zurechtweisendem Blick – im anderen Gebäude finden würden. ›Ich hasse pädagogische Fälle!‹ dachte Santoro und zog seine Assistentin vom Informanten weg, bevor diese sich in eine Frechheit hineinreden konnte. Nach einem Rektorinnen-, Managerinnen- oder Regierungsrätinnen-Zimmer fragen, zum Beispiel. Der Kerl hätte sich mit Sicherheit in eine Erklärung der Bedeutung und der Unverzichtbarkeit des grossen I mitten im Wort vertieft. Und darauf konnte er nun ganz sicher verzichten.

In besagtem Zimmer erwartete sie eine ziemlich aufgelöste Leonora von Thüring, die Zina Goldberg mit einer Entschuldigung empfing. Sie hatte ihre Karte mit der Telefonnummer verloren und hatte sich deshalb über die Zentrale durchfragen müssen und war deshalb an den Kommissar gelangt. Nicht, dass Frau Goldberg auf die Idee käme, sie habe sie absichtlich umgangen. Frau Goldberg beruhigte sie sofort.

»Das ist schon in Ordnung, Frau Thüring. Darf ich Ihnen meinen Chef, Kommissar Santoro, vorstellen.«

Dieser hatte sich schon tapfer gegen den aufkommenden Unmut, von dieser schönen Frau einfach nicht beachtet zu werden, gewehrt und sich gleichzeitig gewundert, – wer behauptete denn, Männer könnten nicht zwei Dinge aufs Mal tun? – dass diese gestandene Frau so ängstlich bedacht war, ja keinen Fehler zu machen, ja keine Missverständnisse aufkommen zu lassen. Diese Unsicherheit passte nicht zur Erscheinung: gross, lange Beine, lange blonde Haare, sportlich und doch sehr feminin. Kurzum, die hat sicher keinen Grund, sich wie ein ängstliches graues Mäuschen zu gebärden, schloss er.

Nach einer zittrigen Begrüssung hatte Frau von Thüring die ganze Gruppe zu einem isolierten Tisch in der Nähe des Fensters gelotst, auf dem sich ein Foto befand.

»Ich habe es vor einer guten halben Stunde entdeckt und habe Sie gleich angerufen. Vielleicht ist das ja lächerlich und völlig übertrieben. Aber ich wollte lieber, dass Sie es von mir erfahren. Bevor ein Riesenwirbel darum gemacht wird.

»Haben Sie eine Ahnung, seit wann es hier liegt?«, wollte Santoro wissen.

»Als ich heute Morgen, so um acht Uhr, gekommen bin, lag es mit Sicherheit noch nicht da. Sehen Sie, mein Kästchen mit meinem Material befindet sich gerade hinter diesem Tisch und, wenn ich morgens komme, lege ich immer meine Mappe auf den Tisch und hole dann Kopien, Vorbereitungen oder sonst was aus dem Kästchen.«

Beide Ermittler streiften feine Gummihandschuhe an, um, wie sie es der Hände ringenden Lehrerin erklärten, die vielleicht vorhandenen Fingerabdrücke nicht zu verwischen.

»Also denken Sie, dass dieses blöde Foto doch von Bedeutung sein könnte. Dabei weiss ich nicht einmal, wo es gemacht wurde. Ich kann mir nicht vorstellen, wie ich neben diesem Kerl, den ich weiss Gott nicht ausstehen kann, gelandet bin.«

»Sie konnten ihn nicht ausstehen?«

»Schauen Sie mich nicht so an, Herr Kommissar. Das hat doch nichts zu bedeuten. Niemand konnte den Kerl ausstehen, alle regten sich über ihn und seine notorische Unfähigkeit auf, mal mehr, mal weniger.«

Bei diesen Ausführungen hatte sich die Schöne in eine helle Aufregung gesteigert, die Augen aufgesperrt, um sich geschaut, als ob sie einen Notausgang suche und mit erhobenen Armen herumgetänzelt. Während dieser Vorführung hatte eine Glocke im Gang geschrillt und Getrampel und Kindergeschrei waren zu hören. Anscheinend war die grosse Pause eingeläutet worden. Ein Mann mittleren Alters trat ein, pummelig, mit Glatze und einem ausgereiften Dackelblick. Er steuerte, nach einem Gruss, in die Weite des Raumes gesendet, einen langen Tisch an, an den er sich niederliess und einen mageren Aktenberg vor sich hin legte, worauf er seine gefalteten Hände deponierte. Er schaute in die Runde und wartete. Von der Szene am runden Tisch hatte er anscheinend keine Notiz genommen.

»Jetzt beruhigen Sie sich zuerst einmal, Frau von Thüring. Sie haben uns angerufen und nun sind wir auf Ihren Wunsch hin da. Ob dieses Foto von irgendwelcher Bedeutung ist, das können wir Ihnen jetzt noch nicht sagen. Wir möchten Ihnen nur ein paar Fragen stellen, in aller Ruhe. Kommen Sie, setzen Sie sich doch zuerst mal hier hin.«

Nach ihren Worten bugsierte Zina Frau von Thüring auf den nächst besten Stuhl, die Dinge wie ›Ich mach's nur noch schlimmer‹ und ›Ich halt jetzt einfach den Mund‹ vor sich hin murmelte. Unterdessen beobachtete Zina mit leichter Verwunderung wie eine Lehrperson nach der anderen das LehrerInnen-Zimmer betrat, mit ausdrucksloser Miene ein ›Griezi mitenand‹ von sich gab und zu den Kaffeemaschinen im hinteren Teil des Raumes weiterstrebte. Es schien ihnen ein Leichtes, neben einer aufgelösten Kollegin vorbei zu stapfen, die von zwei fremden Personen begleitet war. Ein Zuviel an Neugierde konnte man diesen Paukern mit Sicherheit nicht bescheinigen. Santoro hatte in der Zwischenzeit das ominöse Foto betrachtet, das er jetzt seiner Assistentin hinhielt. Das Bild zeigte den Ermordeten – vor diesem Geschehen – mit einem breiten Lächeln, wie er Leonora von Thüring einen Arm um die Schultern gelegt hatte und sie an sich zog. Sie wiederum strahlte und schaute zu ihm auf. Im Hintergrund war eine Landschaft zu erkennen, die an die Alpen erinnerte. Ein Ferienfoto? Ein Liebespaar? Das waren die Fragen, die dieses Foto für beide aufwarf.

»Kennen Sie dieses Foto?«, wollte der Kommissar wissen.

»Eben nicht. Ich habe keine Ahnung wie so was zustande kommen konnte?«

»Haben Sie eine Ahnung, wer es hier auf diesem Tisch deponiert haben könnte?«

»Wenn ich mir doch nicht einmal vorstellen kann, dass es so ein Photo gibt, wie kann ich denn wissen, wer es hingelegt hat? Es ist einfach zum verrückt werden. Und zudem sieht doch das ganze so aus, als ob wir etwas zusammen hätten und daran würde ich mich doch sicher erinnern, oder? Dann möchte ich auch noch wissen, wer das schon alles gesehen hat und getan hat, als wäre nichts vorgefallen und es jetzt hinter vorgehaltener Hand genüsslich weitererzählen wird. Mensch, das gibt wieder ›es Gschnurr‹[1]!«

Während dieser Tirade waren Laura Biaggi und Hanna Marks, in ein Gespräch vertieft, eingetreten, ein Gespräch, das sie aber sogleich unterbrachen, als sie die Szene am kleinen runden Tisch erblickten. Sie waren die ersten, die sich interessiert zeigten, sofort wissen wollten, was vorgefallen war und sich neben ihre Kollegin stellten. Unterdessen war die Kaffeefraktion in einer Sofaecke versammelt, plauderte leise miteinander oder schaute unbeteiligt zum Fenster raus. Auch jetzt noch strömten weitere Lehrer und Lehrerinnen herein, grüssten ohne hinzuschauen und bewegten sich weiter zum Kaffeeautomaten. Während Leonora ihre zwei Kolleginnen über die Situation aufklärte, setzten sich beide hin und Zina fragte sich, ob in diesem Schulhaus so viele Kaffeesüchtige angestellt waren, oder ob hier so viele Menschen versammelt waren, die einfach nichts wissen wollten und deshalb wegschauten. Die Befragung, die vor ihnen lag, versprach ja lustig zu werden. Mehr als: ›Nichts gesehen, nichts gehört!‹, würden

1 Es Gschnurr: Ein Gerede

sie wohl aus diesen Leuten nicht herauskitzeln können. Santoro, der mit einem Ohr den gehaspelten Erläuterungen der Frau von Thüring an die Adresse ihrer zwei Kolleginnen zuhörte, liess weitere zwei Männer – diesmal ohne Begrüssung – an sich vorbeistapfen. Dick, Dreitagebart, der zur allgemeinen unappetitlichen Erscheinung der beiden passte. Die Kleider würde nicht mal ein Lumpensammler, wenn es denn noch solche gäbe, mitgehen lassen, dachte Matteo, glücklich, seine Einschätzung bezüglich Lehrer und ihrer Kleidung wieder einmal bestätigt zu finden. Das Schlimmste an diesen Männern war jedoch der Blick. Noch selten hatte er so viel Leere in den Augen eines Menschen gesehen. Diese Leere verriet eine geballte Ladung Aggression, die wie ein verletztes Tier im hintersten Teil einer Höhle lauerte. Die beiden unterhielten sich mit Donnerstimmen über Schüler, die sich nicht richtig benahmen.

Er beschloss, diese Befragung in die Länge zu ziehen, um die Reaktionen dieses Schulhauses besser registrieren zu können. Mittlerweile hatte sich auch eine Frau mit Igelfigur zu ihnen gesellt, die, wie ihm Zina Goldberg zuflüsterte, Anouk Schaffner hiess. Die Erklärungsprozedur wurde dadurch noch verlängert, was ihn angesichts seiner Ziele nicht störte, ganz im Gegenteil. Die nächste, die den Raum betrat, war lang und dürr, Frau Hofmann. Sie blieb stehen und betrachtete das Photo, das wieder auf dem Tisch lag.

»Das ist aber ein nettes Photo. Du bist richtig gut getroffen, Leonora.«

Die Angesprochene schaute erschrocken auf und setzte zu einer Verteidigungsrede an.

»Ich weiss nicht, was dieses Photo soll, ich kann mich nicht erinnern … das kann einfach nicht sein.«

»Ach, ich wusste gar nicht, dass du so gut auskamst mit unserem Kurt. Er scheint ja richtig glücklich zu sein mit dir an seiner Seite!«

Hanna Marks stellte sich zwischen die beiden Frauen und funkelte die Ex-Schulhausleiterin an.

»Was willst du damit sagen? Weisst du, wer dieses Photo hier hingelegt hat?«

»Also, red doch nicht in diesem Ton mit mir. Ich fühle mich jetzt wirklich angegriffen. Ich verstehe überhaupt nicht, warum du so aggressiv reagierst. Darf ich Leonora jetzt nicht mal mehr ein Kompliment machen?«

Bei diesen Worten, die mit schräg gestelltem Kopf, scheuem Lächeln und leicht weinerlicher Stimme geäussert worden waren, hatte sich eine weitere Frau der Gruppe genähert, die nun angriffslustig in die Runde blickte. Zina wandte sich ihrem Chef zu und bildete mit ihren Lippen einen Namen: Rosemarie Kunz. Dieser nickte. So schnell hatte er die zahnreiche Dame nicht vergessen. Nun bellte diese:

»Ich verlange zu wissen, was hier los ist. Habt ihr sie noch nicht genügend geplagt? Sehen Sie, Herr Kommissar, wie diese Leute mit meiner Kollegin umgehen, in welchem Ton sie mit ihr reden?«

»Jetzt reicht es aber. Wisst ihr, wer dieses Photo hier hingelegt hat?«

Nun hatte sich auch Anouk Schaffner zwischen die Fronten gestellt und blickte die beiden geplagt angriffigen Frauen herausfordernd an, während Laura Biaggi und Leonora von Thüring die Köpfe zusammensteckten und sich leise unterhielten. Santoro forderte seine Assistentin mit einer kaum wahrnehmbaren Kopfbewegung auf, sich doch um die beiden Frauen am Tisch zu kümmern, worauf diese sich nach einem Nicken zu ihnen gesellte. Anscheinend versuchten sie gerade herauszufinden, wie dieses Photo entstanden war. Der Kommissar seinerseits hielt die Zügel locker, denn er wollte diese Frauen weiterhin in Aktion sehen. Wer weiss, was die eine oder andere dabei verplappern würde? Die Angesprochenen schienen nicht auf die direkte Frage Frau Schaffners eingehen zu wollen, denn Elizabeth Hofmann stellte gleich eine Gegenfrage:

»Also, Anouk, bist du jetzt diejenige, die hier die Fragen stellt? Hast du denn nicht gelernt, dich als Funktionsträgerin zu sehen?

Du hast da ganz eindeutig den falschen Hut aufgesetzt. Wissen Sie, Herr Kommissar, in meiner Funktion als Schulhausleiterin hatte ich das Glück, Weiterbildungen zu besuchen, die mich einiges über Kommunikation gelehrt haben. Ich habe verinnerlicht, dass ich mir immer bewusst sein muss, in welcher Funktion ich gerade rede, also, ob ich Freundin, Kollegin oder Schulhausleiterin bin. Also welchen Hut ich gerade aufgesetzt habe. Und unsere Anouk hat doch tatsächlich Ihren Hut aufgesetzt. Verstehen Sie das, Herr Kommissar?«

Der Kommissar verstand, dass die Frau vor ihm gerade den Hut der ewig besserwisserischen alten Lehrerin anhatte, und beschloss, den Ball wieder an die ganze Gruppe zurückzuwerfen, um alle Spielerinnen wieder aufs Feld zu locken.

»Hat eine von Ihnen dieses Photo schon mal gesehen?«

Alle schüttelten den Kopf, bis auf Frau Hofmann, die gleich eine Gegenfrage stellte:

»Was meinen Sie, Herr Kommissar, wäre es nicht hilfreicher, nachzufragen, was dieses Photo bedeutet? Unsere schöne Leonora scheint ja noch mehr Eroberungen gemacht zu haben, als wir erahnen konnten«, meinte sie mädchenhaft kichernd.

»Lassen Sie das mal ruhig meine Sorge sein, Frau Hofmann – oder, wie Sie sich gerade ausgedrückt haben – lassen Sie mir mal meinen Hut und erzählen Sie, wann Sie diesen Raum heute Morgen betreten haben. Und von Ihnen, Frau Kunz möchte ich dasselbe erfahren.«

Doch diese Befragung brachte keine neuen Erkenntnisse. Beide waren zwar mehrmals im LehrerInnen-Zimmer gewesen, hatten aber nichts bemerkt. Sie hatten, wie sie den Kommissar aufzuklären hatten, andere Prioritäten, denn *sie* seien engagierte und pflichtbewusste Lehrerinnen, die sich auf ihre Arbeit konzentrierten und somit keine Zeit fanden, sich um liegen gelassene Photos zwielichtigen Charakters zu kümmern. Der nun aufgeklärte Kommissar bat die Damen, da sie ja erklärter Weise nichts zur Aufklärung dieses Falles beizutragen hatten, sich wieder ihren wichtigen Aufgaben zu widmen und entliess sie.

Was diese veranlasste, hocherhobenen Hauptes davonzurauschen, nicht ohne ein Schlusswort an die Allgemeinheit zu richten:

»Herr Kommissar, vielleicht haben Sie ja nicht daran gedacht, aber haben Sie überhaupt die Erlaubnis eingeholt, in unser Schulhaus einzudringen, um uns mit Ihren Fragen zu belästigen? Ich möchte wirklich betonen, dass ich mich belästigt fühle. Wo ist eigentlich unsere Schulhausleitung, wenn man sie braucht? Also das ist wirklich ein heilloses Durcheinander hier!«

»Du siehst ja, dass wir hier wieder einmal kein Gehör finden, Liesi. Glaubst du, dass ein Kommissar dafür bezahlt wird, dem Charme einer Verdächtigen zu erliegen?«

Mit diesen Worten zog Frau Kunz ihre Kollegin vom Geschehen weg und führte sie zur Kaffee- und Sofaeckefraktion, die daraufhin noch tiefer in ihre Tassen schaute. Die Versuche der beiden Frauen, Kolleginnen und Kollegen in ihre Empörung mit einzubeziehen, scheiterten kläglich. Am langen Tisch sass der einsame Herr da, immer noch wartend. Immer noch schien kein Mensch von ihm Notiz nehmen zu wollen. Santoro fragte sich langsam, ob er eine ektoplasmatische Erscheinung vor sich hatte, deren Anwesenheit nur von ihm wahrgenommen werden konnte.

Diese Möglichkeit schnell als zu blödsinnig verwerfend, wandte er sich der Gruppe am Tisch zu und warf den Ball seiner Assistentin zu.

»Sind Sie mit ihrer Suche nach dem Ursprung dieses Photos weiter gekommen?«

»Herr Kommissar, bitte glauben Sie mir. Ich kann mir wirklich nicht vorstellen, wie dieses Photo hier entstanden sein könnte. Und irgendeine Bedeutung hat es mit Sicherheit nicht. Ich konnte den widerlichen Kerl auf den Tod nicht ausstehen.«

Kaum hatte Frau von Thüring diese Worte ausgesprochen, als sie sich ihrer Bedeutung bewusst wurde. Sie verbarg ihr Gesicht hinter ihre Hände und schüttelte den Kopf, offensichtlich verzweifelt ob ihrer unangemessenen Offenheit.

»Meine Güte, jetzt schwafle ich einfach kopflos drauflos. Sie glauben doch nicht, dass ich mit dem Tod dieses Blödmanns etwas zu tun haben könnte?«

Die Frage war an die beiden Ermittler gestellt worden, doch es war die resolute Hanna Marks, die sich an ihre Kollegin wandte.

»Jetzt bleibe mal schön auf dem Boden, Leonora. Das Bild sagt gar nichts aus und wir werden schon noch herausfinden, wie es entstanden ist. Und dann, da kannst du Gift drauf nehmen, wird die ganze Aufregung wie ein Luftballon platzen. Was mich eher beschäftigt, ist die Tatsache, dass da jemand eine Fährte legen wollte, die Aufmerksamkeit auf dich richten wollte und eine Verstrickung deinerseits mit diesem Kerl nahe legen wollte. Wer könnte daran ein Interesse haben? Das ist für mich eine weit interessantere Frage.«

»Und wer kommt Ihnen dabei in den Sinn?«

»Frau Goldberg, wenn ich an die Erfahrungen denke, die wir leider in den letzten Jahren machen mussten, kommen mir einige Spezialisten und Spezialistinnen in den Sinn, die es zur Kunst erhoben haben, einen Menschen ins Zwielicht zu bringen, um ihn dann in eine Verteidigungsposition hineinzumanövrieren. In dieser schwachen Position können sie ihn noch besser in Widersprüche und sonstige Schwulitäten verwickeln. Die Königin dieser Disziplin haben Sie gerade erlebt. Aber ich frage mich, ob wir diese Angelegenheit in diesem Licht betrachten sollten. Ich kann mir ehrlich gesagt nicht vorstellen, dass in dieser Situation jemand aus reiner Boshaftigkeit so agieren würde. Immerhin handelt es sich hier um eine Morduntersuchung und mit diesem Photo riskiert Leonora, als Verdächtige in Betracht gezogen zu werden. Nein, ich bin davon überzeugt, dass viel konkretere Interessen dahinter stecken müssen.«

Zina blickte fragend zu ihrem Chef, der ihr ein Zeichen gab, das Ganze vorläufig noch laufen zu lassen. Die Perspektiven, die sich aus dieser Diskussion eröffneten, waren interessant und zudem konnten sie sich ein Bild der Beteiligten machen. Diese Frau Marks, dachte Santoro, war wahrlich nicht auf den Kopf gefallen und zudem verlor sie ihn nicht so schnell. Er wunderte sich über sich selbst, als ihn diese Erkenntnis dazu verleitete, sie als mögliche Mörderin ins Auge zu fassen. Waren gescheite Frauen automatisch potentiell gefährliche Frauen? Zina ihrerseits war nicht schlecht erstaunt, wie viel Wirbel dieses Photo auslöste. Eigentlich sagte es, für sich betrachtet, nicht viel aus, doch anscheinend hatte es die Kraft, heftige Emotionen auszulösen. Darüber würde sich lohnen, in einem ruhigeren Moment nachzudenken.

Mittlerweile hatte sich Laura Biaggi wieder in die Diskussion eingeklinkt. Sie wollte von ihrer Kollegin wissen, um welche Interessen es sich da handeln könnte. Hanna Marks, die es offensichtlich genoss, ihre analytischen Fähigkeiten unter Beweis stellen zu können, wandte sich an ihre aufmerksamen Zuhörer und Zuhörerinnen:

»Stellt euch vor, ihr habt diesen Mord begangen und nun habt ihr Angst, dass die Polizei eure Fährte aufnehmen könnte. Also werft ihr den Schnüfflern – entschuldigen Sie bitte diesen Ausdruck, aber er passt so gut zur Fährte – einen Köder aus, der sie auf eine interessante Verwicklung hinweist. Laura, lass mich doch ausreden, bitte. Das würde natürlich voraussetzen, dass diese Person sich bedroht fühlt.«

»Hanna, ich finde das einfach nicht sehr wahrscheinlich. Die ganze Geschichte wird doch wie ein Kartenspiel in sich zusammenfallen, wenn herauskommt, dass hinter diesem Photo überhaupt nichts Interessantes steckt.«

Anscheinend hatten die Lehrerinnen vollkommen vergessen, dass sie von zwei Ermittlern beobachtet wurden, denn sie ereiferten sich weiter. Hanna Marks, die sich von der Kritik ihrer Kollegin Biaggi nicht ins Bockshorn jagen liess, entgegnete selbstsicher:

»Hast du schon überlegt, dass diese Person einfach dumm sein könnte, oder ganz einfach Zeit gewinnen will – und dann wäre doch die Frage: Wofür?«

»Ich kann dir eines mit Sicherheit sagen: Auf jeden Fall liest diese Person keine Kriminalromane, sonst würde sie nicht so etwas unglaublich Stümperhaftes tun.«

»Was den Verdächtigenkreis, meine liebe Laura, schon mal beträchtlich einengt.«

Diese Parade von Seiten der eloquenten Hanna Marks wurde mit einhelligem Gelächter quittiert. Augenscheinlich, dachte Zina, hatten alle aus lauter Freude an intellektuellen Turnereien den Ernst der Situation vergessen.

In diesem Augenblick läutete die Glocke, die das baldige Ende der grossen Pause anzeigte. Die Anwesenden hatten noch fünf Minuten, um ihre Klassenzimmer zu erreichen. Unruhe machte sich breit. Die einen brachten ihre Tassen zum Schüttstein, die anderen beendeten ihre Gespräche und sammelten ihr Material ein. Am runden Tisch bei den Kästchen schauten sich alle unsicher an. Am langen Tisch sass immer noch wartend der einsame Herr und starrte auf seine Unterlagen. Eine gemeinsame Frage schien in der Ecke am Eingang zu schweben: Was machen wir jetzt? Offensichtlich wollte niemand Leonora von Thüring in ihrer misslichen Lage alleine lassen, andererseits rief eindeutig die Pflicht. In diesem ungewissen Augenblick trat ein weiterer Lehrer ein. Andrej Nemeth blieb an der Schwelle des LehrerInnenzimmers stehen und fragte leutselig:

»Was ist denn hier los? Die Luft in diesem Schulhaus liesse sich ja wieder mal mit einem Messer schneiden.«

Mit diesen Worten gesellte er sich zur Gruppe am Eingang und begrüsste förmlich den Herrn Kommissar.

»Darf ich fragen, was Sie heute zu uns führt, Herr Santoro?«

Ohne auf eine Antwort zu warten, denn sein Blick hatte sich auf seine Kollegin gerichtet, die immer noch erschüttert am Tisch sass., fuhr er fort:

»Leonora, meine Liebe, wie schaust denn du heute aus der Wäsche? Geht es dir nicht gut? Schütte dein Herzchen an meiner breiten Brust aus«, begann Nemeth aufreizend gutgelaunt.

»Dieser Mist lag heute Morgen auf dem Tisch. Das hat mich völlig durcheinander gebracht.«

Nemeth griff nach dem Photo, betrachtete es eingehend und meinte dann mit einem verschmitzten Lächeln:

»Also ehrlich! Für diesen Chabis[2] hast du dich doch weiss Gott schon genug geschämt, findest du nicht auch? Zumindest hat diese Situation mir erlaubt, den edlen Ritter zu spielen und dich aus den Fängen des notorischen Bösewichts zu erretten, wofür ich dir dankbar bin. Denn wer hat heute schon die Gelegenheit, schönen Frauen zu Hilfe zu eilen, frage ich dich. Ihr seid doch allesamt viel zu selbständig.«

Santoro beschloss, dass es an der Zeit war, die Zügel wieder in die Hand zu nehmen, denn da war einer, der sich zwar seiner Rolle noch nicht bewusst war, aber tatsächlich den Schlüssel zum Rätsel in den Händen hielt.

»Herr Nemeth, wollen Sie damit sagen, dass Sie wissen, wie dieses Photo entstanden ist?«

»Aber sicher. Und ich denke, dass alle sich noch an diese blöde Situation erinnern. Vor allem du, Leonora. Die ganze Heimfahrt im Auto hast du dazu verwendet, mir zu erklären, wie sehr du dich für dein Verhalten schämst, wie sehr du doch gar nicht verstehen konntest, wie du in diese blöde Situation geraten konntest. Du hast mir mindestens hundert Mal versichert, dass du nie mehr im Leben Weisswein trinken würdest. Du hast dich an meiner Schulter ausgeweint, was du leider seit dem nicht wiederholt hast.«

»Hör endlich auf mit deinem Gefasel und sag endlich, worum es geht. Ich muss nämlich noch unterrichten gehen, nur so zwischendurch erwähnt.«

»Na gut. Ich hätte dich zwar noch gerne ein bisschen hingehalten, aber in diesem Schulhaus ist ja nie Zeit für Lustbarkeiten. Vor drei Jahren, am Lehrerbildungstag … kommt es langsam?«

»Andrej, hör auf mit deinen Faxen, wir sind hier mitten in einer Morduntersuchung.«

»Hanna, schau nicht so dramatisch, sonst bist du fehlbesetzt. Hier handelt es sich nämlich nicht um ein Drama, hier befinden wir uns nur mitten in einer Posse.«

2 Chabis: wörttlich Kohl; Blödsinn, Nichtigkeit

»Könnten Sie vielleicht doch zum Punkt kommen, Herr Nemeth!«, intervenierte der Kommissar.

»Der Punkt ist, dass Frau von Thüring, die doch sonst so beherrscht ist und immer alles in ihrem bezaubernden Griff hat, sich einmal kurz vergessen und ein Glas zu viel getrunken hat, und das auch noch in falscher Gesellschaft. Wir waren, wie schon erwähnt, auf einem Lehrerbildungstag in den Alpen – das Thema ist mir entgangen – und einmal und vorher nie und nachher nie, hatte unser Herr Rektor das Bedürfnis, uns zu begleiten. Anscheinend hatte er damals eine Ich-muss-nahe-bei-meinen-Leuten-sein-Phase, die ihm aber sehr schnell wieder vergangen ist. Und beim Mittagessen haben wir alle Wein getrunken, um seine Präsenz besser verdauen zu können, soweit ich mich noch erinnern kann. Ja, ja, Leonora, genau. An der Röte die sich langsam ihren Weg über dein hübsches Gesicht bahnt, erkenne ich, dass die Erinnerung sich langsam einstellt.«

Anscheinend sehr zufrieden mit sich selbst und der Rolle, die er eingenommen hatte, schaute Andrej Nemeth in die Runde, ein spitzbübisches Grinsen zur Schau stellend, das jedoch nicht auf sehr fruchtbaren Boden fiel. Während einige der Lehrerinnen den Blick ins Nichts gerichtet nach Erinnerungen suchten, war die Schamröte aus dem Gesicht von Frau von Thüring einer Zornesröte gewichen. Sie zog deutlich hörbar Luft ein und funkelte ihren aussagefreudigen Kollegen an:

»Du bist doch so was von blöd, ehrlich. Du verdammter Kindskopf! Was denkst du, wie deine Show hier wirkt? Du machst aus einem blöden Zwischenfall eine Sensationsstory. In welcher Phase bist du eigentlich stecken geblieben? In der Pubertät? Oder ist es in der Phase davor doch zu lustig, um sich weiterentwickeln zu wollen?«

Diese Tirade verfehlte jedoch eindeutig ihr Ziel, denn Nemeth schüttelte sich vor Lachen, bis er nur noch keuchen konnte. Zina Goldberg und ihr Chef schauten sich fragend an, denn den Ausbruch der Frau von Thüring konnten sie nicht ganz nachvollziehen. Zina hob die Augenbrauen und schielte in ihre Richtung, worauf Santoro nur die Mundwinkel leicht nach unten zog, was von seiner Assistentin richtig verstanden wurde: Lassen Sie mal laufen.

In der Zwischenzeit stand Andrej Nemeth vor seiner Kollegin Leonora und versuchte sie zu beruhigen.

»Ach komm, Leonörchen, mein Öhrchen, nimm's doch nicht so tragisch. Das war doch nur ein kurzer Moment, in dem du dich nicht ganz im Griff hattest. Das hat doch überhaupt nichts zu bedeuten. Kein Mensch wird dir daraus einen Strick basteln.«

»Ziehen.«

»Was ziehen, Hanna?«, wollte Nemeth wissen.

»Es heisst, jemandem einen Strick ziehen«, erwiderte diese streng.

»Lehrerin!« Nemeth grinste seine Kollegin an.

»Plauderi!«

»Hört auf, ihr beiden, sofort! Ihr wisst ja gar nicht, wie schlimm die ganze Geschichte für mich war. Das Schwein hat mich damit fertig gemacht.«, explodierte Leonora plötzlich.

»Welches Schwein hat Sie womit ganz genau fertig gemacht, Frau von Thüring?«

Zina Goldberg hatte beschlossen, sich ein bisschen einzumischen, um dieser Sache auf den Grund zu gehen. Die schöne Leonora schien wirklich ausser sich zu sein und sie wollte unbedingt den Hintergrund dieses Gefühlsausbruches kennen lernen.

»Ein paar Tage nach diesem unsäglichen Lehrerbildungstag hatte ich einen Termin bei Würscht. Es ging darum, die Bedingungen für meine Festanstellung auszuhandeln. Ihr wisst ja alle, wie schwammig die Bestimmungen sind und wie gross der Handlungsspielraum der Rektoren ist. Auf jeden Fall war unser Würscht zuerst ganz freundlich und entgegenkommend, aber nur bis er realisiert hat, dass unser verdammtes Techtelmechtel nur ein Ausrutscher meinerseits gewesen war. Dann ist er plötzlich ganz gewissenhaft geworden und hat mir klar gemacht, dass ich die volle Nachqualifikation nachholen müsse. Und ich weiss, dass das nicht alle tun mussten, die die gleichen Voraussetzungen hatten wie ich.«

»Hätten Sie denn nicht Rekurs einlegen können, oder ihn wegen sexueller Belästigung belangen können, Frau Thüring.«

»Frau Goldberg, Sie haben doch einfach keine Ahnung. Er hat von mir absolut nichts verlangt, er hat mich nicht bedrängt, er hat nicht mal irgendetwas angedeutet. Er hat gar nichts getan, was ich ihm hätte nachweisen können. Berührt hat er mich schon gar nicht. Als er gemerkt hat, dass ich nicht auf sein Lächeln und seine Anspielungen auf den verdammten Bildungstag eingegangen bin, ist er nur sehr geschäftlich geworden. Und eine Beschwerde wegen Ungleichbehandlung? Mein Gott, das hätte Monate, gar Jahre gedauert. Kein Kollege, der bessere Bedingungen einheimsen konnte, hätte ausgesagt. Kein Mensch hätte Interesse gezeigt. Und ich wäre auf der schwarzen Liste gewesen, … die es natürlich nirgends gibt.«

»Was haben Sie dann getan, Frau von Thüring?«

»Nichts. Ich habe nichts getan. Aber ich hätte dieses Aas umbringen können! Ich bin froh, dass er endlich tot ist.«

Alle Anwesenden schwiegen, verblüfft, dass die sonst so ausgeglichene und gefasste Leonora von Thüring sich derart in Rage geredet hatte. Andrej Nemeth löste sich als Erster aus seiner Erstarrung und nahm seine Kollegin in die Arme. Er hielt sie fest und flüsterte ihr beruhigende Worte ins Ohr, bis sie nachgab, ihren Kopf in seine Halsbeuge legte und losweinte. Die beiden Ermittler schauten sich nachdenklich an und nickten sich dann zu. Santoro sprach:

»Frau von Thüring, ich muss Sie bitten, mit uns zu kommen. Wir möchten uns nur in Ruhe mit Ihnen unterhalten können.«

»Aber ich muss doch unterrichten gehen«, klagte sie schniefend.

»Lass nur, Leonora, das übernehme ich. Hab sowieso eine Zwischenstunde. Und ich ruf auch eine Anwältin an, kenne eine verdammt gute.«

Mit diesen Worten, die wie eine Drohung ausgesprochen wurden, rauschte Hanna Marks hocherhobenen Hauptes aus dem Zimmer, nicht ohne vorher ihre Kollegin kurz und kräftig umarmt zu haben. Die Polizisten würdigte sie keines Blickes. Die andern beiden Lehrerinnen taten es ihr gleich und riefen noch in der Türe nach ihrer davoneilenden Kollegin.

»Ich komme mit.«, erklärte Andrej Nemeth schlicht.

Er legte den Arm um die Schultern seiner Kollegin, schnappte sich ihre Tasche und schaute die beiden Ermittler herausfordernd an. An ihm war alles Schelmische und Lausbübische verschwunden. Er wirkte ernst und entschlossen, aber merkwürdigerweise, stellte Zina fest, überhaupt nicht beunruhigt.

Am langen Tisch sass immer noch der einsame rundliche Herr und betrachtete mit seinem Mitleid erregenden Blick die Prozession der entschwindenden Lehrerinnen und Lehrer.

*Kapitel 12*

# Was Solidarität heisst, …

Die Frau sah einfach nicht wie eine Mörderin aus. Nicht, dass Mörderinnen wie diese auszusehen hatten, fand Matteo. Doch Leonora von Thüring passte einfach nicht in die Rolle. Und das lag nicht an ihrer Schönheit, trichterte er sich fleissig ein. Vor einigen Jahren wäre ich auf so eine Frau abgefahren, dachte er. Heute sagten ihm sanfte, blonde Frauen mit verlorenen blauen Augen nicht mehr viel. Er wusste nicht, wie sich diese Wandlung in ihm vollzogen hatte. Doch. Wenn er es denn wirklich hätte wissen wollen, die Antwort lag in Reichweite. Er hatte aber nun wirklich gar keine Lust, sich hier und jetzt dieser Art von Erkenntnis zu stellen. Trotzdem, an ihrer Attraktivität war nicht zu mäkeln. Ihre sportliche und doch sehr kurvenreiche Figur, ihre blonden langen Haare, ihre ebenmässigen Züge waren schon beeindruckend. Aber die Welt hatte auch schon sehr attraktive Mörderinnen erlebt, nicht nur in Hollywood-Filmen. Das Problem war ihre Ausstrahlung. Wärme, Offenheit, Sanftheit, etwas Ungekünsteltes? Santoro konnte sich nicht genau festlegen, doch er war in der letzten Stunde zur Überzeugung gelangt, dass er hier nicht gefunden hatte, was er suchte.

Zina Goldberg war irritiert. Da sass doch vor ihr eine bezaubernde Frau, die sich eindeutig unter ihren Scheffel stellte. Sie wehrte sich kaum und wenn, dann mit der Überzeugung und der Kraft eines Mauerblümchens. Dauernd war sie dabei sich zu rechtfertigen, sich zu erklären, sich in andere hinein zu versetzen. Sie fragte sich jetzt noch, warum die schöne Leonora dieses doofe Photo nicht einfach in den Papierkorb geschmissen hatte. Nein, stattdessen hatte sie brav die Polizei gerufen, hatte sie unangenehme und sehr persönliche Fragen beantworten müssen, war in die Enge getrieben worden. Und nun sass sie da und beantwortete weiter anständig und pflichtbewusst noch weitere, immer unangenehmere Fragen, ohne jemals aufzubegehren. Eine Königin, die in die Rolle der Dienstmagd geplumpst ist, dachte Zina und verspürte bei dieser Erkenntnis eine Wut, wie eine feurige und wilde Blume, in sich aufsteigen. Sie hätte die Frau schütteln können. Ein Klopfen an die Tür riss sie aus diesen unangenehmen Überlegungen. Sie war der Anwältin, die darauf eintrat, schon fast dankbar für die Unterbrechung. Hoffentlich würde diese grauhaarige und sehr resolut wirkende Frau wenigstens ein bisschen frischen Wind in dieses Jammertal wehen lassen. Nach einer sehr kurz gehaltenen Begrüssung setzte sie sich neben ihre Mandantin und blies gleich zum Angriff:

»Darf ich fragen, Herr Kommissar, was Frau von Thüring vorgeworfen wird?«

»Vorläufig gar nichts, Frau Hahnemeier. Wir haben Ihre Mandantin lediglich gebeten, uns hierher zu begleiten, um uns in Ruhe mit ihr unterhalten zu können. Zudem hoffen wir, dass sie uns bei unserer Untersuchung behilflich sein wird.«

»Ich muss Sie wohl nicht darauf aufmerksam machen, dass dieses ominöse Photo gar nichts bedeuten muss.«

»Von Müssen ist hier keine Rede, Frau Hahnemeier. Wir erhoffen uns lediglich, uns ein klareres Bild des Opfers, wie auch der Situation im Schulhaus St. Theresien, machen zu können. Darf ich nun mit meiner Befragung fortfahren?«

»Warten Sie, Herr Kommissar, ich hätte da noch ein wichtiges Anliegen. Wäre es möglich, dass Sie mich spätestens um sechzehn Uhr entlassen? Mein Hund, Hektor, kommt dann aus dem Hundehütedienst zurück und ich möchte ihn nicht allzu lange alleine lassen«, bat sie Frau von Thüring höflich.

Zina und ihr Chef sahen sich an, um dann gleichzeitig die Augen zu verdrehen. Meine Güte, in welche Farce waren sie beide da geraten? Da wurde eine Frau in einer Mordsache befragt und ihre einzige Sorge galt ihrem Vierbeiner, der zu verwaisen drohte – für ein paar Stunden. Doch plötzlich fiel Zina wieder ein, was die alte Dame, Lina Stern, erzählt hatte. War da nicht von einem bellenden Hund die Rede gewesen? Es mochte zwar weit hergeholt erscheinen, trotzdem:

»Frau von Thüring, wo waren Sie zur Zeit des Mordes, also zwischen 22 Uhr und Mitternacht?«

»Mit meinem Hund Gassi und kurz nach zehn war ich auch schon wieder zu Hause und bin gleich ins Bett. Ich habe nur noch ein paar Seiten gelesen und bin dann eingeschlafen.«

»Welchen Weg haben Sie denn genommen?«

»So genau weiss ich das auch nicht mehr. Entweder gehe ich über die Hügel oder dann in den Wald. Ist das wichtig?«

»Sie gehen alleine in den Wald, wenn es dunkel ist?«

»Ach, ich hab ja Hektor, meinen Rottweiler, brav wie Anton, aber doch beeindruckend, wenn Sie verstehen, was ich meine.«

»Kann jemand Ihre Aussage bestätigen? Sind Sie jemandem begegnet? Hat Sie noch jemand besucht? Hat jemand angerufen?«

»Nein, es tut mir leid. Ich habe keinen Zeugen und auch keine Zeugin vorzuweisen. Ausser Hektor, natürlich. Sie dürfen sich selbstverständlich gerne mit ihm unterhalten.«

Na, die schien sich ja wieder einigermassen gefasst zu haben, wenn sie, ohne eine Miene zu verziehen, ihr schon so frech kam, dachte Zina. Anscheinend hatte der gute Hektor-brav-wie-Anton auch auf Distanz die Fähigkeit, sein Frauchen zu stärken.

Ihr Chef verfolgte unterdessen weiter seinen eigenen roten Faden, denn er sprach die schöne Leonora auf ihr Verhältnis mit ihrem Vorgesetzten an. Er wollte hören, wie sich die Dinge in den letzten Monaten entwickelt hatten.

»Wie alle andern auch, habe ich ihn gemieden, wo ich nur konnte. Erstens, wenn er hätte eingreifen müssen, zum Beispiel bei einem Kind, das sich wirklich daneben benimmt, oder bei Eltern, die nicht kooperierten, konnte er nur Hilflosigkeit verbreiten und wortreich erklären, was er alles nicht unternehmen könne. Zudem vermittelte er mir das Gefühl, dass ich ihn belästigte. Also haben wir, denn es ging nicht nur mir so, versucht, ohne ihn unsere Probleme zu lösen.«

»Sie haben mehrfach betont, dass Sie ihn hätten umbringen können.«

»Herr Kommissar, so wie ich das verstehe, hat meine Mandantin dies geäussert, um ihren allgemeinen Ärger auszudrücken. Sie beabsichtigte in keiner Weise diesen Wunsch in die Realität umzusetzen«, stellte die Anwältin resolut klar.

»Lassen Sie nur, Frau Hahnemeier. Ich möchte dies erklären, auf meine Weise erklären.«

Nach diesen Worten seufzte Leonora und vergrub ihr Gesicht für einige Sekunden in ihren Händen. Dann schien sie sich einen Ruck zu geben. Sie straffte ihre Schultern, schaute Santoro fest in die Augen und begann mit unterdrückter Erregung und fester Stimme:

»Herr Santoro, als ich realisiert habe, dass mein Vorgesetzter mich nicht unterstützen konnte oder wollte, dass ich von ihm nur Verunsicherung, Abwertung und Demütigungen zu erwarten hatte, da habe ich beschlossen, mir das nicht länger anzutun. Ich gehöre nicht zu den Frauen, die immer wieder versuchen, Verständnis und Anerkennung dort zu erbetteln, wo ihnen nur faule Eier an den Kopf geworfen werden, auch wenn es sich um verbalisierte Eier handelt. So was tue ich mir einfach nicht an. Und wenn ich ausser mir bin vor Wut, dann mache ich mit Hektor einen besonders langen Spaziergang und werfe brüllend abgebrochene Äste im Wald herum. Und bevor ich brülle, versichere ich mich, dass mich niemand hören kann.«

Glaubwürdig, entschied Santoro. So aufgeregt ihm diese Frau zu Beginn der Befragung erschienen war, so gefasst wirkte sie jetzt. Anscheinend hatte sie wieder Boden unter die Füsse bekommen. Während er die Befragung schon abbrechen wollte, übernahm seine Assistentin jedoch die Führung. Für sie schien noch einiges offen zu stehen.

»Frau von Thüring, in den Unterlagen Ihres Chefs haben wir Hinweise gefunden, die auf eine weitere Auseinandersetzung zwischen Ihnen beiden hindeuten. Dabei scheint es sich um eine Umfrage in der Lehrerschaft zu handeln. Diese Auseinandersetzung hat, wie ich das verstanden habe, dazu geführt, dass Sie von Ihrem Amt als Vertreterin des Schulhauses in diesem Gremium zurückgetreten sind.«

»Sie gehen hoffentlich nicht davon aus, dass der Mord an Herrn Würscht etwas mit einer amtlichen Streiterei zu tun haben könnte?«

»Lassen Sie nur, Frau Hahnemeier. Eigentlich bin ich ganz froh, diese Geschichte in diesem offiziellen Rahmen erzählen zu können. Sie dürfen auch ruhig weitererzählen, was ich Ihnen zu sagen habe. Ich bin sicher, dass dadurch eine interessante Facette unseres Rektors erhellt wird, die Sie bisher noch nicht erahnt haben.«

Hier wurde sie jedoch von ihrer aufmerksamen Anwältin unterbrochen, die sich einige Zeit flüsternd und doch eindringlich mit ihr unterhielt. Ihre Argumente schienen aber nicht zu greifen, denn bald schüttelte Frau von Thüring entschieden den Kopf und wandte sich konzentriert und gefasst an die beiden Ermittler.

»Ich erzähle Ihnen die Geschichte in Kurzform. Den tieferen Sinn der Sache werden Sie auch so sehr wohl erfassen können. Also: An unserer Schule ist es seit Jahren Usus, dass, wenn einschneidende Veränderungen anstehen, die Lehrpersonen zu einer Vernehmlassung eingeladen werden. Dabei ist es meine Aufgabe, die Kolleginnen und Kollegen zu informieren und ihre Meinung einzuholen. Aus allen Schulhäusern werden dann diese Ansichten gesammelt und an das Departement und die Rektorate weitergeleitet. Wohlgemerkt, es handelt sich hier nur um eine konsultative Umfrage. Also: Mitreden dürfen und sollen wir, mitentscheiden hingegen, das ist für uns nicht vorgesehen. Diesmal ging ihnen aber auch das zu weit. In ihren Augen haben wir nämlich falsch entschieden. Unser Rektor hat uns, eine kleine Abordnung der Vertreter und Vertreterinnen, also zu sich beordert und uns nach Strich und Faden zusammengeschissen. Er ist schlicht und ergreifend ausfällig geworden und hat ultimativ verlangt, dass wir unsere Meinung dahingehend ändern, dass sie mit seiner Erwartung übereinstimmt.«

»Sie haben ihn hoffentlich ausgelacht?«

Zina hatte sich nicht zurückhalten können. Ein solcher Einschüchterungsversuch wäre vielleicht in den Nachfolgestaaten einer UdSSR nicht ganz ungewöhnlich erschienen, in der demokratischen Schweiz konnte sie doch wohl nur höhnisches Gelächter bei den Betroffenen auslösen. Oder?

»Weit gefehlt, Frau Goldberg. Meine Mitstreitenden sind allesamt umgeknickt, wie Strohhalme in einem Gewitter. Eine weitere Versammlung der Schulhausvertretungen wurde organisiert, an der meine Kolleginnen und Kollegen selbst einen Rückkommensantrag stellten. Die Neuerungen sind mit nur einer Mehrstimme, bei sehr vielen Enthaltungen angenommen worden.«

»Worum ging es denn in dieser ominösen Abstimmung?«

»Um einen ersten Schritt in Richtung neuer Leitungsstrukturen, die eine bessere Kontrolle unserer Arbeit erlauben, ohne dass irgendwelche Kontrollinstanzen vorgesehen wären. Wenn die weiteren Schritte auch so einfach durchkommen, wird es bedeuten, dass wir bis in wenigen Jahren auf Gedeih und Verderb unseren Schulhausleitungen ausgeliefert sind. Was das bedeuten kann, habe ich schon erlebt. Ich brauch das nicht, das kann ich Ihnen versichern. Sie sollten auch gleich einen Orden für erfolgreiche Arschkriecherei ausschreiben, denn genau dieses Verhalten wird mit diesen neuen Strukturen gefördert.«

»Was haben Sie darauf unternommen?«

»Ich bin als Vertreterin unseres Schulhauses zurückgetreten. Als willfährige Ausführungsgehilfin dieser Herren sehe ich mich nicht. Diese demokratische Farce werden sie ohne mich weiterinszenieren müssen.«

»Ich versteh das einfach nicht, Frau von Thüring. Wie kommen diese Herren auf die Idee, dass sie mit solch undemokratischen Methoden durchkommen könnten?«

Leonora von Thüring seufzte und liess durch eine elegante Handbewegung ihre blonde Mähne hinter ihre Schultern verschwinden. Den Blick, den sie auf Zina Goldberg richtete, zeugte von Unverständnis gegenüber dieser offensichtlichen Naivität von Seiten einer Staatsbeamtin.

»Von »könnten« kann hier keine Rede sein. Sie kommen durch! Dem Herrn Vögeli war das Auftreten unseres Rektors zwar ausserordentlich peinlich. Dass der erste Schritt dieser Reform durchkommen musste, war aber auch für ihn absolute Priorität.«

»Konnten Sie sich denn nicht an Ihre Gewerkschaft wenden?«

»Und dann? Wir sind hier in der Schweiz, Frau Goldberg. Hier wird nicht auf Konfrontationskurs gesteuert, hier wird kooperiert, auf Konsens hingearbeitet – immer und auf jeden Fall. Zudem waren meine Mitstreiter nicht bereit mit zu streiten. Niemand will sich dem Groll der Herren ausliefern. Offiziell kann zwar niemandem etwas passieren. Also, ich könnte nicht entlassen werden, auch wenn ich diese Geschichte publik machen würde. Sobald ich auf meinen Rektor in irgendeiner Art angewiesen wäre, käme ich aber an die Kasse. Ich weiss das, alle wissen das, und keiner könnte den Zusammenhang nachweisen.«

Nach einem Blick auf seine Assistentin, die ihm ernst zunickte, beschloss Santoro, eine Auszeit zu nehmen. Er informierte Frau von Thüring und ihre Anwältin, dass er sich mit der Inspektorin zu einer kurzen Besprechung zurückziehen wolle. Sie verliessen den Raum und trafen im Gang auf eine kleine Versammlung. Herr Nemeth, der zu Beginn der Befragung noch einsam auf dem Bänkchen gehockt war, hatte nun Verstärkung erhalten. Um ihn herum standen und sassen jetzt alle Mitglieder des Schnur- und Schnurpf-Grüppchens, die in eine lebhafte Diskussion vertieft waren. Frau Marks stand, die Fäuste auf ihren Hüften gestützt, da, als ob sie die ganze Welt herausfordern wollte. Igelchen Annouk Schaffner lehnte leicht im Abseits an der Wand und starrte auf ihre Kollegin Laura Biaggi, die wild gestikulierend auf und ab schritt, und dabei die anderen aufforderte, eine Strategie zu entwickeln, um ihre Freundin aus dieser misslichen Lage befreien zu können. Martha Zumsteg, die rundliche Grauhaarige, versuchte, auf den letzten Stand gebracht zu werden, da sie die Szene im LehrerInnenzimmer verpasst hatte.

Als die beiden Polizisten ins Blickfeld der Gruppe einmarschierten, stürzten sich alle auf sie, um ihnen die Unangemessenheit ihrer Sichtweise und ihrer Massnahme wortreich ersichtlich zu machen. Diese winkten jedoch nur freundlich aber bestimmt ab und verschwanden ins Büro der Inspektorin. Während Zina Goldberg sich mit einem lauten Seufzer auf ihren Schreibtischsessel plumpsen liess, schloss Santoro geräuschvoll die Türe und lehnte sich zurück, als wolle er verhindern, dass die Meute der aufgebrachten Lehrerinnen und Lehrer in diesen sicheren Bau eindringen könnte. Er verschränkte die Arme, schnaubte und meinte ziemlich ungehalten:

»Ich weiss ja nicht, wie es Ihnen geht, meine Liebe, aber mir gehen diese Pauker langsam aber sicher auf den Sack.«

»Dieses Empfinden kann ich zwar zwangsläufig nicht ganz mit Ihnen teilen, doch muss ich eingestehen, dass ich die ganze Bande gerne ins Pfefferland schicken möchte. Und zwar begleitet von Pauken, Trompeten und wüstem Geschimpfe.«

»Haben Sie sich schon mal überlegt, ob dieser dozierende Ton, diese selbstverständliche Rechthaberei und dieser Warte-nur-Bürschchen-Blick bei manchen Menschen in den Genen verankert sein könnten?«

»Ich denke eher, dass wir es hier mit dem Spiel ›lieber Cop, böser Cop‹ zu tun haben.«

»Also, da müssen Sie mir schon eine kleine Nachhilfe gewähren, werte Kollegin.«

»Aber gerne doch. Auch ich bin einem kleinen dozierenden Vortrag ab und zu nicht ganz abgeneigt.«

»Diese Erkenntnis hat mich tatsächlich auch schon beschlichen, das gebe ich freimütig zu. Nein, blitzen Sie mich jetzt nicht mit Ihren glühenden Augen an, mit der Medusa werden Sie ja doch nicht konkurrieren können. Lassen Sie mal lieber Ihre kleinen Zellen feuern, die Sie so gut und in eindrücklicher Fülle zwischen Ihren bezaubernden Ohren zu tarnen wissen.«

Während dieser kleinen Rede hatte sich Zina die Zeit genommen, sich der heutigen Kleidung ihres Chefs zu widmen. Da schon sommerliche Temperaturen herrschten, es war schlicht schwül, trug er ein kurzärmliges Hemd aus dünner Baumwolle, schon fast voile, nur, dass Männer so was natürlich nicht tragen. Die Farbe war schon an und für sich interessant, ein schon fast zartes Türkis. Aber so richtig spannend wurde sie erst durch die Kombination mit der Farbe des T-Shirts, das zwischen zwei Knöpfen hervorblinzelte – lila. Und diese Verbindung betonte … ›Hör auf! Antworte lieber endlich, er schaut dich schon herausfordernd an‹, ermahnte sich Zina.

»Ich danke für das Kompliment und bitte um mein Stichwort.«

»Cop.«, half ihr Santoro auf die Sprünge.

»Ah ja. Die Eltern, die Medien, kurzum die ganze Gesellschaft stellt sich auf den Standpunkt, dass unseren Kleinen nur Bewunderung, Verständnis und Freiraum zu gewähren sei. Also bekommen sie die dankbare Rolle des guten Cops, der nur fördert und der Nette ist. Nun müssen natürlich auch von irgendwem diesen Bälgern Grenzen gesetzt werden. Und wer bleibt da übrig? Na, sagen Sie's! Genau, die Pauker. Die haben zwangsläufig den Schwarzen Peter gezogen und müssen die undankbare Rolle übernehmen. Sie sind diejenigen, – und meistens auch noch die einzigen – die Rahmen festlegen, moralische Werte vermitteln, integrieren und fordern sollen. Sie sind kurzum die einzigen, die diese Racker mit der Realität und ihren Anforderungen konfrontieren. Was dringend notwendig ist, denn verwöhnt-verwahrloste Kinder werden bekanntlich nicht zwangsläufig wertvolle Mitglieder einer Gesellschaft. Sie sind also die bösen Cops – überforderte, allein gelassene, böse Cops. Und wen wundert's da, dass sie in ihrer Rolle festsitzen und leicht feldweibelig und rechthaberisch auftreten.«

Der Kommissar hatte sich während der glühenden Verteidigung der unverstandenen und ausgebeuteten pädagogischen Frontkämpfer von seiner stützenden Rückendeckung gelöst, um sich seiner Assistentin mit hochgezogenen Augenbrauen zu nähern. Nun stützte er sich mit gestreckten Armen auf den Schreibtisch und schaute ihr mit gespieltem Entsetzen in die Augen.

»Höre ich da tatsächlich so etwas wie Verständnis und Milde heraus? Geht es Ihnen gut? Ich mache mir Sorgen um Sie, meine Werteste. Zudem danke ich Ihnen für die Erweiterung meines

Wortschatzes. Das Adjektiv feldweibelig hat mir gerade noch gefehlt. Sind Sie sicher, dass es nicht lieber feldweiberisch heissen sollte?«

»Leider verfüge ich im Moment nicht über die gebührende Musse, Sie für diesen frauenfeindlichen rechten Haken büssen zu lassen, aber seien Sie versichert, dass die Parade Sie im richtigen Moment niederstrecken wird.«

»Ich find's im Leben ganz wichtig, immer wieder kleine Dinge zu haben, auf die ich mich freuen darf.«

»Ende der Verlustigungen. Sollen wir die besorgte Hundehalterin zu ihrem Fluffy nach Hause eilen lassen?«, fragte Zina unschlüssig.

»Ich weiss nicht, womit wir sie zurückhalten könnten. Ausser diesem blöden Bild haben wir nichts in der Hand. Und wie die Anwältin, Frau Hahnebüchen, so richtig festgestellt hat, ist es ohne Bedeutung, vor allem seitdem wir dessen Entstehung kennen und dafür eine plausible Erklärung erhalten haben, die von mehreren Zeugen untermauert wird.«

»Hahnemeier. Kein Wunder, dass sie mit diesem Namen gestraft, zu einer feministischen Anwältin geworden ist, die Arme. Zudem bin ich ausnahmsweise mal ganz Ihrer Meinung. Diese Frau von Thüring überzeugt mich als Mörderin schlicht und ergreifend nicht. Sie ist sich ihrer Gedanken und Gefühle zu bewusst, wenn Sie verstehen, was ich meine. Sie hat zu gute Bewältigungsmuster.«

»Sie meinen ihre Schreiereien im Wald?«, wollte der Chef wissen.

»Zum Beispiel. Zudem ist sie sehr mit anderen Menschen verbunden. Ich glaube, für eine Mörderin ist sie einfach nicht einsam genug.«

»Sind Sie da todsicher? Wir sind auf jeden Fall keinen Schritt weiter gekommen.«

»Konkret nicht, nein. Und trotzdem habe ich das Gefühl, dass sie uns einen wichtigen Schlüssel zur Lösung dieses Falles geliefert hat. Als ob sie uns das Leitmotiv dieser Geschichte geliefert hätte. Nur hab ich diesen Schlüssel schon wieder in meinem Spatzenhirn verloren.«

»Wenigstens ist das Gebiet, das Sie absuchen müssen dann nicht so gross. Ein Spatzenhirn ist meines Wissens nicht allzu weitläufig.«

Bei diesen Worten hatte sich Zina Goldberg erhoben, sich über den Tisch gelehnt und hielt nun ihren Zeigefinger ein paar Zentimeter vor der Nase ihres Vorgesetzten. Er hob seine Hand, bis sie beide wie ein Spiegelbild da standen, ohne sich zu berührten.

»Na, na, dieses Eigentor haben *Sie* mir vorgelegt, Goldchen.«

Darauf zeigte Santoro mit einer Kopfbewegung zur Tür und beide lösten sich aus ihrer Position. Als Zina Goldberg die Tür leise öffnete, hielt sie jedoch plötzlich inne und lauschte. In der Zwischenzeit hatten sich die Gemüter im Gang anscheinend ziemlich erhitzt und der erste Satz, den sie hörte, fand sie ziemlich belauschenswürdig.

»Wir müssen unbedingt herausfinden, wer dieses blöde Photo dort hingelegt hat. Ich bin sicher, dass die Mörderin oder der Mörder diesen Wisch dort deponiert hat, um von sich abzulenken.«

»Hanna, das ist doch nicht unsere Sache. Lass mal die Polizei ihre Arbeit machen.«

Während die erste Stimme sehr viel Erregung verraten hatte, wirkten diese Worte sehr gesetzt, ja fast schleppend.

»Polizei, dass ich nicht lache, Nemethchen. Die beiden sind doch viel zu lahm, zu freundlich, ohne Biss. Die finden nie was raus, wenn sie weiter so herumnetteln.«

»Das ist doch ihre Methode. Die beiden wissen ganz genau, dass Verdächtige sich freundlichen Menschen gegenüber viel eher öffnen. Sie bauen dann keine Abwehrhaltung auf. Zudem bin ich nicht bereit mich zu beklagen, wenn sich Beamte für einmal entgegenkommend zeigen«, erwiderte Herr Nemeth, leicht gelangweilt.

»Psychologisches Gewäsch ist das letzte, was ich jetzt noch ertragen kann und will«, tobte Hanna Marks zurück.

»Hört endlich auf damit. Ich glaube eher, dass sich da jemand eine Gratisschweinerei erlaubt hat, und das Photo aus lauter Böswilligkeit hingelegt hat. Es wäre ja nicht das erste Mal. Mir kommt da sofort unsere Obergiftnudel und Knuddelmuddel-Organisatorin in den Sinn.«

Laura Biaggi hatte sich vehement zwischen die beiden Streitenden gestellt und diese Anschuldigung in den Raum gestellt. Anscheinend war für alle klar, wen sie da gemeint hatte, nur für die beiden Polizisten nicht. Sie beschlossen deshalb, ihre rudimentäre Abhöraktion in stillem Einvernehmen weiter zu führen.

»Die photographiert aber nicht, oder doch?« Der Einwand kam von Annouk Schaffner.

»Wer hat überhaupt photographiert?«, wollte Laura wissen.

»Viele.«

»Andrej, das hilft uns nicht weiter. Wenn wir alle unsere Erinnerungen sammeln, werden wir mit Bestimmtheit eine vollständige Liste der Verdächtigen erstellen können und dann beginnen wir mit den Befragungen. Wir müssen Leonora unbedingt hier herauspauken.«

»Das lassen Sie mal lieber unsere Sorge sein, Frau Biaggi. Die Liste können Sie von mir aus für uns zusammenstellen, obwohl ich stark bezweifle, dass die Erinnerungen an einen Lehrerbildungstag vor drei Jahren noch lebhaft genug sein werden. Die Befragungen werden wir übernehmen – in unserer gewohnt netten Art. Und wenn Sie sich noch ein paar Minuten gedulden, dürfen Sie Ihre Kollegin gleich mitnehmen. Es tut mir leid, dass ich Sie um eine Befreiungsaktion bringen muss.«

Zina Goldberg beobachtete die Reaktion der Gruppenmitglieder auf die Worte des Kommissars. Frau Marks hatte nicht mal den Anstand zu erröten. Dass sie bei einer Abqualifizierung von Staatsbeamten erwischt worden war, schien sie keineswegs zu bekümmern. Laura Biaggi hingegen wandte sich leicht verschämt in eine andere Richtung. Nichts ist peinlicher als unnötige Heldentaten. Der einzige, der noch immer seelenruhig auf seinem Bänkchen sass und vor sich hinlächelte, war Andrej Nemeth. Nun erhob er sich und kam strahlend auf die beiden Ermittler zu. Während er beiden die Hand schüttelte, bedankte er sich ausführlich und verbindlich für die freundliche und effektive Auflösung dieses kleinen Missverständnisses. Trotz genauem Hinsehen und Hinhören konnte Zina keinerlei Sarkasmus an ihm entdecken. Warum fühlte sie sich dann trotzdem von diesem alternden Lausbuben auf den Arm genommen?

Als die Lehrer- und Lehrerinnenschaft wieder glücklich vereint im Gang versammelt war und die dezidierte Anwältin sich mit einem strahlenden Lächeln von ihren Auftraggeberinnen und einem energischen Heben des Kinns vom Ermittlerteam verabschiedet hatte, wandte sich Zina noch einmal an die Anwesenden.

»Eines ist mir noch nicht ganz klar geworden *und* ich bin sicher, dass Sie mir bei der Auflösung dieses kleinen Rätsels behilflich sein können.«

Die versammelten Augenpaare schauten einhellig misstrauisch zu ihr hinüber. Alle hielten den Atem an. Zina lächelte beruhigend in die Gruppe und leitete ihre nächsten Worte mit einer beschwichtigenden Geste ein.

»Wer war eigentlich der Mann, den ich nirgends einordnen kann? Wissen Sie, der mollige, schon etwas in die Jahre gekommene Herr mit der Glatze, der die ganze Pause hindurch mausbeinalleine am langen Tisch sass?«

Ihre Frage löste, für Zina völlig unerwartet, eine lautstarke Heiterkeit aus. Alle schüttelten sich vor Lachen, klopften sich auf die Schulter, um sich dann wieder zu krümmen oder um Lachtränen wegzuputzen. Ebbte das Gelächter einmal ab, reichte ein gegenseitiger Blick, um den Lärmpegel wieder anschwellen zu lassen. Zina und Matteo schauten sich verständnislos an. Sie hob fragend die Schultern, die Handflächen nach aussen richtend, worauf er mit seinen rechten Zeigefinger an seine Schläfe tippte. Ganz meiner Meinung, dachte Zina, die haben einfach einen Vogel.

Unterdessen hatte sich die Gruppe wieder einigermassen beruhigt. Und nach einem Blick in die Runde, übernahm Laura Biaggi die Rolle der Gruppensprecherin.

»Der sitzt jeden Donnerstag in der grossen Pause da und wartet, bis ihm jemand seine Probleme anvertraut. Und niemand geht hin!«

Diese harmlose Feststellung hatte einen weiteren Ausbruch ungezügelter Heiterkeit zur Folge, den diesmal Annouk Schaffner mit einer Handbewegung zum Stoppen brachte.

»Die halten uns noch für verrückt, wenn wir nicht alles richtig erklären.«

Doch schon wurde sie von Andrej Nemeth unterbrochen, der noch ganz ausser Atem vor Lachen dreinfunkte:

»Seien Sie nur froh, dass Sie nicht versucht haben, ihn zu befragen. Er hätte Ihnen ohne Umschweife und ohne auf Ihre Bitte zu warten, erklärt, was Sie alles falsch machen und was Sie stattdessen doch tun sollten. Und dies mit einer unnachahmlich freundlichen Überheblichkeit.«

»Genau, mit uns hat er das so lange gemacht, bis kein Schwein ihn mehr mit einbezogen hat.«

»Ausser, meine liebe Hanna, wir können ihn wirklich nicht umgehen. Wenn wir ein Kind dringend in eine Sonderklasse bringen möchten, zum Beispiel.«

»Was schon für sich – in den Augen dieses Herrn – ein pädagogisches Verbrechen darstellt. Andrej, hat er dir auch des Langen und Breiten erklärt, du müsstest mehr Verständnis haben, mehr Liebe geben, überhaupt sehr viel mehr gee-benn?«

»Sicher. Aber der absolute Gipfel war, als er angefangen hat, mit zwei Knaben, die mittlerweile und zum Glück in einer Psychotherapiestation sind, Bücher einzubinden, nicht ohne mir dezent unter die Nase zu reiben, dass es eigentlich meine Aufgabe gewesen wäre. Ob diese Aufgabe wirklich in seine Lohnklasse passt, die doch immerhin zwei Stufen über unserer steht, frag ich mich noch heute.«

»Ganz besonders hat mir gefallen, als er ein Mädchen, als charmante kleine Lady betitelte, eine Göre, die meine ganze Klasse mit Intrigen, Erpressungen und Schlägereien zur Verzweiflung gebracht hatte.«

Es war Martha, die diese letzte erhellende Geschichte erzählt hatte, die wieder grosse Ernsthaftigkeit auf alle Gesichter zauberte. Nach einer nachdenklichen Pause hob Laura Biaggi wieder an:

»Eigentlich gibt es da überhaupt nichts zu lachen, wenn ihr mich fragt. Wir sollten lieber etwas gegen diesen Gschiedschisser[1] unternehmen.«

»Aber vielleicht nicht heute und sofort. Der rennt uns ja leider nicht gleich weg.«

»Und weisst du was, Hannilein, dann sind wir schon wieder die Bösen. Und von dieser Rolle mach ich jetzt lieber noch ein bisschen Ferien«, erwiderte Andrej Nemeth müde.

»Wobei: Die Vorstellung, wie unser Psychologe, mit den Händen wild um sich fuchtelnd und wie am Spiess vor sich hin schreiend vor uns davonrennt, find ich sehr wohltuend.«

Diese Worte, von Frau Biaggi ganz verträumt vor sich hin gesagt, bewirkten eine pantomimische Nachahmung von Seiten des Herrn Nemeth, – der sein Lausbubenlächeln wieder gefunden hatte – was einen erneuten Heiterkeitssturm auslöste.

Die beiden Beamten verabschiedeten sich übereilt. Zina hörte deutlich, wie ihr Chef kopfschüttelnd, vor sich hinmurmelte:

»Kindsköpfe, alle miteinander, Kindsköpfe!«

Drei Stunden später sass Zina schon wieder und noch immer an ihrem Schreibtisch und ackerte sich durch ihre Akten. Kein Anruf, keine Meldung, kein hereinstürmender Santoro hatte sie aus dieser unliebsamen Beschäftigung gerettet. Mittlerweile hielt sie sich mit ihren Beinen verkrampft an den Stuhlbeinen fest, um ein unkontrolliertes Fortrennen verhindern zu können. Ihr Rücken fühlte sich an wie ein Bügelbrett, das seit Jahren in der hintersten Ecke eines Estrichs auf bessere Zeiten wartete. Also wie ihres. In ihrem Kopf schien sich die Eiszeit ausgebreitet zu haben, denn nichts spriesste mehr. Öde. Dumpf konnte sie sich erinnern, dass

1 Gschiedschisser: Gescheitscheisser, Besserwisser

sie am Morgen, kurz bevor sie unterbrochen worden war, einige Geistesblitze befallen hatten. Aber beim besten Willen – sie hatte keine Ahnung mehr. Also gab sie, nach einem halbherzigen Versuch, diese überlagerten Spuren wieder erschnüffeln zu können, einfach auf und vervollständigte mechanisch und ziemlich stumpfsinnig die letzten paar Seiten ihres Berichts.

Unterdessen war der Nachmittag schon fast vorbei und sie entschied sich, auf eine ihrer Notfallstrategien bei Abstumpfungsgefahr zurückzugreifen. Sie wollte zurück ins Leben katapultiert werden, packte deshalb mit Schwung ihren Rucksack und warf sich die Jacke über die Schultern. Im Vorbeigehen schaute sie bei ihrem Chef vorbei, den sie, mit glasigen Augen vor sich hinstarrend an seinem Schreibtisch sitzend, vorfand.

»Sie gucken ins Leere, wie ein Kabeljau, der, schon auf dem Trockenen liegend, auf sein entschwindendes Leben zurückschaut.«

»Vampirella hat wohl schon lange keine dargebotene Kehle mehr gefunden. Sie brauchen dringend Sprit. Was darf ich Ihnen anbieten?«

»Nach Blutwurst steht mir jetzt aber gar nicht der Sinn. In der miesen Stimmung, in der wir uns befinden, hilft meiner Meinung nach nur noch eines: Xocolatle! Los kommen Sie! Ich lass Sie anschliessend auch ganz bestimmt wieder in aller Ruhe Trübsal blasen und in Ihren Aktenbergen nach Informationen schürfen.«

Sie machten sich auf den Weg. Voraus Zina, in Erwartung aufputschender Genüsse wieder ganz munter, Matteo hinter ihr her schlurfend. Nur wenige Minuten später standen sie vor dem kleinen Laden mit dem verheissungsvollen Namen Xocolatle, der versteckt in einem Innenhof mitten in der Altstadt auf kundige Schokoladenfans wartete. Denn diese kamen hier mit Bestimmtheit auf ihre Kosten. Im Schaufenster standen – aus Schokolade natürlich – Objekte aller Art, sowie verschiedenste kleine Tafeln, die mit unerwarteten Mischungen lockten. Nachdem sie sich hatten von der Auslage inspirieren lassen, setzten sie sich an die kleine Bar im hinteren Teil des Raumes und liessen ihren Blick schweifen. Der minimalistische Stil der Einrichtung kontrastierte auf belebende Weise mit den süssen Versuchungen und dem betörenden Duft, der sie umfing. Nachdem sie echten und selbstgebrauten Kakao zum Trinken und eine Auswahl von Schokoladensorten zum Essen erhalten hatten, war minutenlang nur Stille, unterbrochen von zufriedenen Seufzern, wahrzunehmen. Matteo unterbrach als erster die einhellige Schlemmerei, indem er mit leicht glasigen Augen fragte:

»Ist es möglich, dass ich einen Schokoladenrausch erleide? Mir ist schon ganz schwindlig.«

»Machen Sie sich keine Sorgen, das ist nur das ungewöhnliche Glücksgefühl, das sich in Ihnen ausbreitet. Wie ich Ihnen schon einmal erklärt habe, bewirkt die Ausschüttung von Serotonin ...«

»Stopp. Ich glaube Ihnen ja aufs Wort, dass Sie ein Hochschuldiplom in Kakaophilie im Sack haben, aber lassen Sie mich einfach, als Unwissender, weiter meine Glücksgefühle ausleben. Falls mein Rauschzustand mich zu Boden wirft, lassen Sie mich einfach liegen, damit ich mit diesem göttlichen Geruch in der Nase vor mich hin sterben kann.«

»Sie wollen mir doch nicht erzählen, dass diese Bande es geschafft hat, Sie in diesen jämmerlichen Zustand zu versetzen?«

»Nein. Die sind es eigentlich nicht. Gerade hab ich mich gefragt, ob ich im Notfall auch so viele Kollegen und Freunde hätte, die sich mit soviel Enthusiasmus für mich einsetzen würden. Eigentlich ist diese Bande ungewöhnlich solidarisch. Anstrengend, sehr anstrengend zwar, aber auch rührend, finden Sie nicht auch?«

»Ja, und genau diese Eigenschaften, verhindern, dass ich sie als potenzielle Mörderbande betrachten kann.«

»Sie meinen Solidarität ist eine Kontraindikation für Mord?«

»Bei diesem Mord zumindest. Sehen Sie, Chef, wenn da ein faschistischer Machthaber, ganz langsam und ganz sicher, von Teekränzchen zu Teekränzchen immer ein bisschen mehr vergiftet worden wäre, bis er irgendwann mausetot in seinem Bett gefunden worden wäre, ohne, dass ermittelt werden könnte, wer nun das entscheidende Gramm beigesteuert hat. Ja, dann hätten wir die richtige Besetzung für unsere Mörderrollen gefunden. Also bei unseren Kandidatinnen und Co müssten meines Erachtens zwei unabdingbare Komponenten zusammenkommen: Erstens faschistischer Diktator, – darf ermordet werden – zweitens alle sind gleichgestellt an der Chose beteiligt und niemand muss alleine die Schuld tragen. Hier ist hingegen nur ein Schuss abgegangen.«

»Na, im Ernstfall wissen wir ja jetzt, an wen wir uns wenden müssen.«

»Und für die detaillierte Anleitung können Sie im Buch ›Das Nachthemd und die Akademie‹ nachschlagen.«

»Jorge Amado. Ich wusste doch, die Geschichte kommt mir bekannt vor. Ich glaube, es spricht noch ein wesentlicher Punkt gegen die Kandidatur dieser Leute: Sie wären in der Diskussion über das Vorhaben stecken geblieben.«

Mit seiner Hand formte Santoro einen Entenschnabel, den er auf- und zu schnappen liess. Dabei imitierte er artgerecht das Schnattern einer ganzen Horde dieser vorlauten Biester. Sie grinsten sich zufrieden an. Schliesslich hatten sie diese übereifrigen, palavernden Verdächtigen lange genug in Atem gehalten – und keinen Schritt weiter gebracht. Doch nach kurzer Zeit verbreitete sich wieder Ernsthaftigkeit über das Gesicht des Kommissars. Als er wieder zu reden anfing, zeichnete sich gar so etwas wie Niedergeschlagenheit in seinen Zügen ab.

»Meine innere Überzeugung wächst, dass wir im grundfalschen Teich fischen. Wir suchen in diesem Schulhaus, überhaupt im schulischen Umfeld dieses Mannes, weil dort die einzigen Beziehungen zu finden sind, die er überhaupt unterhielt. Mal abgesehen von einer Frau und einer Geliebten, so nebenbei. Aber ich glaube immer weniger daran, dass wir dort auch den Mörder finden werden. Ich sehe niemanden unter diesen Lehr- oder Amtspersonen, die wir befragt haben, – so unangenehm sie auch sein mögen – der dem Würscht nachschleichen oder gar auflauern würde, um ihn mit einen einzigen gezielten Schuss niederzustrecken. Das ist ein Stilbruch, wenn Sie verstehen, was ich meine.«

»Nur, wer soll's denn sonst gewesen sein?«

»Jemand, den er gar nicht kannte, der mit seinem Leben nichts zu tun hatte«, dekretierte Santoro.

Er beeilte sich, seine Theorie der verwahrlosten Jugendlichen auf der Suche nach einem besonderen Kick an die Frau zu bringen und untermauerte seine Argumente mit den Ereignissen aus den Nachbarländern, die eine doch schon abgebrühte Öffentlichkeit schockiert hatten. Doch seine Bemühungen trafen nicht auf fruchtbaren Boden.

Zina Goldberg verzog ihren Mund nach unten und wippte mit dem Oberkörper leicht hin und her:

»Ihre Geschichte überzeugt mich nicht. Sorry. Erstens müsste unser Toter zu einer der beliebten Zielgruppen dieser jugendlichen Barbaren gehören, also Linker, Ausländer, Penner, Frau. Danach sah er aber gar nicht aus. Nicht mal den Penner hätten ihm diese Deppen abgenommen. Nein, Herr Kommissar, ein schlecht angezogener Lehrer ist *nicht* mit einem Penner zu verwechseln«, betonte Zina tadelnd, um einer unsachgemässen Unterbrechung durch ihren modebewussten Vorgesetzten zuvor zu kommen.

»Und dann der Tathergang, Chef. Wenn er jetzt zusammengeschlagen, verschnippelt, abgefackelt worden wäre. OK, das wäre eine Diskussion wert gewesen. Aber ein sauberer Schuss? Ich bitte Sie, passt doch nicht zu den sadistischen Anforderungen Ihrer Klientel.«

»Der passt zu gar nichts und zu niemandem.«

»Weil wir die richtige Einbettung dafür noch nicht gefunden haben. Ich vertraue, im Gegensatz zu Ihnen, fester denn je auf unsere Vertreter des St. Theresiens. Die haben den richtigen Touch für so was.«

Dieses letzte Argument hatte zur Folge, dass Santoro das Gesicht in seine Hände bettete, den Kopf schüttelte und schnaubte. Was Zina nicht weiter bekümmerte, sie tippte mehrmals mit dem Zeigefinger auf ihre Nasenspitze und schaute ganz versonnen auf die verheissungsvollen Regale. Mittlerweile war der Nachmittag definitiv vorbei und sie fragte sich, was sie in Sachen Rektorenmord unternehmen sollte. Doch ihr Vorgesetzter hatte andere Pläne.

»Bevor ich mich mit dem Touch meiner Mörder auseinandersetzen muss, eile ich lieber flugs zurück zu meinen schweigenden Aktenbergen, meine Liebe. Und Sie gehen jetzt schön nach Hause und lassen Ihre Gedanken schweifen. Vergessen Sie nicht, dass Sie sich an etwas erinnern wollten und dass Sie Ahnungen beschleichen. Im Notfall können Sie mich ja übers Handy erreichen.«

»Sie machen sich über mich lustig.«

»Über eine Frau, die so selbstverständlich ›Morden erlaubt‹ dekretieren kann, mache ich sicher keine Scherze.«

»Über einen Mann, dem bei ›Kollegen und Freunden, die enthusiastisch zu Hilfe eilen‹, die weibliche Form nicht mal in den Sinn kommt, gibt's auch nichts zu lachen. Et toc![2]«

2 Et toc!: Aus dem Französischen, so, da hast du's zurück an die Birne!

*Kapitel 13*

# Was Hänschen nicht lernt, …

Zina versuchte gerade, ihre Palme ins Tram zu bugsieren, was ihr amüsierte bis verständnislose Blicke der Mitfahrenden einbrachte. Auf den letzten Drücker hatte sie es gerade noch geschafft, in einem der letzten Pflanzengeschäfte der Altstadt dieses wunderbare Gewächs zu ergattern. Als Schnäppchen konnte diese neue Acquisition sicher nicht bezeichnet werden. Das Betrachten des Preisschildchens hatte in ihr ein leichtes Schwindelgefühl ausgelöst, doch gegen Liebe auf den ersten Blick war zum Glück immer noch kein Kraut gewachsen. Von einer Lieferung hatte sie nichts wissen wollen, trotz der skeptischen Blicke der zuvorkommenden Verkäuferin. Sie wollte ihre Palme hier und jetzt, nicht erst in ein paar Tagen. Nun stand sie, Palmwedel im Gesicht, lächelnd im gut besetzten Tram und fragte sich, wie sie diese neue Mitbewohnerin würde bis in ihre Wohnung schleppen können. Das Problem war nicht der Baum selbst – die Palmwedel waren zwar sehr ausladend aber nicht schwer. Das wirkliche Problem war dieser Tontopf. Sehr dekorativ, sehr schwer. Im Notfall würde sie eben Etappe für Etappe nach Hause ächzen. Die Palme im Arm ersetzt das Krafttraining, dachte sie gutgelaunt. Seit langem freute sie sich wieder einmal auf ihr Zuhause. Sie stellte sich vor, wie sie auf dem Sofa lag, den Blick durch die Palmwedel schweifen und angenehme Bilder und Vorstellungen vor ihrem inneren Auge entstehen liess. Zinas Blick wurde bei dieser Erwartung schon leicht glasig und sie verpasste fast ihre Haltestelle. Als sie endlich draussen war, schaute sie nicht zurück. Nach diesem, mit vielen Entschuldigungen verbundenem Hindurchzwängen, wären die Blicke ihrer Fahrkumpane sicher nur noch vernichtend ausgefallen. Stattdessen richtete sie ihren Blick fest auf die Strapazen, die sie erwarteten.

Matteo schlief, was ihn sicher ausserordentlich geärgert hätte, wäre er sich seines Zustandes bewusst gewesen. Da dem aber nicht so war, beschäftigten ihn nun ganz andere Dinge, denn er träumte. Vor ihm, und dies schon seit langem, marschierte sein Sohn, einen Aktenkoffer in der Hand. Matteo mochte rufen und mit den Armen wedeln, wie er wollte, Marco drehte sich nicht um. Seine schmächtige Gestalt zeichnete sich scharf von seiner Umgebung ab, denn er bewegte sich sicheren Schrittes auf einer Eisfläche fort. Sein Rücken war ein bisschen zu gerade und zu steif, sein Blick starr nach vorne gerichtet, seine Lippen schmal. Obwohl er, sein Vater, hinter ihm herrannte, war er sich dieser Dinge sehr wohl bewusst, was ihn beunruhigte. Er versuchte schneller zu gehen, doch seine Beine waren schwer und auf dem Eis rutschten seine Füsse immer wieder nach hinten aus. Er konnte sich bemühen, wie er wollte, er kam ihm keinen Schritt näher. Seine Rufe wurden immer drängender, denn ein Gefühl von Gefahr und Dringlichkeit bemächtigte sich seines Bewusstseins. Er hatte Angst um seinen Sohn, wusste aber beim besten Willen nicht wovor. Von weitem sah er, wie sein Sohn sich etwas näherte, das auf dem Eis zu liegen schien. Matteo konnte aus dieser Distanz nur zwei schwarze Punkte auf dem Eis erkennen. Im nächsten Moment stand er aber schon neben seinem Sohn und erkannte, dass die zwei schwarzen Punkte eigentlich Köpfe waren. Seine Tochter und Zina Goldberg schwammen, anscheinend ganz vergnügt in einem Eisloch, ohne sich um die beiden Ankömmlinge zu kümmern. Kalt war ihnen allem Anschein nach auch nicht. Matteo wäre jetzt am liebsten auch ins Wasser gesprungen, doch er wusste, dass sich das nicht gehörte. Die Begründung für ein solches Verbot wollte ihm nicht in den Sinn kommen, so sehr er sich auch anstrengte. Darum stand er unentschlossen weiter auf seiner Eisscholle und konnte den Blick nicht von den beiden Frauen lösen, die ausgelassen planschten. Eisscholle! Tatsächlich. Die Eisdecke hatte Risse bekommen und zwischen grösseren und kleineren Eisflächen war das tiefe Blau des Wassers zu erkennen, das anfing, kleine Wellen zu schlagen.

In diesem Augenblick erinnerte er sich seines Sohnes und er suchte ihn mit den Augen. Marco stand, immer noch sehr aufrecht, auf einer kleinen Eisscholle, die sich von seiner eigenen entfernte und schaute seinen Vater vorwurfsvoll an. Der Vater hörte die innere Stimme seines Sohnes, die unendlich traurig und ohne jede Hoffnung feststellte: Du hast mich vergessen.

Mit einem Kloss im Hals und Schuldgefühlen, die ihm schwer auf der Seele lasteten, wachte Matteo auf und wusste nicht mehr, wo er sich befand. Im Dämmerlicht schaute er sich verwundert um, erkannte die abgenutzten Stühle und den verkratzten Schreibtisch, den chronisch siechenden Gummibaum Egon in der Ecke und den ewig trist grauen Teppich. Er war in seinem Büro und die Sonne ging langsam unter.

Zina lag unter der Palme und versuchte wunderbar erholsame und bereichernde Vorstellungen zu generieren. Sie versuchte es mit den weissen Sandstränden, mit dem Geräusch der Wellen, mit dem Geruch des Kokosöls. Doch nichts davon wollte sich einstellen. Stattdessen bedrängten Gedanken und Gefühle ihr Bewusstsein, die in keiner Weise zu ihrer Entspannung beitragen würden. So viel wusste sie schon mit Sicherheit. Doch sie war nicht bereit, ihren Kampf um innere Gelassenheit so schnell aufzugeben und entschloss sich zu einer neuen Taktik. Statt sich mit fernen Stränden zu beschäftigen, beschloss sie, sich auf ihre unmittelbare Umgebung zu konzentrieren. Wie könnte sie ihre Wohnung zu einem richtigen Hort des Wohlbefindens umfunktionieren? Nein, einen Feng Shui Ratgeber würde sie jetzt nicht lesen. Sie schloss die Augen, um sich besser vorstellen zu können, was sie sich in ihrem Herzen wünschte. Nichts. Nicht aufgeben! Und ihre Bemühungen wurden belohnt. Nach einigen Minuten weiteren Nichts, trat zögernd eine kleine Gestalt, von links her kommend, auf die Leinwand ihrer Innenlebens: Schnurrhaare, freche gelbe Augen, vier Samtpfoten, graues Fell. ›Zerberus, du blödes Vieh, was machst du in meinen Wünschen‹, fragte Zina ärgerlich. Die Katze setzte sich geschmeidig und in Zeitlupe in die Mitte der Leinwand, und begann gemächlich ihre rechte Pfote zu lecken, wie um zu demonstrieren, dass sie nichts aus der Fassung bringen konnte. Sie schaute Zina ruhig und doch herausfordernd in die Augen, um ihr dann in aller Ruhe zu eröffnen: Ich bin doch gar nicht da.

Dieser Satz wirkte wie ein elektrischer Schlag auf Zina und sie richtete sich blitzschnell auf. Die Katze war eben nicht da. Daran hatte sie sich beim Aktenberg schürfen erinnert. Die Katze war immer draussen geblieben. Zina stand auf und holte ihre Jacke und ihren Stadtrucksack. Heute war anscheinend schon wieder nicht der Tag, an dem sie eine gelassene Frau werden sollte. Sie stürmte aus der Wohnung.

Santoro sass im Computerraum neben seinem Freund Jürg Müller und wartete auf Resultate. Er fragte sich einmal mehr, ob sein alter Freund überhaupt jemals seinen Stuhl verliess. Er wusste, dass er alleine lebte. Von einem Hobby, von einem Interesse ausserhalb seiner Arbeit, hatte er noch nie gehört. Ungehörig wäre es ihm vorgekommen, danach zu fragen. Unzufrieden schien sein Freund dabei jedoch nicht zu sein. Konnte es sein, dass jemand so wenig vom Leben erwartete, so genügsam sein konnte? Seine Anfrage hatte bei Müller keinerlei Reaktion ausgelöst. Dass sein alter Freund Matteo nachfragte, ob sein Sohn in den Daten der rechtsextremen Kreise zu finden war, liess ihn anscheinend kalt. War das eine besonders ausgeprägte Art der Zurückhaltung, ja des Respekts? Oder ging es da um schlichtes Desinteresse? Wie auch immer, Matteo fühlte sich enttäuscht und alleine gelassen. Wie gerne hätte er jetzt seine Befürchtungen und seine Verlorenheit mit einem Freund geteilt. So wie die Dinge lagen, sassen sie beide für sich auf ihrem Stuhl und behandelten die Sache mit zur Schau gestellter professioneller Distanz. Bei Matteo war das reine Show, denn in seinem Inneren brodelte es.

Der Computer begann Listen, Organigramme, Photos auszuspucken und er hielt den Atem an. Rechtsextreme, die schon für

Straftaten verurteilt worden waren – da konnte sein Sohn mit Sicherheit nicht zu finden sein. Oder? War es möglich, dass seine Frau ihm etwas vorenthalten hatte? Dass sie ihm eine Scheinwelt vorgelebt hatte? Bussen, ja sogar Gerichtsverhandlungen mit ihrer Unterschrift, ihrer Präsenz, sanktioniert hatte, um ihn rauszuhalten? Nein, das konnte nicht sein. Sein schlechtes Gewissen spielte ihm da sicher einen schlechten Streich. Denn seinem Sohn gegenüber war er tatsächlich in den letzten Jahren out gewesen – aussen vor. Trotzdem wurde ihm abwechslungsweise heiss und kalt, als er die verschiedenen Listen durchging.

Als nächstes kamen die weniger offiziellen Daten zum Vorschein. Mitgliedschaft in einer Organisation, Anwesenheit bei Demonstrationen, Veranstaltungen. Auch Jugendliche, die sich im Umfeld solcher Gruppierungen befanden, waren registriert worden. Matteo hielt den Atem an. Sein Blick verschleierte sich, konnte sich nicht mehr fokussiert auf einer Linie halten. Schweisstropfen traten auf seine Stirn.

»Idiot.«

Matteo schreckte aus seiner Trance auf und musste sich zuerst orientieren. Woher war diese Stimme gekommen?

»Du bist ein Idiot, Matteo.«

Feststellung. Nicht Ausruf, nicht Drohung, kein Schimpfen – eine schlichte Feststellung. Jürg Müller schaute ihn unverwandt an, ohne eine Miene zu verziehen. Als Matteo weiterhin keine Reaktion zeigte, atmete sein Freund tief ein und schüttelte dabei sparsam den Kopf. Grosse Gefühlsausbrüche waren definitiv nicht Müllers Sache, konnte Matteo gerade noch denken, bevor dieser zu einer Aussage ansetzte.

»Du hast doch nicht im Ernst erwartet, den Namen deines Sohnes in diesem braunen Dreck zu finden, mein Freund?«

Beschämt fuhr sich Matteo mit den Händen über sein Gesicht. Es war höchste Zeit aus diesem Albtraum aufzuwachen.

»Ich hatte Angst. In letzter Zeit hat er Äusserungen von sich gegeben, die mir zu denken gaben und ich wusste einfach nicht mehr, was ich glauben sollte.«

»Ich sag dir jetzt mal was und du hörst mir bitte ganz gut zu.«

Mit deutlichem Erstaunen richtete Matteo seine Aufmerksamkeit auf seinen Freund. Dieser war zwar immer noch schmächtig und ziemlich krumm, doch ging jetzt eindeutig eine Stärke, ein tiefes und starkes Feuer von ihm aus.

»Dein Sohn ist ein kleiner Streber – negativ ausgedrückt. Ich sag dir jetzt aber, was dahinter steckt: Er möchte es gut machen, mit verzweifelter Energie will er Erfolg haben. Er sucht Sicherheit und Anerkennung, seinen Platz. Deshalb ist er ein Vorzeigeschüler, macht immer seine Hausaufgaben, passt immer auf und lernt bis in die Puppen für seine Prüfungen.«

Matteo spürte einen Kloss im Hals. Dass sein Sohn überangepasst, schrecklich brav und letztlich langweilig war, das war ihm schon seit längerem bewusst geworden. So zumindest hatte er es bisher wahrgenommen. Müllers Äusserungen liessen dahinter etwas weit Traurigeres erahnen, das er noch nicht ganz erfassen konnte, das ihn aber bis ins Innerste rührte. Suche. Hatte es etwas mit einer verzweifelten Suche zu tun? Er fühlte sich ertappt und gleichzeitig falsch verstanden, versuchte deshalb sich durch eine Rechtfertigung zu retten.

»Das hat mich auch gar nicht so sehr beunruhigt. Es waren seine Äusserungen, seine deutlich rassistischen Aussagen, die mich beunruhigt haben, und dann auch die Tatsache, dass in seinem Umfeld eindeutig junge Deppen zu finden sind, die in dieser braunen Sosse verkehren.«

»Dein Sohn ist dein Sohn, du Trottel. Er ärgert sich über Ungerechtigkeiten, es macht ihn wütend, wenn Protztypen sich mit Gewalt durchsetzen, damit andere einschüchtern, unterdrücken, demütigen. Sag mir nicht, das sei dir fremd.«

»Daraus darf doch kein Rassismus entstehen.«

Ein verschmitztes Lächeln zeichnete sich auf dem verhärmten Gesicht Jürg Müllers ab, seine Augen funkelten.

»Das Nachtessen mit dir und dem Grossvater hat ihm sehr gefallen. Das solltest du unbedingt zur Gewohnheit werden lassen.«

Matteo betrachtete irritiert, wie sich sein Freund vor Lachen schüttelte. Da ihm die Worte fehlten, hielt er den Mund und wartete – nicht geduldig – bis dieser freche Kerl, der ihm gegenüber sass, sich beruhigen würde, um ihn weiter aufzuklären. Müller wischte sich endlich die Lachtränen mit dem Ärmel seines ungebügelten Hemdes ab und setzte, nach einem letzten hühnerhaften Gekicher, endlich zu einer weiteren Erklärung an.

»Er hat es immerhin geschafft, die Santoros, Vater und Sohn, für sich zu mobilisieren. Keine leichte Aufgabe, das kann ich dir sagen. Bei Bappo braucht es dafür normalerweise mindestens einen Grossangriff des Kapitals auf die Interessen der Arbeiterklasse und bei Papà muss schon ein ausgereifter Mord her, um ihn auf den Plan zu rufen. Vermeintlich faschistische Tendenzen – auch in Keimform – in der Santoro-Familie anzudeuten, konnte nur zum ›Alle-Mann-an-Deck‹ führen. Guter Schachzug deiner Brut, findest du nicht?«

Papà Santoro war vor den Kopf gestosssen und stierte schafsähnlich in das weiterhin grinsende Gesicht seines Freundes. Der erste Gedanke, der zu ihm durchdringen konnte, war eine Frage, die lautete: Wofür braucht ein Mann Feinde, wenn er solche Freunde hat? Als nächstes beschäftigte ihn eine weitere, weit konkretere Frage:

»Woher weisst du das eigentlich alles?«

Müller schürzte in einer scheinbar bescheidenen Weise die Lippen, hob die Schultern und meinte ganz beiläufig:

»Ich bin Computerspezialist. Und wie du sehr wohl weisst, ist jeder ab und zu dringend auf den Fachmann angewiesen. Die Dinger haben nun mal ihre Tücken, die jeden Möchtegernbenutzer überfordern. Also, was macht man da? Man ruft mich an. Ich jage dann die Viren und Würmer, entkrampfe Programme, erleichtere Zugänge. Da dein Sohn der – berechtigten – Überzeugung ist, dass sein Papi in dieser Sache ›e Pumpi isch‹[1], ruft er im Notfall Onkel Jürg an. Sein Compi scheint übrigens über ein besonders schwieriges und anfälliges Innenleben zu verfügen,

1 Bisch e Pumpi: du bist unfähig

das des Öfteren professionelles Feingefühl abverlangt. Der Apfelstrudel deiner Frau ist übrigens immer noch der beste.«

Anscheinend hatte Müller doch ein Hobby und das schien seine eigene Familie zu sein. Na ja, richtige Sorgen würde er sich erst machen, wenn dieser Kerl mit gebügelten Hemden daher kam. Denn noch mehr als der Apfelkuchen waren perfekt gebügelte Hemden der Stolz und das Wahrzeichen Antonellas. Sogleich bedacht, stellte ein leises und zaghaftes Stimmchen die ungehörige Frage, ob perfekt gebügelte Hemden nicht Anlass zur Hoffnung werden könnten.

Zur gleichen Zeit stand Zina Goldberg vor dem imposanten Haus und schaute sich nach der Katze um. Sie war nicht bereit, sich von einem hinterlistigen Angriff dieses pelzigen Kobolds überraschen zu lassen. Sie näherte sich vorsichtig um sich spähend der Haustür. Die Dämmerung war hereingebrochen, was zur Folge hatte, dass Zina die graue Katze trotz konzentrierter Aufmerksamkeit erst im letzten Augenblick sah, kurz bevor sie ihr auf den Schwanz trat. Zerberus liess jedoch das »kurz bevor« aus und liess ein lang gezogenes Gejaule ertönen, als ob sie höllische Qualen zu erleiden habe.

»Tu nicht so. Und glaub ja nicht, dass ich auf dein Theater reinfalle.«

Das graue Bündel antwortete mit einem Mitleid erregenden, absolut erbärmlichen Blick. Als Zina zu einer weiteren bissigen Bemerkung ansetzen wollte, öffnete sich die Haustür und Lina Stern erschien im Türrahmen. Das durchdringende Gejaule ihrer Katze hatte sie anscheinend auf den Plan gebracht.

»Spielt sie wieder mal den dritten Akt ihrer persönlichen Tragödie?«

Die Frage war in leicht gelangweiltem Ton geäussert worden, den der wachsame Ausdruck in ihren Augen Lügen strafte. Das erneute Aufkreuzen der Polizei schien die alte Dame eindeutig zu beunruhigen, was Zinas Ahnung, ja Befürchtung nur verstärkte.

In verbindlichem und nicht ganz gelungenem leichten Ton fuhr Lina Stern fort.

»Ich befürchte, dass das arme Tier in den letzten Tagen sich ein neues Leiden angelächelt hat. Sie zeigt eindeutige Tendenzen zur Hypochondrie. Wenn sie nicht gerade auf drei Pfoten durch das Haus hüpft, wälzt sie sich genüsslich jaulend auf dem Teppich und ich frage mich schon, ob ich nicht mit der Tierambulanz zur nächsten Notoperation sausen soll. Zum Glück ist mir der Gedanke gekommen, nicht zum Telefon, sondern zuerst mal zur Kühlschranktür und zum Würstchen zu greifen. Du wirst es nicht glauben, Kindchen, aber die Symptome verschwanden darauf vollständig – bis zur nächsten Krise und zum nächsten Würstchen.«

Während dieser Ausführungen hatte Frau Stern die Katze mit einer eleganten Bewegung auf den Arm genommen und ihrem Gast durch eine einladende Geste den Weg ins Innere des Hauses gewiesen. Unterdessen waren die drei in der Küche angelangt, wo Zerberus in ihr Körbchen verwiesen wurde. Sie drehte sich schnurrend vier- bis fünfmal um ihre eigene Achse, bis sie sich laut aufschnurrend niederliess.

Zina nutzte dieses kleine Ritual, das von der Besitzerin andächtig verfolgt wurde, um sich dessen zu vergewissern, was sie bei ihrem letzten Besuch unbewusst wahrgenommen hatte: kein Katzentörchen. Nachdem sich die beiden an den Küchentisch gesetzt hatten, meinte die Gastgeberin betont munter:

»Na Liebes, was kann ich dir anbieten?«

»Eine Besichtigungstour in den oberen Stöcken.«

Auf Zina Goldbergs harmlose Äusserung folgte ein längeres Schweigen, in der sich die beiden Frauen mit ihren Blicken massen. Keine der beiden war anscheinend bereit, die Augen abzuwenden. Zina erkannte in ihrem Gegenüber keine Angst, nur eine leichte Beunruhigung, die sich bald in einem Zwinkern auflöste.

Als die alte Dame zum Sprechen ansetzte, tat sie es mit einer leicht amüsierten Gelassenheit, die Zina Respekt abverlangte.

»Ich hätte mir ja denken können, dass du es merkst, Kindchen, deine wachen Augen hätten mich warnen sollen. Nur so aus reiner Neugier, was hat mich verraten?«

»Erstens habe ich nichts erraten. Ich weiss nur, dass im oberen Stock jemand sein muss. Zweitens: Die Katze war draussen und es gibt kein Katzentörchen, also kann sie die Geräusche nicht verursacht haben. Und drittens, je mehr von oben zu hören war, desto abstruser waren deine Theorien zum psychischen Zustand deiner Mieze. Daraus habe ich – nach langer Inkubationszeit – geschlossen, dass in den oberen Stöcken eine Person ist, die du mir nicht vorstellen möchtest. Und diese Person muss ich befragen, denn sie könnte etwas in der Mordnacht beobachtet haben. Ich nehme wohl an, dass sie nicht immer ruhig schlafen kann, nicht?«

»Und du bist ganz sicher, dass ich die Vorstellung jetzt nachholen soll? Du wirst nämlich nur neue Probleme ernten, weisst du, meine Liebe. Willst du dich wirklich einem Gewissenskonflikt aussetzen?«

Statt einer Antwort stand Zina Goldberg auf und zeigte einladend nach oben. Seufzend und mit einem bekümmerten »Tz-Tz« übernahm die Gastgeberin die Führung. Auf dem Weg nach oben wurde sich Zina der Grösse des Anwesens bewusst. Lina Stern lebte wahrhaftig in einem höchst imposanten Herrenhaus. Die Treppe, die von der Eingangshalle in den ersten Stock führte, erinnerte sie an Szenen aus alten Filmen. Ein Dienstmädchen, das ihnen mit einem Staubwedel in der Hand und einem weissen Häubchen auf dem Kopf, entgegengekommen wäre, hätte sehr gut ins Bild gepasst. Im ersten Stock angekommen, drehte sich Lina Stern um, ganz die entgegenkommende Gastgeberin, und meinte mit einem verschmitzten Lächeln auf den Lippen:

»Ich nehme nicht an, dass du an meinem Schlafzimmer interessiert bist. Niemand ist es mehr, muss ich dir gestehen. Oder möchtest du vielleicht mein Arbeitszimmer in Augenschein nehmen? Ich bin sicher, dass meine Bibliothek dein Interesse wecken könnte. Du wirst es nicht glauben, aber ich habe tatsächlich Erstausgaben von Dorothy Sayers und Agatha Christie. Ich finde ihre Bücher ungeheuer beruhigend, weist du. Am Schluss siegt die

Gerechtigkeit dann doch, die Bösewichte sind entlarvt und werden aus dem Verkehr gezogen. Die Unschuldigen hingegen werden rein gewaschen und beschützt. Was für eine tröstende Welt, findest du nicht auch?«

Statt einer Antwort – Zina war nicht mehr bereit, sich von verwirrenden Geschichten einlullen zu lassen – wies sie ihre Gastgeberin mit einem forschen Handzeichen an, sie in den zweiten Stock zu führen.

»Dass du es mir nicht bereust, Liebes, dass du es mir nur ja nie bereust.«

Oben angekommen blieb Lina Stern vor einer Tür stehen. Nach einem letzten eindringlichen Blick zu ihrer Begleiterin und einem tiefen Aufseufzen klopfte sie an und meinte mit vorgetäuschter Gelassenheit:

»Frau Marques, ich bin's. Ich habe Ihnen Besuch mitgebracht.«

Im mittlerweile ziemlich stickigen Computerraum stierte Santoro unterdessen auf die Auszüge, die er immer noch in den Händen hielt. Anscheinend näherte sich ein Gewitter, denn von weitem war dumpfes Donnergrollen zu hören. Nicht, dass er etwas gesehen, geschweige denn etwas gelesen hätte. Er schaute nur auf die Papiere mit ihren endlosen Listen und Meldungen im Telegrammstil, um seinem alten Freund nicht in die Augen, sehen zu müssen. Zudem brauchte er jetzt Zeit, um sich wieder zu fassen und das Gehörte verdauen zu können. Müller konnte lange behaupten, er sei ein Idiot, er war eben doch froh, den Namen seines Sohnes nicht gefunden zu haben. Es war ihm weitaus lieber, sich jetzt mit seinen Schuldgefühlen auseinanderzusetzen, als mit dieser Ungewissheit in Bezug auf die Verbindungen seines Sohnes leben zu müssen. Madre di Dio, wenn Marco nun wirklich in diese braune Sosse gefallen wäre! Er konnte sich gar nicht vorstellen, wie er darauf reagiert hätte. Ziemlich kopflos und heftig, das war mal sicher. Hätte er versucht Marco selbst zur Vernunft zu bringen? Hätte er Kontakt zu andern Eltern gesucht? Gar ein Komitee betroffener Eltern gegründet? Die Führer verhaften lassen? Was hätte sein Vater dazu gesagt?

Bei diesen Gedanken wurde ihm ganz heiss. ›Steigere dich da nicht in etwas hinein, wenn es doch gar nicht nötig ist‹, versuchte er sich zur Vernunft zu bringen. Er atmete tief ein, setzte sich ganz bewusst, sein Gewicht fallen lassend, aufrecht auf seinen Stuhl. Mehr um sich von seinen bedrückenden Gedanken abzulenken, denn aus wirklichem Interesse, fing er an, die Namen der Listen durchzulesen. Manchmal ist einfach alles recht, um sich in die Realität zurückzuholen.

Er erkannte typische Schweizer Namen, vermischt mit wenigen, zum Teil sehr exotischen Namen. Wie konnte ein junges Kerlchen mit Namen Ngombo wohl dazu kommen, in einem arischen Verein, mitmischen zu wollen? Der ist wohl nicht am Ende seiner Mühen, dachte Santoro gerade mitleidig, als ihm einer der weiter oben flüchtig gelesenen Namen irgendwie nicht ganz koscher vorkam. Er wanderte mit seinen Augen wieder langsam aufwärts, diesmal mit voller Aufmerksamkeit. Ein rotes Lämpchen in seinem Gehirn war angegangen und er wollte wissen, wodurch diese Alarmanlage ausgelöst worden war.

Die Frau auf dem hübschen kleinen roten Sofa schaute sie mit vor Angst geweiteten Augen an. Obwohl Lina Stern sofort zu ihr geeilt war, sich neben sie gesetzt hatte und beruhigend auf sie eingeredet hatte, schien die Frau auf dem Sofa sie gar nicht wahrnehmen zu können. Sie starrte unverwandt, mit weit aufgerissenen Augen auf Zina, als verkörpere diese den Engel der Apokalypse. Die Angestarrte, selbst zur Salzsäule erstarrt, blieb im Türrahmen stehen, unfähig sich aus diesem Zustand lösen zu können. Die Welt schien still zu stehen. Zina sagte sich gerade, dass sie schon weit schwierigere Situationen gemeistert hatte. Die Frau hatte Angst, natürlich, aber Zina würde sie schnell beruhigen können. Sie gehörte schliesslich nicht zur Fremdenpolizei und würde auch nie im Leben dazu gehören. Die Angst der Frau beruhte auf einem Missverständnis, das sie schnell auflösen konnte. Nur tat sie es nicht. Ihre Stimmbänder gehorchten ihr nicht, ebenso wenig wie ihre Muskeln. Es war der Blick, die Angst, das unausgesprochene Flehen darin, das sie anscheinend zu hypnotisieren vermochte.

Und die Frau hatte allen Grund, Angst zu haben. Sie lebte ohne Papiere in der Schweiz. Das wusste Zina sehr wohl, denn ihr Name war in ganz Basel vor gut einem Jahr bekannt geworden. Die Polizei hatte ihre beiden minderjährigen Töchter bei einer Kontrolle auf der Strasse aufgegriffen und nach nur wenigen Tagen in Haft in ihre mittelamerikanische Heimat abgeschoben. Das Schicksal der Mädchen hatte zu mehreren Demonstrationen und zu einer riesigen Empörung in der Stadt geführt. Trotzdem waren die beiden Schulmädchen, ohne erwachsene Begleitung, in ein Flugzeug gesetzt worden. Die Bilder, wie sich das jüngere der beiden Mädchen auf dem Flugplatz schluchzend von ihrer Lehrerin verabschiedete und sich ein letztes mal umgedreht hatte, bevor es verschwand, war an diesem Tag jede Stunde auf dem Lokalsender gezeigt worden. Die Wut, die Ohnmacht und die Scham darüber, dass ihre Heimatstadt derart unmenschlich gehandelt und gegen elementare Menschenrechte verstossen hatte, war von vielen Einwohnern nicht vergessen worden. Auch Zina konnte sich noch gut an die Bilder erinnern, die ihr ein Gefühl des Unwirklichen vermittelt hatten. Das kann doch nicht heute passieren, doch nicht bei uns, hatte sie sich immer wieder eingetrichtert. Die Mutter war aufgefordert worden, sich zu melden, um mit ihren Töchtern ausgeschafft zu werden. Sie hatte sich nicht gemeldet. Sie war nicht bereit, in ein Land zurückzukehren, in dem sie keine Chance hatte eine Arbeit zu finden und sie nur ein gewalttätiger Ehemann erwartete, der seit Jahren Morddrohungen gegen sie ausstiess. Von der dortigen Polizei konnte sie sich keine Hilfe erhoffen – ihr Mann gehörte dazu. Sie hatte sich entschieden, weiterhin illegal in der Schweiz zu bleiben, wo sie dank ihrer Arbeit die Möglichkeit hatte, ihre Töchter zu unterstützen, die von einer Tante aufgenommen worden waren. Den Namen der

Frau, die sie jetzt so angstvoll anstarrte, hatte sie nie vergessen können.

Und diese Art Blicke, die kannte sie, obwohl sie mit ihnen nichts zu tun haben wollte. Und doch gehörten sie zu ihrer Geschichte. Ob sie es wollte oder nicht, gehörten sie zu der ganz persönlichen Geschichte ihrer Familie, denn keiner war zurückgekommen – ausser ihrem Vater, der sie gelehrt hatte, nach vorne zu schauen.

Er ging die ganze Seite nochmals systematisch durch. Oben angekommen, hatte er nichts gefunden. Er nahm sich die rechte Spalte vor, auf der die Namen der Eltern eingetragen waren. Und die mussten nicht automatisch gleich lauten, wie diejenigen der Kinder – besonders in der heutigen Zeit nicht. Müller, Niederberger, Änishänsli, Scampi, …da, da war der Übeltäter, den er nicht spurlos hatte übergehen können, genau unter Scampi. Den Namen hatte er doch in den letzten Tagen mehrmals gehört. Eine der Personen im St.-Theresien-Schulhaus hiess doch so. Konnte natürlich auch Zufall sein, schliesslich war der Name zwar nicht gerade geläufig, aber auch nicht wirklich selten. Er lehnte sich zurück, um sich einen Augenblick, sammeln zu können, denn er war nicht bereit, einfach drauflos zu rasen. Konnte alles nur Zufall sein, konnte auch ebenso gut überhaupt nichts mit dem Fall zu tun haben. Obwohl es in diesem Fall ausser vielen Spekulationen wirklich nichts Konkretes gegeben hatte, was er hätte zwischen die Zähne bekommen können, war er jetzt trotzdem nicht bereit, sich sinnlos in das erste Knöchelchen zu verbeissen, das ihm vor die Nase gefallen war.

Das Kribbeln unter der Nasenwurzel, das er seit der Entdeckung auf der Liste empfand, flüsterte ihm etwas ganz anderes zu: Fährte, los Santoro. Er war zwar bereit loszulegen, aber nur nach reiflicher Überlegung. Schliesslich hatte er im Moment nichts Besseres zu tun und nach Hause zog es ihn schon gar nicht. Ohne von seinem alten Freund gestört zu werden, der weiterhin selbstvergessen in den Bildschirm starrte und ab und zu leidenschaftlich in die Tasten hämmerte, schob er seinen Stuhl ein bisschen weiter zurück, um so seine Füsse besser auf den Tisch stellen zu können. Schön langsam, Santoro, jetzt keinen Übereifer zeigen.

Aber nach nur wenigen Minuten waren die guten Vorsätze verflogen, er stellte seine Füsse leicht überstürzt wieder auf den Boden und fing an, ohne Erklärung oder Einleitung, seinen Freund mit Fragen und Anweisungen zu überhäufen.

»Aufwachen, Frauen!«

Dieser im Befehlston geäusserten Aufforderung hatte Frau Stern ein lautes Händeklatschen folgen lassen. Anscheinend hatte ihre therapeutische Intervention Erfolg, denn die beiden Frauen erwachten aus ihrer Erstarrung und das Bild bewegte sich wieder. Frau Marques wandte sich Hilfe suchend ihrer Gastgeberin zu und Zina Goldberg machte einige Schritte auf das Sofa zu, auf dem die beiden Frauen sassen.

»So, ihr beiden, jetzt inszeniert mir bitte keine griechische Tragödie, wenn es nicht unbedingt eine werden muss. Zina, mein Herzchen, setz dich da auf diesen Sessel und mach es dir bequem. Ist dir schon aufgefallen, dass es ganz schön schwierig ist, tragisch zu wirken, geschweige denn zu handeln, wenn man sich bequem irgendwohin fläzt? Weisst du, ich denke, dass wir Therapeuten unsere Patienten nicht nur bequem sitzen oder liegen lassen, damit sie sich besser entspannen können. Nein, ich glaube, das passiert eigentlich hauptsächlich aus Selbstschutz. So können wir sie besser mit unseren unangenehmen Fragen und Einsichten bombardieren und sie sind uns sicherer ausgeliefert. So etwa wie Käfer auf dem Rücken. Bis sie in einer Position sind, aus der sie gut über uns herfallen können, sind sie schon ganz ermattet und abgekühlt, wenn du verstehst, was ich meine.«

»Meinst du, wir sollten bei unseren Verhaftungen vielleicht lieber statt Handschellen eine Couch mitnehmen und statt ›Hände hoch, ergeben Sie sich!‹, doch besser, ›Legen Sie sich hin und entspannen Sie sich!‹, rufen?«

»Gäbe doch wenigstens eine völlig neue Dynamik in die Chose, nicht? Nur würdet ihr damit eure Arbeitsplätze in Gefahr bringen, denn die Couch oder der bequeme Sessel sind ja nur der erste Schritt in die Falle, wie wir beide wissen. Kaum liegst du da, wirst du schon von Verständnis und Mitgefühl eingelullt, damit du dich an Dinge erinnerst, die du so sorgsam vergessen wolltest und musst dich Gefühlen widmen, die du gewissenhaft zusammengelegt in die hinterste Schublade deines Seins versorgt hattest. Die Bösewichte würden sich freiwillig umschulen lassen und ihr, arme Häscher, würdet arbeitslos. Hast du schon mal darüber nachgedacht, dass diese armen Seelen viel lieber ins Gefängnis gehen, als sich ihren inneren Monstern vorstellen zu lassen?«

Zina antwortete nicht gleich. Stattdessen betrachtete sie Frau Marques, die, ihrem Gesichtsausdruck zur Folge, nicht alles verstanden hatte, dennoch fast ein Lächeln auf den Lippen zu Wege brachte, als sie nun der Polizistin in die Augen schaute. Die abstrusen Gedankengänge, die von der alten Frau in Gang gebracht worden waren, zeigten eindeutig Wirkung: Alle Teilnehmerinnen dieser unerwarteten Runde hatten sich entspannt. Alte Hexe, dachte Zina. Na ja, *nette* alte Hexe.

Die Hexe war anscheinend auch zur Einsicht gekommen, dass die Voraussetzungen für ein nettes Gespräch nun gegeben waren, denn sie ergriff, professionelle Seelenruhe verbreitend, nun wieder das Wort.

»Also, Frau Marques, Sie brauchen jetzt wirklich keine Angst zu haben. Sehen Sie, Frau Goldberg ist zwar von der Polizei, aber nur von der Mordkommission, nicht von der Fremdenpolizei. Sie will Sie nicht ausliefern. Sie möchte nur wissen, ob Sie in der Nacht, als der arme Mann in unserer Strasse ermordet wurde, zufällig etwas gesehen haben. Das Ganze ist also ganz einfach und sehr harmlos. Sie erzählen, Frau Goldberg hört zu und dann geht sie wieder. Sie werden weiter hier wohnen und jeden Tag arbeiten gehen, genau wie bisher.«

»Ich glaube nicht, dass es so einfach ist. Sie sind zu, … wie muss ich sagen, optimistik?«

»Optimistisch.«

Nach dieser Berichtigung in Stereophonie schauten sich die beiden Frauen an. Lina Stern mit hoher Intensität, als wolle sie die jüngere von der einzig möglichen Antwort überzeugen, Zina, als wolle sie in den Augen der alten Frau eine Sicherheit finden, die sie sich selbst nicht zutraute. Nach wenigen Sekunden hatte sie anscheinend gefunden, was sie gesucht hatte, denn mit absoluter Selbstverständlichkeit meinte Zina:

»Niemand wird erfahren, dass Sie hier sind, Frau Marques, niemand. Sie werden auch nicht als Zeugin aussagen müssen. Ich werde mich irgendwie anders organisieren müssen.«

Irgendwie war wirklich der treffende Ausdruck, dachte Zina für sich. Sie wollte im Augenblick gar nicht an die Konsequenzen ihres Versprechens denken. Ihr Gefühl sagte ihr ganz deutlich, dass sie so handeln musste, und für den Augenblick sollte das reichen. Zuerst wollte sie erfahren, was Frau Marques gehört oder gesehen hatte, was sie dann daraus machen konnte, würde sich später zeigen. Eins nach dem andern.

»Erzählen Sie mir einfach, was Sie an diesem Abend gemacht haben, Frau Marques, vielleicht helfen Sie mir dadurch, einen Mörder zu finden.«

»Mörderin.«

Zina glotzte die Sprecherin ungläubig an und fragte sich kurz, ob diese Frau nun auch die langsam aber sicher weit verbreitete Gewohnheit übernommen hatte, ganz automatisch die weibliche Form zu ergänzen, wenn nur die männliche genannt wurde. Nein, ihr selbst hätte so was unterlaufen können, einverstanden, aber Frau Marques hatte in ihrem arbeitsvollen Leben sicher andere Katzen auszupeitschen gehabt, wie sich Franzosen ausdrücken – Französinnen wohl auch. Sie fragte zur Sicherheit aber doch lieber nach und versuchte dabei, ihre steigende Erregung zu unterdrücken.

»Sie haben eine Frau gesehen?«

»Eine Frau, ja, ich denke es war eine Frau, aber ich bin nicht ganz sicher. Jemand ist fortgerannt. Ich habe sie nur von hinten gesehen, mit Kapuze, es regnete. Vorher, ich habe gehört. Jemand hat gebettelt, dann wie geschrieen, aber nicht richtig geschrieen. Fast wie schreien, ich weiss nicht, wie ich sagen muss.«

»Frau Marques, können Sie bitte einfach ganz von vorne erzählen. Sagen Sie mir, wo Sie waren und was Sie getan haben an diesem Abend.«

»Ich war sehr müde. Wissen Sie, ich habe den ganzen Tag geputzt. Bei Frau Vischer hat es viele Treppen, mit Holz. Ich muss mit Lumpen reiben, reiben, reiben. Am Abend war mein Rücken ganz kaputt. Ich hatte überall weh. Aber Frau Vischer bezahlt gut, also, ich reibe ganz fest. Um zehn bin ich ins Bett gegangen und ich habe gedacht, ich schlafe sofort ein. Aber ich liege und ich kann nicht einschlafen. Ich denke an meine Kinder, ich denke an meine Zukunft. Ich habe Angst, dass die Polizei mich findet und ich muss zurück und wir haben gar kein Geld mehr. Und ich denke, ›Maria, du musst schlafen, morgen musst du bei Frau Sarazin viele Steinböden waschen‹. Sie sagt immer: »Maria, sie müssen glänzen wie ein Spiegel.« Und ich liege immer noch im Bett und meine Augen sind offen. Dann höre ich reden. Zuerst nett und dann wie betteln und dann ganz laut schimpfen. Und dann, bumm. Nichts mehr.«

»Wie viele Stimmen haben Sie gehört?«

»Zwei, ich glaube, zwei, Aber vor allem eine sagt viel, die andere ganz wenig.«

»Frauen oder Männer?

»Ich glaube eine Frau und ein Mann reden. Die Frau viel, der Mann wenig. Ich glaube der Mann redet nicht gerne mit der Frau, er sagt immer nur wenige Wörter, brumm, brumm, brumm, fertig. Die Frau redet immer mehr.«

»Haben Sie irgendetwas verstanden?«

»Nein, ich habe nichts verstanden. Ich glaube einmal, die Frau weint fast, aber am Schluss sie redet so wie in Armee, wie Offiziere, wenn sie befehlen. Ich denke es ist eine Frau, vielleicht aber auch ein Mann. Die Stimme könnte Mann, könnte Frau sein. Vielleicht ich denke es ist eine Frau, weil Frauen betteln bei Männern.«

»Dann sind Sie aufgestanden und haben aus dem Fenster geschaut?«

»Ja, aber zu spät. Ich habe nur eine Person gesehen, die sehr schnell gerannt ist. Ich glaube mit Kapuze. Sie war schon weit weg.«

Zina, die diese Befragung durchgeführt hatte, notierte für sich, dass die Deutschkenntnisse Maria Marquez, die ihr zu Anfang durch ihre hohe Qualität aufgefallen waren, deutlich schlechter geworden waren als sie auf die Szene vor ihrem Fenster zu sprechen gekommen war. Anscheinend hatte das Vorgefallene Frau Marquez Angst gemacht oder zumindest beunruhigt.

»Was haben Sie gedacht, als Sie den Knall gehört haben?«

»Ich weiss nicht, vielleicht ein Auto.«

Nachdem Zina nochmals alles durchgegangen war und Frau Stern ihre Hausgenossin nochmals versucht hatte zu beruhigen, verabschiedeten sich die beiden Frauen. Im Gang angekommen bemerkte Zina, dass noch eine weitere Tür in einen dritten Stock, unter dem Dach, führte. Sie schaute die andere Frau argwöhnisch an, die ihrer Frage jedoch zuvorkam.

»Nein, im Moment nicht. Die sind wirklich nur für den absoluten Notfall. Zudem hat auch meine Asylpolitik ihre Grenzen.«

Den letzten Satz hatte sie mit einem unergründlichen, schiefen Lächeln geäussert, aus dem Zina nicht schlau werden konnte. Etwas wollte sie doch noch wissen, aus reiner Neugier:

»Frau Marquez spricht bemerkenswert gut Deutsch.«

»Ja, sie hat auch was dafür unternommen. Sie besucht Deutschkurse, die sie selbst bezahlt. Und ab und zu unterhalten wir uns zusammen. Sie fühlt sich verpflichtet, mich mit köstlichen Plätzchen und nahrhaften Kuchen zu mästen, als Dank dafür, dass sie hier wohnen darf.«

»Die Mästerei scheint nicht sehr erfolgreich zu sein.«

In der Eingangshalle angekommen blieben sie einen Augenblick schweigend stehen, denn beide waren sie wieder in ihren eigenen Gedanken vertieft. Zina Goldberg fühlte sich von der Situation, in der diese Frau gefangen war, benommen und versuchte, die Informationen über die Mordszene, die sie erhalten hatte mit ihrem bisherigen Wissen zu verbinden. So spärlich die Erzählung auch gewesen war, vermittelten sie doch ein Gefühl – oder besser Gefühle. Zuerst Hilflosigkeit, Verzweiflung? Am Ende war es auf jeden Fall Wut gewesen? Der Mörder, noch viel eher die Mörderin, schien das Opfer gekannt zu haben. Zuerst hatte sie um etwas gebeten, gebettelt? Sie hatte anscheinend nicht bekommen, was sie gewünscht hatte, am Schluss hatte sie geschrieen. Wie hatte sich Frau Marquez genau ausgedrückt? Zina wandte sich an Lina Stern:

»Was machen Offiziere? Sie schreien ihre Befehle?«

»Darüber habe ich auch eben nachgedacht, es hat mich an etwas erinnert. Zerberus hat in meinem Traum auch gebellt. Sie bellen.«

Zina nestelte nach ihrem Handy und drückte fieberhaft auf die Direkttaste. Lina Stern, die vor lauter Neugier eine noch spitzigere Nase entwickelte, konnte sich nicht zurückhalten.

»Rufst du deinen Liebsten an?«

»Nein, meinen Chef.«

»Aha.«

Matteo Santoro hatte zwar interessante Informationen erhalten, ob diese mit seinem Fall etwas zu tun hatten, das war eine ganz andere Frage. Wenn es nach der Vernunft ginge, müsste er die Frage klar mit nein beantworten. Doch seine Schnüfflernase zog ihn in eine andere Richtung. Da kamen Themen vor, die in der letzten Woche immer wieder in der Luft gehangen hatten. Und wie hatte Peter Bloch gesagt? Sucht nach Menschen, die ganz persönlich betroffen sind, deren Probleme ihnen an die Nieren gehen. Er selbst hatte in den letzten Tagen am eigenen Leib erfahren müssen, wie ihn die Situation seines Sohnes bis ins Mark getroffen hatte und dies, obwohl sie sich als weit weniger gravierend erwiesen hatte, als von ihm anfänglich befürchtet. Er mochte sich das Ausmass seiner Schuldgefühle, seiner Scham und seiner Wut auf sich selbst gar nicht vorstellen, wenn sich herausgestellt hätte, dass Marco tatsächlich im braunen Dreck mit drinsteckte.

Und dieser Junge da, der steckte ziemlich tief drin. Er war mit auf dem Rütli gewesen, wo er den Bundespräsidenten am Reden gehindert hatte. Er war mit seinen kahl geschorenen Mitdeppen grölend und pöbelnd durch die Strassen der nächsten Stadt gestiefelt. Nicht dass ihm dies irgendein Problem mit der Justiz eingebracht hätte, nein. Das Ganze hatte ihn nur in dieses Register gebracht, in dem er jetzt verzeichnet war. Gravierender war, dass er, im Zusammenhang mit der Verwüstung eines Minimarkts in Baselland festgenommen worden war. Auf der Jagd nach ausländischen Jugendlichen waren Mitglieder einer rechtsextremen Gruppierung in einen Laden gestürmt und hatten sich dort wie die sprichwörtlichen Vandalen aufgeführt. Der Junge, für den sich Santoro im Augenblick interessierte, konnte zwar nicht vor Gericht gebracht werden, da er nicht direkt mit der Tat in Verbindung gebracht werden konnte. Seine Mittäterschaft stellten die Ermittler jedoch nicht in Frage. Er hatte einfach nur Glück gehabt, wie einige andere auch.

Als Mutter musste sich diese Frau wirklich schrecklich fühlen. Die weiteren Informationen, die er über sie erhalten hatte, bestärkten nur seine bisherige Einschätzung. Sie war wirklich von allen Seiten unter Druck. Ihre beruflichen, wie auch ihre finanziellen Aussichten waren mehr als unsicher. Mit der Rolle, die sie in der Auseinandersetzung an ihrem Schulhaus eingenommen hatte, konnte sie sich nur Sympathien verscherzt haben. Kam noch hinzu, dass diejenigen, an die sie sich klammerte, keinerlei Interesse an ihr hatten. Er konnte sich gut vorstellen, dass sich diese Frau grundsätzlich verzweifelt fühlen musste, keinen Ausweg aus ihrer Situation finden konnte und sie daraus ihre ganze Wut auf jemanden richten wollte. Nicht auf jemanden, auf einen Mann. Denn das war – seiner bescheidenen Meinung nach –

ein entscheidender Faktor. Ihr Exmann zahlte keine Alimente für den gemeinsamen Sohn. Als Selbständigerwerbender konnte er so viel von den Steuern abziehen und sich durchmogeln, dass er unter dem Existenzminimum gelandet war, zumindest auf dem Papier. Dass ein Psychiater so weit kommen konnte, bezweifelte Matteo hingegen stark. Ihr Sohn war in einen Strudel runter gezogen worden, aus dem sie ihn alleine nicht retten konnte. Die eingeschaltete Behörde hatte ihr einen Beistand zugesprochen, der rein nichts unternommen hatte – dies zeigten die Akten, die sein Freund aus der Maschine herausgekitzelt hatte. Wieder ein Mann, der sie in der Scheisse sitzen liess. Dass sie eine sagenhafte Wut auf Männer haben musste, von denen sie abhängig war, das leuchtete ihm ohne weiteres ein. Nur die Umstände, wie es dazu gekommen war, dass gerade der Würscht an einem regnerischen Abend plötzlich alles abbekommen hatte, die konnte er sich einfach noch nicht erklären.

Er würde die Frau einfach fragen müssen. Er überlegte gerade, ob die Befragung bis morgen warten konnte, denn es war mittlerweile schon spät geworden und das Gewitter, das langsam die Stadt umzingelte, kam immer näher. Doch aus heiterem Himmel überwältigte ihn ein Gefühl der Dringlichkeit. Trotzdem entschied er sich, nicht einfach loszupreschen. Es war sicherer – und erst noch den Vorschriften entsprechend – seine Assistentin mitzunehmen. Er nahm sein Handy aus seiner Innentasche und stellte fest, dass es abgeschaltet war. Klar, er hatte es abgeschaltet, um sich besser durch seine Aktenberge kämpfen zu können – und um den Anrufen seiner Frau ausweichen zu können. Sein mittlerweile wieder eingeschaltetes Telefonino teilte ihm gerade mit, dass er zwei Mitteilungen in Abwesenheit erhalten hatte. Die erste war erwartungsgemäss von seiner Frau, die freundlich nachfragte, ob er heute noch nach Hause käme. Die zweite Nachricht bewirkte, dass sich seine Haare im Nacken aufrichteten. War denn diese Frau von allen guten Geistern verlassen? Sie konnte doch nicht so kopflos sein, sich alleine und mitten in der Nacht in die Höhle des Löwen zu begeben. Löwin. ›Jetzt fange ich auch noch mit diesem

Mist an‹, dachte er und realisierte, dass er schon aufgestanden und schon Richtung Türe stürmte.

Er stürzte zurück und schnappte sich den Ausdruck, auf dem die Adresse seiner Hauptverdächtigen nachzulesen war. Er musste noch seine Waffe holen, die in seiner Schublade eingeschlossen war und er würde mit dem Velo mindestens eine Viertelstunde brauchen, dachte er verzweifelt.

Und sie hat eine halbe Stunde Vorsprung!

Die Frau war weder erstaunt gewesen, als sie einer Polizeibeamtin die Tür geöffnet hatte, noch zeigte sie jetzt irgendwelche Anzeichen von Beunruhigung, als diese sie mit neuen Fragen über die Geschehnisse der letzten Monate in ihrem Schulhaus konfrontierte. Im Gegenteil, sie schien die Gelegenheit, sich darüber auslassen zu können, weidlich ausnützen zu wollen, denn sie liess sich gerade in einer längeren Tirade gegen »diese Leute« aus.

»Und ich werde nun scheel angeschaut und ausgeschlossen, weil ich mich für die Schulhausleitung eingesetzt habe. Die beiden haben sich ja so angestrengt und es war wirklich nicht einfach mit diesen Leuten, die immer nur das Negative sehen und auf jeden kleinen Fehler warten, um einen Strick daraus knüpfen zu können. Und mich wollten sie zwingen, diesen schrecklichen Prangerbrief zu unterschreiben. Sie können sich gar nicht vorstellen, wie viel Druck die ausgeübt haben, was besonders gemein ist, denn mein Vater war Dorfpfarrer und sehr streng und für mich ist es nicht einfach, einer Autorität zu widersprechen. Wenn er etwas verlangte, musste man einfach spuren, wissen Sie. Gross diskutiert wurde da nicht und nach meiner Meinung bin ich nie gefragt worden. Aber Sie müssen das verstehen, das war die Zeit und er war Pfarrer und daran gewöhnt, dass sein Wort einfach galt – ohne wenn und aber. Für ihn war es ja auch nicht einfach. Und das ganze Dorf schaute natürlich auf unsere Familie und ob die Kinder spuren. Er stand auch unter einem riesigen Druck und musste einfach streng sein. Es gehörte ja auch zu dieser Zeit, die

Kinder zu bestrafen. Heute würde man natürlich nicht mehr so hart sein, aber damals waren Schläge und eingesperrt werden und ohne Essen ins Bett gehen müssen eigentlich nicht etwas Besonderes.«

Zina versuchte sich abzulenken, denn sie fühlte sich von dieser verbalen Dampfwalze überrollt, und als Ablenkung war ihr alles, aber wirklich alles recht, denn was sie erblickte, als sie um sich schaute, war eigentlich alles andere als sehenswert. Sie selbst sass auf einem abgeschabten moosgrünen Sofa, auf dem noch einige orangerote, mit exotischen Blumen bestickte Kissen aus Kunststoff ihr hässliches Dasein fristeten. Die Gift sprühende Gastgeberin sass ihr gegenüber und hatte in einem alten beigefarbenen Sessel mit Ohrenstützen Platz genommen. ›In solchen Familienthrönchen hocken doch sonst die Pater Familias‹, sinnierte Zina vor sich hin. Zum Glück war die Balkontüre offen, die Atmosphäre im Raum war schon gefühlsmässig aufgeladen und das herannahende Gewitter schob stickige Luft vor sich her. Der Rasen und die Bäume waren kaum mehr zu erkennen, dafür war es schon zu dunkel. Weiter weg konnte sie noch schattenhaft die Umrisse eines Klettergerüstes erkennen – wohl ein Spielplatz. Grosse Überbauungen wie diese hatten so was. Sollte wohl Familien mit kleinen Kindern anziehen. Aber, Sainte Mère, wer wollte schon in diesen tristen, grauen Riesenblöcken wohnen? Nur wer durch Geldmangel dazu gezwungen war, zog hier ein. Was wiederum etwas über die finanzielle Situation ihres Gegenübers aussagte.

Sie hatte Frau Kunz weiterwettern lassen. Nach ihrem kleinen Ausflug in die architektonischen Abgründe war es jetzt aber wirklich höchste Zeit, sich wieder einzuklinken. Frau Kunz verweilte anscheinend immer noch beim gleichen Thema.

»Ich weiss schon, dass mein Pflichtbewusstsein sehr gross ist, das habe ich auch von meinem Vater, aber das passt nicht allen. Vor allem denen nicht, die so wenig wie möglich arbeiten wollen. Und was die Kinder im Religionsunterricht machen, das interessiert sowieso niemanden, dabei ist das besonders wichtig, denn da bekommen sie moralische Werte mit und genau das brauchen diese Kinder, denn es ist einfach ganz schlimm, wie die miteinander umgehen, da muss man doch etwas machen. Leider bin ich ja nur mit wenigen Stunden beim Staat angestellt. Mit meinen wenigen Stunden kann ich natürlich nicht so viel bewirken, wie es nötig wäre. Ich finde, ich sollte viel mehr Einfluss haben.«

Es folgten weitere Attacken auf ihre Kollegen. Die einen würdigten ihre Arbeit nicht, die andern hörten nicht auf ihre Ratschläge, die dritten waren mit den Massnahmen nicht einverstanden, die sie in eigener Regie eingeleitet hatte, niemand würdigte ihr Engagement, alle versuchten, ihren Einfluss einzuschränken.

Zina fühlte sich angesichts dieser verbalen Attacken körperlich immer schlechter. Mit jedem *Und* verspürte sie einen Schlag in der Magengrube. Ihr war, als ob die Frau, die da auf dem moosgrünen Sofa sass, ihr jede Aussage mit Gewalt eintrichtern wolle. Sie musste sich dringend gegen dieses Eindringen wehren, sagte sie sich, denn sie konnte so weder die Informationen analysieren, die sie erhielt, noch konnte sie die Leitung dieser Befragung zurückerobern. Sie stellte sich vor, wie sie, wenn sie nicht dringend etwas unternahm, noch stundenlang dasitzen würde, um am Schluss völlig erschöpft und mit einem riesigen Kloss im Magen wieder davonzuschleichen. Das durfte nicht geschehen.

Nach mehreren Versuchen gelang es ihr, die verbale Schiesserei zu unterbrechen und sie erkundigte sich nach dem Bad. In ihrer Eile, den Raum so schnell wie möglich verlassen zu können, bekam sie die Wegweisung nicht ganz mit. Sie schloss die Türe des Wohnzimmers hinter sich und schaute sich im Gang um. Sie beschloss, nach dem Zufallsprinzip vorzugehen und drückte auf die erstbeste Türklinke.

Und blieb wie angewurzelt auf der Türschwelle stehen. Was sie im Halbdunkeln erahnte, liess sie ungläubig vor sich hinstarren. Um sich zu vergewissern, betätigte sie den Lichtschalter. Sie hatte schon richtig verstanden. An den Wänden hingen Poster mit Hakenkreuzen, kahl geschorenen Muskelprotzen, die karikierten »Untermenschen« mit ihren Hakennasen, gekrümmten Rücken und hinterlistigen Blicken den Garaus machten. In einer Vitrine konnte sie Handgranaten, SS-Embleme, Photos der wichtigsten Exponenten des Dritten Reiches erkennen. Die überall herumliegenden Kleidungsstücke, CDs und Zeitschriften waren das typische Markenzeichen eines Zimmers, das von einem Jugendlichen bewohnt wird. Von einem männlichen Jugendlichen, schloss Zina, als sie sich die teuren Kampfstiefel und die Markenartikel, die herumlagen, genauer anschaute. Tatsächlich, sie hatte die richtigen Schlüsse gezogen, denn auf einer kleinen, schwarzen Kommode, die eindeutig schon bessere Tage erlebt hatte, stand ein Photo in einem Metallrahmen, das einen pickeligen, schmächtigen 16-jährigen zeigte, der vor einem Zelt stand. Er trug so etwas wie eine Tarnhose und ein schmuddeliges, braunes Hemd. In der Hand hielt er mit unverhohlenem Stolz eine Art Gewehr. Zina näherte sich dem Photo und schaute genauer hin. Ja, das hatte sie sich gedacht. Genau die Dinger wurden bei den Kriegsspielen mit Farbpatronen benutzt, die an Wochenenden in den Wäldern organisiert wurden.

Wenn diese Frau es sich zur Aufgabe gemacht hatte, der heutigen Jugend christliche Werte zu vermitteln, hatte sie zumindest bei ihrem eigenen Sohn erbärmlich versagt. Schwer zu verdauen so was.

Sie setzte sich auf die Bettkante und fing an zu analysieren, was sie über diese Frau alles wusste. Und ihr Verdacht, der vor einer Stunde noch sehr vage und unfassbar gewesen war, nahm deutlichere Konturen an. Der Verrat an ihren Kolleginnen, die Anbiederung an die vermeintlich mächtige Schulhausleitung, die ihr nun mit Herablassung dankte und zu allem hin auch noch entmachtet worden war, ein autoritärer Vater, der sie nie wahrgenommen hatte, Kollegen, die sie nicht ernst nehmen wollten – davon war sie zumindest überzeugt. Und jetzt auch noch einen Sohn, der in der braunen Scheisse watete.

Dass dies die allerbesten Voraussetzungen für eine ausgereifte Verzweiflung und zu einem unbändigen Wutausbruch waren, das war sehr nahe liegend. Nur, wie war es dazu gekommen, dass gerade der unternehmungsunlustige Rektor plötzlich alles abbekommen hatte? Sein Motto war ja wirklich, »ich tue so wenig wie möglich«. Vielleicht lag genau darin des Pudels Kern. Vielleicht war nicht das Problem, was er gegen die Frau unternommen hatte, sondern das, was er hätte tun sollen, und es eben nicht getan hatte. Zina versuchte, sich krampfhaft daran zu erinnern, was sie über ihn alles erfahren hatte. Er hatte sich lange geweigert, sich um die Probleme im Schulhaus St. Theresien zu kümmern. Zuerst hatte er nichts wahrhaben wollen, dann hatte er versucht, alles unter den Teppich zu wischen, um es dann besser aussitzen zu können. Am Schluss war er durch das Eingreifen höherer Stellen gezwungen worden, die beiden Schulhausleitungsmitglieder in ihre Schranken zu weisen. War es das, was das Fass zum Überlaufen gebracht hatte? Dass die anscheinend so mächtige Schulhausleitung, für die sie Verrat an ihren Kolleginnen und Kollegen begannen hatte, sich plötzlich in Luft auflöste? War ihr plötzlich bewusst geworden, dass sie sich bei den Falschen eingeschleimt hatte und dann auch noch für nichts und wieder nichts? Nur blieb dann die Frage offen, warum sie so lange gewartet hatte. Zina überlegte weiter. Von vielen nötigen und unnötigen Weiterbildungen, von Anstellungen und eben Nichtanstellungen war da die Rede gewesen. Sie konnte sich zwar nicht mehr genau erinnern, aber so wie sie es in Erinnerung behalten hatte, war das Anstellungsverhältnis dieser Frau nicht ganz rosig. Sie würde nochmals danach fragen müssen. Mal sehen, was das auszulösen vermochte.

Es war jetzt wirklich Zeit, in die gute Stube zurückzueilen. So viel Zeit konnte sie beim besten Willen nicht auf dem Klo verbracht haben. Sie stand auf und schaute sich ein letztes Mal im Zimmer um. Ihr Blick blieb am Bild des schmächtigen Jungen mit der »Spielflinte« hängen. Und da, völlig unerwartet, überfiel sie eine unermessliche Wut. Nicht eigentlich auf diesen Jungen, sondern auf die Mutter, diese verdammte Kuh hatte es doch glatt zugelassen, dass ihr Sohn sich in so einen teuflischen, verrohenden, verblödenden Mist verrannte. Und alle hatten zugeschaut!

Zina sah rot, sie stürmte aus dem Zimmer. Dieser blöden Kuh würde sie mal ein paar Dinge an den Kopf werfen! Ein Blitz, unmittelbar gefolgt von einem dröhnenden Donnerschlag, liess die Wände des alten Hauses erzittern. War da noch eine ausser sich vor Wut? ›Oh Göttin, lass es krachen!‹, betete Zina und betrat das Wohnzimmer.

Matteo Santoro drückte in die Pedale. Zuerst zögerlich, dann immer heftiger, hatten sich die Schleusen geöffnet. Es blitzte und donnerte. Wie die Elemente brachen auch Matteos Gefühle immer ungehemmter und stürmischer durch. Während er mit eingezogenem Kopf und bis auf die Knochen durchnässt durch die leeren Strassen raste, beschimpfte er seine Assistentin aufs heftigste, – die diese Ehre gar nicht verdiente, dass das mal klar gestellt wurde – wünschte sie ins Pfefferland, verwünschte sie in globo, bezichtigte sie der galoppierenden Debilität und betete zwischendurch, dass sein Schnüfflerinstinkt ihn täuschen mochte. Schliesslich verfügte er für seine Überzeugung nicht mal über Indizien, die diesen Namen verdienten. Was er hatte, das waren nicht mehr als Hintergrundinformationen, die ein gutes Motiv liefern konnten. Er konnte sich unterdessen gut vorstellen, woher die Frau eine Waffe hatte. Blieb nur noch herauszufinden, warum sie an diesem Abend damit herumgelaufen war.

Was ihn im Augenblick besonders beunruhigte, war die Tatsache, dass der Frau plötzlich die Sicherung durchgebrannt war. Eine vielleicht nichtige Äusserung hatte als Funken fungiert, der das Pulverfass zur Explosion gebracht hatte, so sah er das. Und so, wie er seine Assistentin kannte, würde sie ein Feuerwerk in dieser Pulverfabrik hochgehen lassen, wenn sie die Aktivitäten des Juniors entdeckt hatte. Und er war nicht da, um ihr das Maul zu stopfen. Keuchend vor Anstrengung schaltete er noch einen Gang höher.

Zina starrte in die Mündung der SIG. Positiv betrachtet – denn jeder Situation ist eine positive Seite abzugewinnen, dachte sie – hatte der Anblick des Schiesseisens, das auf sie gerichtet war, zu einer rasanten Ausnüchterung geführt. Ihre Wut war verraucht. Mit Erstaunen stellte sie fest, dass sie im Augenblick nicht mal Angst verspürte. Vielmehr wunderte sie sich im Nachhinein, wie sie nur in diese unmögliche Lage hatte kommen können. Rasen wäre ehrlicherweise wohl der treffendere Ausdruck gewesen, wollte sie auf der ehrlichen Seite bleiben. Ich muss irgendetwas tun, irgendetwas.

›Tu, was du kannst, auch wenn es nicht gerade viel ist‹, schrie ihr eine wohlbekannte Stimme ins Ohr, ›rede, schwafle, argumentiere, plappere drauflos, mach einfach deine grosse Klappe auf!‹ Und obwohl sie sich über den Inhalt noch gar nicht im Klaren war – nicht den Schimmer einer Ahnung hatte – hob sie, mit nicht mal allzu zittriger Stimme an zu reden.

»Frau Kunz, ich kann Sie wirklich gut verstehen.«

›Eben nicht, aber eine mitfühlende Person ist viel schwieriger umzubringen‹, dachte Zina. Doch der Lauf zielte immer noch – une fois n'est pas coutume[2] – ganz genau zwischen ihre Augen. Einen Teilerfolg konnte sie mit ihrem ersten Satz immerhin verzeichnen, denn Frau Kunz machte gerade den Mund auf.

»Sie können gar nichts, Sie haben gar keine Ahnung. Ich habe immer mein Bestes gegeben, aber was wissen Sie denn schon? Nichts wissen Sie. Dringen einfach bei mir ein, führen sich auf wie ein schwarzer Racheengel, Sie blöde, dürre, gemeine Ziege! Meckern selbstgerecht herum, dabei sind Sie nicht mal fähig, selbst ein Kind zur Welt zu bringen. Aber mir sagen, was ich tun soll, …«

Zina drehte den Knopf auf lautlos, liess jedoch ihren Blick auf verständnisvoll-mitfühlend geschaltet. ›Was Hunde können, kann ich noch lange‹, dachte sie. ›Die haben den bewussten Blick intus, können Frauchen damit ellenlang beglücken und in der Zwischen-

2 Une fois n'est pas coutume: Einmal ist keinmal

zeit denken sie seelenruhig: Wurst, Wurst, Gassi, Knochen, Wurst.‹

Währenddem sie fiebrig versuchte nachzudenken, konzentrierte sie sich gleichzeitig auf den Dackelblick und warf zwischendurch einen mitfühlenden Laut ein: Mhm, jaja, sicher, doch, doch, hmm. Denn für sie ging es jetzt eben auch um die Wurst. Die erste Frage lautete: Wie bin ich da reingeschlittert? Gerast, OK. Die zweite, falls sie dann noch lebte: Wie komm ich da wieder raus?

Ad 1. Sie war mit durchgebrannten Sicherungen ins Zimmer gestürmt und hatte die völlig verdutzte Frau Kunz mit Vorwürfen überschüttet. Zusammenfassend konnte festgehalten werden, dass sie ihr vorgeworfen hatte, einen kleinen Nazi an ihrer Brust genährt und unter ihren Fittichen grossgezogen zu haben.

Die angesprochene – angeschriene Frau – hatte gekontert, dass jeder Jugendliche eine schwierige Phase durchlebte, dass sie keinen Schimmer einer Ahnung hatte, wie es sein konnte, diese kleinen Machos, diese kleinen Paschas erziehen zu müssen, die sich von einer Frau nichts sagen liessen. Sie hatte weiter ausgeführt, dass in dieser Gesellschaft die Frauen eh nie zu ihrem Recht kamen, nicht ernst genommen wurden. Die Männer, von denen keiner je über die Sensibilität einer Frau wie sie verfügten, konnten sich Dank ihrer Machtposition alles erlauben und niemand machte ihnen klar, wie unfähig sie waren.

Und auf die Frauen war auch nicht Verlass. Diese blöde Krähe, die Hofmann, behandelte sie nicht wie eine Freundin, obwohl sie doch so viel für sie getan hatte. In die Nesseln hatte sie sich gesetzt für dieses Geierweibchen. Und dann war dieser dummen Kuh nichts anderes eingefallen, als einfach so zum Jux das Photo der Thüring mitten in das Lehrerzimmer zu platzieren. Gekichert hatte sie dabei und sich gefreut wie eine Dreizehnjährige, die einer Rivalin eins auswischen kann.

Frau Kunz hatte sich in ihrer Tirade noch weit ausführlicher und detaillierter über das Problem ausgelassen. Zur Untermauerung ihrer Argumentation hatte sie Etappen ihres Leben hinzugezogen: der Ehemann, der sich verdünnisiert hatte, um sich eine blonde Dumme zu angeln und der sich seiner finanziellen Verantwortung entzog, indem er, von der männlichen Gesellschaft sanktionierte, Steuermauscheleien durchzog. Die Praxisleiter in der Ausbildung, die ihr keine angemessene Bewertung geben wollten. Die Kirchenheinis, die sie von Schulhaus zu Schulhaus versetzten, weil sich angeblich Eltern gegen ihren Unterrichtsstil wehrten.

Auch als Primarlehrerin hatte sie schon in verschiedenen Gemeinden unterrichten müssen, weil sie herausgemobbt worden war und sich kein Schwanz für sie eingesetzt hatte. In einer Privatschule hatte man ihr einen Grünschnabel als Vorgesetzten vor die Nase gesetzt, der von Tuten und Blasen keine Ahnung hatte. Natürlich konnte das nicht gut gehen! Rosemarie Kunz hatte sich mittlerweile in eine lehrbuchwürdige Hysterie hineingesteigert. Nicht mehr lange und sie würde Schaum vor dem Mund haben.

Ein Rektor, der sie nicht anstellen wollte und von ihr Weiterbildungen verlangte, die sie in keiner Weise nötig hatte. Und das war Zinas Stichwort gewesen und ohne lange nachzudenken hatte sie nur sachlich ergänzt:

»Und deshalb haben Sie ihn erschossen.«

»Gar nichts habe ich gemacht, der Schuss ist ganz alleine losgegangen. Und ich stand da mit der Waffe in der Hand.«

Und ganz selbstverständlich und ohne Hast hatte Frau Kunz nach hinten unter ihre Strickjacke gelangt und aus dem Bund ihrer Hosen die SIG hervorgeholt. ›Diese verdammten amerikanischen Krimiserien, in denen die Cops dauernd mit dieser typischen Bewegung ihre Waffe hinter ihrem Rücken hervorholen‹, hatte Zina noch denken können, bevor sie nur noch in die Mündung gestarrt hatte. Genau die gleiche Bewegung hatte auch ihre Verdächtige gemacht, ganz gemächlich, und Zina war davon ausgegangen, dass sie sich kratzen wollte.

Und nun war sie bei Ad 2 angekommen: Wie komm ich da wieder raus? Und hatte keine Ahnung. In Ermangelung einer besseren Idee schaltete sie wieder den Ton ein und beschloss, ihre Verzögerungstaktik noch auszufeilen. Frau Kunz ergoss sich immer noch in Beschimpfungen und Lamentos. Und sie würde sie darin verstärken.

»Sie wissen ja gar nicht, wie es ist, Sie dumme arrogante Gans, wenn dumme, ignorante Scheisskerle über Ihr Leben bestimmen, Ihnen dauernd dreinreden, als ob sie auch nur die geringste Ahnung hätten, wie es wirklich funktionieren würde, was zu tun wäre. Und sie gehen von Pontius zu Pilatus und keiner will Ihnen zuhören, nicht mal hinschauen wollen sie.«

»Sie haben sich sicher schrecklich gefühlt.«

»Was wissen Sie denn schon, Sie mit Ihren langen Beinen und Ihrem schmachtenden Kuhblick, Ihnen gaffen diese Deppen natürlich dauernd nach. Sie müssen wohl nur mit Ihrem knackigen Arsch wackeln und diese Idioten machen, was Sie wollen. Haben sich wohl durch einige Betten hochgeschlafen, was? Wie viele Ihrer Kolleginnen haben es denn schon so weit wie Sie geschafft? Ist wohl nicht schwer, Ihren lahmen Chef um den Finger zu wickeln, was?«

Das lief nicht gut. Sie musste die Wut dieser Dame dringend wieder auf die blöden Männer richten, denn sonst würde sie die ganze Aggression abbekommen, in Form einer Kugel nämlich. Der zweite Erzfeind solcher Frauen waren nämlich Frauen, die es nach ihrer Ansicht besser hatten. Es genügte, jünger, schlanker oder irgendwas sonst zu sein, um ihren Frust und ihren Ärger abzubekommen. Zina unterdrückte mit aller Kraft die aufkeimende Panik. Sie musste die Kunz dazu veranlassen, ihr Periskop auf andere feindliche Schiffe zu richten – auf Männer.

»Würscht konnte ganz schön eklig sein, nicht?«

»Eklig? Der war doch nicht mal das, wäre doch viel zu anstrengend gewesen! Er hat nur den Mund verzogen, völlig gelangweilt, angewidert. Aber ich war so verzweifelt, dass ich ihn angesprochen habe. Ich *brauchte* einfach jemanden zum Reden, er *musste* mir einfach helfen.«

Viel besser, wenn sie diese Frau dazu bringen konnte mit sich selbst Bedauern zu empfinden, dann könnte sie weich werden und aufgeben.

»Erzählen Sie mir, was an diesem Abend passiert ist, Frau Kunz.«

»Haben Sie eine Vorstellung, wie das ist, wenn eine hysterische Mutter Sie anruft und Sie auffordert sofort zu kommen, weil Sie gerade Ihren Sohn erwischt hat, der Ihrem Herzbübchen, diesem Unschuldslamm, eine Pistole vorgeführt hat? Und wenn Sie dort ankommen, ist Ihr Kind weg und Sie wissen nicht, wo es ist. Und ein Elternpaar steht an der Tür und lässt Sie nicht hinein, schaut Sie nur angeekelt und selbstgerecht an, reicht Ihnen das Ding und unterrichtet Sie, dass sie keinen Kontakt mehr zwischen dem Abschaum und ihrem eigenen Goldjungen wünschen? Wissen Sie, wie sich das anfühlt? Nein, Sie wissen es nicht. Sie selbstgerechte, anmassende blöde Kuh. Sie lassen sich doch nicht auf so was Menschliches wie das Kinderkriegen ein, nicht? Sie geben Ihr Geld doch lieber für teure Klamotten aus und für Urlaube auf den Seychellen, wo Sie Ihre mickrigen Titten herumzeigen können.«

Das war gar nicht gut. Das war sogar die ganz grosse Scheisse. Zina starrte auf die Frau in ihrem Patriarchensessel, die mit jeder Beschimpfung zu wachsen und sich in Rage zu reden schien. Es war sehr wohl möglich, dass sie den ersten Schuss gegen Würscht ganz automatisch, eigentlich unbewusst, abgeschossen hatte. Mittlerweile hatte sie aber eindeutig Freude an ihrem neuen Spielzeug gefunden. Sie genoss jetzt eindeutig ihre Machtposition, die es ihr erlaubte, ihr Gegenüber zu beschimpfen. Sie konnte endlich die Fäden in ihren klobigen Händen halten – und eine aufmerksame Zuhörerin nageln.

Ein Blitz, der ganz in der Nähe einschlug, lenkte Zinas Aufmerksamkeit auf die angelehnte Balkontüre. Draussen tobte mittlerweile ein ausgewachsener Sturm. Im Dunkeln konnte sie die grosse Birke erkennen, die sich jetzt unter den Windböen zu verneigen schien. Würde diese scheinbare Ehrerbietung an die Naturgewalt das letzte sein, was sie in ihrem Leben erblicken konnte? Sie wollte sich gerade aus dieser depressiven Haltung herausschimpfen, als sie einen Schatten sah. Da war doch gerade jemand – zwar ziemlich mühevoll – über das Geländer des Balkons gekrochen. Oder? Entweder war das jetzt eine Halluzination der letzten Verzweiflung oder die Rettung der letzten Hoffnung. Sie entschied sich nach dem zweiten Szenario zu handeln. Red Zina, sag was, quassle, schmeichle, würg was raus, aber mach endlich den Mund auf! Halt sie hin, lenk sie ab – und schau nicht raus!

»Arghempf, ich, ich meine, äh, Sie sind eine ganz schöne Kämpfernatur.«

Wie war sie nur auf diesen idiotischen Satz gekommen? Es war wohl die Pitbullausstrahlung. Sie befürchtete schon, die Mündung aufleuchten zu sehen, doch ganz offensichtlich hatte sie den richtigen Ton gefunden. Frau Kunz lächelte selbstbewusst.

»Ja, nicht wahr. Und ich werde Ihnen jetzt etwas sagen. Sie erbärmliche schwarze Krähe, Sie werden mir nicht im Weg stehen können. Sie sind ein kleines Problem und das werde ich lösen. Ich drück jetzt wieder mal auf dieses kleine Ding – und dann muss ich Sie nur noch irgendwo verscharren. Zum Glück sind wir ja ganz Nahe an der Grenze und im Schwarzwald hat es noch schöne, weite Wälder.«

Zina suchte nach einer geeigneten Erwiderung und versuchte krampfhaft, nicht auf die Balkontüre zu schauen. Trotzdem nahm sie dort etwas Neues wahr. Eine Gestalt. Eine Gestalt, die vor sich hin tropfte. »Es muss dir jetzt einfach noch etwas einfallen, du wirst dich doch nicht in letzter Minute von deinem eigenen Schatten abknallen lassen, Frau! Sag jetzt einfach was!«

»Also, ich möchte ja nicht schwierig tun. Aber wäre es Ihnen nicht möglich, mich in französischen Boden zu verscharren? Wissen Sie, meine Wurzeln sind in Frankreich und es wäre mir ein Trost zu wissen, dass meine Knochen dort verscharrt werden … würden. Würden Sie diese Bitte vielleicht in Erwägung ziehen können?«

Ein Gutes hatte dieser wirre Mist, dachte Zina gerade, denn ihr Gegenüber war eindeutig verwirrt. Währenddem sich Frau Kunz wieder zu fassen versuchte, wagte Zina einen Blick auf die tropfende Gestalt. Diese stand jetzt unmittelbar hinter der Schiesswütigen in Spe und machte ihr Zeichen: Ich schlagen, du nach rechts hechten. Das war zumindest ihre summarische Übersetzung. Sie wollte gerade nachfragen: ›Wann du schlagen, Chef?‹, als alles ganz schnell ging. Zina konnte sich in ihrem »Nach-rechts-hechten« gerade noch sagen, dass der Kerl ihr »e Lähmig«[3] verpasste, als der Schuss fiel. Klar, »e Lähmig« führt eben zu einer Lähmung des Arms und Frau Kunz hatte die Waffe fallen lassen. Am Boden angekommen, hatte sich noch ein Schuss gelöst und die Kugel hatte Zinas Unterschenkel gestreift. Wie hatte die Frau gesagt? Sie mit ihren langen Beinen! Wirklich kein Grund, neidisch zu werden, sagte sich Zina, als sie aufschrie.

»Haben Sie wenigstens daran gedacht, Handschellen einzupacken, bevor Sie als Kamikaze angeheuert haben?«

Der war ja wirklich fuchsteufelswild, der Kerl. Statt sie zu beunruhigen, wärmte ihr diese Tatsache aus unerfindlichen Gründen das Herz. Sie kramte die Dinger aus ihrem Rucksäckchen und warf sie ihm zu. Aus Frau Kunz war mittlerweile die Luft raus und sie liess sich, völlig apathisch, an das Abflussrohr des Balkons festbinden.

Zina schaute zu, wie ihr Retter wieder ins Zimmer eilte und sich neben sie setzte. Seine Wut war anscheinend verraucht und er sah bleich aus, ja, tatsächlich war er ziemlich grün um die Nase.

»Sie darf man wirklich nicht alleine lassen!«, meinte Matteo Santoro.

»Guter Plan!«, antwortete Zina und beschloss, in Ohnmacht zu fallen.

3 E Lähmig: Wörtlich eine Lähmung. Leichter Schlag auf die Mitte des Oberarmes, der zu einer kurzzeitigen Lähmung führt. Die Experten dieser wirksamen Schlagtechnik sind in der Regel zwischen neun und dreizehn Jahre alt. Manche, wie hier, wenden ihr Wissen bis ins Erwachsenenalter an. Expertinnen werden keine ausgebildet.